原発クライシス

高嶋哲夫

集英社文庫

目次

この作品は二〇〇一年二月、宝島社文庫として刊行された『スピカ—原発占拠—』を改題し、大幅に加筆しました。

単行本　一九九九年一二月、宝島社刊（書き下ろし）

原発クライシス

プロローグ

一二月九日。午前一時。

富山県沖二キロ。

落差三メートルの波から飛沫《しぶき》が躍り、風に飛ばされて空中に舞う。霙《みぞれ》混じりのシベリアからの風は、急激に身体《からだ》から体温を奪い去っていく。降り注ぐ雨と、風に吹き上げられる海水が混ざり合って、横殴りに吹きつける。空は荒れ狂う海面に届きそうな厚い雲に覆われ、暗黒の空間を創造している。何も見えない。完全な闇《やみ》だ。日本海は怒り狂う竜神を想像させた。

明かりを消した船が東に向かって進んでいく。全長七〇メートル、一二〇〇トン余りの、貨物船を改造した船だった。

船名は「ナジェージダ」。ロシア語で書かれている。錆《さび》の浮き出た船体に半分消えかかっているが、なんとか判読することができた。ロシア語で希望、期待という意味だ。

船は不気味なきしみを立てながら、波濤《はとう》から一気に滑り落ちる。その度に防水シートで覆われた甲板の積み荷がぶつかり合い、鈍い音を立てた。

一人の老いた男が船首にたたずんで、荒れる海を見ている。濡《ぬ》れた白髪が額に張りつき、雫《しずく》が目に滲《にじ》むが、男はまばたき一つしない。握り締めたデッキのパイプが、手に張りつきそうに冷たかった。

ナホトカの東五〇キロにある小さな港町ブールガを出て、四〇時間がすぎている。仲間の大半は船酔いのため、船内の粗末なベッドで呻《うめ》いている。

男にも船酔いはあったが、肉体の苦しみは時間が経《た》てば慣れることを知った。しかし、精神《こころ》の苦しみはそうはいかない。時が経つにつれ、ますます深くなるものもある。絶望の淵《ふち》に身を追いやるものもある。男は何度か深い溜《た》め息をついて、何も見えるはずのない船の後方に目をこらした。腕をまくって時計を見る。もうすぐだ。旧式の自動巻腕時計は、風雨のなかでも正確に時を刻み続けている。

船は横波を受け、大きく右に傾いた。彼はパイプを握る腕に力をこめた。そしてもう一度闇に視線を向けると、背後のドアを開けて船室に戻っていった。

船室と呼ぶには、あまりに粗末な部屋だった。狭い通路の両側に、三段のベッドが五列並んでいる。薄暗い電球の光のなかで、それは異様な光景だった。ベッドからは、ひっきりなしに低い呻き声が洩《も》れる。すえた臭《にお》いが漂い、濁った重い空気が淀《よど》んでいる。時折り、生気をなくした白っぽい顔が通路にのぞいた。吐く音が聞こえたが、胃のなかのものは出し尽くしている。すでに胃液も出ないのだ。

「大丈夫ですか？　博士《ノルマーリナ》」

ベッドを見まわっていた東洋人が男に声をかけた。

「私は大丈夫だ。しかし兵士でない者には酷な航海だ」

そう言うと、男は奥のベッドに行き横になった。東洋人はしばらく男を見ていたが、階段を上っていった。

船艙《せんそう》を隔てて、もう一つ部屋がある。そこはさらに薄暗く、粗末な部屋だった。裸電球が数メートルおきに三つ、その光がうねりに合わせて揺れている。床はささくれ立ち、砂と泥でざらついていた。隣の部屋とは対照的に、凍りつくような緊張感が漂っている。狭い空間に四〇名余りの男たちが膝《ひざ》を立て、その間に顔をうずめて座っている。油染みたズボンにジャンパー。ほころびを繕った上着、コート……。一見、ロシアの下級船員や漁民のように見える。全員が陽《ひ》に焼けた、体格のいい男だった。大半が眠っているのか、身動きひとつしない。冬眠中の熊《くま》のようにも見えた。かすかないびきも聞こえる。眠りながらも、規律と訓練のいきとどいた張りつめた空気があった。

古びた漁船の操舵室《そうだしつ》に、場違いな機器が並んでいる。最新式のレーダー装置、衛星回線が利用できる通信機器、全地球測位システム《GPS》受信機、そして暗視装置。闇のなかにレーダースコープの画面が青白い光を発して、男たちをぼんやりと照らし出している。

その狭い空間に、操舵手と航海士の他に二人の男がいた。一人は帽子をかぶった髭面《ひげづら》の船長。背は高くないがガッチリした体格で、白髪混じりの髭をはやしていた。もう一人は角ばった顔に銀髪、鋭い目、四〇過ぎの精悍《せいかん》な顔つきをした白人である。身長は一八〇センチ前後。贅肉《ぜいにく》のない引き締まった身体をしている。

ドアが開き、ずぶぬれの男が入ってきた。東洋人だった。頭髪を短く刈り込み、極端に痩《や》せている。削《そ》げた頬《ほお》に、陽に焼けた肌。黒のタートルネックの上に、厚手の革ジャンパー。どこかに子供のような雰囲気を残し、二十代の青年のようにも見えた。

「異状《フバリャートケ》ないか？」

銀髪の男が聞いた。ロシア語だった。

「みんな疲れてはいるようですが、大丈夫です」

東洋人は答えて、男の横に立った。

三人は黙って船の進行方向を見つめていた。レーダーが描きだす輝線は、陸地が近いことを表わしている。しかし、前方に広がるのは闇だけだ。操舵手は風と波と潮流に逆らい、懸命に舵《かじ》をとり、船の位置を確保しようとしていた。

「海岸まで五〇〇メートルです」

レーダースコープを見つめていた男が言った。

「どうしましょう。この天候です」

船長が横の銀髪の男に視線を向けた。

「かえって好都合だ。発見されることはあるまい」

銀髪の男は低い声で答えた。会話はすべてロシア語だ。

「この嵐《あらし》のなかを陸まで運搬することには、私は責任が持てません」

「中止はできない」

東洋人が双眼鏡を目に当てたまま言う。

「あと二〇〇メートルが限度です。それ以上は岩礁が多くて近づけません」

「分かっている。きみの役割《パートナー》はここまでだ」

銀髪の男は船長のほうを向き、肩を叩《たた》いた。時計を見た。午前二時。予定通りだ。

かすかな明かりが見えた。赤い光源が正三角形に並んでいる。三人は顔を見合わせて頷《うなず》いた。

「全員、一〇分以内に甲板に整列」

船長がマイクに向かって怒鳴った。

船室で膝に顔を埋《うず》めていた男たちが顔を上げる。四〇人の男たちは、いっせいに立ち上がった。全員、腰に拳銃《けんじゅう》の入ったホルスターと大型のコマンドナイフをつけている。三列に並び、踵《かかと》を鳴らした。

一人のずんぐりした男が一歩進み出て、早口で命令した。男たちは一列になって、狭い階段を駆け上がる。船は重力を無視したかのように、ゆったりと上下に揺れ続けている。波と風と潮の流れ、船のエンジンと舵を微妙に操作した、見事な操舵だった。

男たちは甲板に整列した。小さな明かりが点《つ》けられ、雨と潮に濡れた男たちの顔が浮かび上がった。

操舵室にいた銀髪の男が彼らの前に立った。

「三〇分で作業を終了しろ」

短い言葉で命令する。

彼らは揺れ動く船の上で、迅速に作業を開始した。甲板からネットが降ろされ、一二人乗りの大型ゴムボートが、甲板いっぱいに並べられた。一八馬力の船外エンジンを取り付け、次々にそれを海中に投げ込む。ネットをつたって降りた男が、ボートを舷側《げんそく》に集める。

作業はすべて無言で行なわれた。一〇分足らずの間に、一七艘《そう》のエンジン付きの大型ゴムボートが、船のまわりに浮かんだ。

甲板の積み荷の防水シートを剝《は》いでいく。さまざまな大きさの木箱が現われる。船艙からも木箱が運び上げられ、甲板には一〇〇近い木箱が積まれた。二人がかりで持ち上げ、慎重に船縁《ふなべり》まで運ぶ。

甲板には、ウインチがセットされた。彼らは船員たちの手を借りて、木箱を海上のゴムボートに積み込んでいった。

船が傾いた。小柄な男が足を滑らせてデッキに叩きつけられ、そのまま船縁に滑っていく。甲板から姿が消えた。その瞬間、横にいた東洋人が身体を海に乗り出して、腕をつかんだ。船縁にぶらさがった男の帽子が風に飛ばされ、短く刈り上げられた金髪がちぎれるように風になびいた。白い肌が引きつり、唇が血の気を失って震えている。女だ。東洋人は渾身《こんしん》の力をこめて、甲板に引き上げた。女と目があった。大きく見開かれた目のなかに、恐怖が凍りついている。

女は甲板に両手をついて、激しく咳《せ》き込んだ。東洋人が背中を軽く叩くと、女はしばらく咳き込んだ後、静かになった。

「いそげ《ブィストラ》！」

怒鳴り声が聞こえ、東洋人は立ち上がった。女がちらりと東洋人を見て、作業に戻っていった。東洋人は振り返って、しばらくその後ろ姿を見ていた。

二〇分あまりで、木箱のすべてを積み終えた。

船室から一二人の男が出てきた。ベッドでうずくまっていた男たちだ。甲板で働いている男たちと比べると、全員ひとまわり小柄だ。長旅と船酔いで疲れきった顔をしている。甲板の男たちは彼らを支えてゴムボートに誘導した。

一二人の男たちがボートに乗り移ると、指揮をとっている髭面が、白髪の男に報告した。デッキで海を見ていた男だ。男は頷いて、手摺《てす》りに手をかけた。一瞬動作を止め、振り返って北の闇を見つめた。遥《はる》か彼方《かなた》を懐かしむような優しい目だった。男はネットを降りていった。

甲板で働いていた男たちは、最後に円筒形の大型バッグを船室から運び上げた。彼らはバッグを担いで、ネットを降り始めた。

大きな横波が船腹を襲った。船が大きく傾く。男が一人ロープに足を払われ、暗い海中に消えた。船員がライトを点け、海面を照らした。船長と一緒にいた銀髪の男が、ライトを叩き落とす。ライトは海に落ち、すぐにその光を失った。

「終了しました」

命令を出していた髭面が、銀髪の男の前に来て言った。

船長は男の前で背筋を伸ばして立ち、敬礼した。男も敬礼を返す。

「御幸運《シスリーバ》を《バム》。大佐《バルコーヴニク》」

男は無言で頷き、ネットを降りていった。

一七艘のゴムボートの船団は、ゆっくりと船を離れた。ボートは木箱を満載し、それぞれ三、四人の男たちが乗り込んでいる。波に揺れ動き、船外エンジンの音は風に飛ばされる。

ボートはロープで四、五艘ずつ、四つのグループに分けてつないである。男たちは船尾の舵にしがみつき、必死で前を行くボートの後を追った。

陸地で明かりが揺れている。先頭は、その明かりを目指して進んだ。

ボートは次々に砂浜に乗り上げて止まった。波が襲い、海中に引き戻そうとする。ボートには半分近く水がたまっている。男たちは海に入り、波にさらわれないように支えた。

先頭のボートに乗っていた三人の男が砂浜に走り出た。手にはカラシニコフＡＫ74突撃銃が握られている。男たちは、闇を見据えるように目をこらした。

操舵室にいた東洋人が、黄色いライトを点けて、岸壁に向かって合図を送った。岸壁から、サーチライトの光が降り注いだ。光のなかに、五〇人以上の男たちと荷物を満載したゴムボートが浮かび上がった。

闇のなかから数十の人影が走り出てくる。男たちは、ボートをさらに砂浜に引き上げた。

上げる。岸壁の上の道路には、収納庫付きの大型トラック一二台が並んでいた。男たちは木箱をトラックに積み込む。

道路に続く階段を上がっていた男の顔に、飛んできた木の枝が激しく当たった。男はよろめいて、担いでいた木箱を落とした。木箱は手摺りのない階段から転げ落ち、下のコンクリートに当たって蓋《ふた》が外れた。梱包《こんぽう》されたままのカラシニコフＡＫ74突撃銃が一〇挺《ちょう》、砂の上にちらばった。髭面の男が飛んできて、その男を殴りつける。男はあわてて飛び降り、銃を拾い集めた。

作業はサーチライトの光のなかで、マスゲームのような正確さで行なわれた。誰《だれ》も、一言もしゃべらない。風と雨の音のほか、何も聞こえなかった。

最後に男たちは腰の刃渡り三〇センチ近くある軍用ナイフを抜いて、次々にボートを切り裂き、空気を抜いてトラックに運び込んだ。

砂浜を照らしていたライトが消え、あたりは再び闇に包まれた。いっせいにトラックのエンジンがかかる。重いエンジン音は風雨に消され、ヘッドライトの光も降りしきる雨に霞《かす》んでいる。

トラックの列は国道に出て、南に向かった。ボートが砂浜に上陸して、三〇分も経っていない。沖にはすでに船の姿はなかった。ボートを下ろすと針路を北に変え、ロシアに戻って行ったのだ。

第一章　覚醒

前日――一二月二一日（火）

1

午後一時

日本海から潮を含んだ冷たい風が吹いてくる。

目を上げると、深い冬の厳しさを刻み込んだ海が続いている。北陸の冬にしては暖かい日だった。時折り厚い雲間から薄日が差し、あたりの風景がくっきりと浮かび上がる。

瀧沢俊輔《たきざわしゅんすけ》は岬前の停留所でバスを降りた。ここに来るときは、三度に一度の割合でこの停留所で降りる。発電所までは約三キロ、国道から分かれた海沿いの道だ。道といっても、幅一〇メートルのコンクリート舗装された道路だ。五年前に初めて訪れたときは、道路だけは出来上がっていた。国道から海側にそれ、岬に向かって真っすぐに延びる道。その先には何もなかった。ごつごつした岩場が広がり、海に続いていた。

荒々しい岩場だった岬は、いま、剝《む》き出しのコンクリート外壁をもつ巨大な建物群に覆い尽くされている。そしていつの間にか、海側を除くまわりは、高さ三メートルのコンクリート塀と鉄条網で囲まれていた。半年前までは、この道を建設材料を積んだ大型トラック、ダンプカー、コンクリートミキサー車が轟音《ごうおん》を上げて行き交い、作業員を満載したバスが市内と発電所を往復していた。

発電所本体が九割がた出来上がった時点で、車の数は十分の一に減った。それ以後は、収納庫の付いた大型トラックが制限速度を守って走っている。原子力発電所に設置される各種の精密機器を運んでいるのだ。発電所の心臓部である原子炉と頭脳部となるコンピュータが運び込まれると、科学者と技術者が大挙して押し寄せてきた。

瀧沢は五分ばかり歩いて、立ち止まった。大きく息をついて海のほうを見た。白い飛沫《しぶき》が見える。荒れている。思わず衿《えり》を合わせた。

前方に目を向け、歩みを速めた。

白っぽい帯が、視野の中央を横切っている。塀だ。コンクリート塀が二〇〇メートルにわたたって続いている。

新日本原子力発電株式会社、竜神崎《りゅうじんざき》第五原子力発電所だ。

竜神崎に続く海岸のほぼ中央に位置するこの発電所は、最大電気出力五七〇万キロワット。熱出力としては約二〇〇〇万キロワットの熱源となる。これは通常原発のおよそ五倍、世界最大の発電能力を誇る加圧水型軽水炉だ。敷地面積約三二万平方メートル、東京ドーム二四個分の広さである。原子炉建屋《たてや》、原子炉補助建屋、制御室建屋が中心になっている。そのまわりに、第一、第二、第三事務棟が並んでいる。

原子炉圧力容器が設置される原子炉建屋、六基のタービンが置かれている原子炉補助建屋、すべてを統括するメインコンピュータの置かれている制御室建屋は、海岸の台地を一〇メートルまで掘削、海抜マイナス四メートルから六メートルの泥岩層に直接固定させる耐震設計構造になっている。

真っすぐに延びる道路の正面には、高さ一三〇メートル、直径八〇メートルの砲弾型の原子炉建屋がそびえている。原子炉建屋の両側には、翼を広げるように建物が続いている。まず海と反対側に制御室建屋。三階建ての建物は半地下通路で原子炉建屋につながっている。その反対側の海側に、ほぼ同じ大きさの原子炉補助建屋がある。そこには、一基一〇〇万キロワットの発電機が六基設置されている。これらの窓一つない巨大な箱のような建物は、原子炉建屋と同じ、厚さ一・五メートルの特殊コンクリートで防御され、原子炉建屋と合わせて、巨大な古墳を想像させた。王が眠る棺《ひつぎ》が、中央にある原子炉というわけだ。

正門とこれら三つの建物の間に、五階建ての建物が三棟見える。第一、第二、第三事務棟だ。中には、巨大発電所を運営していくための一般事務をはじめ、食堂、医務室、運動施設など、各種の厚生施設が含まれている。

発電所の西側には三基の変電設備がある。さらに、沖合一〇〇メートルの位置に五本の海水取入口と、五本の温排水の放出口をもっている。原子炉が最高出力運転に入った場合、一日に使用する海水は約四〇〇〇万トンにもおよぶ。

敷地の北側は日本海に面し、三〇〇〇トン級の船舶が出入港できる港が建設され、燃料棒をはじめ、各種の大型機器の搬入に使われる。しかし、現在まだ三分の一ほどしか出来上がっておらず、残りは砂浜と岩礁になっている。

大宇宙に存在する星々の川を象徴して名付けられた原子炉、通称『銀河』は、現在マイナスのイメージの強い原子力発電に新しい風を吹き込もうと設計、建造された次世代の原子炉である。政府と民間が一体となり、完成にこぎつけた巨大プロジェクトだった。『銀河』には、原子力技術促進という名目で、政府から特別研究費が出ている。

東都《とうと》大学理学部、原子核物理学科の教授である瀧沢は、文部科学省の依頼を受け、設計段階から技術スタッフとして加わり、大学の実験室で基礎実験を行ないながら建設に参加してきた。

特に、プルトニウムを配合した新型燃料棒の理論計算、ウランから放射される中性子を効率よく吸収する制御棒、炉心の熱をタービンに伝える熱循環システム、そして原子炉全体を制御するスーパーコンピュータ『ソクラテス』による制御システムは、彼の研究室で開発したものだ。その多重防御に重点をおいた原子炉制御システムは、世界的にも高く評価されていた。

瀧沢は発電所のほうに目を移した。いつもと様子が違っていた。発電所前に続くなだらかな丘陵が人の群れで埋まっている。低い風の音に混じって、かすかな音が聞こえてきた。マイクの声と歌声、ばらばらな音がいくつもの方向から聞こえる。憂鬱《ゆううつ》な気持ちになった。あのなかを通っていかなければならない。原子炉技術主任北山《きたやま》の申し出を断ったことを後悔していた。昨夜ホテルに、「明日は反対派の抗議行動が予定されているので、車で迎えに行きましょう」と、親切な申し出があったのだ。

近づくにつれて、華やかな原色が目につき始めた。派手なアノラックやコートの一群が、花が咲いたように散らばっている。そして骸骨《がいこつ》のプラカードを持った死神や、毒ガスマスク……。

原発反対の集会は、環境保護団体グリンホルダー、通称GHが中心になって行なわれていた。一万人余りの参加者のまわりを、テレビ局の中継車を含めて、報道関係者が取り巻いている。参加者の半分以上が若者と女性と子供だった。赤ん坊を背負ったり、べビーバギーを押している者もいる。集会というより何かのフェスティバルのようだ。

瀧沢は、人混みの間を通り抜けた。集団を抜けると、道路をさえぎってジュラルミンの盾が光っている。機動隊だ。濃紺のヘルメットに重々しい戦闘服は、デモ隊の華やかさとは対照的だった。その背後には、ダークグレーの機動隊の輸送車と放水車が数台停《と》まっているのが見えた。そのまま発電所に向かって歩いた。視線が集中する。

機動隊員に守られるようにして、五人の発電所職員が立っていた。瀧沢は彼らのところに行って、通行証を示した。五人のうち三人は初めて見る職員だった。原子炉稼動を控えて、急激に所員が増えた。顔見知りの初老の職員が頭を下げて、大変ですよ、という顔で瀧沢を見た。

瀧沢は正門横にある警備員詰所に寄った。差し出されたカードに、来所の目的、身分、名前を書いた。指揮棒を持った中年の機動隊員が寄ってきて、覗《のぞ》き込むようにカードを見ている。写真入りのプレートには、名前の上に『新日本原子力発電株式会社　竜神崎第五発電所特別技術顧問』と書かれている。

「今日は直接、会場に行ってください」

警備員が小窓から、顔を突き出すようにして言った。

瀧沢は頷《うなず》いて、発電所のなかに入った。広い道の両側には、葉を落とした桜の木が並んでいる。四月になれば数百本の桜がいっせいに花を咲かせる。日を限定して、住民にも開放する計画があると聞いていた。原発のイメージアップを図ろうとする、電力会社と政府との苦肉の策だ。

発電所に入ると、風はさらに強くなった。建ち並ぶコンクリート群がビル風を引き起こすのだ。第一事務棟の前に、黒塗りの高級車二〇台以上と地元テレビ局のマークのついたワゴン車が数台停まっていた。

二時一〇分。発電所完成のセレモニーが始まるまで、まだ一時間近くある。会場のある事務棟に足を向けたが、思いなおして反対方向に歩き始めた。

原子炉建屋の横にある、制御室建屋に行った。入口の横にあるスリットに自分のカードを差し込み、暗証番号を押した。思った通り、ドアは開かなかった。工事が完成した段階で、すべてのカードと暗証番号は変えられたのだ。さらに運転が始まると、重要区域の出入りには眼球の虹彩《こうさい》による生体認証が必要になる。

呼び出しボタンを押して、ドアの左上にあるカメラに顔を向けた。制御室建屋内の警備員は、瀧沢の顔を知っているはずだ。

ドアは静かに開いた。柔らかな光と空調された空気が瀧沢を包んだ。一歩踏み込むと、完全に外部と遮断された世界だ。

「カードと暗証番号が、今朝から変えられています。あとで第一事務棟の保安課に行って、新しいカードと暗証番号の手続きをしてください」

警備員が出てきて言った。

瀧沢は頷いて、中央制御室に続く廊下を歩き始めた。

「先生、北山主任がお待ちです」

通りかかった若い技術者が言った。

中央制御室のドアは開いたままだった。運転に入れば、ここに入るにもカードが必要になる。

ペンキと真新しいビニタイルの匂《にお》いが瀧沢を包んだ。中央制御室は小学校の体育館ほどの広さがある。正面に縦二メートル、横三メートルの大型ディスプレイがあり、原子炉建屋にある原子炉を映していた。

原子炉の入っている水槽は水を抜かれ、銀色に輝く原子炉圧力容器がその巨大な姿をさらしていた。上蓋《うわぶた》は外され、燃料棒を入れる態勢になっている。あとは、原子炉建屋内の倉庫に保管されている燃料棒を挿入すればいいだけだ。その瞬間、『銀河』は立ち上がり、巨大なエネルギーを吐き出す。

瀧沢は入口に立ち止まったまま、部屋全体を見渡した。傷一つないビニタイル、ビニールの切れ端をつけたままの計器の列。規則的な金属音を響かせながら、データシートを吐き出している一七台の高速レーザープリンター。正面の大型ディスプレイを取り囲む数千の計器が細胞の並びのように続いている。これらすべてが、世界最高の処理スピードを誇るクレー社のスーパーコンピュータＤＣＸ７００９、通称『ソクラテス』に直結され、制御されている。

「先生、驚いたでしょう」

瀧沢が大型ディスプレイを見上げていると、北山が近づいてきた。

北山技術主任は、竜神崎原子力発電所の技術関係の最高責任者だ。三〇年近く原発の設計と建設のみにかかわってきた、生粋《きっすい》の原発マンだ。

「いつからですか」

瀧沢は北山に軽く会釈し、目を右壁の第六パネルに移した。パネルには三八台のモニターテレビが並び、発電所各部を映している。居ながらにして、発電所全体の様子が分かる。そのどれにも、機動隊の姿が見えた。

「今月に入ってからですが、激しくなったのはここ一週間です」

北山は溜《た》め息混じりに言った。

「マスコミが世界最大の原子力発電所の稼動と騒ぎ立てるからです。おかげで五日前の燃料棒輸送のときには、爆弾騒ぎがありました」

「機内の新聞で読みました」

瀧沢は二日前まで、アメリカ南西部の都市サンディエゴにいた。ＩＡＥＡ（国際原子力機関）の会議に出席していたのだ。瀧沢は『銀河』のコンピュータシステムについて講演した。

『銀河』は、原発事故の大部分を占める人為的事故を防ぐために完全自動化を目指して設計され、各所に多重防御システムを配した、世界で最も省力化された安全な原子炉として登場した。スーパーコンピュータ『ソクラテス』が、原子炉の立ち上がり、通常運転、電力消費量による運転調節、原子炉停止を含め、『銀河』の全パラメータを完璧《かんぺき》に把握し、制御し、最適なオペレーションを行なう。まさに、古代ギリシャの哲学者としてふさわしい役割をはたす。

「彼らは、自分のやっていることが分かっていない」

茨城県東海村《とうかいむら》の新日本原子力研究開発機構で製造された一〇万本の燃料棒を積んだ一二台の大型トラックが発電所の正門を入ろうとしたとき、乗用車が突っ込んできたのだ。幸い、前後を護衛していたパトカーが乗用車の前に回り込んで、燃料棒を積んだトラックとの衝突は避けられた。

しかし乗用車はパトカーと接触して、発電所正門横の警備員詰所に突っ込み、爆発した。トランクに手製の爆弾を積んでいたのだ。爆発力は弱く、乗用車のトランクを吹き飛ばしただけだった。だが、車を運転していた原発反対派の若者は重傷を負い、車に押しつぶされて警備員が一人死亡している。

「乗用車がトラックと衝突していたらと思うと、冷や汗が出ます」

「港は使えないのですか」

「発電所本体が優先されましてね。護岸工事の完成は来年の秋です。本来なら順序が逆なんですがね」

北山はわずかに眉《まゆ》を吊《つ》り上げた。会社と政府の、強引ともいえる納期優先の建設計画には批判的なのだ。

「しかし、プルトニウムのときでなくてよかった」

瀧沢は北山に向かって言った。北山は黙って頷いた。

原子炉補助建屋の地下三階には、プルトニウム貯蔵室がある。フランスのラ・アーグ再処理工場、イギリスのセラフィールド再処理工場、新日本原子力研究開発機構の東海再処理施設、日本原燃株式会社の青森県六ヶ所《ろっかしょ》再処理工場で再処理されたプルトニウムが保管されている。

プルトニウムは七キロずつ二〇個の特殊容器に小分けされ、キャスクに詰められている。そのキャスクが一五個、合計二・一トンのプルトニウムが二か月前に建屋完成とほとんど同時に運び込まれた。一四〇キロのプルトニウムを保管するキャスクは直径一・六メートル、長さ三メートルの円筒形で、炭素鋼で出来ている。二重壁の厚さは二〇ミリ、三二気圧の圧力に耐え、一時間にわたる九〇〇度の熱にも損傷せず、一〇〇〇メートルの海底に一年間放置されても十分に耐える設計になっている。この貯蔵室には北海道に本格的な貯蔵施設が出来るまで、最高三〇トンのプルトニウムが保管される。

「しかし、日本の原発は、警備システムをもっと真剣に考えなければいけない。少なくともアメリカ並みにね」

アメリカでは塀に電流を流し、警備員が自動小銃を持っているところも多い。本人認識法も、指紋や目の虹彩を使った生体認証が常識である。

「ここに入るには、カードと暗証番号が必要です」

「うちの学生なら五分で半数、一〇分あれば全員入ってくる。パソコン一台あればね」

「それも運転が始まるまでです。以後は生体認証が加わりますから、ちょっとやそっとでは入れません」

「だといいがね」

北山は肩をすくめた。日本の原子力産業の抱える問題は、原子力技術そのものより、それを取り巻く関連システムにある。これはやはり、行政の責任が大きい。

瀧沢はディスプレイに向き直った。

「原子炉本体と周辺装置は、すべて順調です。試験運転も問題ありません。順調すぎるというのも恐《こわ》いですよ。どこかに、大きなトラブルが待ち受けているようで」

北山は、いやなことを吹き払うように笑いながら言った。

瀧沢は中央にある制御盤の前に行って、コンピュータのキーを叩《たた》いた。ディスプレイが光り、見なれた画面が現われた。膨大な数字の列。この数字が、『銀河』の状態を表わしている。いま何を行ない、何を望み、何を思い、これから何をやろうとしているのか――。

「アメリカから帰られて、初めてのデータですか」

「文部科学省への報告で遅れました」

瀧沢は、ディスプレイを見つめたまま答えた。

アメリカに出かける前まで、『ソクラテス』は東京本社の研究室、電力中央研究所、大学に電話回線でつながれていた。パスワードさえ知っていれば、どこからでも呼び出すことができた。しかし、いまは、『ソクラテス』は完全に切り離され、この中央制御室でしか操作できない。つまり外部からはまったく侵入できないクローズの状態におかれている。瀧沢はキーを押して、ディスプレイの数字を消した。

「あとは、三日後の燃料棒挿入を待つだけです」

北山は自信をもって言った。

2

新宿《しんじゅく》、歌舞伎町《かぶきちょう》。

午後一一時。師走《しわす》に入った繁華街の夜は、喧騒《けんそう》に満ちていた。呼び込みの男たちの声と、酔っ払いの視線が交錯する。ネオンの明かりが、冷え冷えとした冬の夜を景気づけるように輝いている。女の嬌声《きょうせい》と欲望にぎらつく視線。

アダルトショップの看板のかかった階段の横に、男がうずくまっている。二〇分も前からそのままの格好だが、声をかける者もいない。男は時折り苦しそうに息を吐き、胸のあたりを押さえた。口許《くちもと》にあふれた生唾《なまつば》を、薄汚れたコートの袖《そで》で拭《ふ》き取った。コートの下はトレーナーだけだ。コートは吐瀉物《としゃぶつ》で汚れている。といっても、吐いたのは黄色っぽい液体だけだった。胃にはもう何も残っていない。最後に食物らしいものを口にしたのはいつだったろうか。三日前、四日前――一週間になるかもしれない。身体《からだ》は衣服と同様、衰弱し、ぼろぼろになっている。そして、精神《こころ》は……。

男は震える足に最後の力を込めて立ち上がり、よろめきながら歩き始めた。顔を上げ、必死に誰《だれ》かを探した。コートのポケットに手を入れて探った。八五〇グラム。ひと月前には分身のように心強く感じたそれも、いまでは体重より重く感じる鉄の塊《かたまり》にすぎない。

スナックの横をまわって、路地裏に入った。ネオンの光を斜めに受けて、数人の人影が立っている。三人の女と一人の男。小便とアルコールのしみ込んだアスファルトからは、氷のような冷気が這《は》い上がってくる。下着が見えそうな赤いミニスカートと、ピッチリと尻《しり》に食い込んだ黄色いホットパンツ、下半身のラインを鮮明に表わすタイツのようなパンツ。三人とも、ふわふわに膨らんだ毛皮のコートを着ている。男の耳に大きめのピアスが光った。

女に囲まれたピアスが、ライターで煙草《たばこ》に火をつけた。大きすぎる炎に、顔が浮かび上がる。頬《ほお》がこけ、メタルフレームのサングラスをかけている。薄い唇にロングサイズのモア。鼻の下には薄い髭《ひげ》。バーバリーのトレンチコートを羽織っている。金まわりのいいチンピラといった風体《ふうてい》だった。

男はよろめきながらピアスに近づいた。ピアスは顔を上げ、男を見た。ゆっくりと煙を吐き出す。男はピアスに向かって何か言った。低いしわがれた声だ。女たちは顔をしかめ、男を見ている。

ピアスは何度か男に聞き返し、最後に首を振って、くわえていたモアを指先で男に向けて弾《はじ》いた。モアは男の頬に当たり、肩に灰を振りまいて地面に落ちた。男は声を上げた。唸《うな》り声に近い。ピアスはミニスカートの腰に腕をまわし、男に背を向けて歩き始めた。男が再び唸った。

ピアスが振り向くと同時に、銃声が響いた。ピアスは何が起こったか理解できなかった。額には小さな穴。後頭部には、その一〇倍ほどの穴が開き、血と脳味噌《のうみそ》をまき散らしていた。男が第二弾を発射してから、女が悲鳴を上げた。その悲鳴は半分で途絶えた。

一秒後には二人目の女が倒れ、残りはその場にしゃがみ、アスファルトを黒く染めて失禁している。

銃声を聞いた野次馬が、路地の入口に集まってきた。男は振り返り、野次馬の群れに残りの弾《たま》を発射した。中年のサラリーマンが倒れ、和服の女が白いショールを血に染めたまま逃げて行った。

男は震える手でポケットからマガジンを取り出し、入れ換えた。ゆっくりと歩いた。通りに出て、遠巻きに囲む野次馬に銃口を向けた。悲鳴が上がり、いっせいに逃げだす。銃声が響く。一発、二発……。三人が、凍《い》てついた道路に横たわった。全弾発射したところで、男は空を見上げた。ビルの黒い影に囲まれた、深い穴のような空から何かが落ちてくる。雪だ。男のなかで何かが弾けた。男は口をあけて、受けとめようとした。昔、遠い昔、そうして走りまわったことがある。しかしそれはあまりにも数が少なすぎて、男の口には入らなかった。顔に落ちた雪も一瞬のうちに消えていく。

銃声が響いた。男の頭から黒いものが散った。身体は弾かれたように飛び上がり、路上に倒れた。

鷲尾敏之《わしおとしゆき》警部は、一度開けかけた車のドアを閉めた。冷気が流れこんで、鷲尾の気持ちを萎《な》えさせたのだ。部下の井筒《いづつ》刑事が、運転席から不思議そうに見ている。

鷲尾は思い切って車を降りた。寒気《さむけ》が全身を包んだ。思わず尿意が襲い、身体を震わせた。

病院の駐車場には人っ子一人いない。当たり前だ。午前五時をすぎたところだ。起こされたのは四時半。一五分も経《た》たないうちに、井筒が車で迎えにきた。さすがに道路はすいていた。昼間なら一時間かかるところを、二〇分で来た。

「なんで公安の俺《おれ》が捜査一課に呼ばれる。それも朝の五時に」

鷲尾は井筒に文句を言いながら、警察病院の検視室に入った。病院特有の消毒薬の臭《にお》いから、さらに複雑な薬品臭を含んだ、ひやりとした空気に変わる。そしてもう一つ、死の臭い。

捜査一課の刑事が三人、手もちぶさたに白いシートがかけられた解剖台の前に立っている。

「用件ぐらい言ってから呼び出してくれ」

鷲尾はコートのポケットに手を入れたまま言った。

刑事の一人がシートを取った。思わず顔をしかめた。死体を見なれているというほどではないが、一年で数件の割合で見てきた。しかし、これはひどすぎる。

「お得意さんだよな」

刑事は無愛想に言った。

鷲尾は出かかった言葉を呑《の》み込んで、解剖台に横たわる男を見下ろした。顔は横に倒されている。頭部から、黒っぽいどろりとしたものがこぼれている。脳味噌か、血が固まりかけたものか。

「加頭優二《かとうゆうじ》、三九歳」

横に立っている井筒が言った。鷲尾は刑事のほうを見た。

「午前〇時三分、新宿一丁目の路上で拳銃《けんじゅう》を乱射。五名を射殺、八名に重軽傷を負わせた」

刑事が事務的な口調で言って、ビニール袋に入った拳銃を鷲尾の鼻先にぶらさげた。

「トカレフ。中国や北朝鮮のコピーじゃない。正真正銘のロシア軍の新品。グリースオイルでベタつきそうなやつだ」

鷲尾は拳銃を受け取った。ずっしりとした重量感が伝わる。

「マークはしてたんだろう」

「三か月前から行方不明」

鷲尾は死体を見つめたまま言った。刑事の一人が、当てつけのように大きな溜め息をついた。

「覚醒剤《かくせいざい》中毒患者だ。それもかなり重度。解剖を待つまでもない」

刑事は、死体の腕を持ち上げた。青黒い痣《あざ》が、静脈に沿っていくつもある。刑事は足のほうにまわって、太ももを指した。同じような痣がちらばっている。

「売人と売春婦を射殺。その後、通行人に向けて拳銃を乱射。シャブ切れの錯乱状態だ」

「自殺か」

「撃たれた。撃ったやつは人混みにまぎれて逃走。ヤクがらみの喧嘩《けんか》だろう」

「犯人は？」

「まだだ。どうせそこらのチンピラだ」

「カルト教団の生き残りがシャブ中になって、売人殺害のうえ拳銃を乱射。自分は誰かに撃たれた。マンガにもなりゃしねえ」

もう一人の刑事が死体にシートをかけながら、鷲尾に納得させるように繰り返した。

「そんなやつじゃなかったんだ」

「どんなやつかは知らんが、シャブ中であることは確かだ。検視結果が出れば知らせる。おたくの愛人であることが判明したんで、まずお知らせしたってわけだ」

鷲尾の落ち込みようを見て意外に感じたのか、刑事は言い訳のように言った。

「所持品は？」

刑事は顎《あご》で横の机を指した。拳銃と一緒に財布と手帳があった。財布のなかには、百円玉が三個に十円玉が五個。思わず溜め息が出そうになった。

鷲尾は手帳を取って、ページをくった。数ページにわたる電話番号と名前。カレンダーには時間が書きこんである。不用意なやつだ、と鷲尾は思った。昔から、あの教団の幹部らしくない、おっとりしたところがあった。最後のページに赤いボールペンで何か書いてある。薬が切れたときに書いたのか、震えるような頼りない字だ。

「ス・ピ・カ」鷲尾にはそう読み取れた。

鷲尾は病院を出た。一時間ばかり降った雪は跡形もなく、街灯に照らされた地面が濡《ぬ》れて光っていた。井筒と別れて、一人駅のほうに歩いた。うどんの立ち食いスタンドが開いている。入って、天麩羅《てんぷら》うどんを注文した。

あの男にはさんざん手を焼かされた。一七年もの付き合いになる。初めて会ったのは加頭が二二歳、大学生のときだった。『ひかり』教団本部に入り浸りで、やたらと理屈っぽい男だった。大阪の大きなレストランの息子で、親からは一〇年以上も前に勘当されている。根っからの狂信者というのではなく、上京してすぐになんとなく入り込んだ組織から抜けられなくなったのだろうと鷲尾は思っている。気の弱い男なのだ。食い逃げやひったくりといった微罪を含めれば、一〇回以上逮捕している。

『ひかり』は、すでに逮捕され死刑判決の出ている柳本明雄《やなぎもとあきお》を教祖とする新興宗教団体だ。

「人は死ぬ、必ず死ぬ、絶対死ぬ、死は避けられない」この世のすべては無常であり、すべての喜びはいつか終わりが訪れる。そのため煩悩的な喜びは必ず苦しみを生み出す。ならば自己の煩悩を超越し、無常を超えれば絶対自由・絶対幸福・絶対歓喜に至るとするのだ。修行により、苦悩からの解放を説くものだ。

『ひかり』は若者を取り込むことにより、急激に勢力を拡大し、最盛期には賛同者を含め一万人以上の信者がいた。当時は、ロシアや中東地域にまでその勢力を拡大しようと活動していた。

そのために強引な信者の獲得を行ない、多くの問題を引き起こしていた。社会から隔絶するにつれ、リンチ殺人、監禁致死、警察幹部殺害未遂、ＶＸガスによる殺害といった殺人事件までも起こしている。

そして、化学兵器を用いた無差別殺人事件を起こし、教祖の柳本をはじめ幹部は逮捕され、死刑や無期懲役の判決を受けている。

残った信者たちは、新しく『アルファ』を設立して組織の立て直しを図ったが、うまくいっていない。

加頭は、一九九〇年代前半の、『ひかり』教団全盛期の中堅幹部で、一五年前の教団解散後に発足した『アルファ』では教義面での最高幹部となった。ここ一〇年ほど『アルファ』はほとんど活動らしい活動はやっていない。四谷《よつや》の薄汚れた雑居ビルに本部を置いて修行らしいものを行なうほか、海外拠点との連絡と、年に数回、機関誌を発行していた程度である。それも、いまはどうなっているのか。

定期的に入ってくる加頭に関する情報を思い出しても、新聞配達員やパチンコ店従業員のアルバイトに忙しく、大それたことなどできそうもなかった。鷲尾もここ数年は忘れていた、というのが実情だった。その男が覚醒剤常習犯で、拳銃を乱射の末、頭を撃ち抜かれて死亡……。納得できない思いとともに、哀れという感情が先に立った。大物ではないが、夢を捨てきれない、気が弱く純朴な男というイメージが強い。よく言えば人のいいロマンチスト、悪く言えば優柔不断の無責任男。一般的には後者だ。

「トカレフか……そして、スピカ……」

鷲尾はつぶやいた。隣の二十代のサラリーマンが、不思議そうな顔で鷲尾を見た。店は出勤前のサラリーマンで混みあってきている。鷲尾はあわててカウンターに置かれたうどんをかき込んだ。

明るい光が店のなかに差し込んでいる。東京は動き始めていた。

3

富山県竜神崎の東、一五キロの海岸。

昨夜の嵐《あらし》が嘘《うそ》のように空は晴れわたっていた。一二月にこのように穏やかな日は珍しかった。地元の漁師、村岡作治《むらおかさくじ》はいつものように釣り竿《ざお》をかついで浜に出た。

この時期、海が荒れるのは珍しくないが、今年は嵐が続いている。一〇日ほど前の嵐もすごかった。

浜には漂着物があふれている。おびただしい量の海藻類や流木に混じって、さまざまな人工物がある。一〇年以上前から外国のものが増えた。ハングルの入ったポリ容器、ロシア語の書かれたビニール袋。中国語の焼印が押された板切れもあった。

作治は時折り立ち止まり、砂や海藻に埋もれている漂着物を竿の柄で引っくり返したり、足で掘り返したりした。

数年前、宝石の入ったカバンを拾った漁師がいると噂《うわさ》になった。遭難した密入国者のものだとも、密輸品だとも言われた。警察も乗り出したようだが、結局、真偽のほどは明らかではない。半年前には、覚醒剤入りのカバン。これは警察に届けられた。あとで末端価格一二億円と聞いて、拾った漁師は真っ青になった。

目を上げると、五〇メートルほど先に黒いものがある。長年のカンで、それが人間の水死体であることが分かった。この海岸では、いまも半年に一度の割合で死体が打ち上げられる。大半が外国人のものだ。二十代の男が多いが、たまに女の死体もあった。中国か北朝鮮からの密航者のものである。身許が分かったことはなかった。

作治はゆっくり歩いて、近づいていった。思わず手で鼻を覆った。異様な臭いが漂っている。死後、一週間から一〇日というところか。この状態で浜に打ち上げられたのは奇跡的だ。半分魚に食われ、頬骨が出ている。

息を止めたまま近づいて覗き込んだ。今日のはいつもとは違っている。白人だった。頭の半分に残っている短く刈り込んだ髪は栗《くり》色で、大柄な男だった。作業ズボンに厚手のジャンパー。ジャンパーの下に、ウールのセーターを重ね着している。古びて傷だらけのワークブーツを履いていた。典型的なロシアの港湾作業員の服装だ。しかし、男がただの港湾作業員でないことは、一目で分かった。腰に拳銃の入ったホルスターとナイフケースの付いたベルトをしている。

作治はただちに派出所に届けた。新婚の警察官はまだ寝ていた。拳銃を持っていると聞いて、あわてて起きだしてきた。規則通り県警本部に報告して、自転車を走らせた。

事件がさらに大きくなったのは、午後からである。

死体が流れ着いた海岸から五〇〇メートル北の岩場で、釣り人が大型バッグを発見した。カーキ色のずだ袋で軍隊が移動用に使うものであった。釣り人は、その中身を調べた。カラシニコフAK74突撃銃とそのマガジンが一二本、手榴弾《しゆりゆうだん》五個。関係者の注意をひいたのは、ナイロンコーティングされたつなぎだった。つなぎには、ダークグリーンと濃い灰色の迷彩が入っている。さらに頭部をスッポリと包む、毒ガス用フィルターの付いたマスク。その他に、わずかな身のまわり品が入っていた。

バッグはただちに県警本部に運ばれた。所有者は明らかに死体の男だった。バッグからは、潮に濡れた写真が出てきた。

クレムリンをバックに、三人の軍服姿の男が肩を組んで笑っている。真ん中の兵士が溺死《できし》した男だと、なんとか判別できた。アフガンと思える地で、銃を構えているものや、戦車に乗っているものもあった。ロシア連邦が発行したパスポートもあった。アレクサンドル・イワノビッチ。職業、トラック運転手。それが嘘なのは明らかだった。胸ポケットにあった札入れには、五〇ドル札が二〇枚に、数枚のルーブル紙幣。そして、小さく折りたたんだ紙が入っていた。紙には小さな字でぎっしり数字が書き込まれ、その頭にはロシア文字で「スピカ」と書かれていた。

解剖に移す前に身体検査をすると、肩に軍の認識番号の刺青《いれずみ》が判読できた。ロシア当局に問い合わせ、男はロシア陸軍伍長《ごちょう》モヴラジ・ムハメードフであることが判明した。ただちに、警察庁と連絡が取られた。警察庁から防衛省に連絡が行き、それは陸上、海上、航空の各幕僚監部に伝えられた。

陸上自衛隊東部方面隊、市ケ谷《いちがや》駐屯地。

柔らかな陽《ひ》が一面に降り注いでいる。木々は緑に輝き、草は水分をたっぷり吸って、青々と繁《しげ》っている。小道は透き通った水をたたえた湖へと続いている。どこかは知らないが、外国の風景だ。

長谷川慎一《はせがわしんいち》一等陸尉はデスクに足を乗せ、ぼんやりと眺めながら溜め息をついた。壁に貼《は》られたカレンダーの風景だ。先月は、目の覚めるような紅葉の山々だった。人工的な銭湯のタイル絵にも似たものだが、ときに衝動的ともいえる魅力を感じさせる。

〈ロシア大統領は、再度チェチェン大統領の解任を行ない――チェチェンはますます混迷の度合いを深め――ロシア大統領はチェチェン戦争の終結を宣言しましたが、まだ依然としてテロ活動は続いており――ロシア社会は今後、国際社会からの強い非難と――今後のエネルギー政策を握っているのは、国内に建設予定の原子力発電所の成否にかかっており――国民の不満を抑えきるには――〉

ラジオから流れていた軽音楽がニュースに変わった。

ソ連時代の国営放送とは内容がかなり変わってはいるが、やはりカーテンの向こうの国だ。鉄が鉛になった程度だ。長谷川はスイッチを切った。急に静寂が満ちた。

部屋の両側には、壁に向かってデスクが三つずつ並んでいる。デスクの上にはパソコンと積み上げられた資料の山。もう一方の壁には、ファイルケースと乱雑に並べられた本棚があった。地下二階にあるこの部屋は、大学の研究室にも似ていた。陸上幕僚監部調査部別室、極東地区戦略室。旧ソ連、中国、極東地域を中心に情報収集を行なっている。地下二〇メートルにあるコンクリートに囲まれた空間で、空気までも完全にコントロールされている。

自然のなかですごせたのは、入隊した最初の一年間の訓練期間だけで、あとはコンクリートの棺《ひつぎ》に閉じこめられている。ロシア語が少々できたというだけで、この運命ではたまらないと思う。

長谷川の大学での専攻は、文学部ロシア文学。好きで選んだわけではない。消去法でいくと、最後に残ったのがロシア文学だった。英語はまったくダメ。フランス語を聞くと身体がムズムズする。ロシア語なんて聞いたこともない。どうせ、聞いたこともないものなら……。

だが、一〇年以上もこの仕事を続けていると、それなりの専門知識や頭の使い方も身についた。もともとソ連にクーデターが起こったことにも驚かなかったし、当然のこととして受けとめていた。その後に続く経済破綻《はたん》、政治的混乱。さらに国際社会の非難を浴びたチェチェン問題。ロシアは激動のなかにあった。そのロシア情勢を分析して報告書を書いてきた。その分析はことごとく的中していた。

そして次にロシアに起こることは――。自分でもその非現実性に唖然《あぜん》としている。しかし――なにが起こっても不思議ではない国だ。

「また、転属願いを出したそうだな」

入ってきた、三等陸佐の襟章をつけた室長が言った。長谷川はあわててデスクから足を降ろし、椅子《いす》に座り直した。

「今度は認められるかもしれんぞ」

横に座っていた別の一等陸尉が、椅子を回して笑いながら言った。

「冷戦は終わり、西側にとって脅威は消滅した。旧東側は、昔の愛人との痴話喧嘩と食うことで精一杯だ」

「食えなくなった熊《くま》は、村里まで下りてくる。さらに飢えて、凶暴になって人を襲う。別れた元夫婦ってのも、悪態の限りを尽くして罵《のの》り合っている。わずかな財産の争奪戦だ。西側もリーマンショックでひっくり返り、その立て直しにやっきになっている」

長谷川は再び壁のカレンダーに目を向けた。

「中国が張り切ってる」

「図体は共産主義でも、心は資本主義だ」

「北朝鮮とイランを加えれば満足か」

「イカレた田舎者《いなかもの》がはしゃぎまわっているだけだ。核兵器でも持てば別だが」

「一人の田舎者はやっと手に入れた核兵器を世界に自慢し、もう一人は自国での開発に必死になっていたが、あきらめて中国とウクライナに使者を送ったという情報がある」

室長が二人の話に割って入った。

「アメリカが許さんでしょう。何をしでかすか分からないやつらです」

「非現実的だな。国際情勢から考えると」

室長は頷いた。

「しかし、ロシアから核弾頭つきのミサイルを運びだすのは、不可能なことじゃない」

「混乱はいまも続いている。メニューはゲップが出るほどあります」

長谷川は立ち上がって、両手を上げて伸びをした。眠気が遠のいていく。

「どうしてそんなに実戦部隊が望みなんだ」

室長があらたまった顔で聞いた。

「閉所恐怖症です。昔から、狭いところと本は苦手でした」

「頭より身体というわけか。しかし、おまえが書いた五年前の報告書は、その後、そして現在のロシアの状況を正確に予測していた。上層部もあれには感心したらしい。もっと自国の情報部を信頼していれば、ＣＩＡの鼻をあかしてやれたと悔やんだそうだ」

「翻訳や、予想屋の真似事《まねごと》をやるために自衛隊に入ったんじゃありません。予言は宗教屋にまかせましょう」

長谷川はぶっきらぼうに言った。

「愛想のないやつだな。自衛隊に必要なのは、戦争ごっこを喜ぶガキばかりじゃない」

「そのガキが、本来の軍隊の姿だとは思いませんか」

軍隊という言葉をことさら強調した。

「おまえが正しいのかもしれん。だが、間違ってもここ以外でそんな言葉は使うな」

室長が真面目《まじめ》な顔で言った。

「おまえを、危険思想の持ち主だと言ってるやつがいる」

長谷川はかすかに笑った。危険思想、たしかにそうかもしれない。入隊した当時は、平和思想が危険思想だった。たとえば中国が侵略してきたら誰が祖国を守る。平和ボケもいい加減にしろ……。ところが、いまでは、強硬派が危険思想の持ち主になっている。自衛隊内部でも、民主化された自衛隊などという言葉が使われている。

「光栄の至りです」

長谷川は体育館に行くために、バッグを持って立ち上がった。

「また山か」

室長はうんざりした顔で長谷川を見た。

来週、休暇で茨城の実家に帰る。茨城では久しぶりに高校時代の仲間と山に登ることになっている。クリスマスを山ですごすのだ。

「鈍った精神と身体を鍛え直してきます」

「そろそろ身をかためたらどうだ。もう、三四だろう」

室長が長谷川の背中に向かって言った。

「私は、国家に命を捧《ささ》げるつもりです。そんな者が、家庭を持てますか」

長谷川は振り返り、本音とも冗談ともつかない顔で言った。室長は呆《あき》れた顔で肩をすくめた。

長谷川がドアのノブに手をかけたとき、ドアが開いた。風間《かざま》一等陸佐が入ってきた。彼は全国六か所に設置された電波受信局と、陸上自衛隊各方面隊におかれた陸上幕僚監部調査部別室を統括している。

三人はいっせいに立ち上がり、姿勢を正した。一〇年以上の自衛隊生活で、身体が覚えている。

風間一等陸佐は緊張した顔つきで長谷川に言った。

「作戦司令室にきてくれ」

作戦司令室は地下五階にある。核攻撃から生き残るためのシェルターとして設計された地下三階から下は、入室が制限されている。

作戦司令室正面には、世界地図と日本地図を映した二つの大型ディスプレイが並んでいる。日本各地の陸、海、空の自衛隊駐屯地にオンラインでつながり、作戦行動を司令し、その行動を一目で知ることのできる巨大な中央情報管理室だ。総理大臣執務室ともつながっている。有事の際には、ここから陸、海、空、全自衛隊に統括的な命令が出される。

長谷川は風間一等陸佐のあとについて、隣の会議室に入った。異様な臭いが漂っている。顔をしかめたが、すぐにその表情を引き締めた。中央のテーブルを囲んで八人の男がいる。三人は背広姿だ。おそらく内部部局の人間だ。

長谷川は思わず姿勢を正した。中央にいるのは石破《いしば》陸上幕僚長だった。陸上自衛隊のトップだ。

「長谷川一等陸尉だね」

「そうであります」

長谷川の身体は上官の前で自然に反応した。

「報告書は読んでいる。政府機関、大学、民間を含めて、ロシア関係の論文は多数読んだが、あれほど突っ込んだ予測をしたものはなかった。民間に発表できなかったのは非常に残念だった。公《おおやけ》に発表していれば、多くの面で対ロシア政策が変わっていた」

「恐れ入ります」

「ロシア通のきみを見込んで、これらの装備についての意見を聞かせてもらいたい」

幕僚長は身体をずらし、テーブルの上を指した。

「洗わないでそのまま運んでもらった。もちろん、持ち主は遠慮したがね。死後一〇日といったところだそうだ」

テーブルの上には数枚の写真、衣類がある。その横に大型バッグが置かれ、つなぎの迷彩色の軍服、カラシニコフＡＫ74突撃銃、五個の手榴弾、手帳、札入れ、その他の日用品が並べられていた。

目を引いたのは、カエルの目玉のようなレンズのついた全面マスクだった。

「すべて、ロシア製です」

「毒ガス用マスクか？」

「軍服の胸部についているのは小型線量計です。ロシア陸軍、核部隊の標準装備です」

全員の目が長谷川に集中した。

「核部隊？」

「ロシア陸軍の特殊部隊に属する精鋭部隊です。この装備は、核戦争が起こった場合、そこで戦う兵士のために製作されました。ナイロンコーティングされた密封型迷彩服、放射能除去フィルター付きのマスク。ただし、かなり雑です。大して役に立つとは思えません」

「いまどき何でしょうかね。冷戦は終わったというのに」

背広の男が身を乗り出してきた。

「どこで入手しましたか」

「富山の海岸に打ち上げられた」

「死因は？」

長谷川はＡ４サイズの写真を手にとった。無残な水死体だが、ロシアの労働者の服装だ。

「心臓麻痺《まひ》だ。水は大して飲んでいない」

「海中に落ちて？」

「間違いない。死後一〇日程度だそうだ」

「と言うと、嵐が日本を通りすぎたころですね」

「日本海で演習していたロシアの艦船から足を滑らせて、嵐の海に転落したんですよ」

背広の男が口をはさんだ。

「民間人の服装で演習もないでしょう」

長谷川は男の顔も見ずに言った。

「至急、今月初めからの日本海でのロシア艦船の状況を調べてくれ。軍事演習の有無もだ。不審な点があれば、外務省を通じてロシアに直接回答を求める」

幕僚長が背広の男に言うと、男は頷いて部屋を出ていった。

札入れの横に、ドル紙幣の束と写真がある。長谷川はパスポートの上の小さく折りたたまれた紙を開いた。インクの滲《にじ》んだ字で「スピカ」と読み取れた。他に細かい数字が書いてある。おそらく日にちと時間だろう。

「ただごとではない気がするんだがね」

「同感です」

長谷川は再びテーブルの上に目を移して、マスクを手に取った。

4

完成式典は中央制御室での、デモンストレーション運転で始まった。式には経済産業大臣の山路勝彦《やまじかつひこ》、文部科学大臣の大谷潤《おおたにじゅん》ほか、県知事、県選出の国会議員が数名と、電力会社からは会長、社長以下、役員は全員出席していた。その他、電力関係、建設に関係した原子力五社の主だった役員の顔は全員見られた。式の様子は、日本はもとより世界各国に報道された。日本では五年ぶりに稼動を始める、世界最大の原子炉だった。

日本政府は、「すべての主要国による公平かつ実効性のある目標の合意が前提」という条件付きながら、世界に対して二〇二〇年までに、温室効果ガスを一九九〇年比で二五パーセント削減するという数値目標をかかげた。この厳しい目標を達成するためには、二酸化炭素をほとんど出さない原子力発電は欠かせないエネルギー源だ。今回の『銀河』の運転は、原子力発電をアピールする絶好の機会だった。今後、『銀河』は安全で効率的なクリーンエネルギーの象徴となる。

中央制御室には、緊張感が漂っていた。各運転員は所定の場所に待機して、点火の合図を待っていた。あわただしく走りまわっているのは、二〇人に限定して入室を許可された各国の報道関係者だけだった。

テレビカメラの見守るなかで、山路経済産業大臣によって点火スイッチが入れられた。『銀河』と『ソクラテス』の稼動ランプが点《とも》り、低い電子音が室内に満ちた。全員の目が、中央の大型ディスプレイに集中する。水槽の水位が次第に上がってくる。水は原子炉の上部から一メートル下で止まった。いっせいに拍手がおこった。アナウンサーが早口でしゃべっている。あとは燃料棒を入れ、上蓋をして各種の結線を終えれば、『銀河』は二〇〇〇万キロワットの熱を出し、自ら歩き始める。

完成式の会場は、第一事務棟の大会議室に移った。大臣たちの祝辞に続き、新日本原子力発電、藤田《ふじた》社長の挨拶《あいさつ》が行なわれていた。瀧沢は時計を見た。四時半をまわっている。斜め前で、北山が退屈そうにあくびをしていた。瀧沢は北山の肩を叩き、あとで連絡をすることを告げて会場を出た。

一二月の冷気が全身を包んだ。海のほうを見ると、陽はすでに沈み始めている。

発電所を出て、海岸に向かって歩いた。正門前のデモ隊は十分の一に減っていた。それでも広場には、まだいくつかのグループが輪になっている。瀧沢は立ち止まって、その一つひとつを目で追った。一人の女性が立ち上がり、手を振っている。目をこらしていると、焦茶色のスラックスに赤いウインドブレーカーの女性が飛び出してきた。仁川結子《にがわゆうこ》だ。耳が見えるまでに刈り込んだショートカットの髪、ほとんど化粧気のない顔に赤い口紅が印象的だった。肩に大型のバッグをかけている。

「式が予定より長びいた。一時間の遅刻だ」

「いつものことでしょう。でも許してあげる。今日は退屈しなかったから。遅刻は三〇分よ」

瀧沢は腕時計を見て、首をかしげた。

「いいかげんに引退させてあげるべきよ、その骨董品《こっとうひん》。人間なら満身創痍《そうい》で一〇〇歳を超えている。クリスマスにはプレゼントさせて」

「別のものにしてくれるとありがたい」

「パブロフ博士の贈り物ね。ライバルが男性とは思ってもみなかったわ。でも、会ったのは三度だけ、おまけにここ一年連絡が取れないんでしょう。私には分からない」

「人との結びつきは会った回数じゃない」

「否定しないわ。でも、私より大切な人？」

瀧沢は答えず、結子を見つめた。白い歯が、こぼれるような笑みを振りまいている。短く刈り込まれた髪が、脱色したように茶色に輝く。形のいい耳に金のピアスが光っていた。小麦色に焼けた顔は、健康的な輝きに満ちていた。腕には、グリーンの腕章がつけられたままになっている。瀧沢の視線に気づき、結子は笑って腕章を外すと、バッグに入れた。結子と会うのは、三週間ぶりだった。

「ずいぶん陽に焼けたね」

「ブラジルはいま、夏」

「南半球か――」

結子は二日前まで、アマゾンのジャングルにいた。失われつつある熱帯雨林と地球温暖化への影響の取材をしていたのだ。五枚の絵葉書と、一〇通あまりのメールをもらった。絵葉書はどれも、美しい森林とそこに生きる動物のものだった。

「どうだった、ブラジルは」

「ジャングルはズタズタに切り刻まれ、大地は皮膚病にかかった象のよう」

「きみはいつも――」

瀧沢は言葉を切った。望遠レンズとフラッシュライトの付いたカメラを持った若い男が、こちらを見ている。瀧沢は何気なく背中を向けた。結子は男のほうを見て、腕で大きなバツの字を作った。

「安心して、知ってる子。まともな雑誌のカメラマンだから、スキャンダルにはならないわよ」

「そんなことは気にしてない」

結子は笑いながら瀧沢の腕を取って、身体を寄せた。瀧沢はあわてて腕をほどいて歩き始めた。

「ほらね」

結子はからかうように瀧沢の頬を指で突《つっ》いた。彼女は時々、思いがけないことをする。若さがそうさせるのか、彼女自身の性格なのか計りかねることがある。

「海岸に行きましょ」

結子は瀧沢の腕を引いた。

「彼らは？」

「みんなも帰るところ。これ以上いても、なんにもならないわ」

あなたも困るでしょ、みんなが見てると、と付け加えた。

「私はそんなに有名人じゃない」

「あなたが、そう思ってるだけ。知る人ぞ知る『銀河』設計の中心人物。世界的な核物理学者。大物なのよ」

「事実を知ると、みんながっかりする」

「そのあなたと、GHの女性記者が腕を組んで寄り添ってる。どんなスキャンダルでも生まれるわよ。最近の週刊誌の記事なんて、小説と一緒なんだから。それもポルノまがいの」

結子は笑いながら、ますます身体を押しつけてくる。化粧の匂いに混じって、かすかに汗の匂いがする。

ふたりは国道に続く道を途中で逸《そ》れた。松林に入り、海岸のほうに歩いた。西の空の雲が切れ、陽が差し始めた。海からの風が、直接吹きつけてくる。結子はぶるっと身体を震わせて、瀧沢の身体にぴったりと寄り添った。大きな火の玉のような太陽が、水平線に滲んでいる。海が赤く染まり、キラキラと輝いている。そのなかに、数隻の漁船が黒い点になって浮かんでいた。

瀧沢は立ち止まって、振り向いた。発電所が、砂漠に建つ楼閣のように黒々と浮かんでいる。中央にそびえる原子炉建屋が、赤い空に撃ちだされる砲弾のように見えた。この超大型原子炉の開発は、日本の原子力政策の落とし子だ。国内で原発立地場所の確保が困難になった電力会社と政府は、すでに認可の下りている原発の発電能力を大幅に増大した。これで、結果的には一〇〇万キロワットクラスの原発を五基建造したのと同じことになる。ここには今後二〇年間で、三基の同型原発建造が計画されている。

「この発電所が稼動すれば、同じ型のものがロシアに五基建設される」

「それが問題なのよ」

結子は溜め息をつくように言った。

「会社と政府は、『銀河』が目的ではないのよ。最終目的は、この巨大プラントを世界に売り出すこと。地球を原発で埋め尽くそうとしているの。コンピュータで管理された、絶対に安全で二酸化炭素を出さない巨大原子力発電所という商品をね」

それに、と付け加えた。

「燃料製造の名目で、プルトニウムを備蓄しようとしている。核爆弾製造の技術力のある国がプルトニウムを大量備蓄するってことは、核兵器を持つのと同じことよ」

『銀河』が世界の注目を浴びているのは、通常原発の五倍を誇る巨大出力とともに、日本のエレクトロニクス技術を結集した周辺技術と、プルトニウム２３９を含む新しく開発された燃料にあった。東西冷戦の終わりと、アメリカのオバマ大統領の提唱により行なわれている核軍縮により、約三〇〇トンともいわれるプルトニウム２３９が解体核兵器から取り出される。そのプルトニウム２３９をウラン２３５と混合し、九八パーセントまで完全燃焼、消滅できる画期的な燃料を使用することができる。

従来の軽水炉はウラン２３５を約三パーセントに濃縮した濃縮ウランを燃料として使用し、一トン当たり、三万ＭＷＤ（メガワット日）の熱が取り出せるように設計されていた。しかし、『銀河』に使用される新型燃料は、プルトニウムを一パーセント混合することで高速中性子の反応率を高め、通常型原子炉に増殖炉的役割を持たせ、燃料効率を著しく高めている。

「きみたちの見方は、いつも一方的だ。悪い面を強調して、いい面に目を向けようとしない」

「世界を核で埋め尽くして、どこがいいの」

「地球温暖化の議論でいつも問題になるのは、二酸化炭素をたれ流している発展途上国の急激なエネルギー消費だ。これを解決するには原子力しかない。おまけに核廃絶が叫ばれている。現実になれば、核兵器解体で純度九七パーセントのプルトニウムが三〇〇トン以上出てくるとも言われている。この処理はどうする」

「話をすり替えないで」

「ロシアには、今後五年で一二基の原発建設の計画がある。黒鉛炉を中心にした旧式炉だ。チェルノブイリ以上の事故が起こったらどうなる。『銀河』は、それらの問題を一挙に解決する。ロシアの旧式原発を『銀河』で置き換える。ロシアの原発事故はほとんどが、技術者の運転ミスだという統計が出ている。それを『ソクラテス』で補う。ロシアのためにも、世界のためにもなる」

「科学と科学者の大いなる傲《おご》り。神様を冒瀆《ぼうとく》している」

結子は瀧沢の腕を放した。

「原発を造ることが、なぜ神の冒瀆につながる。私は科学を信じている。つまり、人間の力を信じているんだ」

「なぜ、そんなに原子力にこだわるの。エネルギーを作り出す方法は、他にもたくさんあるわ」

「今後、アメリカの言うように核軍縮が進められれば、二〇年前と同じことが必ず起こる。余剰プルトニウムと解雇された大量の核関係の科学者と技術者だ。それが昔のように、世界中にばら撒《ま》かれないように平和利用しようというんだ」

ソ連が解体されたとき、数万人の旧ソ連の核科学者、技術者が、核開発を進める国に引き抜かれていったのだ。

「もっとも大切なのは、きみたちが次の世代に目を向けているように、私たちも次の世代を見ているってことだ。石油や石炭は、いずれなくなる」

「あなたの敬愛するパブロフ博士の言葉ね。偉大なる核物理学者、偉大なる環境保護論者」

「私の言葉でもある」

「いつもあなたたちはそう言って、問題をすり替えてきた。でも大切なのは、いま。いま、どうやって瀕死《ひんし》の地球を救うかってこと」

結子は訴えるような目を瀧沢に向けた。瀧沢は視線を逸らせた。彼女が東海村の臨界事故を持ち出さないのは、彼女なりの配慮なのだろう。あの事故には、原子力に携わる者として弁解の余地がない。

「太陽エネルギーや、風や潮流や地熱を利用したクリーンエネルギーを開発すればいいじゃないの。あなたたちの仲間の科学者が中心になって」

「世界のエネルギー消費量の一〇パーセントにも満たない。いずれ、多くの部分を原子力に頼らなければならない時代が必ずくる。そのときになってあわてて新たに開発を始めるのでは、孫たちに気の毒だとは思わないか」

「それまでに地球は汚染され、破壊されるわ。地球が誕生して四六億年。人類の祖先が現われたのは二〇〇万年前。近代文明といわれるものが起こって、まだ一五〇年よ。ほんの瞬《まばた》き程度の間に、人間は地球をガタガタにした」

「その代わり、快適な生活を手に入れた。それが人類の選択だ。火を使い、電気を使い、原子力を使い始めた。人間は凍えることも飢えることもなくなった。いまさら一〇〇年前の生活に戻れといっても無理な話だ。きみのまわりから車もテレビも携帯電話もエアコンも消えたらどうなる。何も失わずにすべてを得ようなんてのは、虫がよすぎるとは思わないか」

「失うものを最小限にするのよ」

「それだけじゃ地球は救えない。私は科学で地球を救うことを考える。世界中の科学者はそのために研究を続けている」

「科学者はみんなそう言う」

「科学の進歩を悪だと言うのなら、一度すべてを白紙に戻して、人類の歩むべき道をゼ口から考え直すべきじゃないか——」

「核戦争でも起こすと言うの」

「それもいいかもしれない。無からの出発だ。地球の再生につながるのかもしれない。

新しい人類と文明の誕生だ」

「やめてよ。馬鹿《ばか》なこと言うの。私は真面目よ」

いつも同じだった。お互い、一歩も譲ろうとしない。

「きみたちが科学の暴走を防いでくれる。だから私たちは安心して研究を続けることができる」

瀧沢は冗談っぽく言った。これ以上この話題について話すと、言い争いになってしまう。黙って海岸を歩いた。

国道に出て、バスで神谷《かみや》市内に戻った。バスに乗っている間中、二人は無言だった。

「このまま別れたくない」

ホテルの前で結子は瀧沢の腕を摑《つか》んだ。甘えるような、それでいてからかうような口調だ。瀧沢は何と答えたらいいか分からなかった。

エレベーターを下りた。廊下には誰もいない。結子は瀧沢の腕をくぐり抜け、部屋に入った。

柔らかく熱をもった唇が、瀧沢の下半身を優しく愛撫《あいぶ》していた。その湿った唇は、すべてを吸い尽くすようにぴったりと瀧沢を包み込み始めた。薄い闇《やみ》のなかで、豹《ひょう》のような黒い影が瀧沢の身体を求めている。汗にまみれた裸身が、光を反射して波打っている。やがて結子は瀧沢の上になった。好きよ……と、せつなげな声を出した。上体をそらし、激しく腰を振った。瀧沢の目の前で、青白い乳房が別の生きもののように揺れていた。結子は声を上げた。瀧沢は思わず身体を起こし、結子の口に唇を強く押しつけた。

瀧沢の腕のなかには、瀧沢の知らない女がいた。結子は、ときに信じられないほど淫《みだ》らになる。それが若さというものだろうか。それとも——何かを忘れたがっている、そんなふうに思えることもあった。

「明日は来てくれるんだろう」

結子は瀧沢の胸に顔をうずめ、眠ったように動かない。

「楽しみにしてるのよ」

しばらくして、結子は物憂《ものう》そうな声で答えた。明日の夜、美来《みき》のピアノの発表会がある。美来は瀧沢の娘で、高校一年生だ。いま、水戸《みと》で瀧沢の両親と住んでいる。瀧沢は結子を招待している。初めて家族に会わせるのだ。それからのことは考えていない。瀧沢は考えるのを、極力避けようとしている自分に気がついている。初め、『銀河』完成までには結論を出そうと思っていた。しかしその時期はすぎた。

「ホテルで開かれる発電所のパーティーに出るわ。関係者全員ご招待。私も関係者なのかしらね」

結子は瀧沢の胸から顔を上げ、おかしそうに笑った。

「単なる会社の宣伝だ」

結子は再び、瀧沢の胸に顔をうずめた。瀧沢は結子の裸の肩を抱き締めた。

「今日の予定は？」


身づくろいを終えた結子は、カーテンの隙間《すきま》から外を覗いた。数分前と同じ女性とは信じられなかった。完全に有能な女性記者に戻っている。

「事務局に顔を出してから、戻ってくるわ」

ドアを細目に開け、誰もいないのを確かめてから出ていった。

神谷市には海岸線に沿って、五キロの間に九基の原子力発電所がある。そのため、グリンホルダーの事務局が置かれている。

市民、大学関係者が原発周辺に放射能測定器を設置して定期的にデータを採取し、グリンホルダーの定期刊行物に載せている。その他に、反原発の集会やシンポジウムを開いたり、月一回、独自の機関誌も出している。

テレビをつけると、竜神崎第五原発が映っている。そして、その前で行なわれている反対派の集会。

〈完成式には、経済産業大臣、文部科学大臣ほか関係者多数が出席し――完全コンピュータ制御された世界最大の原子力発電所として、今後――〉

「地球を原発で埋め尽くそうとしているの」瀧沢は結子の言葉を思い出した。そうではない。自分たちは最良と思える方法で、地球を救い、人類の発展を望んでいる。

〈今日の午後、横浜《よこはま》で暴力団どうしと思われる発砲事件がありました――自動小銃が使われたらしく――最近出まわっている覚醒剤との関係を――警察庁は、ますます殺傷能力を増す銃器の氾濫《はんらん》を重要視し、今後――〉

いつの間にかニュースは変わっている。テレビを消して、窓の側《そば》に立った。北国の冬の冷気がしみ込んでくる。駅前の大通りの並木がライトアップされて、冬の夜を美しく輝かせながら続いている。あと数か月でこの仕事も終わる。この町を訪れる回数も減るだろう。思いがけず感傷的な気持ちになって、夜の町並みを見渡した。隣に結子が立っている錯覚にとらわれて、思わず横を向いた。


結子と初めて会ったのは、四年前、公民館で開かれた竜神崎原発に関する公聴会だった。そのとき原発はすでに基礎工事に入っていた。会の最初から異様な雰囲気だった。悪質な野次が多く、席の後ろには数人の見なれない男たちが固まっていた。

「裏口にまわってください」

会が終わると同時に、発電所の職員は出席者を促した。

「私は用があるから、しばらくここにいる」

「今日は変です。おかしな連中もいるようです」

瀧沢は職員の言葉を振りきり、会場に残った。何人かの地元の若者の質問者がいたし、裏口からこそこそ出ていく気にはなれなかった。原発建設には、漁業権補償や市の有力者の説得に数十億円、ときには一〇〇億円を超える金が動く。原発に群がる利権屋が徘《はい》徊《かい》しているという噂があった。暴力団と組んで補償金を吊り上げ、上前をはねるのだ。

瀧沢は質問者を相手に三〇分ばかり話して会場を出た。公民館の前には、まだかなりの人がいて、視線がいっせいに瀧沢に注がれた。思わず立ち止まると、白っぽい塊がいくつか飛んできて上着とズボンに当たった。異様な臭いが瀧沢を包んだ。腐ったタマゴだった。嘲笑《ちょうしょう》とともに罵声《ばせい》が飛び、数人の男が瀧沢に近づいてきた。

「やめなさい。卑怯《ひきょう》よ」

女が瀧沢の前に出て、群衆に向かって怒鳴った。一番前の席で、熱心にメモを取っていた若い女性だ。いままでにも、何度か見かけたことがある。

「あんたたち、恥ずかしいと思わないの」

一度立ち止まった男たちも、相手が女だと分かると、かえって勢いづいた。つかみかかろうとする男に向かって、バッグの肩紐《かたひも》を持って振り回した。男の頭に当たり、ガツンという音がした。

男は頭を押さえてしゃがみこんだ。一瞬、群衆はひるんだ。

「ついてきて」

女は瀧沢の腕をつかんで、公民館の横の路地に走った。路地にはミニバンが停めてあり、女は瀧沢を押し込んだ。

「頭、下げててよ」

女は派手にエンジンを吹かした。クラクションを鳴らしながら、すさまじい勢いでバックさせ、路地を出た。

「ありがとう。助かったよ」

国道に出てから、瀧沢は顔を上げて女を見た。髪を後ろに束ねた、化粧気のない女だった。色褪《いろあ》せたジーンズに、赤いウインドブレーカー。歳《とし》は三〇前後か、いやもっと若い。鼻筋の通った、知的な顔立ちをしていた。美人というのではないが、魅力的な部類に入る。

「連中、ここの住民じゃないわよ。言葉が違ってたもの」

女は瀧沢には答えず言った。言葉に訛《なま》りはなかった。

「関西ね。大阪か神戸《こうべ》」

「誰かに雇われて来たってわけか」

「それにしても、強烈よ。タマゴだけじゃないわね。作るほうも苦労してるわよ」

女は窓を開けた。冷たい風が吹き込んでくる。

瀧沢は袖口を嗅《か》ぎ、思わず顔をしかめた。玉葱《たまねぎ》やニンニクの臭いもする。いままで我慢できたのは、興奮していたせいだろう。

「ホテルまで行ってくれないか」

「入れてくれないわよ。浮浪者も逃げるわね。お偉い学者さんも形なし」

女は片手で鼻を押さえた。

「困ったな」

瀧沢は上着の臭いを嗅ぎながら言った。たしかに強烈だ。

「時間はあるの」

「今日の予定は終わりだ」

女は海辺の道に出た。一五分ばかり走って、畑の端にある農家の前で車を停めた。女は瀧沢を庭に待たせ、家に入っていった。

「脱ぎなさいよ。上着はここで。ズボンもここで脱いでくれると助かるんだけど、家のなかでもいいわ」

すぐに出てきて、困惑した顔で立っている瀧沢に言った。

瀧沢は女について家に入った。初老の婦人が二人を迎えた。農家特有の広い座敷に通された。腐ったタマゴは下着にまでしみ込んで、異様な臭いを発している。

「近づけたものじゃないわね。お風呂《ふろ》沸かすから待ってて」

女は家の奥に入っていった。瀧沢は恐縮して、座敷の真ん中に立っていた。

女はなかなか戻ってこなかった。そろそろ何とかしなくてはと思い始めたころ、お風呂が沸いたわよと女の声がした。

「着替え、ここに置いておくからね。下着もね。新しいから遠慮しないで」

瀧沢が風呂に入っていると、脱衣所のガラス戸が開く音がして、女が入ってきた。

「服はゴミ袋にでも入れておいてくれないか」

瀧沢は湯ぶねに飛び込みながら怒鳴った。

「心配しないで、しっかり洗いなさいよ」

笑いながら声が返ってきた。

「ぴったりじゃない」

瀧沢が着替えて出ていくと、カメラをいじっていた女は身体を引くようにして瀧沢を見た。

「服は?」

瀧沢は遠慮がちに聞いた。

「洗濯機のなか」

「ゴミ袋でよかったのに」

「責任を感じるのよ。神谷の住人として。やっぱり政府と会社は卑怯だわよ。他の人は逃げたのに、先生だけ残したんだもの」

女はカメラをテーブルに置いて、瀧沢に座るように言った。

「それは？」

瀧沢はカメラを見て聞いた。

「ぶん殴ったら、壊れちゃった」

「機種を言ってくれ」

「いまどき無いわよ、古いものだから。買い替えようと思っていたんだけど、ふんぎりがつかなかったの。いろいろ思い出があって」

女は膝《ひざ》に置いたカメラを見つめて言った。

「ここは？」

瀧沢は家のなかを見まわしながら聞いた。

「私の家。その服、お父さんの」

女は仁川結子と名乗った。グリンホルダーの職員で、東京に住んでいると言った。取材で、二日前から実家に帰っている。その日、ホテルまで車で送ってもらい、食事をご馳走《ちそう》した。

二人は東京に帰ってからも、たびたび会うようになった。

結子は当時二六歳、グリンホルダー東京事務所の広報担当の記者だった。グリンホルダーは世界的な環境保護団体の一つで、パリに本部がある。ここ数年で急激に成長して、ヨーロッパや北アメリカでは議会にも人を送り、政治的にも力を持つようになっていた。原発に対しては、反対の立場を取り続けている。瀧沢もシンポジウムに呼ばれたことがあるが、海外出張と重なって断った。

数か月後には、二人は互いの立場を超えて親しく付き合うようになっていた。

「見違えたね」

瀧沢は、ホテルのロビーに入ってきた結子を見て言った。

薄いクリーム色のワンピースに、胸に深紅のバラをつけている。光沢のある赤い口紅と陽に焼けた肌が情熱的に輝き、すれ違うホテルの客が振り向いて見ていた。

二人は並んでエレベーターに乗った。結子はピッタリと身体を寄せてきた。

「困らせないでくれ」

手を握ってくる結子に小声でささやいた。数時間前の結子の姿を思い出し、妙な気分になった。

「意気地がないのね」

「立場の問題なんだ。大人《おとな》なら分かるだろう」

「だから、よけい困らせてやりたいの」

すねたような声を出した。

「人間、四〇をすぎると分別がなけりゃ、生きていけない」

そう言いながら、ふと淋《さび》しい気持ちになった。結子はいま二九歳だ。自分とはひとまわり以上違う。これだけは自分の力ではどうにもならない。心のどこかで躊躇《ちゅうちょ》する気持ちがあるのは、そのせいだろうか。

八階の会場は人であふれていた。瀧沢はそれとなく結子と離れて会場に入った。今度は結子も文句を言わなかった。

経済産業大臣と社長の挨拶の後、立食のパーティーが始まった。瀧沢が北山技術主任や顔見知りの技術者と話していると、新日本原子力発電の藤田社長が近づいてきた。

「次はいよいよ本格的な高速増殖炉ですな」

藤田が瀧沢の肩を叩いて言った。

プルトニウムを燃料とする高速増殖炉は、原子力発電を積極的に推し進めようとする政府内部にも、否定的な意見を持つ者が多かった。金属ナトリウムを冷却材に使用するので、技術的にもウラン燃料の原子力発電に比べて、格段に難しい。しかし、使用燃料以上の燃料を増殖しながらエネルギーを出し続けるというのは、科学者でなくとも魅力的なものだった。

日本では実用炉として、福井県敦賀《つるが》の『もんじゅ』が一九年前に試運転を始めている。しかしトラブル続きで、まだ本格的な実用炉とは言いがたかった。

アメリカは三〇年近く前、核拡散防止と技術上の問題から、高速増殖炉と再処理施設の建設は断念している。ドイツもただ一つの実用炉『カルカラ』を閉鎖した。イギリスの原型炉はトラブルが続いて、政府は補助金の打ち切りを決定している。ただ一つ稼動していたフランスの高速増殖炉『スーパーフェニックス』も、一九九二年、安全対策上の問題から運転を中止して以来、動いていない。事実上の廃炉だ。日本はいまも地道な研究開発を続けている。

一時期、国内はもとより、外国においても原子力発電所は建設中止、延期の傾向にあった。中東産油国の外貨獲得のための世界的な石油のだぶつき、ソ連邦崩壊によって暴露された多くの原子力発電所の事故。スリーマイル島やチェルノブイリの原発事故に象徴される原発事故の危険性。さらに、ソ連時代に行なわれた数々の放射能汚染物質の海洋投棄や高レベル放射性廃棄物の処理など、原子力に関する問題が噴出したのが主な理由だった。

スウェーデンでは国民投票により原発廃止を決定したし、アメリカでも新しい原発の建設は凍結状態であった。原発建設を積極的に続けようとしているのは、日本とフランスだけだった。

ところがここ数年、発展途上国のエネルギー需要の急増と中東の政情不安により、原油価格が高騰した。同時に地球温暖化が広く叫ばれるようになり、二酸化炭素を出さない原子力が急速に注目を浴び始めたのだ。

「いまやまともな原子力技術を持っているのは、日本とフランスだけです。アメリカを含めて、中国、ロシアも信頼すべき技術は持っていない。今後は、日本が世界に対して原子力発電所を輸出していくべきだと信じています。高速増殖炉を含めてね」

北山は強い調子で言った。

「研究の火を絶やさないよう、努力してきた日本の勝利というわけですな」

四十代前半の県出身の国会議員が、シャンパングラスを手にやってきた。

「その通りです。技術というものは一度流れが途絶えると、再び元の水準に戻るには前と同じだけの時間と金がいります。私は先輩たちの努力を無駄にはしたくないんです」

そう言って、北山は代議士を見つめた。

「しかし、国民感情も大事にしなきゃあな」

代議士は北山の迫力にたじろぎながら言った。

「私は、政府の、国民の目ばかりを気にする態度には我慢できません。素人は、しょせん素人です」

「東海村の臨界事故はどうなんです。起こってはならない事故が起こってしまった。素人にどう説明せよと言うんです。あのとき素人は、ずさん管理の結果だと呆れ返った」

「昔の話です。私は常々言ってるんですが、あれは犯罪に近い事故ですよ。会社の利益を上げるためのね。あれで原子力技術や核科学者や技術者を評価されてはたまりません」

瀧沢は二人のやりとりを黙って聞いていた。

北山は酔っていると思った。政治家相手に、そんなにむきになることはない。彼らが考えているのは、票に結びつくことだけだ。北山は普段、無口の部類に入る。『銀河』の完成で気持ちが高揚しているのだ。しかし北山の気持ちは、痛いほど分かる。

瀧沢は通りかかったウエイターのトレーから烏龍茶《ウーロン》のコップを二つ取って、一つを北山に渡した。もう止《よ》したほうがいいと言う合図だ。

「頑張ってくれたまえ。私もできるだけのことはする」

横で聞いていた経済産業大臣は頷いて、代議士を連れてテーブルを替わった。

「本音を言いますとね、男のロマンですよ、先生。万物を構成する原子を支配してやろうという、ロマンなんです。私は原子力に命を懸《か》けている」

北山は小声で言うと烏龍茶をぐっと飲み、そっと瀧沢の肩を叩いた。

「彼女ですか、噂の美人は」

瀧沢は北山の視線を追った。横のグループから、結子が右手を腰のあたりで小さく振りながら笑いかけている。瀧沢は思わず頬が熱くなるのを感じた。

そのとき突然、大きな音を立ててドアが開いた。何かがぶつかる音と、言い争う声が聞こえた。

ホテルの従業員の制止を振りきって、数人の若者と二人の労働者ふうの男が飛び込んできた。若者たちは学生らしく、色白の華奢《きゃしゃ》な身体つきをしていた。労働者ふうの男たちは陽に焼け、頑強そうだった。従業員は、その筋肉質の男たちにひるんでいた。学生ふうの男は壇上に駆け上がり、演説していた県会議員を突き飛ばし、マイクを奪って怒鳴るようにしゃべり始めた。

「我々は断固原発に反対する――政府は住民を偽り、核爆弾につながるプルトニウム製造を目指し――六ヶ所村の再処理工場は核燃料サイクル、プルサーマルの――近い将来、この竜神崎にも再処理工場が――東海村の核燃料施設は――日本初の臨界事故を引き起こし――」

演壇の下では男たちが睨《にら》むような目で威嚇《いかく》している。他の学生たちは、茫然《ぼうぜん》と立ち尽くしている人々の間をまわって、ビラを渡していた。突き返す者は一人もいない。

瀧沢は結子の横に歩み寄った。結子も驚いた顔で、彼らを見つめている。

「警察を呼べ、警察を」

叫び声とともに、ホテルの警備員と従業員が飛び込んできて、壇上の男を引きずり降ろそうとした。突然フラッシュがたかれ、モータードライブの音が響く。入口近くで、背の高い男がカメラを構えている。男たちと警備員のもみ合いが始まった。マイクを持ってしゃべっていた男が壇上から飛び降り、テーブルの上に上がった。皿が蹴《け》散《ち》らされ、割れる音が響く。

「暴力はやめなさいよ。そんなことするから、誤解されるのよ」

結子が叫んだ。

「どけっ！」

男の一人が、出口に向かって走った。結子がその前に立ちふさがる。男の腕が上がる。瀧沢は結子をかばって二人の間に入った。強烈な衝撃を顎に感じた。テーブルにぶつかり、結子を抱きかかえる形で床の上に倒れた。

「大丈夫？」

結子が顔を覗き込んでいる。

「きみこそ大丈夫か」

やっと声を出すと、顎の形が変わったような気がした。

「そうでもない」

結子は、持っていたショルダーバッグから携帯電話を取り出した。真ん中がへこんでいる。テーブルの角でぶつけたのだ。

「もっと人間らしい生活をせよとの神様のお告げだ」

瀧沢は携帯電話を持ってはいるが、電源を切ったままでいるか、どこかに置き忘れていることが多い。単なる不注意によるものだが、いついかなるときも傍若無人に思考を停止させる道具を潜在的に否定しているのかもしれない。便利さを認めつつも、電車のなかや会話中の呼び出し音には嫌悪すら感じる。

五人の男たちは、喚《わめ》きながら会場を連れ出されていった。

「迫力あったわね」

結子は、男が蹴散らしたテーブルを見て言った。白いテーブルクロスには料理がぶちまけられ、じゅうたんの上には料理に混じって割れた皿が散らばっている。

「男の発想。もったいないわ、食べ物をこんなにして」

二人のところに、写真を撮り続けていた男が、撮った写真を確かめながらやってきた。首には、もう一台のカメラを下げている。

「久しぶり」

結子に向かって手を上げた。

「あなたもご招待？」

結子は一瞬、視線を外したが、すぐに男の目を見て言った。顔が強張《こわば》っている。

「彼らについてきた。ロビーにいたら、物騒な話をしてたんでね。しかし偶然だね、こんなところできみに会えるとは」

男は、結子を舐《な》めまわすように見ながら言うと、辛うじて一つ残っていたウイスキーグラスを取って、ひと息に飲み干した。そして瀧沢のほうに向き直った。

「瀧沢俊輔博士でしょう。『銀河』と『ソクラテス』の生みの親。世界の原子力発電の立役者」

男は口許に笑いを浮かべながら言った。

「高津《たかつ》です。フリーの報道カメラマン」

カメラを肩にかけ直しながら、手を差し出した。

「知り合い?」

瀧沢は結子に聞いた。殴られた顎が鈍く痛んだ。

「昔の――」

結子はわずかに眉をしかめた。

「パートナー。一緒に世界を飛びまわりました」

高津は結子の言葉に続け、親しそうに結子の肩を叩いた。

三十代前半の体格のいい男だった。身長は一九〇センチ近い。陽に焼けた顔、太い眉が精悍《せいかん》さを強調している。ウエーブのかかった赤茶けた髪が、耳を隠していた。ポケットのいくつも付いたジャケットにジーンズ、履きふるしたワークブーツは、たしかに世界をかけまわる第一線のカメラマンという印象を与えた。白鳥の群れに野生の鷹《たか》が舞い降りた、そんな感じだった。

「私もフリーのカメラマンだったの」

結子は高津の言葉に付け加えるように言った。瀧沢は結子と初めて会ったときの、傷だらけのカメラを思い出した。東京に帰る列車の時間が近づいている。しかし瀧沢は、その場を離れる気持ちにはなれなかった。

高津は飲み続けている。酔うと饒舌《じょうぜつ》になる男らしかった。

「人間が原子を支配した。あなた方は『銀河』を平和の象徴としてアピールしているが、そうなんでしょうかね。ここでこうして我々が美酒美食に酔いしれている間にも、世界の各地で殺し合いが行なわれ、地雷で女子供の足が吹っ飛んでる。飢えで何万人もの人間が死んでいく。医薬品不足で子供たちが命を落としている。『銀河』は、まさに宇宙をも支配しようとする、人間の野望の象徴だとは思いませんか」

高津は片手にウイスキーグラスを持って、時折り結子と瀧沢にカメラを向けながら話した。

「失礼するわ」

結子は時計を見て言った。一〇時をまわったところだった。

「まだ、早いじゃないか」

高津は結子の腕を取った。結子を見つめる目が熱い。結子はその手をさり気なく外した。

瀧沢は何も言わず、二人を眺めていた。急速に酔いが醒《さ》めていく。

5

波の音が聞こえる。

ベッドから見える空には、星がちりばめられている。実相寺源《じっそうじげん》は美しいと思った。もっと早く、こうした時間が持てていれば、違った人生が送れたかもしれない。しかし、もう引き返すことはできない。年老いた自分に残された時間が少ないことを痛感していた。

「いま、何時だ」

しわがれ、かすれた声が出た。

「あと一〇分で二二日です」

いよいよ始まる。新しい日本が生まれ、新しい世界秩序が誕生する。それとも世界など消えてしまうか。実相寺老人は深く息を吸って、ゆっくりと吐いた。肺に溜まる空気の量が、日を追って少なくなる。もう自分に残された時間は少ない。目を数時間開けているだけで、体力の消耗を感じる。目を閉じる前に、もう一度視線を窓の外に移した。窓からは蒼《あお》い空が見える。その中央に流れ星が走った。

第二章　宣　戦

一日目——一二月二二日（水）

1

午前〇時

竜神崎第五原子力発電所。

月のない夜だった。日本海からの風は、相変わらず冷たい。

警備員の鈴木《すずき》は警備室を出て、空を見上げた。星ひとつ見えない。首を回しながら伸びをした。

午前〇時をすぎたところだ。交代してから、まだ二時間しか経《た》っていない。これから朝の六時まで、長い時間をすごさねばならない。携帯電話の持ち込みが禁止されているのは、なんとも耐えがたい。二三歳になる鈴木にとって夜勤は、一〇〇〇円の手当ではとうてい満足できる仕事ではなかった。警備室の電話を使って、幸子《さちこ》に電話をしてみようか。一時までなら起きている。前の夜勤のとき、電話をすると母親が出た。名前を言うと、そのまま切られた。

門の陰で音がした。金具を打ち合わせるような金属音だ。県警のパトカーの定期巡回の時間には早い。もう一度、両手を大きく振り上げて伸びをしてから、門のほうに歩いた。閉じられた鉄格子の向こうでは、黒い道が闇《やみ》に吸い込まれている。何かが動いた。鉄格子に顔をつけて、闇のほうを覗《のぞ》いた。

首筋にひやりとした感触。思わず振り返ろうとしたが、それはできなかった。すでに脊髄《せきずい》が切られ、呼吸は止まっていた。鉄格子に手をかけたまま、鈴木はゆっくりと崩れ落ちた。

発電所には、常時五人の警備員がいる。正門横の警備室に三人、中央制御室のある建《た》屋《や》に二人が常駐している。しかし、プルトニウム容器と一〇万本の燃料棒が運び込まれてからは、さらに一〇人の警察官が警備していた。正門横の警備室に四人。制御室建屋に二人。原子炉建屋前に停《と》められた警備車に、四人の警察官が待機している。原子炉が稼動し始めると、警備員の他に三交代で五人の運転員が常駐することになる。今夜は二日後の燃料棒挿入の準備のために、五人の運転員と七人の技術者が徹夜で作業を続けていた。

数人の人影が動いた。警備室のドアが突然開き、見なれない服装の三人組が飛び込んできた。三人とも消音器の付いた拳銃《けんじゅう》を持っていた。振り向いた警備員と警察官の顔が、引きつったように歪《ゆが》んだ。一人の警察官は反射的に立ち上がり腰に手をやったが、拳銃に触れることはできなかった。四人の胸にはほとんど同時に数個の穴が開き、椅子《いす》から崩れ落ちた。

奥の部屋には、二人の警察官が仮眠をしていた。一人は物音に気づき、起きてきた。拳銃は携帯していない。倒れている四人を見て、顔を上げると同時に自分もコンクリートの上に倒れていた。別の一人は、眠ったまま数発の銃弾をあびた。

制御室建屋の警備室には、二人の警備員と一人の警察官がいた。

入口付近を映すモニターテレビにノイズが入った。横波が走って何も見えない。警備員が調節したが、乱れは直らなかった。

警察官は腕を伸ばして、モニターの縁を叩《たた》いた。

「カメラの故障じゃないか」

雑誌を読んでいた、中年の警備員が顔を上げた。ドアの外では誰《だれ》かがスリットにカードを差し込み、暗証番号を押している。

ドアが開いた。銃を持った二人の男が立っている。その後ろにノートパソコンを持った男が一人。男たちの銃が火を噴くと、警察官と二人の警備員は声を上げることもなく壁に叩きつけられた。銃にはやはり消音器が付いている。一秒にも満たない時間だった。続いて、迷彩入りの戦闘服を着た男たちが入ってきた。全員自動小銃を持ち、ヘルメットをかぶっている。腰に拳銃の入ったホルスターとナイフをつけた、完全武装の兵士だ。彼らは知り尽くした建物のように手際よく通路に沿って並ぶドアを開け、各部屋をチェックしながら、中央制御室に近づいていった。

一二人の男たちが中央制御室になだれ込んだ。日本人と白人が入り交じっている。銃声が響いた。

先頭の日本人が、天井に向けて銃を発射したのだ。職員たちは、何が起こったか分からないまま立ち尽くしていた。その顔は、すぐに恐怖で凍りついた。

侵入者は、運転員と技術者を壁ぎわに並ばせた。

「リーダーは誰だ」

先頭にいた長身の男が言った。

「私だ」

北山技術主任が一歩前に出た。

「私は『アルファ』の松岡《まつおか》だ。命令に従えば危害は加えない」

松岡は銃を構えたまま言った。四十代後半の男だった。髪には白髪が混じっている。

青白い顔に、どこか病的な雰囲気を漂わせている。

「気は確かか」

北山は松岡のほうに歩み寄った。松岡の横にいた体格のいい日本人兵士が、銃で北山を殴りつけた。北山は頭を押さえて床に倒れた。後ろにいた技術者がかけ寄って、助け起こそうとした。北山は彼の助けを断って、自分で立ち上がった。

「彼はタラーソフ大佐」

松岡は横に立っている、痩《や》せて背の高い銀髪の外国人を指した。

「我々は『アルファ』とチェチェン解放戦線の兵士だ。いまからこの発電所は、我々の指揮下に入る。警官も警備員もすでにいない。電話も携帯電話も使えない。諸君は我々の捕虜として、命令に従ってもらう」

技術者たちは無言で、松岡の言葉を聞いている。

北山は倒れそうになる身体《からだ》を、中央制御盤に寄りかかって支えていた。手のひらは、一つのボタンを押していた。県警に通じる非常信号のボタンだ。

侵入者の行動は迅速だった。原発の職員と技術者を集めて、制御室建屋内の倉庫に監禁した。侵入して一〇分間で、建屋を完全に支配下においた。外部との回線は、一部をのぞいてすべて切断された。

『アルファ』代表の松岡昭一《しょういち》は第六パネルの前に立って、モニターテレビを見上げた。画面には、外灯の光に照らされた発電所内部が映っている。どれも眠ったようにひっそりとしていた。5の番号がついたモニターに、原子炉建屋が映っている。

建屋前に、常駐の機動隊輸送車が停まっていた。警察官が一人、近づいていく。ドアを叩いている。ドアが開くと、警察官は何かを投げ込んでドアを閉めた。白煙とともに、ドア後部ドアが吹き飛んだ。どこからか数人の男たちが現われて、車からぼろ屑《くず》のような四人の死体を引き出した。

正門の警備室もモニターに映っていた。警備員が二人いる。一人が立ち上がって正門のほうに歩いていく。門の前にはパトカーが停まっている。県警の定期巡回のパトカーがやってきたのだ。警察官の一人が車の窓から首を出して、しゃべっている。

警備員が門を開けた。パトカーがゆっくり入ってくる。警備室の前に停まると同時に、車の窓が砕け散った。車のなかで二人の警官はシートに仰向《あおむ》けに倒れていた。松岡は、警備員を装った男がパトカーを警備室の裏手に移動させるのを確認して、受話器を取った。

「五分以内に、部隊を発電所に入れろ」

戻ってきた偽警備員が正門を開放した。いっせいにライトを点《つ》け、コンテナ型の大型トラックが五台、発電所のなかに入ってくる。その後に、幌《ほろ》つきの大型トラックが四台並んでいる。

　トラックは制御室建屋の前に停まった。後部扉が開き、迷彩入りの戦闘服と、同じ迷彩の入ったヘルメットを被《かぶ》った男たちが次々に降りてきた。

　最後尾のトラックからは、民間人の服を着た一八人の男が降りた。彼らは、長髪の日本人の指示で、制御室建屋に入っていった。日本人は、ロシアの貨物船「ナジェージダ」に乗っていた男だ。そして男たちの大半も……。

　建屋前の芝生には、一〇〇人余りの軍服の男たちが残った。松岡とタラーソフが建屋から出てきた。男たちは二人の前に整列した。

「『アルファ』コマンド六三名、整列しました」

　口髭《くちひげ》を生やした、大柄な男が松岡の前に走り出て言った。

「チェチェン解放戦線四二名、集合」

　別の男が言った。ロシア語だった。

　松岡が銃を持ったまま彼らの前に立って、満足そうに見渡した。

「いま、世界は腐り切っている。戦後五〇年にわたり、世界を二分してきた冷戦が終わると、世界はアメリカ帝国主義の奴隷と成り下がった。そしてその力が衰えると、世界は拝金主義の無秩序な混乱へと陥っている。その結果、チェチェンをはじめとする諸民族国家を搾取し、抹殺しようとすらしている。我々は、新しい秩序と崇高な精神を求めて、国家を建設するためにこの原発を占拠した。この戦いは人類の未来への希望である。ここに我々は、世界に対して宣戦を布告する」

横でタラーソフがロシア語で、同じ言葉を繰り返した。

合計一〇〇人余りの男たちは、トラックから積み荷を降ろし始めた。

重機関銃、軽機関銃、ロケットランチャー、迫撃砲、移動式の地対空ミサイルランチャー、弾薬、手榴弾《しゅりゅうだん》、ロケット弾の入った箱、食料、医薬品……。食料、医薬品以外は、すべて「ナジェージダ」によって運び込まれたロシア陸軍の装備だった。それらの装備は二週間のうちに調整され、『アルファ』のメンバーにも十分な訓練がなされていた。

四人一組の小隊が組まれていた。チェチェン解放戦線が七組。『アルファ』は一〇組。各チームには機関銃一挺《ちょう》とバズーカ砲が標準装備として与えられた。さらに部署によって、迫撃砲、ロケット砲、ミサイルが追加装備されている。全員、ヘルメットに赤外線暗視装置を装着していた。

「原子炉起動までの四八時間は死守しろ。一人も原子炉建屋に近づけるな。命に懸《か》けても阻止するんだ」

松岡が兵士たちに命令した。

「チェチェン解放戦線万歳！　『アルファ』万歳！」

松岡は日本語とロシア語で叫んだ。

夜の竜神崎原子力発電所に、重い喊声《かんせい》が上がった。

「防衛態勢にかかれ」

タラーソフの声とともに、各小隊は制御室建屋を守る五小隊を残し、各防御場所に移動した。残りのチェチェン解放戦線兵士一四人と『アルファ』兵士二三人は、タラーソフとともに中央制御室建屋に入っていった。芝生には、松岡だけが残った。

長髪の日本人が制御室建屋から出てきた。宇津木明《うつぎあきら》だった。

「科学者と技術者は全員、中央制御室に入りました」

宇津木は松岡に言った。二人は並んで建屋に沿って歩いた。

「パブロフをどう思う」

突然、松岡が聞いた。

「偉大な科学者だと思います。他の科学者からの人望もあります」

「そんなことはどうでもいい。問題は彼がなぜこの作戦に参加したかだ」

「科学者としての栄光を取り戻すためです。彼らはロシア新体制の下で長期間不用品と化してきた」

宇津木は少し躊躇《ちゆうちよ》した後で言った。松岡は立ち止まり、宇津木を見つめた。

「そんな単純な男ではない。彼の行動には十分注意しろ」

「分かりました」

「それから、タラーソフの前では英語で話せ。猜疑心《さいぎしん》の強い男だ」

宇津木は頷《うなず》いた。

「松岡さんは、タラーソフとはなぜ――」

「彼は戦争屋だ。戦争を求めて世界をさまよう亡霊だ」

松岡は、宇津木の問いには答えず、言った。

「しかし、プロとしては信頼できる」

チェチェン解放戦線の兵士たちの訓練はよくできていた。半数以上の兵士が、KGBと陸軍特殊部隊出身だということも理解できた。そして、彼らのすべてがロシアに対して深く、限りない憎しみを抱いている。

二〇分たらずの間に、トラック三台分の武器と一〇〇人近い兵士たちが各自の持ち場に散っていった。

「加頭さんは残念でした。一度しか会ったことはありませんが、いい人でした。なぜあんなことに――」

「バカな男だ。作戦を前に重圧に耐えられなくなった。彼のことは忘れろ」

松岡は宇津木の言葉をさえぎった。

「ロシアはどうだった」

松岡は話題を変えるように聞いた。

「市民の不満は強いようです。共産党の勢力も伸びています。政府の独裁を危惧《きぐ》する声も高くなっている。とくに知識階級への締め付けが強くなっています」

二人は連れ立って制御室建屋に入っていった。

パブロフは茫然《ぼうぜん》とメインディスプレイを見つめていた。横では、ロシアから集まった一二人の科学者と技術者、さらに日本で加わった三人の日本人技術者が、同じようにディスプレイを見上げている。画面には、『銀河』が映っていた。

全員が圧倒されていた。ロシアの技術者にとって、初めて見る西側の原発だった。パブロフの身体に、熱いものがこみ上げてきた。私がしようとしていることは——。しかしすぐに、その思いを振り払った。

「恐れるな。同じ原子炉だ。我々の技術と知識に自信をもて」

パブロフは巨大な原子炉を見つめながら、仲間と自分自身を鼓舞するように言った。

パブロフは部下の一人ひとりに指示を与えた。研究し尽くしているとはいえ、初めてのタイプの原子炉と制御システムだ。技術は西側のほうが、はるかに進んでいる。扱いには、細心の注意を払わなければならない。ロシアの原発では、コンピュータ制御が行なわれている箇所は限られている。技術不足とコストのためだ。これが、多くの事故につながった。しかし、いま目の前にある制御盤のすべては一つのコンピュータに集約され、コントロールされている。


作戦本部は中央制御室におかれた。

松岡とタラーソフは発電所の図面を見ていた。図面には、各小隊の防御地点が印されている。

各小隊はハンドトーキーで作戦本部と結ばれていた。チェチェン解放戦線の兵士が、次々に入ってくる無線連絡に従い、防御態勢を図面に書き込んでいく。

正門前には両側に小隊が配置された。道路に面して土嚢《どのう》が積み上げられ、機関銃が一門ずつ置かれた。警備室の建物の上には、一小隊が置かれた。戦車が来ても、どこかの小隊のバズーカ砲かロケット砲で攻撃できる。残りは制御室建屋を中心に、各建物の屋上と原子炉建屋、制御室建屋に通じる建物の入口に機関銃座を作っている。

松岡は立ち上がって、モニターテレビの前に行った。画面には配置された小隊が映っている。タラーソフが松岡の肩に手を置いた。

「四八時間もちこたえればいい。そうすれば、誰も手を出せなくなる」

松岡は振り返って言った。

午前二時

パブロフと宇津木たちは中央制御室を出て、原子炉建屋に向かった。制御室から原子炉建屋までは、五〇メートルの通路でつながっている。地下道のような通路だった。厚さ一・五メートルの特殊コンクリートで造られ、片側にいくつかの部屋があるだけで窓一つない。靴音だけが不気味に響いていた。

白い塗装に放射能管理区域を示す黄色いマークのついた巨大な扉が、行く手をさえぎった。原子炉建屋だ。パブロフは日本人技術者が持っていたプラスティックカードをスリットに差し込んだ。

厚さ七センチの鋼鉄製の扉は、ゆっくりと開いた。

そこは五メートル四方の小部屋になっている。圧力調整室だ。扉は二重構造になっていて、一方の扉が開いている間はもう一方の扉は閉まっている。同時に開くことはない。原子炉建屋内部の気圧は外部より下げられていて、万一事故が起きた場合も汚染された空気やガスが外部に漏れない設計になっている。パブロフたちは、気圧が原子炉内と同じ〇・九気圧に調整されるのを待った。やがて赤いランプが青に変わり、原子炉側の扉がゆっくりと開いた。

思わず立ちすくんだ。高さ一三〇メートル、直径八〇メートルのドームが、彼らを呑《の》み込むように広がっている。厚さ七センチの特殊鋼によって造られ、その上を一・五メートルの特殊コンクリートで覆っている。いま目の前にあるものは、彼らの想像をはるかに超えたものだった。巨大な空間と、空間を埋めつくす装置群だ。

ドームは七階に分けられ、まわりを回廊がめぐっている。各階に監視ルームがあり、二階の回廊が中央制御室とつながっていた。ドーム内を血管のように走るステンレス配管。その吹き抜けの中央に巨大なステンレスの塊《かたまり》。人類の知恵の集合体がある。

「『銀河』だ」

誰かが、つぶやきにも似た声を洩《も》らした。

五七〇万キロワット出力の世界最大の軽水炉が、特殊ステンレス鋼の輝きを見せていた。高さ二二メートル、直径一〇メートル、厚さ四五センチの原子炉圧力容器が、巨大な水槽のなかに見える。そのまわりを、直径五メートル、全長四〇メートルの円筒形の蒸気発生器が八基、取り囲んでいる。さらに原子炉の上部に設置された制御棒、緊急停止装置から延びる数百本のパイプと配線が、整然と秩序をもって四方に引き出され、壁や地下に続いている。それはさながら、心臓から全身にのびる無数の血管を連想させた。

パブロフは思わずドームのまわりに造られた回廊の手摺《てす》りを握りしめた。踏みだすと、目眩《めまい》を覚えそうだった。

一三〇メートルの吹き抜けが、そびえるように続いている。ソ連の黒鉛炉を見なれていた彼らにとって、それはまさに精密機械の集合体のように思えた。この巨大な空間のすべてが、一つのシステムとして統合され、集約され、中央制御室のメインコンピュータ『ソクラテス』によって動かされるのだ。溜《た》め息が洩れた。自分たちが半世紀の間信じ続けてきた思想が、この科学技術の差を生み出したのだ。

「始めよう」

パブロフは、技術者の間に広がる重苦しい空気を振り払うように声を出した。

技術者たちは我に返って、原子炉に向かって一歩を踏み出した。『アルファ』のメンバーの技術者が電力会社から手に入れた図面と、中央制御室にあった図面を比べた。変更はない。

メインゲートの鋼鉄の扉が静かに開かれた。ひとたび原子炉が動き始めると、このゲートが開かれることはない。原子炉は外部とは完全に遮断され、たとえ爆発してもその爆風が外部に漏れることは防がれる。

大きく開いたゲート前に二〇トントラックが二台横付けされ、二〇人余りの迷彩服を着た日本人たちが降りてきた。武器は携帯していない。手際よくトラックの覆いが取られると、径も長さもさまざまなパイプが一〇〇本ちかく現われた。最長のものは一〇メートル近くあり、径も四〇センチ以上ある。肉厚は二センチ、重量は三トンを超える。さらに、数十本の小型、中型パイプと調節弁があった。

積み荷は、トラックの後ろに停まったクレーン車のクレーンを使って降ろされた。建屋内に運び込んでからは、大型クレーンが使える。クレーンはロシアの技術者が運転していた。慣れないせいか、動きはぎこちなかった。

「発電所というより、巨大工場だ」

パイプを運んできた兵士の一人が原子炉を見上げている。

「ここには放射能はないのか？」

「この原子炉にはまだ燃料が入ってない。なめても平気さ」

「偉い博士に講義は受けたが、さっぱり分からんかったね」

「ウランに中性子を当てるとすごいエネルギーと中性子が出る、という話だろう。その中性子が次のウランに当たって、またエネルギーと中性子が出る。中性子の数は反応ごとに増えて、核分裂反応はますます激しくなる。そのときのエネルギーを熱に変えて電気を起こすのが原子力発電だ。簡単なことだ」

「簡単すぎて脳味噌《のうみそ》を素通りしていった」

兵士はあらためて原子炉を見上げた。

一時間ほどで、すべての積み荷は降ろされた。トラックが出ていくと、扉は再び重々しい音を響かせながら閉じられた。

改造工事が始められた。

一次冷却水の循環パイプに新しいパイプをつなぎ、調節弁を設置して換気口に引き出す。調節弁はメインコンピュータ『ソクラテス』に接続され、『銀河』を含む巨大システムの一つとして働かなければならない。完全に調和を保ちながら、完成したシステムの一部に侵入するのだ。工事としては難しいものではないが、完全性が要求される。ピンホール一つも許されない。おまけに何十トンもある器材を移動させ、再び結合しなければならない。

作業は一〇人編成のグループ三つで行なわれた。

第一グループは、一次冷却水の循環パイプに調節弁を取り付けて、換気口まで引き込む。第二グループは、燃料棒を運び、原子炉に装塡《そうてん》する。第三グループは、配線を調べてメインコンピュータに接続する。

各グループに三、四人のロシアの技術者がついた。彼らの三分の二が、ソ連時代に原発と原子力潜水艦で働いていたエンジニアだった。残りは核兵器関係の工場で働いていた。ソ連解体とともに職を失ったり、大幅に条件の悪い部署にまわされたりしたのだ。

作業を始めて一時間後に、最初のトラブルが起こった。建設業者を通して手に入れた図面と現場にわずかな食い違いがあった。図面が古いのか、作業を進めながら変更されてきたものか。至急、新しい図面がいる。パブロフはコンピュータを調べた。コンピュータには最新の図面が記憶されているはずだ。

「予定を大幅にオーバーしそうです」

図面を見ているパブロフのところにイーゴリが来た。この顎鬚《あごひげ》をたくわえた朴訥《ぼくとつ》なロシア人は、モスクワ工科大学で二五年にわたってパブロフの助手を務めていた。パブロフが最も信頼している男だ。

「クレーン一つ動かすのにも、日本の技術者の説明を聞かなければならない状態です。おまけに彼らも十分な知識はない」

普段愚痴など言ったことのない男が、溜め息混じりに言った。

「どのくらいかかるかね」

パブロフは顔を上げて、静かに聞いた。

「パイプの取り付けに二日。燃料棒の挿入に三日。計測器の取り付けもあります。同時に始めて、急いでも三日はかかります」

予定では二日だ。パブロフはしばらく考えていた。

「とにかく、やらなければならない」

気を取り直すように言った。

パブロフは宇津木とともに中央制御室に引き返した。

「技術者が日本の装置に慣れていない。急いでも三日はかかる」

パブロフはロシア語でタラーソフに言った。宇津木がそれを松岡に通訳する。

「ロシア語は分かるが得意ではない。英語にしてくれ」

松岡は言った。パブロフは松岡を見て頷いた。

「日本の装置に手間取っている。燃料棒の挿入には三日はかけたい。八万七〇〇〇本の燃料棒を装填しなければならない」

「予定より二四時間の遅れか」

「我々は問題ない。チェチェン解放戦線はもちこたえる」

タラーソフは松岡に言った。

「自衛隊の力をあなどってはいけない。いずれ、戦車や航空機も投入してくる。問題は、彼らがどれだけ事態を正確に把握して、迅速、的確に対応してくるかだ」

「彼らのことは十分に調べた。いくら装備は優れていても、実戦経験のないペーパー部隊だ。戦闘で死ぬなどと考えている者はいない。我々はアフガンでも、チェチェンでも戦い抜いた。装備もロシア軍最高のものを揃《そろ》えてある」

タラーソフは威嚇《いかく》するように腰のホルスターから拳銃を抜き、テーブルの上に置いた。

そのときモニターの一つからサイレンが鳴り響いた。原子炉建屋だ。部屋中の目がモニター画面に集中した。

「何が起こった」

宇津木がマイクを取って、ロシア語で怒鳴った。

〈一次冷却水系のパイプが落下しました〉

ロシア語が返ってくる。

パブロフが飛び出していった。宇津木たちも続く。

原子炉建屋は怒鳴り合う声と呻《うめ》き声であふれていた。合間に金属がぶつかり合う高い音が聞こえる。

「イーゴリとコルサコフとイリーンがパイプの下敷きになっています」

「クレーン移動中にパイプの端が熱交換器系のパイプとぶつかって落下しました」

パブロフの姿を見て、ロシアの技術者が口々に叫んだ。

一階部分にある熱交換器室に引き込まれる数十本のパイプの間に、長さ一〇メートルあまりのパイプが落ちている。その下に、三人の身体の一部が見えた。

「パイプを吊《つ》り上げろ」

パブロフは階段を駆け下りながら怒鳴った。

「一・二トンのパイプです。おまけに足場が取れません」

下からロシアの技術者が叫んでいる。

コルサコフは肺をつぶされ、すでに死んでいた。イリーンは腹にパイプをかかえるように抱いている。イーゴリの下半身はパイプに隠れ、死んだように動かない。

「イーゴリ！」

パブロフが叫んだ。

「大丈夫です。しかし足が……折れてはいないと思いますが」

イーゴリが目を開けた。声はしっかりしている。

「クレーンを使え。第一クレーンをこちらに移動させろ」

パブロフは天井を見上げて言った。

「ダメです。ここはクレーンの死角に入っています」

五メートルほど先にあるストッパーで、クレーンは止まっている。落ち着け、パブロフは自分に言い聞かせた。事故は何度もあった。そのたびに自分は、冷静に乗り越えてきた。打つ手はあるはずだ。その間にも呻き声が響いてくる。

「日本人技術者の手を借りたい」

パブロフは宇津木に言った。

「我々はここの装置に慣れていない。救出には彼らの助けが必要だ」

パブロフはイーゴリに視線を向けた。苦痛に歪むイーゴリの顔が見える。

「北山を連れてこい」

宇津木は『アルファ』の兵士に命じた。

北山と他の技術者は、制御室建屋内にある備品室の一つに監禁されていた。部屋には、制御室にいた一二名の技術者と運転員が座ったり横たわったりしていた。誰もがまだ何が起こっているのか、自分たちがどういう立場におかれたのか摑《つか》みかねていた。ただ自分たちが想像もしていなかったこと、原子力発電所が占拠されたらしいことは分かり始めていた。厚い鉄製のドアには鍵《かぎ》がかけられているが、ドアを通して通路を走っていく足音が聞こえる。技術者の一人が立ち上がってドアに耳をつけた。

そのときドアが開いて、自動小銃を構えた二人の兵士が現われた。二人とも日本人だった。

「北山はどいつだ」

小柄な兵士が言った。

「私だ」

北山は立ち上がった。動くと、殴られた頭がまだ痛んだ。兵士は北山の背を銃で突《つっ》いて、部屋から出るように言った。

兵士に監視されながら、原子炉建屋まで連れてこられた。途中の廊下には、やはり銃を持った兵士が緊張した顔つきで行き交っている。北山は自分の想像力を超えた何かが起こっているのを認めざるを得なかった。

原子炉建屋に入った。作業服だけの北山は、思わず身体を震わせた。メインゲートが開けられ、外の冷気が流れこんでいる。ゲート前の空間に、パイプが積み上げられているのが見えた。立ち止まった北山の背を、兵士が銃の先で押した。男が近づいてきた。日本人だった。

「『アルファ』の宇津木です」

「いったい何を始めている」

「頼みがあります」

宇津木は問いには答えず、北山を見つめた。

「あれが何か知っているはずだ。扱いようによっては、原爆並みに危険なものだ」

北山の声は興奮に震えていた。

「手を貸していただきたいのです」

「狂人に手を貸すつもりはない」

北山は怒鳴るように言った。いままで抑えていた感情が、一気に噴き出したのだ。

そのとき、宇津木の後ろに立っていた灰色の髪と髭の男が、宇津木を押しのけて北山の前に出た。

「英語は分かるかね」

北山は無言で男に視線を向けた。この男は他のやつらとは違う。

「私はアレクサンドル・パブロフです」

灰色をおびたブルーの瞳《ひとみ》が北山を見つめている。

「モスクワ工科大学のパブロフ博士。ソビエト科学アカデミーの議長だった――」

北山は英語で言った。原子力を学ぼうとする科学者や技術者は、一度は彼の著書に触れたことがある。

「博士がなぜ――」

「時間がありません」

パブロフは人差し指を口に当てて、北山の言葉をさえぎった。

パブロフの視線を追うと、くずれたパイプの間に人の姿が見える。

「これは命令ではなく、お願いです。私の仲間がパイプの下敷きになっています。彼は兵士ではありません。あなたと同じ技術者です。すでに、一人死んでいます。同じ技術者として、人間として力を貸してほしいのです」

パブロフが北山を見つめている。心の奥を覗き込むような静かな目だった。しかしその穏やかな瞳のなかに、暗い影が沈んでいる。

「残念ですが……私にはできない」

「ただちにパイプを移動させろ」

いつの間にか、背後にタラーソフが立っていた。

「下手《へた》に動かすと身体がちぎれる」

「作業を優先させる」

「二人はまだ生きている」

「いや、死んでいる」

タラーソフは拳銃を出して、イーゴリに向けた。イーゴリは観念したように目を閉じた。

「やめろ」

パブロフは銃身をつかんだ。

「やってみよう」

北山はタラーソフを押しのけ、くずれたパイプに近づいた。

パイプと挟まれている男たちの状態を調べた。

「パイプを切断するのが一番いいが、時間がない。二番クレーンでパイプの右端を支えながら、五番クレーンで左端を吊り上げる」

北山は宇津木に言った。宇津木がその言葉をパブロフに伝える。

「五番クレーンはここまで届かない」

「ストッパーを外せば、五メートルは動く」

北山は英語と日本語を交えて、次々に指示を出した。

ロシアの科学者と技術者たちは、黙々と北山の指示に従った。彼らは驚くほど熱心だった。数少ない理解できる英語の単語から、できるだけ多くのことを理解しようと必死だった。こういう事態でなかったら、よい仲間になれただろう。宇津木が軍服の上に着ていた革のジャンパーを脱いで、北山に差し出した。北山は一瞬宇津木を見て、何も言わずジャンパーに腕を通した。

クレーンの静かな響きが、コンクリートドームにこだました。やがて巨大なパイプはゆっくりと動きだした。ドームのなかに静かな歓声が上がった。


シャミル・カディロフ軍曹は、息を弾ませながら階段を上った。九五キロの巨体にとって、五階の階段を上がるのはたやすいことではなかった。おまけに一二キロの完全装備の上に、一五キロの重機関銃を担いでいる。

各階の真新しいドアを見るたびに開けてみたい衝動にかられたが、辛うじて押し止《とど》めた。ドアの向こうにどんなパラダイスが待ち受けているか、誘惑に囚《とら》われていた。訓練中に宿舎で見た、『アルファ』の兵士が持ち込んだ何冊かの雑誌を思い出していた。贅《ぜい》沢《たく》で美しい車、豪華な家や家具、そして裸の女たち。ここには何でもある。豊かすぎる国だ。とりあえず装備を自分の持ち場である屋上に運び上げて、防御態勢をつくる。時間はその後、たっぷりある。そう言い聞かせながら階段を上った。

最後のドアを開けて、屋上に出た。重機関銃を降ろして、深く息を吸った。路上は外灯の光で昼間のように明るかったが、建物の上まで光は届いていない。建屋の端まで歩いて、あたりを眺めた。北には闇が広がっている。海があるはずだった。しかし、漁船の明かりすら見えない。耳をすますとかすかに波の音が聞こえ、潮の匂《にお》いが鼻先をかすめた。再び意識して耳と鼻を動かしたが、今度は波の音も潮の匂いも感じなかった。東には無数の明かりが見えた。民家の明かりと国道の街灯だ。いくつかの光の点が、ゆっくりと動いていく。目線より上で光っているのは、竜神山《りゅうじんやま》の天文台のものだ。

このあたりの地形は心得ている。何日も地図と写真を眺めて、頭に叩き込んだ。緯度でいえば少し下だが、チェチェンの故郷と似ていなくもない。その祖国には、二度と帰ることはないだろう。軍曹の心にわずかに感傷的なものが流れた。帰っても、家族も職もない。すべてをロシア軍に奪われた。今度は――新しい国家で、新しい家族を作る。

「軍曹――カディロフ軍曹」

入口で呼ぶ声に我に返った。

「ここだ」

振り向いて怒鳴った。軍曹は心に流れたものを振り払い、暗視装置をつけて周囲に目を移した。緑っぽい視野が広がっている。目を東に向けた。敵が来るとすると、まず東側の原発道路と呼ばれている幅一〇メートルのメイン道路だ。ここはその道路の正面に当たる。戦闘が始まれば、防御の要《かなめ》になるだろう。自分が攻める側なら、戦車三両を並べて歩兵に脇《わき》を固めさせて前進する。ただしそれは、敵の兵力を知ってからだ。敵がミサイルかロケット砲を持っていればアウトだ。

まず迫撃砲を撃ち込んで、機関銃の銃座を潰《つぶ》したほうがいい。それより、爆撃がもっとも効率的だ。原子炉が稼動する前にミサイルと戦闘機で攻撃すればひとたまりもない。しかし、日本政府は爆撃はやらないと聞かされている。なにごとも平和的解決を優先させる国だ。放射性物質の貯蔵庫でもある原発を爆撃するなど、マスコミが許さない。ここでは、ロシア流の考え方は通用しないのだ。国家より個人の命、人権が優先する。軍曹はしばらく目を凝らして闇を見つめていた。肩を叩かれ振り返ると、ウマールと二人の兵士が立っている。

「急ぎましょう」

四人は、ウマールが担いできた滑車を建屋の端に固定した。下にジープが停まって、『アルファ』の兵士が荷物を降ろしている。兵士を指図して、装備を引き上げ始めた。五階まではエレベーターが使えたが、そこからは長い廊下を運んで、さらに屋上まで運び上げなくてはならない。それより下から一直線に運び上げたほうがいい。アフガンやチェチェンでは、銃弾が飛び交うなかで一〇〇メートルもある絶壁を三〇キロを超える重機関銃をはじめ、数十トン分の装備を運び上げたこともある。

吹き曝《さら》しの屋上は風が直接あたり、体感温度は零度を下まわる。だが、どうということはなかった。シベリアの寒さに比べれば、ここは天国だ。シベリアで任務についた三年間は、まさに地獄だった。素手で銃を持つと張りつく寒さだった。

二〇分あまりでロケットランチャー一門、重機関銃、六箱のロケット弾と五〇〇〇発の重機関銃用の一五ミリ弾、九ミリ弾三〇〇〇発の箱を引き上げた。ロケット弾は一箱に八発入っているから、全部で四八発。二箱を開けて一六発の砲弾を取り出し、ビルの手摺りの陰に並べた。残りの箱はできるだけ離しておいた。誘爆を防ぐためだ。一箱は食料だった。これはロシアから持ち込んだものではない。日本の缶詰と乾燥食だ。火をおこすことができないのを残念に思った。日本のヌードルは最高にうまい。

最後にお互いの装備を点検した。今度の任務がいままでと決定的に違う点は、軍服とマスクだった。ラバーの入ったつなぎの軍服で、フードがついている。マスクをかぶると外気とは遮断される。ロシア軍の核装備だが、使用するのは今度が初めてだった。

「これを着ていれば核爆弾が落とされても戦うことができる。汚染された空気でも平気だ」

「その前に俺《おれ》たちは蒸発してしまって、形も残っちゃいないよ」

「誰がそんな馬鹿《ばか》なことを言ってた」

「技術者の一人だ」

「ここに核爆弾なんか落ちっこない。日本の一部だ。この装備はこちらが敵を攻撃するときのためだ」

軍曹は言ったが、自分でもよく分かってはいない。

「我々四人でこの建物から見える範囲をカバーする。一人は連絡と運搬係だ。主に東側を見張ってればいい。北は海だし、西は原子炉が守ってくれる。楽なもんだ」

軍曹は空になった弾薬箱に腰かけて煙草《たばこ》を出した。

「空からやられれば、ひとたまりもないぜ」

兵士の一人が空を見上げながら言った。

「アフガンでは、こんな陣地は一時間ももたなかった。爆撃と迫撃砲の餌食《えじき》だ」

「そんな話、聞いてねえぞ。敵は機関銃程度の小火器で、四八時間もちこたえれば、原子炉が動きだしてやつらは手も足も出せないって話だったぜ」

「これだけの国だ。装甲車か戦車の数台は出てきてもおかしくない」

「念のために、ロケット弾も持ってこい。対戦車用と地対空ミサイルもだ。赤外線センサーの付いているやつだ」

軍曹に言われて、一人の兵士が下りていった。

「第七班、位置につきました」

軍曹はハンドトーキーを出して、中央制御室の本部に連絡した。背を丸め、外部に見えないように身体を低くして煙草に火を点けた。五〇メートルほど離れた向かいの建物の屋上に火が見えた。『アルファ』がいる建物だ。火は二、三度瞬《また》いて消えた。軍曹はそれを見て、唾《つば》を吐いた。自分の部下なら蹴飛ばしてやる。戦場では、ほんの一瞬のミスで命を失う。自分一人の命なら勝手にしろ。だが一個小隊が全滅することすら珍しくない。そんな例を数えきれないほど見てきた。煙草を二、三度深く吸い込むと、コンクリートに叩きつけるように捨て、踏みつぶした。

「日本人ってやつは信用できない。こんなに贅沢で豊かな国にいて、魂の救いも何もないだろう」

軍曹のイライラした様子を察してか、ウマールが言った。

「志願して、フランスの外人部隊に入るやつもいるっていうぜ。戦争が好きなんだ。好戦的なやつらなんだ」

「俺と代わってほしいね」

「軍曹は、なぜこの作戦に参加したのですか」

軍曹はしばらく黙って考えていた。

「俺の親父《おやじ》は農民だった。六〇年間、土を耕し、豚の糞《くそ》にまみれて生きてきた。春も夏も秋も冬も——一年中だ。それが死ぬまで続く。ドイツが攻めてきたときも、スターリンの大粛清が吹き荒れているときも、親父はジャガイモを作り、豚を育てていた。生涯、村を出ることはなかった。俺はそんな生活がいやで、軍隊に入ったんだ。一六のときから二五年間、タラーソフ大佐のもとでやってきた。理解できんところもある人だが、あの人のあとについて俺はなんとか生き延びてきた。これが大切なんだ」

「生き延びる？」

「ソ連邦解体で軍隊を放《ほう》り出されて、俺は路頭に迷うところだった。いまさら農民に戻れといわれても、戻れるもんじゃない。他に生きていく手段を知らん」

「新しい国を作るって大佐は言ってましたぜ。ロシアでもチェチェンでもない、大佐の国だ」

「俺にはどうでもいいことだ。生き延びることこそ大切なんだ。大佐についていけば生き延びられる」

正面の建物の上で再び炎が揺れていた。軍曹はペッと唾を吐き、視線を逸《そ》らせた。

原子力発電所正門。

三時間前にトラックの一群が通過したゲートは、再び閉じられていた。正門前には五トントラック一台分の土嚢が、二つのトーチカに分けて積み上げられた。それぞれ四人のチェチェン解放戦線の兵士と機関銃が配置されている。

一人の小柄な兵士が警備室の椅子に座って、前方に広がる闇を見ていた。短く刈り込まれた金髪、抜けるように白い肌、青みを帯びた瞳、唇だけが紅を引いたように赤かった。精一杯男として振る舞ってはいるが、身体つきからも身のこなしからも女であることは隠しようがなかった。そして女であることで、どれだけ屈辱的な目にあわなければならなかったか——。

あの朝、一二歳のエレーナは家族とともにグロズヌイの自宅にいた。母の用意した朝食に手をつけようとしたとき、突然ドアが開いて、武装した男たちがなだれ込んできた。和平協定が締結されても、治安維持の名目でチェチェン駐留を続けていたロシア兵である。

それから起こったことは、思い出したくない。何度思い出しても、涙があふれた。父親と二人の兄が手錠をかけられ、連れ去られた。テーブルのミルク瓶が叩き落とされ、その横に頭を殴られた母親が倒れていた。

エレーナと姉のマジーナは二階のベッドルームに連れていかれた。エレーナをかばおうとしたマジーナは激しく殴打されて倒れ、エレーナは服を引きちぎられた。その後のことは……。

前方に続く闇を見つめた。自分はロシア国家に復讐《ふくしゅう》を決意した。父と兄たちはロシア要人の誘拐犯として拘束されたまま、帰ってこなかった。実直な時計屋の父が誘拐犯だなんて、ばかげている。数日後、裏庭で首を吊った母親を姉妹で下ろして埋葬した。

マジーナは四年後の冬、同志とともにモスクワの劇場に立てこもり、ロシア軍に惨殺された。毒ガスで動けなくなったマジーナにロシア軍は容赦なく銃弾を浴びせたという。祖国を踏み荒らし、家族を奪い、自分たちの未来を断ち切ったロシアに鉄槌《てっつい》を下せるなら命など惜しくない。唇を嚙《か》んで、銃を握りしめた。エレーナは無線機を取って、正門前の防御態勢が整ったことを本部に報告した。

発電所を占拠して、三時間になろうとしている。前方の闇に目を戻した。いずれそこに日本の軍隊が現われ、戦闘が始まる。

目の前に、熱い湯気のたつコーヒーカップが差し出された。顔を上げると、宇津木がぎこちない笑みを浮かべている。一瞬戸惑ったが、カップを受け取った。

二週間も同じキャンプに暮らしながら、二人になるのは初めてだった。宇津木はロシア語ができるために、ほとんどタラーソフや松岡と一緒にいたのだ。

宇津木はそっとエレーナの横顔を眺めた。彫りの深い、ギリシャ彫刻のようだ。その白い顔のなかに、深く暗いものが潜んでいる。それが何か知りたいと思った。

「なぜこの作戦に参加した」

エレーナはカップを両手で包むように持ち、しばらく黙っていた。

「チェチェン人の新しい国家を作るため」

「それは分かっている。しかしきみは――」

「私は自分が女だなんて思ったことはない。私はみんなと同じ。独立を志す同志よ」

エレーナが顔を上げて言った。美しい金髪がわずかに額にかかっている。しばらく二人とも何も言わなかった。

「あなたはどうして『アルファ』に入ったの」

思いついたように、エレーナが聞いた。

「俺は——まず、日本がイヤになった。絶望した。この国の連中は金と権力のとりこだ。皆、腐っている」

「それはどこでも同じ。ロシアも、チェチェンも——」

「新しい、すがすがしい空気を吸ってみたかった。だから、日本を出た。インド、アラブ——。パレスチナでアラブゲリラにも会った。そしてロシアに行ったとき、『アルファ』の信者たちを知った」

「だから、この作戦に加わったわけ？」

どうしてだ、宇津木は自問した。いままで考えたことはなかった。いや、考えまいとしてきたのだ。貧しい者、虐げられた者が聖なる指導者に導かれて築き上げる理想国家——。しかし、理想国家とはなんだ。貧しい者、虐げられた者とはいったい誰だ。

いま、世界中で、理想国家と信じていた国は分裂し、崩壊の道をたどっている。虐げられていると思っていた者は飽食に溺《おぼ》れ、同志と信じていた者は互いに新しい敵となり、憎しみ合い、殺戮《さつりく》の限りを尽くしている。自分は理想国家の礎《いしずえ》となる、と言った加頭の言葉に胸を躍らされた時期もあった。しかし彼も、覚醒剤《かくせいざい》に溺れ、撃たれて死んだと聞いている。自分の信じていたものは、いったい何だったのだ。何でもいい。俺はただ明確なものがほしかった。生きている証《あかし》がほしかっただけなのかもしれない。だが、いずれにせよ、もう引き返せない。

「どうかしたの」

黙っている宇津木に、エレーナが不思議そうに聞いた。

「何でもない」

宇津木はすべての疑問を消し去るように、頭を二、三度激しく振った。

「ありがとう。お礼を言ってなかったわ」

エレーナが突然言った。そして、宇津木に向かってかすかに微笑《ほほえ》んだ。

「船でのこと。私が足を滑らせたとき、救《たす》けてくれたでしょう」

「いいんだ、同志」

宇津木は、同志という言葉を不思議な思いで口にした。それまで何気なく口にしていた言葉が、エレーナを前にすると妙な違和感をもって響いた。エレーナは深い湖のような、青みを帯びた目を向けている。

無線がガーガーと、無神経な音を出し始めた。

2

午前四時

視野いっぱいに閃光《せんこう》が広がる。砲弾の炸裂《さくれつ》だ。

蜒々《えんえん》と続く難民の群れに銃撃があびせられ、迫撃砲が撃ち込まれる。逃げ惑う子供や女。老人はすでに生きることを諦《あきら》め、大地に座り込んでいる。地雷で片足を失った女が、背中に背負った子供を下ろし、抱きかかえる。砲弾の爆発音が轟《とどろ》き、大地が裂け、土砂が飛び散る。耳許《みみもと》をかすめる銃弾が空気を切り裂く振動、悲鳴、叫び声、怒鳴り声、死にかけた女、子供……。夢だ。しかしそれは、世界各地で見た現実だ。アフガニスタン、チェチェン、イラン……。自分はどこにいる。シャッターを押せ。だめだ、動かない。戦車のエンジン音だ。キャタピラの音が迫る。機銃掃射だ。近いぞ。逃げろ、逃げるんだ。足が動かない。走るんだ。だめだ。結子……。

高津研二《けんじ》は目を開けた。全身がぐっしょりと濡《ぬ》れている。

神谷市、東日《とうにち》新聞社神谷支局。さほど広くない部屋にデスクが五つ置いてある。壁ぎわに陽《ひ》にあせて色の抜けたソファとテーブルがあった。そのソファに、毛布を被って自分は寝ている。

高津はソファから起き上がり、テーブルのタオルを取って、腹から手を入れて身体を拭《ふ》いた。もう何度も見た夢だ。ひと月前、三か月ぶりに日本に帰ってから、すでに五度目だ。途中で夢だということが分かるが、どうしても目覚めることができない。立ち上がって奥の部屋を覗くと、当直の記者が軽いいびきを立てている。

椅子を引き寄せて、ストーブのそばに座った。ヤカンが音を立てている。ヤカンに水を足して、ストーブの上に置いた。テーブルの湯呑みを見ると、茶色くなった番茶が入っている。その冷たい番茶を飲み干した。体内に冷えた液体が広がるとともに、いくぶん意識がはっきりした。しかしまだ、動悸《どうき》は続いている。ポケットを探って、しわくちゃになった煙草を出して火を点けた。深く吸い込んで吐き出すと、煙とともに気分が落ち着いてきた。

二十代はほとんど海外にいた。アラブ、アフリカ、東ヨーロッパ……。戦場を求めて世界中を飛びまわっていた。いったい何千何万の死を見てきたのだ。いまでは、死に対して何の感情も湧《わ》かない。死は死であって、それ以上でもそれ以下でもない。あとには、ただの物質となった有機物の塊が残るだけだ。そしてその有機物は大地にゆだねられ、最後の食物連鎖の結果として処理され無となる。

ストーブのヤカンが再び音を立て始めた。

三日前から東日新聞社神谷支局に泊まり込んでいる。社員ではないが、何度も新聞に写真を載せたことがあるので、知り合いは多い。今回は、世界一の原発の写真を撮りにきたのだ。これまで、こうした〈モノ〉に心を動かされたことはない。しかし新聞の特集記事で、『世界最大の原子の火』の記事を見たとき、妙に心に引っかかるものがあった。知り合いの記者に頼んで、発電所に入る許可を取ってもらった。視野を埋め尽くすような巨大な装置に心は動いたが、アフガニスタンやイランで感じた、身体の芯《しん》が熱くなるような感動はなかった。しょせん、モノはモノだ。主役は人間だと高津は思った。しかし昨夜、『銀河』完成式のパーティー会場で結子に会ったことには、運命的なものを感じた。

高津は二本目の煙草に火を点けて、深く吸い込んだ。結子のことを考えていた。彼女に会ったのは、まったくの偶然だ。五年前、パレスチナのガザ地区で別れて以来だった。あの女は自分にとって、いったい何だったのだ。自分の知っている結子は、第一線のジャーナリストだった。

自分とともに、動乱を求めて世界中をさまよっていた。しかし昨日の彼女は……。横に立っていた男を思い浮かべた。瀧沢俊輔、あの男が『銀河』設計の中心人物なのか。結子を見つめる目はただの知り合いではなかった。結子もそれを自然に受けとめている。結子との関係は――。自分はまだ結子を――。

煙草を灰皿に押しつけ、耳をすました。ヤカンの鳴る音に交ざって、エンジン音が聞こえる。大型トラックのエンジンの重い響きだ。全身に緊張が走った。それは長年、戦場で鍛えられたカンだった。腕時計に目を走らせると、四時をまわったところだ。振返って隣の部屋を見たが、物音ひとつ聞こえない。コートとカメラをつかんで飛び出した。北国の冷気が身体を包み、思わず低い唸《うな》り声を出した。

国道に出ると、機動隊の大型輸送車が走っていく。かなりの間隔を開けて、次の輸送車が通りすぎる。すでに相当数の輸送車が通ったはずだ。この道路の先には——原発がある。

高津は支局に戻って、カメラとレンズの入ったバッグを担ぎ、路地に停めてあるジープに乗り込んだ。勢いよくアクセルを踏み込む。エンジンは一度でかかった。国道に向かってジープを走らせた。すでに結子の姿は、頭になかった。

竜神崎第五原子力発電所、第一事務棟の屋上に出てカディロフ軍曹はぼんやりと空を見ていた。初めはなにも見えなかったが、時間が経つにつれて闇のなかを巨大な雲が流れていくのが分かるようになった。それは見えるというより、感じているのかもしれない。

闇のなかから、かすかに唸るような音が聞こえる。何度も聞いたことがある音だ。大型車両のエンジンとタイヤの音。それは彼の脳裏で、軍隊が移動する光景と結びつく。

ウマールはまったく動かず、いびきが聞こえてくる。ウマールの肩を揺すった。ウマールは低い声を上げて、目をさました。軍曹は、目で東を指した。ウマールは眠気が一瞬にして吹き飛んだような顔をした。光の列はすでに一キロの地点に迫っている。ウマールは指示に従って、建屋の端にいる二人に報《しら》せに走った。軍曹は暗視装置をつけた。

「大型車だ。五台、六台……一〇台はいる」

光の列を見つめたまま、本部に連絡した。

本部には、正門前のトーチカから連絡が入ったところだった。発電所を占拠して四時間も経っていない。夜明けまでに、まだ二時間以上ある。

松岡とタラーソフは正門横の警備室に走った。正門前の道路、約五〇〇メートル前方に三台の放水車が停まり、その背後に機動隊が待機しているのが見えた。

「やはり自衛隊の出動はないな」

松岡は暗視装置のついた双眼鏡を覗きながら言った。

「予定どおりだ。火器は拳銃だけか。まるで玩具《おもちゃ》の軍隊だ」

タラーソフは吐き捨てるように言って、双眼鏡を目から離した。

「日本政府のマニュアルだとＳＡＴが出動してくる」

「警察の特殊部隊、特殊急襲班か」

「一個班約二〇名。狙撃銃《そげきじゅう》に加えて自動小銃を持っている。ドイツのMP5だ」

「まずそいつらを全滅させる。最初に叩いておけば、次は慎重になって攻撃が遅れる。自衛隊の出動は極力遅らせたい」

「原子炉が起動するまでは、なんとしても死守してくれ」

松岡が厳しい顔で言った。

「相手が前進してくるまで待て。それまでは、絶対に悟られるな。こっちのライトが消えるのを合図に撃て。一人も生きて帰すな」

タラーソフは、無線に向かって命令した。

午前五時

国道から原発に向かう道路の入口には、パトカーと輸送車が数台横になって停まり、道路封鎖をしていた。高津は国道を走り続けた。

パトカーの赤い光が見えなくなった所で、車をわきに寄せて停まった。一キロ先の海よりに原発が見える。ライトに照らされて、剝《む》きだしのコンクリートの巨大な建物群が闇のなかに浮かんでいる。双眼鏡を出して覗いたが、人影らしきものは見えなかった。

高津はさらに車を林に乗り入れて停めた。カメラバッグと六〇〇ミリの望遠レンズが入ったバッグを肩にかけて歩き始めた。砂に足を取られて歩きづらい。思わず足を止めた。正門の手前に三〇台を超える機動隊の輸送車とパトカーが見えた。

松林のなかを慎重に進んだ。発電所を大きく海側にまわって、機動隊の北側に出た。おびただしい数の機動隊員が待機している。おそらく数百人。全身が緊張で固くなった。


午前五時をまわっていた。

海からの冷たい風が吹き抜けていく。待機をはじめて、すでに二時間が経とうとしていた。発電所の正門前の道路、五〇〇メートルの位置に、富山県警の機動隊二個中隊四〇〇人が待機していた。そのなかには、ＳＡＴ一個班二〇人がいた。ジュラルミンの盾に濃紺の制服。外見はいつもの出動と違いなかった。しかし今日は全員防弾チョッキを着用し、腰には実弾入りの拳銃を携帯している。四〇〇人の隊員には緊迫感があふれていた。

大井《おおい》隊長は再び双眼鏡を目に当てた。正門前の外灯は消されていたが、所内の外灯はついている。原発を貫く道路は明々と照らしだされている。見なれた風景だった。ただ静かすぎる。たしかに何かが起きている。ゲートの両側に土盛りが二つ、防水シートのようなもので覆われている。建設工事の一部のようにも見える。大井は双眼鏡を下ろし、深く息を吸った。なぜかすっきりしない。引っかかるものがある。

マニュアル通りの行動だった。発電所からの緊急信号は第四信号、発電所が何者かに占拠されたことを示す信号だった。警備の警察官を呼び出したが、応答はなかった。それ以後の発電所との連絡は完全に途絶えている。定期巡回のパトカーも帰ってきていない。発電所内にいる職員と携帯電話を使って連絡を取ろうとしたが、発信音が聞こえるだけで通じない。新日本原子力発電の東京本社に問い合わせたが、状況はまったく摑めなかった。会社も発電所の異常は察知していた。定期連絡は途絶え、直通回線はすべて不通になっているのだ。

機動隊は県の原子力条例第三条によって行動していた。発電所を取り囲み、犯人側との連絡を取る。富山県警は過去三回、同じような状況を想定して訓練を行なっていた。原発がテロ集団に襲われたという設定である。すべて通常演習と称して、極秘のうちに行なわれた。住民に知られると、感情を逆撫《さかな》でするようなことにもなりかねない。

大井は迷った。このまま進むべきか、さらに様子を見るべきか。大井本人としては様子を見たかったが、隊員の士気を考えると、これ以上の時間をとることは難しかった。県警本部からは何の指示もない。指示を出せるほどの情報は摑んでいないのだ。ここにこうやっている自分たちにも、事態はまったく呑み込めていない。

何度か近づいてハンドマイクで呼びかけたが、発電所からはなんの反応もなかった。ただ、発電所内部で何かが起こっていることは予想できた。反応がないということが、事件の重大さと拡大を予測させた。

原子炉には、まだ燃料棒は挿入されていない。起動前ということが油断を生んだのか。しかし発電所には、予備を含めて一〇万本の原子炉燃料棒が格納されている。これは濃縮ウラン二・五トン、プルトニウム二・五トン分に相当する。さらに原子炉補助建屋には、二トンのプルトニウム239が貯蔵されている。

地面から底冷えが這《は》い上がってくる。明け方の最も冷え込む時間だ。隊員たちのいらだちが、伝わってくるようだった。なんらかの行動を起こさなければならない。

「誰か、偵察に出したらどうでしょうか」

双眼鏡を覗いていた副隊長が言った。

「本部からは、連絡はないのか」

「ありません」

二〇分前に、状況を正確に把握して慎重に行動せよ、と連絡があったきりだった。時間だけがすぎていく。隊員たちは焦り始めている。大半の者が、寝ているところを緊急招集をかけられて出てきたのだ。隊列を出て、道端に走り寄る者も多い。放尿の音がいやに大きく聞こえる。私語が多くなった。すでに隊員たちの緊張は切れかかっている。

東の空がかすかに赤みを帯びてきた。大きなくしゃみの音が、静まりかえった空気に響きわたった。

「これ以上待てません」

小隊長の山田《やまだ》がやってきた。

「隊員もそろそろ限界です」

「我々が先発隊として突入しましょうか」

ＳＡＴの伊藤《いとう》隊長が言った。

「敵が武装していても十分反撃できます。せいぜい自動小銃程度でしょう」

「北朝鮮の工作員が上陸したとも考えられる。そうなれば、もっと重火器で武装している可能性もある」

大井は言いながらも自分の言葉が信じられなかった。原発が北朝鮮のゲリラに攻撃された場合の対応は何度か会議で論じられたが、誰も現実に起こるとは思っていなかった。大井も例外ではない。今度はひょっとしたら……。大井の胸に不安が生まれた。

「訓練は十分受けています」

伊藤はＭＰ５サブ・マシンガンを握りなおした。

これ以上待機することは、隊員の士気をますます低下させる。大井はもう一度発電所に目を向けた。構内の外灯の光に照らされて、発電所の姿が浮かび上がっている。巨大な原子炉建屋が、冷ややかな大気のなかにそびえている。

「一五分後に突入する」

大井は命令した。

「放射能測定班を先頭に立て、一〇名のSATが続く。残りのSATは援護にまわる。本隊は二〇メートル後方から続く。無線は切るな」

「了解」

山田と伊藤は敬礼して自分の隊に走っていった。


高津は松の木に身を隠して、シャッターを切り続けた。

普通の事件とは違う。機動隊が向かっているのは、昨夜完成式があったばかりの巨大原子力発電所だ。何かある。長年、世界中の戦乱に身をさらしていた経験から、眼前に巨大で不気味なものが横たわっているのを感じた。これは大事件になる。身体中に熱いものが湧き上がってきた。高津は機動隊と発電所の中間位置に移動した。松林のとぎれる所で、一五〇メートルほど先に発電所の正門が見えた。バッグから三脚を出して、六〇〇ミリの望遠レンズを発電所に向けて固定した。ファインダーのなかに影絵のように発電所の建物が見える。

「何が起こるんだ」

高津はつぶやいた。白い息が薄闇に吸い込まれるように消えていく。背後に波の音がかすかに聞こえる。心臓の鼓動すら聞こえそうだ。高津は目をこらした。建物の屋上に人影が見える。夢中でシャッターを切った。人影は消えている。

大井はもう一度、双眼鏡で発電所を見た。やはり異常は感じられなかった。

「行きましょう」

副隊長が促した。

「西門に連絡しろ。これから突入する」

大井は双眼鏡をケースにしまった。しかしまだ自分の判断に自信はもてなかった。副隊長が前進の合図を送った。五人編成の放射能測定班が、ゆっくりと歩き始めた。その二〇メートル後に、放水車三台が進む。ＳＡＴの隊員が自動小銃を構えて後ろについた。機動隊は前進を始めた。全員が、いつものデモ規制と大差はないと考えていた。いや、騒ぎたてたりプラカードや旗竿《はたざお》を振りまわしたりする姿が見えない分、安易に考えていた。稼動していない原発に事故など起きようもない。

サーチライトの光でゲート周辺が明るく浮かぶ。両側の盛り土の防水布が動いた。発電所の明かりが消えた。瞬間、あたりは巨大な闇に包まれた。放水車のライトだけが頼りなく光っている。

炎が走った。轟音《ごうおん》が轟き、放水車が火を噴く。ロケット弾だ。

原発からの銃撃はＳＡＴの隊員に集中した。最初の銃撃で大半のＳＡＴが絶命した。生き残った数名の隊員が原発に向けて自動小銃を乱射したが、相手の位置はまったく摑めない。あたりは銃声に満ちた。銃弾は正確に機動隊を捉《とら》えていく。敵が狙撃の腕に加えて、暗視装置を使っていることは明らかだった。機動隊員が悲鳴を上げて、放水車の背後から転げ出てくる。全身、炎に包まれている。銃声が響く。弾《はじ》かれたように飛び上がり、道路に倒れた。燃え上がる放水車の炎で、正門前は昼間のように明るくなった。

機動隊員はあわてて拳銃を抜き、前方の闇に向かって撃ち始めた。

爆発音とともに二台目の放水車が燃え上がる。逃げだした機動隊員が、次々に銃弾を浴びて倒れていく。


伊藤が気づいたときには、ＳＡＴの隊員のほとんどが倒れていた。

身を隠している放水車の車体が焼けるように熱い。見上げると上部は炎に包まれている。なかの隊員は逃げた気配はなかった。背後からも、迫撃砲の爆発音が聞こえてくる。

正門付近では、手榴弾の爆発音も聞こえる。どうしていいか分からなかった。反撃しようにも敵の姿が見えない。逃げ出した機動隊員も、数メートルも行かないうちに背中を撃ち抜かれて倒れた。原発のほうを見ると、建物の屋上に火花が散っている。狙撃の銃弾だろう。その火の見えるあたりに向かって、ＭＰ５の全弾三〇発を撃ち尽くした。

正門の両側に連続的に火炎が見えた。機関銃座だ。あそこから狙《ねら》われれば、前進はおろか退却もできない。何とかしなくてはいけない。拳銃しかもっていない機動隊には無理だ。

右前方に放水車が路肩に車輪を乗り上げて停まっている。ドアは開いたままだ。攻撃のすさまじさに、隊員は車を捨てて逃げ出したのだ。伊藤はマガジンを入れ替え、原発に向けて撃ちながら放水車に走った。

運転席に転がり込んだ。キーは差したままだ。エンジンをかけ、ギアをバックに入れる。身体を低くしたが、ロケット弾が飛んでくればひとたまりもない。銃撃が集中し、フロントガラスが砕け散った。バックして、道路の中央に出た。前方に燃え盛る放水車が一台。その背後に隠れながら加速する。車が傾いた。タイヤを撃たれたのだ。構わずアクセルをさらに踏み込む。ギアをセカンドからサードへ。

正門右の機関銃座に向かってスピードを上げた。衝撃を感じた。ほぼ同時に炎が伊藤を包んだ。ロケット弾が命中したのだ。視野全体が赤く染まっている。炎の赤なのか、自分の血の色なのか。朦朧《もうろう》とした意識のままハンドルに顔を伏せた。ホーンの音が全身を包み込んでいる。車は火を噴きながら、機関銃座に突っ込んでいった。

大井は指揮車から飛び降りた。指揮車の後部が機関銃弾に撃ち抜かれ、車は不自然に傾いている。後方にも絶え間なく爆発音が上がっている。大井に驚愕《きょうがく》が走った。敵は迫撃砲を持っている。

事務棟の屋上から、赤い火が走るのが見えた。狙撃兵が撃っているのだ。屋上で光が走るたびに、道路の機動隊員が倒れていく。大半の機動隊員が逃げ場を失ったまま、狙撃の的になっている。

「物陰に身を隠せ」

大井は茫然と立ち尽くす隊員の腕をつかんで、車の陰に引き込んだ。

援護のため後方についていたSATの隊員が、自動小銃を撃ち始めた。黒い影のように並んでいる原発の建物の屋上に向けて発射している。続いて拳銃を抜いた機動隊員が、発電所に向けて発砲を始めた。

「塀の下に退避しろ」

大井が怒鳴った。撃ってくるのは建物の屋上からだ。塀の下に隠れれば、死角になる。

高津が最初に聞いたのは、銃声か砲弾の音か分からなかった。ほとんど同時だった。気がつくと、放水車が炎に包まれていた。逃げまどう機動隊員の姿が、赤っぽいシルエットになって浮かび上がる。周囲は銃声と爆発音に満ちた。道路には数十の黒い影が倒れている。発電所の外灯とサーチライトは、いつの間にか消えている。放水車の炎の向こうに、発電所の建物が巨岩のように見える。そのなかで、無数の火花が散っている。銃を撃っているのだ。

「戦争だ」

高津はつぶやき、茫然と見ていた。銃声がこだまし、機動隊員が次々に倒れていく。悲鳴と叫び声が聞こえる。これは戦闘ではない。殺戮だ。同時に、ここは日本だという思いが湧き上がった。アフガニスタンでもイランでもない。こんなことは起こりようがない。しかしすぐに、すさまじい勢いでシャッターを押し始めた。

中央制御室は静まりかえっていた。

パブロフと他の技術者たちの目は、モニターテレビに釘《くぎ》づけになっていた。画面には、正門前と西門で繰り広げられる銃撃戦が映し出されている。次々と日本の警察官が死んでいく。まるで標的だった。統制された、圧倒的な重火器の前に、経験もなく拳銃しか持たない警察官はまったく無力だった。突然、耐えがたい恐怖がパブロフを襲った。

「やめさせてくれ」

パブロフは宇津木に言った。顔は青ざめ、唇は震えている。

「お願いだ……」

床に崩れるように膝《ひざ》をついた。

「落ち着いてください、博士」

宇津木はパブロフの腕をつかんで、立ち上がらせた。

突然、パブロフは顔を歪めた。目を見開き、空気をむさぼるように口を大きく開けた。

「博士――」

宇津木はあわててパブロフの胸のボタンを外した。イーゴリが足を引きずりながら近づいた。彼の足は奇跡的にも折れてはいなかった。パブロフのポケットから薬を出して口に含ませた。パブロフは薬を飲み下し、床の上に横になった。

「博士は、昔から心臓が悪かった。三、四年前に娘さんとお孫さんをなくされてから、特にひどくなったようだ」

イーゴリは、発作の治まったパブロフの顔色を窺《うかが》いながら言った。

宇津木はパブロフを抱き起こし、椅子に座らせた。

「これは戦争です。彼らは私たちの敵です」

宇津木はパブロフに言った。自分自身に言い聞かせるような言い方だった。

銃撃戦は一〇分ほどで終わった。モニターは燃えさかる放水車と、路上に横たわる無数の影を映している。

「博士……」

宇津木はパブロフの肩を軽く揺すった。パブロフは固く目を閉じて、うつむいたままだ。

「我々の戦いはこれからです」

パブロフは薄く目を開けた。

「私の人生はすでに終わっている」

パブロフはつぶやくように言った。


大井隊長は塀にもたれて、放心したように座っていた。立ち上がろうとしたが、左足の感覚がない。膝の上に血が滲《にじ》んでいる。正門前で三台の放水車と二台の輸送車が燃えていた。昇り始めた太陽よりも、さらに明るくあたりを照らしていた。鉄と油とプラスティックの焼ける、異様な臭《にお》いが流れてくる。唇を嚙みしめた。拳銃を握る右腕の肘《ひじ》にも血が滲んでいる。痛みは感じなかった。自分の判断ミスだった。相手の力を見誤ったのだ。道路には、数十の死体が横たわっている。くすぶり、燃えているものもある。数メートル前方に、腸の飛び出した胴体があった。首と手足はついていない。迫撃砲の直撃を受けたのだ。負傷者は二〇〇、あるいは三〇〇を超えるだろう。身体中が震えだした。大井は渾身《こんしん》の力をこめて、恐怖を吹き払おうとした。肩で大きく息をついた。他の者は……。負傷者は……。近くの林に逃げ込んだのだろうか。

正門から一〇人ほどの男が出てきた。ヘルメットをかぶり、迷彩服を着ている。自動小銃を持ち、腰にはマガジンと拳銃の入ったベルトをつけている。兵士だ。どこの国か分からないが兵士だ。驚きとも絶望ともつかない感情が支配した。発電所は軍隊によって占拠されている。自分たちは軍隊と戦ったのだ。

中央の日本人と白人の二人が、他の兵士たちに指示を与えている。大井は拳銃を持つ手に力をこめた。ゆっくりと腕を上げた。ひどく重い。先頭の男に照準を合わせた。指に力を入れる。

男は衝撃で飛び上がった。再び拳銃を上げようとしたが、腕が鉛のように重い。兵士が銃を構えるのが見える。

大井は目を閉じた。目蓋《まぶた》の裏に部下の顔が次々に浮かんでくる。その顔も、途中で途切れた。大井の身体に銃弾が集中した。


東の空が明るんできた。高津はシャッターを押す手を止めた。朱色を帯びた陽の光とサーチライトの光が、発電所全体を赤く染めていた。自然と人工が溶け合った一瞬だった。発電所が血に染まっている。高津は美しいと感じた。三脚をバッグにしまい、六〇〇ミリの望遠レンズの付いたカメラを肩にかけた。松林のなかに身を隠しながら、発電所に近づいていった。

銃撃戦は終わっていた。時折り発電所の建物の屋上から、銃声が聞こえた。生き残りの機動隊員を狙撃しているのだ。

正門から兵士の一群が出てきた。中央に二人の男がいる。一人は白人、一人は日本人だ。銃声が響いた。先頭の兵士が、胸から血を噴き出して倒れた。塀の横に膝をついて、拳銃を構えた機動隊員がいる。兵士たちの銃撃がその男に集中した。男は崩れるように倒れた。高津は懸命にシャッターを押し続けた。シャッター音が心臓が縮み上がるほど高く聞こえる。

兵士たちの背後から二人の男が出てきた。白人のほうが倒れた機動隊員の前まで行き、立ち止まった。拳銃を上げ、隊員に向ける。止《とど》めか。まだ明けきらない海辺に銃声が響いた。銃撃が始まって、まだ一〇分あまりしか経っていない。しかし、すでに数時間がすぎたように思えた。これ以上ここにいることは危険だ。身体は興奮で震えているが、頭はひどく冷静だった。

高津は腰を屈《かが》め、頭を低くして海岸に向かった。海岸沿いに歩けば、見つかることはないだろう。高津は足を速めた。

陽が昇った。明るくなると、さらに惨状がさらしだされた。機動隊の死者四二人。負傷者は数えきれなかった。

輸送車を停めている場所まで逃げ帰った者も、放心した顔で地面に座り込んでいた。信じられないのも無理はなかった。一〇分ばかりの間に、四〇〇人の機動隊が壊滅したのだ。

午前六時

仁川結子が実家を出たのは、朝の五時すぎだった。外はまだ暗く、冬の寒気が肌をさした。軽のワゴン車は喘《あえ》ぎながら国道を走り始めたが、五分後にはいつもの軽快な調子を取り戻した。昨夜はほとんど寝ていない。あの男のことを考えていたのだ。私はまだ、高津研二を愛しているのだろうか。いや、そんなことはない。あれはもう過去のことだ。五年前、私はすべてを捨ててあの男から去った。それは何度も確認した。しかし、昨夜の動揺は何だったのだ。結子は胸苦しさを覚えた。

窓を開けると、冷たい潮風が吹き込んできた。胸いっぱいに吸い込んだ。冷気を含んだ空気が身体中の細胞に染み込んでいく。私はいま、新しい道を歩んでいる。私には瀧沢がいる。思いっきり叫びたい衝動にかられた。海岸線に沿って真っすぐに続く道路を睨《にら》んで、ハンドルを持つ手に力を入れた。

頭のなかで、今日の計画を立て直した。高速道路を走れば、午後には東京に着く。その足で四谷のグリンホルダーの事務所に行き、竜神崎第五原子力発電所完成の報告書と原稿を書いて、三時には仕事を終わらせる。やはり美容院に行こう。もう少し女性らしい髪型にしておけばよかった。

結子は短く刈り込んだ髪をなでた。そして電車に乗る。六時に水戸に着く。瀧沢が迎えに来ているはずだ。瀧沢の家族と初めて会うのだ。緊張しているわけではないが、やはり気になった。特に、美来という一六歳の娘にはどう接していいか分からない。何をお土産《みやげ》にすればいいだろう。アマゾンの光石。深い緑の光沢をたたえる石は、切り倒された樹齢二〇〇〇年の巨木の根元で見つけたものだ。革紐《かわひも》を通して首飾りにしている。それとも、いまどきの高校生には音楽CDのようなものがいいのか。

自分の高校一年生のころを思い浮かべた。あまりたのしい思い出はない。いつも肩肘張って生きてきた。五人兄弟の真ん中で、三人いた女の子のなかでも真ん中だった。家族のなかでは一番影の薄い存在だった。いつも男には負けまい、兄や弟、姉妹にも負けまいと、歯を食いしばって生きてきた。一六歳の同性には、私はどう映るのか。彼女は私のことを何と思っているのか。お母さん、と口のなかで言ってみて、このまま引き返したい衝動にかられた。思わずアクセルを踏み込んだ。スピードメーターの針が、一気に一〇キロ上がった。右手に広がる日本海はまだ冬の闇のなかに隠れている。

海岸道路を一〇分ほど走り、原発の東を通る道に入ったところで、数台の救急車と機動隊の輸送車とすれ違った。救急車はサイレンを鳴らしていない。車両の列は、すごいスピードで神谷市内のほうに走り去っていった。急に車が目立ち始めた。五キロも走ると、車の流れは完全に止まった。国道を走る大型トラックが、こちらにまわってきているのだ。

「姉《ねえ》ちゃん。朝帰りかい」

隣に停まっていた一〇トントラックの助手席から、髭面の男が顔を出して怒鳴った。

「どうかしたの、この渋滞」

結子は窓を開けて叫び返した。

「原発道路が通行止めになってるんだ」

「なにかあったの？　事故？」

「知らねえよ。パトカーが一〇台近く出て、こっちへ誘導してるんだ」

「無線で、もっと詳しく聞いてみてよ。トラックは強力な無線を積んでるんでしょう」

「姉ちゃんのためなら、何でもしてやりてえけど、俺たちだってさっぱり分からねえや。入るのは雑音だけ。携帯電話も使えねえんだ」

ひょっとして強力な妨害電波が出ているか、アンテナが破壊された……。結子は自分の考えに思わず首を振った。

「原発の職員も、Uターンやそうやで」

後ろのトラックから、男が首を出して言った。

「そう……」

結子はしばらく考え込んだが、いきなりアクセルを踏んだ。

「姉ちゃん。そんなに急ぐことはねえだろ」

運転手が窓から身を乗り出して怒鳴っている。その姿をサイドミラーで見ながら、結子は路肩に乗り上げるようにして車を進めた。

三〇メートルあまり進むと、脇道があった。脇道に逸れて、最初に見つけた公衆電話の前に車を停めた。

時計を見ながら受話器を外した。六時になっている。通話音が聞こえる。まだ電話は生きている。グリンホルダー東京事務所を呼び出した。誰か泊まり込んでいるはずだ。一〇回以上呼び出し音が続いたあと、受話器が取られた。

「何か連絡入ってない？」

「仁川さんですか」

眠そうな声が聞こえてくる。江口善男《えぐちよしお》だ。二五歳、東京理工大学二年生。二年浪人して、三年留年している。去年の春から下宿を出て、事務所に寝泊まりしている。工学部電子工学科の学生で、コンピュータや通信機器についてはプロ以上に詳しい。いつもジュラルミン製のカバンを持ち歩いていて、中にはテスター、はんだ鏝《ごて》、リード線やさまざまなICチップが入っている。修理はもちろん、簡単な装置ならその場で作ってしまう。結子も何度か電化製品の修理をしてもらった。ボサボサ頭の童顔で、高校生のようにも見える。

「連絡は何もないの？」

結子は繰り返した。

「連絡って？」

「竜神崎原発が変なのよ」

「どう変なんです」

江口はやっと目覚めたようだった。

「国道から原発に向かう道路が、封鎖されてるの。パトカーが一〇台以上も出て、原発にはまったく近づけないそうよ。こういうときの反応は、東京が一番でしょう」

「調べてみます。分かりしだい携帯に連絡します」

息を呑む気配の後、きびきびした声が返ってくる。

「携帯が使えないらしいのよ」

「市内でしょう。アンテナが壊れているか、妨害電波が出てるのかな」

「ゆっくり考えてよ。私はこれから竹内《たけうち》さんの所に行くわ。神谷市のGH事務所。なにか分かれば連絡して。私も一時間後に電話を入れる」

結子は車に戻って、もう一度時計を見た。六時一〇分。竹内の家に行くには早すぎる。

竹内は結子の高校の後輩だった。小学校の教師をやっていて、今年の夏、結婚したばかりだ。二年前から、自宅にグリンホルダーの連絡所をおいている。結婚相手は、そこに出入りしていたボランティアの良子《りょうこ》だった。

しばらく考えていた。これから何をすべきか。発電所で何か起こったことは間違いない。とりあえず、自分で調べられることは調べておこう。原発事故が起こった場合、報道機関の窓口になるのは県庁にある原子力推進室だ。

市役所に向かって車を走らせた。原子力推進室の分室が市役所にある。朝の六時すぎでは開いていないが、もし事故が起こっていれば何かやっているはずだ。あれだけの規模で道路封鎖するからには、報道関係者であふれていてもおかしくはない。すれ違った救急車と、機動隊の輸送車も気になった。原子力発電所の事故は、直ちに関係省庁に報告することが原子力災害対策特別措置法で義務づけられている。政府関係にも、すでに報告が行っているはずだ。

明るくなってきた。通勤の人たちが近くの駅やバス停に向かっている。信号で停まったとき、瀧沢のことが浮かんだ。一瞬迷った。信号が青に変わる。結子はアクセルを踏み込んだ。

3

午前八時

水戸市郊外。ここ数日続いていた寒さが、わずかに和《やわ》らいでいた。

瀧沢はひと月ぶりに、水戸の実家に帰っていた。実家は偕楽園《かいらくえん》の裏手にある。車で三〇分も走ると大洗《おおあらい》海岸に出る。このあたりは、海岸線に沿って日立《ひたち》に至るまで、原子力関係の施設が並んでいる。新日本原子力研究開発機構の大洗研究所、東海研究所。そして新日本原子力発電をはじめ、民間の原子力発電所が続く。瀧沢が核物理の道を選んだのも、そういった施設を見なれていたからかもしれない。

美来はもう起きている。階下から声が聞こえる。冬休みを三日後に控えて、くつろいだ雰囲気だった。水戸に着いたのは今朝の二時だった。神谷から東京に戻り、車を走らせたのだ。まだ、車の振動が全身に貼《は》りついているようだ。五時間ほどしか寝ていない。頭の芯がぼんやりしている。

瀧沢は、着替えて下りていった。いままで祖母と話していた美来が急に黙り、瀧沢の視線を避けている。

「お父さんが起きてきたわよ。今日はちゃんと話をしなさいよ」

瀧沢の母親の喜美子《きみこ》が言った。

彼女は六八歳。美来を母親代わりに育てている。妻の純子《じゅんこ》が交通事故で死んでから一〇年になる。当時、五歳だった美来は、母親のことはほとんど覚えていないはずだ。しかし、「ママはユリの花が好きだったね」などと言い出して、はっとさせられることがある、と喜美子から聞いている。

今日は美来の高校で、教師と保護者との三者面談のある日だった。小学校以来、学校の行事に参加したことはない。知り合いに娘の高校の名前を聞かれて答えられなかった。父親とはそんなものだろうという思いと、娘をもっと普通の家庭らしい環境においてやるべきだという思いが交錯して、今日の面談に行く気になった。結子と美来の間をうまく取り持ちたいという意識もあることは確かだ。今夜は美来の習っているピアノ教室で、クリスマスコンサートがある。そのコンサートに結子が来ることになっている。

最近、結子と美来との三人の生活を具体的に考え始めた。今夜、結子を水戸に招待したのも、家族、特に美来に会わせたいと思ったからだ。しかし結子の年齢と、美来のことを考えると、自分だけの勝手な思い込みのようにも思えた。

「話って?」

瀧沢は持っていた新聞をテーブルに置いた。美来は黙って下を向いている。さあ、という祖母の声で、美来は顔を上げた。挑むような視線を瀧沢に向けている。瀧沢は思わずその視線をさけ、新聞に目を落とした。美来がそのような目で瀧沢を見るようになったのはいつからだろうか。一年前、いや二年前? それまでは、ひと月かふた月に一度帰ってくる瀧沢に、祖母の後ろに隠れて遠慮がちな視線を投げかけてくるだけだった。

「お父さんの仕事って、地球を滅ぼすんでしょう」

新聞から顔を上げて、美来を見た。

喜美子もパンにバターを塗る手を止めて、美来を見ている。

「原子炉や廃棄物から出る放射能で地球は汚染されて、癌《がん》がたくさん発生したり、障害を持つ子が生まれるんでしょう」

美来は瀧沢の顔を見つめて、抑揚のない声で言った。

「大学の話じゃなかったの」

喜美子が言った。

「おまえはどう思う」

瀧沢は、突然の美来の言葉に戸惑っていた。美来はさらに挑戦的な目を向けた。

「みんな、そう言ってる」

「お父さんは、そんなことが起こらないように研究しているんだ」

「そうよ、美来ちゃん。そんなこと言うもんじゃないわ」

「お祖母《ばあ》ちゃんは黙っててよ」

美来は喜美子を睨みつけた。

「いま、地球は死にかけてるのよ。ゴルフ場から出る農薬で水は汚染されて、川や池の魚は死んでいるし、チョウチョやトンボも十分の一に減ってるの。工場や車の排気ガスから出る二酸化炭素で、酸性雨が降るんだし、地球の温度も上がるのよ。地球温暖化。フロンでオゾン層が破壊されて、オゾンホールが出来てるの。いずれ南極や北極の氷が溶けだして、地球は大洪水になって、みんな皮膚癌になるのよ」

美来は一気に言った。顔が赤くなっている。

「お父さんが研究している原子力発電は、環境を守る役目もあるんだ。二酸化炭素も出さないし、ウラン燃料をずっと長持ちさせることができる。エネルギー源を一か所に集中して、大きなシステムのなかで生態系を考える研究もやってる。ひと口で説明するのは難しいが、エネルギーの無駄をなくして効率的に利用しようというのも、原子力発電の役割なんだ。いつかゆっくり話をしよう」

「嘘《うそ》だわ。原発は放射能をばらまいているのよ」

美来は食べかけのパンを置いて、立ち上がった。

「お行儀が悪いわよ」

美来は喜美子の言葉を無視して、瀧沢に激しい目を向けると、黙ってキッチンを出ていった。

「いままで何も言わなかったけど、原発でトラブルがあったときや、東海村の臨界事故なんて、いまだに学校でいろいろ言われているらしいんだよ」

喜美子は半分開いたままになっているドアを見ながら言った。

「それに、最近変なんだよ、あの子は」

「そういう年ごろなんだろう」

「結子さんのことで、イライラしているんだよ」

喜美子がちょっとためらった後、言った。

「この間、さり気なく聞くんだよ。仁川結子さんって、どういう人って」

瀧沢は黙っていた。何と言っていいか分からなかった。

「私もよく知らないって答えておいたよ。でも、仁川さんって二七って言うじゃないか」

「二八だよ」

言ってから、九だったかと考えた。

「とにかく、あの子にとっては、歳《とし》の離れたお姉さんって人じゃないかね。いまさら、お母さんって呼べと言ってもねえ。もっと早く、再婚しておけばよかったんだろうね」

暗に反対をほのめかしているのだ。結子が元フリーカメラマンで、現在は環境保護団体のグリンホルダーに勧めていると話したときから、乗り気ではない。もっと家庭的な人を求めているのだ。

「今日は、進学のことで話すことがあったんだよ」

「進学？　まだ一年生だろう」

「最近は一年生のときから、志望校を考えておかなきゃならないらしいよ。それに、あの子なりに悩みはあるんだよ」

結子のことで、家族全体が神経質になっている。

「あとで話してみるよ」

瀧沢は再び目を新聞に落とした。父親の紀之《のりゆき》はすでに食事をすませ、庭に出ている。

「これ、おまえが関係していた発電所じゃないのかい」

喜美子に言われて、瀧沢は新聞から顔を上げた。朝の連続テレビドラマが中断され、臨時ニュースが入っていた。画面には、見なれた発電所の全景が映っている。

〈今朝未明、新日本原子力発電株式会社竜神崎第五原子力発電所に事故が発生した模様です。事故の規模、内容、被害状況など、詳しいことはまだ分かっていませんが、県は機動隊を派遣し、原発周辺五キロを立入禁止区域に指定して、現在、道路を封鎖しています。なお、周辺の住民に対しては――〉

アナウンサーは、興奮した口調で続けた。一瞬頭が白くなったが、すぐにまさかという思いが湧き上がった。燃料棒さえ入れていない。

〈現在、原子炉はまだ稼動していませんが、同原子力発電所にはプルトニウムを大量に含む新型燃料棒が一〇万本貯蔵されています。その燃料棒に何らかの事故が発生したものと思われます。なお、同発電所にはキャスクに入った大量のプルトニウムが保管されていて、事故との関連が懸念されています。まだ会社側や政府の公式発表はありませんが――〉

電話が鳴った。喜美子が出た。名乗ってから、顔つきが変わった。

「俊輔、おまえに」

総理大臣秘書官という方からと付け加えて、緊張した表情で受話器を差し出した。

「これから東京に帰る」

瀧沢は受話器を置いて、喜美子に言った。

冷たい風が吹き込んできた。父親の紀之が土のついたスコップを持ったまま、ガラス戸を開けて見ている。

「二〇分後に迎えの車が来る。その車で県警に行って、ヘリコプターで東京まで送ってくれるそうだ」

瀧沢は書斎に行きかけて、少し考えてから二階に上がった。

美来の部屋をノックしたが、返事はなかった。

「お父さんは、大事な仕事ができてしまった。これからすぐに東京に戻らなければならない」

瀧沢はドア越しに言った。

「おまえの言うことも、お父さんには理解できる。しかし、もっと大きな目で考えてくれないかな。いまから一〇〇年、二〇〇年後のことを。おまえたちの子供や孫の時代だ。お父さんだって、おまえや、その子供たちが不幸になることを望むはずがない。必ずお父さんたちの仕事を評価してくれる時代がくると思う」

美来は相変わらず黙ったままだ。

瀧沢はかすかに溜め息をついた。自分の知らない間に、まわりはどんどん変わっていく。数年前までは、クマやウサギのぬいぐるみを買って帰ると、喜美子の背中に隠れながらも喜びにあふれた幼い瞳を向けていた。いまは……。父親の仕事に批判的な言葉を投げかけている。それが悪いとは思わない。ただ、もう少し話し合う時間がほしかった。その時間が作れないのは、自分の責任なのだが。

「帰ってから、もう一度話し合おう」

瀧沢は階段を下りていった。

書斎に戻って必要な書類を選びながら、電話の言葉を思い出した。「総理が、竜神崎原発についてご意見を伺いたいと申しております」県警から車をよこし、ヘリで総理官邸まで送るというからには、ただごとではあるまい。「原発は放射能をばらまいているのよ」数分前の美来の言葉が浮かんだ。原発事故。しかし、『銀河』は稼動すらしていない。不吉な予感が瀧沢の脳裏をかすめた。

車が到着した、という喜美子の声が聞こえた。荷物を持って居間にいき、ソファで新聞を読んでいる父親の前に立った。

「学校の面談には喜美子が行く。ピアノの発表会は心配ない」

紀之が顔を上げ、頷きながら言った。

「結子さんは？」

「東京で電話する」

瀧沢は結子のことを思った。おそらく、結子も来られないだろう。

家の前には、黒塗りの大型車とパトカーが停まっていた。近所の人たちが立ち止まって見ている。車はパトカーに先導され、県警に向かった。

到着と同時に、県警本部長が飛び出してきた。裏の駐車場にはダークグリーンの中型ヘリが、ローターを回しながら待っていた。機体の中央に陸上自衛隊の文字が見える。巻き上げる風に、思わず首をすくめた。躊躇する瀧沢の背を、私服の警察官が軽く叩いて誘導した。ヘリは瀧沢が乗ると同時に舞い上がった。正面には自衛隊の制服を着た男が座っている。

「瀧沢先生ですね」

男は背筋を伸ばし、怒鳴るような声で言った。

「長谷川といいます。便乗させていただきました。ちょうど休暇で田舎《いなか》に帰っていたものですから」

長谷川は手を差し出した。陽に焼けた人なつっこい顔に笑みを浮かべている。瀧沢は戸惑いながらも、その手を握った。二十代にも三十代にも見える男だった。瀧沢に向ける童顔と、カーキ色の制服に包まれたたくましい身体がアンバランスだった。

「陸上自衛隊の市ケ谷駐屯地に勤務していますが、やはり今度の武装テロ集団による原発占拠の件で呼び戻されました」

声がエンジンの音と混じり合い、聞こえにくい。

「自衛隊は大騒ぎですよ。なにしろ、機動隊四〇〇人が全滅したのですから」

「四〇〇人？」

長谷川は頷いた。顔から笑みは消えている。

「原発が占拠されたのですか？」

「ご存じないんですか。東京に行かれるのだから、てっきり知っておられると思っていました。まずかったかな。まだ、民間には発表されてないのかもしれません」

長谷川は大げさに驚いた顔をした。しかし、さほど後悔している様子でもない。

「詳しく教えてください」

「まいったな。実は私も詳しいことは知らないんです。今朝、ひたちなか市の実家から筑波山《つくばさん》に出かけようとしていたら電話があって、午前中に帰隊せよという命令を受けました」

「原発占拠や機動隊のことなど、テレビでは言っていませんでした。単なる事故だと思っていました」

「いま言ったことは忘れてください」

長谷川は瀧沢に笑みを見せた。およそ兵士らしくない笑顔だった。

「不謹慎でした、笑ったりして」

急に真剣な表情になった。

「教えてください、何があったのか」

長谷川はしばらく考えていた。

「東京では大騒ぎだそうです。安全保障会議のメンバーが招集され、自衛隊も一、二時間以内に出動態勢がとられるそうです。先生もその関係で呼ばれているのだと思います。情報部の友人を脅して聞き出しました」

「安全保障会議？」

「政府最高レベルでの国防に関する重要事項審議機関です。自衛隊の防衛出動の可否もここで決定されます。内閣総理大臣を議長として、正式メンバーは、副総理、総務大臣、外務大臣、財務大臣、内閣官房長官、国家公安委員会委員長、防衛大臣など、安全保障会議設置法の規定により、あらかじめ指定された国務大臣によって構成されます。そのほかに、議長が必要と認める場合は、統合幕僚会議議長ほか、関係者、有識者を出席させることもあります。先生の場合は、有識者ということでしょう。それも、重要な」

長谷川は一気にしゃべった。

「原子炉は起動していないはずだが。まだ燃料棒さえ挿入されていない」

「テロリストとともに、多数のトラックが発電所構内に入るのが目撃されたそうです。かなり大きな組織が動いていると思われます」

「原子炉を起動させることができるくらいの？」

「そうです」

長谷川は言い切った。

「確証は？」

「ないこともありません」

そう言って、わずかに眉《まゆ》をしかめた。

「申しわけありません。まだ、極秘事項に入ることですので」

ところで、と言って長谷川は瀧沢を見た。

「原発が占拠されると、どうなります」

「大変なことです。なぜなら、原子炉は――それは原爆です。ただし、通常状態では制御されていますが」

三〇分ほどで、東京の上空が見え始めた。道路を走る車が、蠢《うごめ》く虫のように見える。九時一〇分。東京は、とっくに動き始めていた。皇居の森が緑をたたえている。国会議事堂の建物が、ミニチュアのように見える。ヘリは高度を落としていき、総理官邸のへリポートに着陸した。

「私は市ケ谷に行きます。また、お会いするかもしれません。私のカンです。けっこう当たるんですよ」

長谷川は背筋を伸ばし、座ったまま敬礼した。瀧沢は思わず、頭を下げた。どう返礼していいか分からなかった。瀧沢が降りると、ヘリはすぐに舞い上がっていった。

大柄な男が近づいてきた。内閣総理大臣付きの警視庁護衛課員だと名乗った。ＳＰ、セキュリティポリスというやつだ。瀧沢は総理大臣執務室に案内された。

ドアを一歩入ったところで、思わず立ち止まった。部屋には二〇人近くの人がいた。その大半が、テレビや新聞の写真で見なれた顔だった。内閣官房長官の東田《ひがしだ》、外務大臣の今岡《いまおか》、防衛大臣の堀内《ほりうち》、ほかに法務大臣や経済産業大臣もいた。何度か面識のある文部科学大臣の大谷もいた。

その臨時閣議にも似たメンバーに交じって、新日本原子力発電の藤田社長、本社技術部部長速水《はやみ》の姿も見えた。その他に瀧沢が初めて見る顔が五人、閣僚たちの後ろに立っていた。官僚らしかった。

部屋の正面に、畳二畳分はゆうにある執務机がある。その向こう側に、カーテンの下ろされた窓に向かって、頭の半分白くなった小柄な男が座っている。ＳＰが男に近づき、耳許で囁《ささや》いた。

椅子がゆっくりと回った。内閣総理大臣、羽戸崎秀樹《はとざきひでき》。上品な顔立ち、政治家特有のギラギラしたところのない物静かな雰囲気をたたえている。彼は、戦後総理のなかでは珍しく派閥の意思で動かされない、指導力のある総理とされていた。民主自由党、中堅派閥から選出された総理ではあったが、その人脈は幅広く、穏やかな人柄による内閣の運営は、国内外の情勢と奇妙に一致して、多くの問題を乗り切ってきた。父親の仕事で中学高校時代に四年間、アメリカに住んでいたことがあり、英語で各国の首脳と渡り合える数少ない政治家の一人だった。国民の高い支持を得て、四年に及ぶ異例の長期政権を維持している。しかしその顔には、テレビで見る清々《すがすが》しい印象は微塵《みじん》もなく、疲れ果て、淋《さび》しげにさえ見えた。テレビカメラの前では精一杯の虚勢を張っているのかもしれない。総理就任と同時に四〇年間連れ添った妻をなくし、以来一人で総理大臣官邸に住んでいる。

羽戸崎は憂鬱《ゆううつ》そうな顔で、しばらく瀧沢を見つめていた。ゆっくりと立ち上がって、瀧沢の前に来た。羽戸崎は微笑もうとして顔を強張《こわば》らせたが、あきらめて憂鬱な顔のまま手を差し出した。瀧沢はその手を握った。握力のまるでない、木偶《でく》人形のような頼りない手だった。羽戸崎は手を放した後、もう一度瀧沢を見つめた。二、三度納得するように頷いてから、机をまわって椅子まで戻り、再び身体を沈めるように深々と腰を落とした。

滝沢は座るよう勧められた。一番手前の椅子に座ると、大きめの椅子が、身体をすっぽりと包み込んだ。明らかに、自分にとっては場違いな所に迷い込んだと感じた。羽戸崎が東田内閣官房長官のほうを見て、指先で机を軽く叩いた。

「始めましょうか」

まだ、四十代後半の官房長官は立ち上がり、部屋を見まわした。

「滝沢俊輔教授、これは安全保障会議です。したがって、ここで話された内容は他言無用です。お分かりですね」

官房長官は、確認するように滝沢を見た。滝沢は無言で頷いた。ヘリで長谷川が話したことを思い出していた。

「あなたには核物理の専門家、そして竜神崎原子力発電所の設計にかかわった専門家として、おいで願いました」

滝沢について、すでに十分な調査がなされている言い方だった。メンバーのすべてが、手許のファイルに目を落としている。滝沢の資料が入っているのだろう。

「現在の状況を、警察庁の国木《くにき》長官に話してもらいます」

官房長官の言葉が終わると同時に、グレーの背広の男が立ち上がった。

「竜神崎第五原子力発電所が、武装集団によって占拠されました」

国木警察庁長官は顔を上げて、反応を見るように一人ひとりを目で追っていった。羽戸崎が先を促すように咳払《せきばら》いした。

「富山県警の緊急非常ベルが鳴ったのが、午前〇時二三分。ほぼ同時刻に、発電所を見まわった竜神崎派出所の巡査が二人行方不明になっています。おそらく、事件と関係あるものと思われます。午前一時一〇分、富山県警機動隊、四〇八名が出動いたしました。犯人との銃撃戦開始が午前五時。銃撃戦は約一〇分続いております。現在判明しているのは、発電所に突入を試みた機動隊員四〇八名のうち、四二名が死亡したということです。負傷者の数は、まだ正式には発表されていませんが、三〇〇名以上になると思われます」

部屋中に重い沈黙が漂った。警察始まって以来の惨劇である。

「犯人からの連絡は？」

沈黙を破るように官房長官が言った。

「いまのところ、何も……」

「相手の人数は」

防衛大臣が聞いた。

「不明です。自動小銃、手榴弾、重機関銃、迫撃砲、ロケット弾など、かなりの数の銃器が使用されたということです。さらに闇のなかでも正確に狙撃していたそうです。おそらく、暗視装置も携行していると思われます」

「組織暴力団ですか？」

「全国の暴力団の動きは摑んでおります。いまの段階では、それは考えられません」

「まさか、過激派の連中ではないだろうな」

「犯人たちが使用した武器を考えると、現在の各派の状態では、あれだけの組織力も装備も不可能です。また、原発反対派や宗教団体も同様です。ただ……」

警察庁長官は言葉を切った。

「これは未確認情報なのですが、負傷して撤退した機動隊員の話によると、迷彩服を着た人影を見たとか――。軍服らしかったそうです。ヘルメットをかぶって、完全武装した兵士です」

「右翼か」

防衛大臣が溜め息をつくように言った。

「分かりません。しかし、それだけの装備を持った右翼が現在の日本にいるとも思えません」

「国民への発表は？」

「いま、事実を発表すれば、パニックが起こります。テロと原発。日本国民が最も神経質になる言葉です」

「夕方まで待ってみましょう。その間に、犯人の意図が分かるかもしれません」

羽戸崎が初めて口を開いた。視線が羽戸崎に集中した。

「発表はできるだけパニックを回避する方向で――」

「定例記者会見で発表ということですか」

「犯人から何の連絡もない場合です。動きがあれば、そのとき考えましょう」

羽戸崎は静かな口調で言った。

「自衛隊の出動を許可してください」

防衛大臣が立ち上がった。

「しばらく待ってください」

「SATも全滅しています。現状から判断して、警察では対応が無理かと思われます」

「犯人の正体も意図も分からないうちに、自衛隊が動いたとなると、野党が黙っていません。国民にも動揺を与えます。ただ、出動準備だけは整えておいてください」

羽戸崎はゆっくりと全員を見まわした。

「今回の事件は、私たちが考えているよりもはるかに重大な意図を含んでいるかもしれません。皆さんも、くれぐれも慎重に行動してください」

羽戸崎の声が重々しく響いた。

瀧沢は目前でくりひろげられる会話を、茫然とした思いで聞いていた。彼らの言葉、一句一句が信じられなかった。安全保障会議。数時間前までは、そんなものが日本に存在していることすら知らなかった。自分とは別世界の出来事だった。日本海の荒波が押し寄せる竜神崎に建つ原子力発電所を思い浮かべた。堂々とそびえたつその巨大なコンクリート群は、人間の入り込む余地などない、明確な科学と技術の世界だったはずだ。

瀧沢は静かに目を閉じた。

午前一〇時

全国紙、東日新聞社東京本社の会議室では、数人の幹部がファックスで送られてきた一枚の写真を前に顔を寄せていた。鮮明とはいえない写真には、ビルの屋上にいる人の姿が写っている。ヘルメットをかぶり、銃を持っている。しかしその写真から分かるのは、あくまでヘルメットらしきものをかぶり、銃らしきものを持っている、ということだけだ。

「何も分からんじゃないか」

報道部長が言った。

「いま、高津君がデジタルデータを持ってヘリでこちらに飛んでいます。メールで送るよう言ったのですが、直接本人の口から話したいようです」

「富山支社に連絡を入れたが、県の正式な事故会見は、のびのびになっているそうだ」

「何かが起こっていることは確かだな」

報道部長は大きく頷いた。

「高津君の話だと、まさに戦争だったそうです」

「北朝鮮の工作員か」

「それしか考えられんでしょう」

「信じられんな。事実だとすれば、ここ一〇年で最大のスクープだ。いや、戦後最大かもしれん」

「蓋《ふた》をあけてみたら、バケツでウランを混ぜてたってことじゃないだろうな」

「冗談を言ってる場合じゃないでしょう」

「原発との連絡は？」

「完全に不通です。原発から半径三キロ以内の住民は避難。道路も五キロ以内は封鎖されています。原発付近では、携帯も使用できないとのことです。発電所の東京本社も、公式会見で発表したこと以外は、ノーコメントを通しています。おそらく、十分な情報を持っていないのだと」

「県庁か市役所の原発関係者から、強引に聞き出すことはできんのか」

「無理ですね。完全な箝口令《かんこうれい》が敷かれています。役所の連中も、妙に神経質になっているそうです。どうも、政府が動いているらしいということです」

「それだけ大事件ということか」

報道部長は腕を組んで考え込んだ。

「なにしろ、五七〇万キロワット、世界最大の原子力発電所が乗っ取られた可能性があるんですからね」

「最初の記者会見があってから二時間です。午前中には、なんらかの発表があるでしょう」

「待つしかないか。社長には俺から報告しておく」

報道部長は、写真のファックスをテーブルに置いた。コーヒーカップを取り、冷めたコーヒーを口に含んだ。


ヘリは新聞社の屋上に到着した。約五〇分の飛行だったが、高津には半日も飛び続けたように思えた。屋上には、報道部長と顔見知りの記者が出迎えていた。部長の出迎えなど思ってもみなかった。

高津は報道部長に連れられて、社長室に直行した。紙袋から四つ切りに引き伸ばした数十枚の写真を出した。親指大の人影は引き伸ばされて、手のひら大になっている。明らかに迷彩服を着た人影が、銃を構えている。

「これです」

高津は、なかの一枚を取り出した。原発正門前に、一〇人ほどの完全武装の兵士が写っている。鮮明とはいえないが、彼らの顔はなんとか識別がついた。

「指揮官だと思われます」

中央の二人を指した。

「命令を出して、機動隊の隊員を射殺していました。一人は東洋人。どうも日本人のようです。もう一人は白人です」

「北朝鮮じゃないのか」

「日本語と英語を聞いたようにも思います」

「じゃあ、何者だって言うんだ」

「調べさせます」

報道部長はテーブルの上のフラッシュメモリを取って、記者の一人に渡した。

「まさに戦闘でした。テロリストは完全武装しています。数は不明ですが、相当数いる模様です。自動小銃や重機関銃、バズーカ砲も持っています。手榴弾の爆発も見ました。夜間にあれだけ正確に銃撃できるということは、赤外線暗視ゴーグルも持ってるんじゃないですか」

高津は一気にしゃべった。

「なんだ、それは」

副社長が聞いた。

「赤外線を利用した、わずかな光も捉えることができる装置ですよ。闇のなかでも見えるんです。ベトナム戦争や湾岸戦争で使われ始めました」

報道部長が、うんざりした顔で説明した。

「軍隊並みだな」

「そうです。軍隊です。半数は外国人でした。これは組織された軍隊ですよ。軍隊なんです」

高津は興奮した口調で、軍隊という言葉を繰り返した。頭のなかに、未明の惨劇がありありと浮かんでいた。燃えさかる放水車。闇に響く銃声と爆発音。次々に倒れる機動隊員。

「他社は？」

社長の大森《おおもり》が、思い出したように報道部長に聞いた。

「まだ、気づいてないと思います」

「現場に居あわせたのは、私だけですから」

高津は極力感情を抑えて言った。それでも声が上ずっているのが分かった。

「原発ジャックか」

社長が、くわえていた煙草をもみ消してつぶやいた。

「それも並みの相手ではありません。組織された、国際的テロリストグループです」

高津は社長の顔を見つめた。

「大スクープです」

報道部長が言った。

大森社長は立ち上がって、インターホンのボタンを押した。秘書の女性の声が返ってくる。社長は警察庁の国木長官に連絡を取るよう言った。二人は、大学の同級生だ。今も、月一回は一緒にゴルフをする。

三分ほどして、電話がつながった。大森は二言三言言葉を交わすと、受話器を置いた。全員、黙って大森社長を見ている。

「長官は、総理官邸に出かけているそうだ。やはり何かある。発電所に、大変なことが起こっている」

出かけてくる、と大森社長はテーブルの上に散乱する写真を自ら掻《か》き集めて、封筒に入れた。

「この記事の扱いについては、ペンディングだ。トップシークレット扱いにしてくれ」

分かってるな、というふうに全員を見渡して、立ち上がった。

「高津君は一緒に来てくれ」

もう一度、トップシークレットだと言って、確認するように報道部長と三人の記者を見つめると、大股《おおまた》に部屋を出ていった。高津はあわてて後を追った。

瀧沢を降ろしたヘリは総理官邸を飛びたって、五分ほどで市ケ谷の陸上自衛隊東部方面隊、方面総監部に着いた。

部隊には、あわただしく人の出入りが続いていた。門の前に立っている衛兵の顔にも緊張感が漂っている。銃のマガジンにも、白いテープは貼っていない。実弾が入っているのだ。機動隊の壊滅から、自衛隊内部にもさまざまな噂《うわさ》が飛びかっていた。すでに陸、海、空の幕僚会議が開かれ、非公式ではあるが出動準備が始められていた。

長谷川は、調査部の自分の部屋に直行した。ロシア軍兵士の漂着死体と装備に関する報告書は、すでに提出していた。

漠然としたカンだが、今度の原発襲撃と関係があるような気がしていた。放射能防護服、携帯用線量計、そしてスピカ……。デスクの引き出しからB5サイズの写真を取り出した。竜神海岸に漂着したロシア人とその装備の写真だ。長谷川はしばらくそれを眺めていた。精神《こころ》が昂《たか》ぶっているのが、自分でも分かった。この興奮は何だ。自分の影の部分、いつも自分が抑えている部分が目を覚ましつつある。長谷川は、精神を鎮めるために何度も深呼吸して目を閉じた。

電話が鳴った。情報管理室で長谷川を呼んでいる。写真を引き出しに入れ、立ち上がった。

情報管理室は地下三階にある。

長谷川は数十あるコンピュータの一台を覗き込んでいた。キーを叩くたびに、画面に男の顔写真が映し出される。ロシア軍、情報局から送られてきた資料だった。完全に崩壊しているとはいえ、二〇年前にはアメリカと世界を二分する軍事大国であり、徹底した情報管理が行なわれていた。

しかしいまは、外務省の要請にあっさり答えてくれる。ただし、指揮系統の混乱のせいか伝統的なものか、時間はかかる。

プリンターが動き始めた。ロシア語のシートが出てくる。

「さあ、お待ちかねのものだ」

小さくつぶやいて、打ち出されたデータシートを破り取った。プリンターからは、次々に顔写真が吐き出される。

「水死体についての問い合わせの返事です。やっと、届きました」

長谷川は椅子を回して、後ろから覗き込んでいた一等陸佐に渡した。

「チェチェン解放戦線。水死体の兵士が属していた組織です。竜神崎第五原子力発電所を占拠したのは、この組織だと思われます」

長谷川は確信を持って言った。

「水死体が発見された一二日前に、ロシアの日本海に面した港、ブールガから貨物船の出航も確認されています」

「チェチェン解放戦線？」

「チェチェンとロシアについての知識はありますか」

「人並みだ」

「チェチェンはカスピ海と黒海に挟まれた北コーカサスにある民族共和国です。一六世紀から帝政ロシアの侵略を受け、一九世紀にはロシアに併合されました。以後、石油、農作物など、ロシアが必要とするものを供給し続けてきました。もちろん旧ソ連軍への兵役もありました。しかし、一九九一年にソ連邦が崩壊してからは独立の気運が高まり、ジョハル・ドゥダーエフ退役空軍少将を中心とするチェチェン民族会議が独立を宣言しました。当然、当時のエリツィン大統領は独立を阻止しようと軍を送りました。これが、第一次チェチェン戦争です」

長谷川は軽く息を吐いて、一等陸佐を見つめた。一等陸佐が聞いているのを確認して、さらに続けた。

「この戦闘でドゥダーエフ大統領は戦死し、ロシア軍も多数の死者を出しました。以後、ハサブユルトで結ばれた和平合意により、表面的には戦争は終わりを告げた。しかし独立派による誘拐を含めたテロは続きました。一九九九年には再びテロリスト一掃のため、戦争が始まっています。第二次チェチェン戦争です。このときチェチェンの首都グロズヌイは無差別爆撃を受け、廃墟《はいきょ》と化しました。さらに、チェチェンに侵攻したロシア軍は圧倒的な軍事力により、市民を含めて掃討作戦を開始したのです。それに対して、チェチェン独立過激派は解放戦線を組織して、テロによってロシアに対抗しました。モスクワ劇場占拠事件では一六九人、首都グロズヌイの政府庁舎爆破では七二人、北オセチア共和国ベスラン学校占拠事件では三三〇人以上が死亡しています。当時のロシア大統領ウラジミール・プーチンは、この戦いを独立運動ではなくテロとみなし、徹底的に弾圧しました。その結果、独立派は壊滅状態に陥りました。プーチンは、二〇〇九年には戦争終結宣言を出しています。だがチェチェン内部では、現在でもイスラム原理主義過激派と結びついたチェチェン解放戦線が活動しているという情報もあります」

長谷川は一気に言った。

「チェチェン解放戦線か」

「構成員は約五〇〇。中心人物は不明。活動は地下が中心です。表に出ないチェチェン国民のシンパも多く、勢力は拡大しています。戦闘部隊のリーダーはチェチェン出身のボリス・タラーソフ。元KGB大佐。アフガンにも参戦しています。受勲五回。アフガンではレーニン勲章を受けています」

長谷川はロシア語のデータシートを翻訳した。

「英雄だな」

「ただしその攻撃的な戦略には、否定的な見方をする者も多いようです。将官になれなかったのもそのせいだと言われています。アフガンでは、住民虐殺により本国送還。レーニン勲章の後です。レーニンの狂信的信奉者で、ゴルバチョフ時代には共産党本部ともたびたび衝突しています。ソ連崩壊とともに、一時消息を絶っています。その間に故郷に帰り、KGB時代の部下とチェチェン解放戦線の軍事面を組織した模様です。ロシアンマフィアとの関係もささやかれています。一二月七日、四三人の部下とともにブールガを出航。その際、ロシア陸軍から多数の武器を持ち出しています」

長谷川は送られてきた資料を、訳しながら読み上げた。

「武器のリストは手に入らないか」

「まだです。流出が多すぎて摑みきれないのでしょう」

長谷川は肩をすくめた。

「他に軍事研究所核部門の研究員が五人、原子力発電所の元運転員が七人、出航した模様です」

「このデータをコピーして、警視庁公安部の鷲尾警部に送ってくれ。あっちにもロシア語の分かるのが一人くらいいるだろう」

一等陸佐は、部下にデータシートと写真を渡した。

「日本側は、『アルファ』が関係しているらしい。新聞社のカメラマンが撮った写真から、『アルファ』の幹部が確認された。鷲尾警部が『アルファ』関係の責任者だ。今後、何かと協力し合うことになるだろう」

一等陸佐は、作戦会議室にいるからと言って出ていった。長谷川は再びディスプレイに向き直った。

「大きな事件になりそうですね」

隣でコンピュータに向かってキーボードを叩いていた二等陸尉の襟章をつけた男が言った。

「もうなっている。原子力発電所が占拠されて、機動隊員が五〇人近くも殺されているんだ」

「国際的な事件になる、ということです」

「分かってるよ」

長谷川は無愛想に答えた。

電話が鳴った。二等陸尉が出て、長谷川に、最新の情報を持ってただちに第一作戦司令室に行くように伝えた。

資料をかき集めて部屋を出た。一〇メートルほど歩いたところで、二等陸尉が追ってきた。

「『アルファ』のリストです」

二等陸尉は、長谷川に分厚いファイルを渡した。長谷川は歩きながら、ファイルを開けた。思わず立ち止まった。二枚目の写真に釘づけになった。見たことがある。宇津木だ。濃い眉、薄い唇。痩せて目つきが鋭くなっているが、間違いなく宇津木だ。

「知っているんですか」

二等陸尉は、写真と長谷川の顔を交互に見た。

「これは、どこから？」

長谷川は平静を装ったが、目はその写真に釘づけになったままだ。

「警視庁公安部です。事件が特殊ですから、自衛隊の出番もあると判断したのでしょう。それにロシアの軍人が関係しているので、向こうだけでは手に負えないと思ったのではないでしょうか」

「詳しいことは分からないか」

「問い合わせてみましょうか」

「そうしてくれ」

長谷川は宇津木の写真に視線を向けたまま言った。

警視庁公安部。公安第一課。

鷲尾警部は、この一か月間の富山県近隣の情報を分析していた。右翼、左翼、宗教団体はもとよりリストに載せてあるあらゆる組織の集会や動向、大学の合宿や暴走族の集会に至るまで、報告させた。原子力発電所を占拠しているのが軍隊並みの装備を備えた一〇〇人単位の集団であれば、なんらかの痕跡《こんせき》を残しているはずだ。次々に送られてくる情報を前に、なぜか新宿で撃たれて死んだ元『アルファ』教祖代理、加頭優二のことが頭を離れなかった。

「井筒はまだか」

隣の席の刑事に聞いた。鷲尾は井筒に、新聞社から警察庁を通して持ち込まれた写真の分析を命じていた。それにしても、自衛隊のやつらどういう気だ。ロシア語の資料を送りつけてくるとは――嫌味としか言いようがない。

「俺が知るか」

そっけない返事が返ってきたとき、井筒が部屋に飛び込んできた。

「テロリストグループの身許と、足取りがつかめました」

井筒はコンピュータのデータシートの束を抱えている。鷲尾のまわりに捜査員が集まってきた。

「二つのグループが連合した犯行と思われます。一つは宗教団体『アルファ』。もう一つはチェチェン解放戦線と名乗る、ロシアからの密航者グループであることがほぼ判明しました。『アルファ』側の主犯は松岡昭一、四七歳。『アルファ』の幹部です。チェチェン側はまだよく分かっていませんが、民間人も含め約五〇人。多数の武器とともに、一二月九日、富山県竜神海岸に上陸した模様。身許不明のロシア人の水死体が上がった海岸です。そこから、トラックに分乗して富山の山中に潜伏。そこで『アルファ』本隊と合流して、約二週間、原発襲撃の訓練と、持ち込んだ武器の調整をしたらしいです。登山者が銃声、砲撃の音らしきものを聞いています。ロシア側については、外務省を通じて問い合わせています。自衛隊からの情報も翻訳中です」

井筒はデータシートと鷲尾の顔を交互に見ながら言った。

「『アルファ』なんてのが、まだ日本に残っていたのか」

「チェチェンなんとかってのは、何なんだ」

「ロシアのド田舎まで手はまわらねえんだよ」

「なんで、そんなグループがつるむんだ」

捜査員の勝手な声が上がった。

「二つとも国家の独立をめざす組織でしょう。チェチェン解放戦線はチェチェンの独立。『アルファ』は理想国家の建設」

「追い詰められたテロ集団だ。松岡昭一について、もっと詳しく話してくれ」

鷲尾は、井筒に渡されたファイルにあった松岡の写真を見ながら言った。

「出身は和歌山県。横浜国際大学工学部卒業。大学時代は『ひかり』に入信し、勧誘活動をやっています。かなり熱心だったようです。教団が起こしたトラブルで二度ほど逮捕されていますが、いずれも無罪になっています。かなり有能な弁護士がついたらしいです」

ところがです、と言って井筒は言葉を切った。

「彼は孤児なんです。両親と二歳下の妹は、彼が一〇歳のときに交通事故で死んでいます。それで、後見人というか、彼を引き取って育てたのが誰だと思います」

「馬鹿野郎、もったいぶるな」

「実相寺源です」

ほおっという声が上がった。

「父親が実相寺の運転手だったんです。実相寺に引き取られて、大学まで出してもらっています」

「じゃあなぜ、学生時代新興宗教かぶれになるんだよ。実相寺は右翼の大物だぜ。影の総理なんて呼ばれてた時代もあっただろう」

「そこまでは知りませんよ。でも、卒業後は実相寺のところに帰ったようです。まあ、就職もできなかったでしょうがね」

「しかし学生時代新興宗教かぶれで、卒業したら大物右翼の子分じゃ、世間が黙っていないだろう。矛盾だらけだ」

「だから表面には出ませんよ。主に、実相寺の裏の仕事をやってたみたいです」

「それがなんで、いまごろ『アルファ』なんだよ」

声が飛んだが、井筒は無視した。

「一九八九年ごろから、足取りは消えてます。『ひかり』幹部として現われたのが一九九三年。ナンバー2まで上りつめ、去年から加頭に代わって、『アルファ』の実質上のリーダーでした。もっとも、有力メンバーが逮捕されたり脱落して、組織自体は有名無実でしたがね」

井筒はファイルから、もう一枚の写真を取り出し、松岡の横に並べた。

「宇津木明。ロシア側と日本側の仲介役をやった男です。三四歳。明星《みょうじょう》大学の文学部ロシア語科を中退しています」

「聞かない名だな」

「初めて出る名前です。一九九六年、大学を中退してロシア経由でヨーロッパに渡り、中東とロシアにしばらく滞在して、四年後に日本に帰ってきています。おそらくそのとき、ロシアで『アルファ』と接触したのでしょう。一年日本にいて、二〇〇一年にモスクワ大学入学のため出国しています。その後の足取りは不明です」

「ロシアの『アルファ』で軍事訓練を受け、チェチェンに送り込まれたんだろう」

「『アルファ』、総力を挙げての原発占拠か」

鷲尾はつぶやくように言って、深い溜め息をついた。

「そこのところがよく分からないのです」

井筒が言った。

「これほどはっきりした図式はないだろう」

「原発占拠などというのは、命懸《いのちが》けの大仕事です。社会的影響も並みじゃない。なにしろ国家を相手にするのですから。それも日本だけじゃなく世界が大騒ぎだ。参加するには、相当の覚悟がいるはずです。家族はもとより親類縁者すべてに影響はおよぶ。ところがです、そこまで徹底しているのは、現在の『アルファ』では、どう調べてもせいぜい一〇人。この一〇人にしても怪しいものです」

「じゃあ、残りは何なんだ」

「さあ、何なんでしょうかね」

井筒は他人事《ひとごと》のように言って、首をかしげた。

「シンパを無理矢理引きずり込んだか――」

「無理でしょう。たれ込まれるか、狂人扱いされるのが落ちです」

あのー、と井筒は鷲尾を見た。

「自衛隊に資料を送っておきました。ロシア語の資料のお返しです。こういうのは仁義でしょう」

鷲尾はじろりと井筒を睨んだが、何も言わなかった。

「とにかく、松岡と宇津木の周辺を徹底的に捜査しろ」

鷲尾は不機嫌に黙り込んだ。『アルファ』の行動をマークしきれなかったのは、明らかに自分のミスだ。しかしそれ以上に気になることがあった。脳味噌をまき散らして死んだ加頭の姿が脳裏に浮かんでいた。


長谷川は自分の部屋に戻っていた。

デスクの上には、『アルファ』のファイルが広げてあった。一時間も一枚の写真を眺めている。宇津木明。彼だ。間違いない。痩せて、目つきが鋭くなっているが、口許のあたりに昔の面影を残している。長谷川は懸命に記憶を引き出そうとした。

ロシア語学科の人数は三〇人。長谷川が初めて宇津木を見たのは、ロシア文学の時間だった。前列、窓際の席に宇津木はいた。肩まである長髪に、色の抜けたコーデュロイのブレザーを着ていた。ほとんど誰ともしゃべらなかった。時折り窓の外に視線を流しながら、講義を聞いていた。語学の授業以外、会ったことがなかった。クラスのコンパにも顔を出さなかった。ただ、授業が始まる五分ほど前になると入ってきて、その席に座った。語学クラスの委員だった長谷川は、何度か話しかけたことがあるが、事務的な最小限の返事が返ってくるだけだった。肺病やみのロシア文学かぶれだとか、ロシア人の血が混じっているだとか、いろんな噂が乱れ飛んだが、ひと月もすると完全に忘れられた。

彼の存在を印象づける出来事があったのは、後期になってからだった。授業時間にマイクを持った五、六人の学生がなだれ込んできた。学生運動などとはほど遠い時代だったが、時折りこうしたハプニングがあった。どこかの自然保護団体を名乗った彼らは、授業を中止してクラス討論に切り替えろと、教授に迫った。

あれはエイズ問題だったか——。学内でエイズが広がっているというのだ。初めはなんで自然保護団体がエイズ問題なんだと問うていた教授は押され気味だった。必死に威厳だけは守ろうとしていたが、身体全体で恐怖を表わしていた。宇津木が立ち上がって、学生たちの前に行った。リーダー格の男の肩を抱くようにして、何か話していた。突然、男が宇津木を殴りつけた。宇津木は、長谷川にぶつかってきた。

「ごめん、汚してしまった」

胸許を見ると、赤い染みがついている。宇津木は鼻から血をしたたらせながら、男のほうに戻っていった。それから何を話したのか知らない。男たちは悪態をつきながらも出ていき、授業は続けられた。

宇津木が姿を見せなくなったのは、年が変わってからだ。正月明けの授業で、宇津木の席は空いたままだった。クラスの者は、刑務所に入ったとか、ロシア女と恋をしてロシアに渡ったとか勝手なことを言い合っていたが、すぐに忘れてしまった。みんな、一人の男の動向よりも、自分自身の日常のほうが大切だった。長谷川も一時間前までは、宇津木のことなど思い出したこともなかった。

長谷川はファイルを閉じて、デスクの引き出しを開けた。引き出しには竜神海岸にうちあげられたロシア人の資料も入っている。

気分が重く、身体がだるかった。目を壁に移した。森の風景写真をしばらく眺めたが、いつもの森に吸い込まれるような感覚は起きなかった。「ごめん、汚してしまった」宇津木の声が耳の奥に聞こえた。そのときの照れたような表情が、記憶の底から浮かび上がってくる。長谷川は深く息をついて、目を閉じた。

4

正午

一二時をまわっていた。結子と竹内が神谷市役所の原発関係の窓口となる対策本部に来て、二時間以上になる。

昼前に市の広報課を通じて、原発で軽微な放射能漏れの恐れが生じ、周辺三キロは立入禁止区域に指定されたとの発表があった。燃料棒の一部にひび割れが見つかって、その処理中という内容だった。

原発周辺三キロ以内の住民は、ただちに指定の学校、公民館、その他の公共施設に避難させられた。地域外の住民の避難はまだ始められていないが、検討中と発表された。この避難は大事をとってのもので、燃料棒は原子炉に挿入前なのでまったく問題のないトラブルだと付け加えられた。それ以後、新しい発表はない。市役所はいつもの一〇倍以上の人で、ごったがえしていた。そのほとんどが、報道陣と原発に反対する市民団体の人々だった。竜神崎第五原子力発電所で何かが起こっていることは、どこの報道機関も摑んでいた。

結子は竹内と、市役所前のロータリーに立っていた。出入りの車が途切れることなく続いている。竹内は勤務する小学校を休んで、結子に付き合っていた。もっとも、神谷市の小、中学校、高等学校は臨時休校となっている。

午前中は、二人で市役所の広報課をはじめ、大学の原子力関係の学者や環境保護団体の人々と連絡を取って、情報を集めていた。午前一時ごろ、大型トラックが一〇台以上、原発に向かって原発道路を走っていったという報せがあった。その後、機動隊の輸送車がやはり一〇台以上、原発に向かったのだ。

明け方には、原発周辺の道路は完全に封鎖されていた。付近の住民から、銃声らしいすさまじい音と花火のような爆発音を聞いたとの通報もあった。音は一〇分ほど続いて、消えてしまったという。その後の情報は皆無に等しい。何か大きな力が働いて、竜神崎第五原発に関するあらゆる情報を消し去った感じすらした。原発からの連絡も、完全に途絶えている。発電所への電話は通じないし、近づくこともできない。新日本原子力発電本社も、今朝八時に行なった記者会見以上のことは発表していない。

新潟、長野、岐阜、石川県から、二万二〇〇〇人の機動隊員が到着していた。発電所を中心に半径三キロ以内の道路は完全に封鎖され、機動隊が見張っている。さらに、東京に向かう国道、幹線道路にも検問所が設けられ、出入りの車は厳しくチェックされた。市内はまるで、戒厳令が敷かれたようだった。

結子は竹内と、通りを隔てて市役所の正面にある喫茶店に入った。暖かい空気に触れて、メガネが曇った。見えないまま、竹内の肩につかまって、通りに面した席に座った。席に座ってメガネを外すと、頭から力が抜けていった。半日走りまわったが、得られた情報は六時間前とほとんど変わらない。

「仁川さん、メガネをやめてコンタクトにしたらどうですか」

メガネを拭いている結子の顔を、竹内が覗きこんでいる。

「なに言ってるの」

結子はメガネをかけ直して聞いた。

「可愛《かわい》いですよ。いつもは、恐《こわ》い感じを受けるんだけど。とても二九歳には見えない」

「それって私、バカにされてるの？」

「僕にそんな度胸、あるように見えますか」

お下げ髪のウエイトレスが横に立っている。二人はコーヒーとサンドイッチを注文した。まわりを見まわすと、報道関係らしい三、四人のグループが数組、顔をつけるようにして話している。

「東京に電話を入れておくから」

携帯電話を出す竹内を断って、結子はレジの横の電話に行った。

電話には小松原《こまつばら》が出た。小松原は東京事務所のリーダーで、グリンホルダーの日本代表だ。結子は神谷市の状況を手短かに話し、東京の様子を聞いた。

「政府の動きがおかしい。そちらは竹内にまかせて、早く帰ってきてくれ。パリ本部や各国の支部からの問い合わせも多い」

背後で電話の音と、人があわただしく動きまわる音が聞こえる。結子は一時間後にかけ直すと言って、電話を切った。ためらった後、水戸にある瀧沢の実家の番号を押した。電話するのは初めてだった。

呼び出し音のあとに出たのは、女性の声だった。細い、まだ幼さの感じられる女の子の声。美来なのだろう。父は今朝、東京に行ったきり連絡はありませんと言った。名前を告げて、今日は行けないと伝えてほしいと言うと、そうですかと、感情のない声が返ってきた。なにか言うべきだと思ったが、適当な言葉が思いつかない。受話器を持ったまま黙っていた。相手も、なにも言わない。もう一度電話すると言って受話器を置いた。しばらく受話器を見つめていた。もっと、なにか話すべきだった。後悔が湧き起こった。瀧沢はやはり原発関係で東京に出たのだろう。しかし、今日の夕方、結子が水戸を訪問することを忘れたのだろうか。さまざまな思いが脳裏をかすめた。

「どうでした」

テーブルに戻ると、竹内がサンドイッチをほおばりながら聞いた。

「二時間前と同じ。ここは、あなたにまかせて帰ってこいって。何が起こってるんだって、アメリカやヨーロッパからの問い合わせが、すごいらしいわ」

「落ち着いているのは日本だけですか。だったら、やはり帰ったほうがいいんじゃないですか」

「電話の応対ができる者がほしいだけよ。あれだけいて、まともに英語やフランス語を話せる者がいないんだから。人材が自慢のGHも、大したことないわね」

「電話の英語は、聞きとりにくいんですよ。ヨーロッパ訛《なま》りの英語は特に。フランス語となると、なおさらです。何度も聞き返すと怒り出す者もいるでしょう。その点、仁川さんは最高なんです。場慣れしてる。英語とフランス語をネイティブ並みに話せる日本人なんて、そこらにいませんよ。それに、顔も広いし」

「世界は一つなんてのも、言葉の障害でパアかな。でも、いま戻るわけにはいかないわよね」

「こういうとき、対外関係の責任者が不在っていうのは、やはり痛いですよ」

「そんなに私を追い返したいの」

結子はメガネをかけ直して、竹内を睨んだ。

「そういうわけじゃないですが」

竹内はコーヒーを一口飲んで、考え込んだ。

「しかし、おかしいですね。あれだけの道路封鎖と検問をやるんだから、かなりの事故のはずなんですが、大した発表をしないでしょう。燃料棒のひび割れだなんて、バカにしてますよ」

「そうでしょう。これだけ大騒ぎしているわりには、発表がお粗末よね。同じことを繰り返しているだけ。事故隠しというより、県や会社も、事故の実態を把握してないんじゃないかしら」

「いままでは、大した事故でもないのに、大げさな記者会見を開いたり、わざわざデータを送ってきたり。肝心なところは隠しても、誠意だけは振りまいていましたからね。

今回はよほどの大事故か、実際に何もつかんでいないのか、どちらかですね」

「両方かもしれないわよ」

結子は頰杖《ほおづえ》をついて、目を閉じた。頭の芯が鈍く痛んだ。

「あれだけ大々的に道路封鎖をして、猫の子一匹入れようとしないのだから。必死で平静を装っているといった感じね。そのくせ、住民避難はこれまでになくスムーズ」

「ということは、前代未聞の大事故というわけか。日本のチェルノブイリですかね」

「だったら、住民をもっと避難させるはずだわ。周辺三キロの住民が避難しただけでしょ。原発を隔離してるみたい」

「隔離？」

竹内が聞き返した。

「その三キロについては、徹底的な道路封鎖。発電所に人を近づけないということのほうが目的じゃないかしら。チェルノブイリのときは周辺二〇キロの住民が避難したわ。最終的には五〇キロ。東海村の臨界事故では周辺一〇キロの住民が屋内退避勧告。もし大事故なら、三キロじゃ責任問題よ。そんなバカはしないでしょ。それに、富山工科大学の中原《なかはら》助手も言ってたでしょう。燃料棒本体に関する問題は、新日本原子力研究開発機構で完全にチェックしているはずだって。まして燃料棒も入れてないのに、原子炉事故なんか起こりようがないって」

「要するに、なにか誤魔化《ごまか》している」

竹内は結論のように言って、大きな溜め息をついた。

結子はしばらく考え込んでいたが、突然顔を上げた。

「東京でも、何かが起こってるらしいのよ。緊急閣議が招集されているし、自衛隊と警視庁の動きもあるらしい。自衛隊では緊急招集がかかって、旅行中や帰省中の者が呼び戻されてるんですって。それも極秘で」

「こっちと関係があるんですか」

竹内は疑わしそうな目を向けた。

「知らないわよ、そんなこと。でも何かあると思う。臨時閣議を開くぐらいの大事件」

結子は落ち着かない様子で指先でテーブルを叩いた。何か心に引っかかるものがある。

「東京に帰られたらどうです？」

竹内は再び言った。

「こっちは家内と僕で大丈夫ですから。助っ人《すけと》も、断りたいくらいいますし」

グリンホルダーの事務所に出入りしているメンバーは、富山支部だけでも四〇人はいる。こういう事故が起こったときには三倍に膨れ上がり、大学や研究機関の各分野のエキスパートや学生、アマチュア無線家と情報提供者も多い。いまごろは竹内の自宅兼オフィスに詰めかけて、妻の良子がパニックを起こしているはずだ。

「今夜、見合いなんでしょう」

竹内はためらっていたが、言った。

「変なこと言うわね。誰に聞いたのよ」

結子は指先でテーブルを叩くのをやめて、竹内を睨んだ。

「噂です。仁川さんがいよいよ結婚するって。しかし、赤ちゃんを抱いた仁川さんなんて、気味悪いです」

「やめてよ、こんなときに」

結子は眉をしかめた。

「東京のことが気になるんだったら、いまのうちに帰ったほうがいいです。仁川さんの言うことが正しければ、そのうちパニックが起きます。閣議を招集するほどの大事故が原発で起こっていれば、みんな逃げだします。そうなれば、とても神谷から脱出できなくなりますよ」

「かまわないわ」

「東京はどうなるんです。フランスの本部からも、問い合わせがきてるんでしょう。世界中からね。東京オフィスが世界の目と耳の役割を果たさなければならないんです。やはり東京に戻ってください。こっちは僕と家内にまかせて」

竹内は結子の顔を覗き込むように見た。

何かが起こっていることは確かだった。それも、竜神崎と東京の両方でリアルタイムで。かなりの大事件だろう。こういうときのカンは、自分でも不思議なほどよく当たる。ふと、高津と世界の戦場をかけまわっていたころのことを思い出した。瀧沢の顔が頭をかすめた。彼もおそらく——。

「そうする」

結子は立ち上がった。

「これ持ってってください。僕は妻のがあります」

そう言って、携帯電話を出した。

神谷を出るのに、一時間以上かかった。すでに何かを察した住民が逃げだしているのかもしれない。しかし高速道路に乗ると、意外なほどすいていた。不気味な静けさが漂っている。結子の精神《こころ》に不安が広がっていった。竹内が言ったのは正しかったのかもしれない。あと数時間もすれば、神谷市の住民が逃げだしてくる。その前の静けさ——。原子力発電所から噴き出してくる黒い雲が、自分を呑み込むように追いかけてくる錯覚に捉われた。結子は身体の奥から湧き出てくる恐怖を感じた。アクセルを踏み込んだ。エンジンはカラカラと苦しそうな音を立て、スピードを上げていった。

午後四時

東京に着いたとき、陽は傾きかけていた。西の空がほんのりと赤らんでいる。途中、何度か携帯電話を試したが、神谷市を出たあたりから通じるようになった。やはり江口が言ったように、アンテナが壊れているのか、妨害電波が出ているのだろうか。しかし、誰が何のために。

東京事務所では小松原が出た。東京に向かっていることを伝えた。小松原は、いぜん政府からは何も発表がないと言った。神谷市の事務所では竹内の妻が出て、竹内がまだ帰ってきていないことを告げた。そのまま四谷のグリンホルダーの事務所に行った。

赤坂見附《あかさかみつけ》の雑居ビルの一室に、日本支部の中枢、東京事務所はある。同じ階に、看板一つの金融業、広告業、不動産屋が居並ぶ。七〇平方メートルのオフィスには三〇近いデスクが置かれていた。

その間の迷路のような空間に人があふれている。レーザープリンターが、金属音とも電子音とも区別がつかない音を洩らしながら、シートを吐き出してくる。壁ぎわのデスクには一五台のパソコンが並び、その後ろには、ファイルがぎっしり詰まったキャビネットが置かれていた。

グリンホルダー日本支部は、北海道から九州まで全国二二の支局に支えられる半ボランティア団体である。専従職員は東京、名古屋、大阪、広島、博多《はかた》に二〇人いるだけで、残りの七〇〇人あまりは学生、主婦、サラリーマンと、広い層からなるボランティアで構成される。月一回発行される機関誌「ピース、アース、グリーン」の購読料で運営されているが、主な資金は一口一〇〇〇円の会費とカンパである。最近はTシャツやバッジも売り出して、運営資金にあてている。

「何か分かった?」

部屋に入るなり、結子はコートを脱ぎながら聞いた。後ろでドアが大きな音を立てて閉まった。

「おかえり」

大柄の髭の男が振り返って言った。

グリンホルダー東京事務所の代表、小松原悠《ゆう》だった。日本を代表する商社のエリート南米駐在員だったが、木材伐採で切り裂かれていくアマゾンを見かねて、一〇年前商社をやめ、南米のグリンホルダーに入った。その後、アメリカ合衆国、カナダと移り、フランス本部に二年いた。三年前から日本支部の代表になっている。四七歳と聞いているが、髪も髭も半分白く、六〇歳の貫禄《かんろく》を漂わせている。

結子は小松原に向かって手を上げ、コートを自分の椅子の背にかけた。コンピュータの前の江口が、顔を上げて結子のほうを見ている。結子は江口の横に行った。

「昨夜、正確には今日の午前五時前後に、トイレに起きた竜神崎原発周辺の住民が銃声らしき音を聞いています。爆発音も混じっていたそうです。かなり激しかったので、おかしいなと思ったそうですが、一〇分ほどでやんだし、寒かったのでそのまま寝てしまったそうです。その前に午前二時ごろ、機動隊の輸送車が五、六台、原発方面に向かっているのが目撃されています。さらにその二時間前には、大型トラックが一〇台以上、原発に入っています」

江口は結子を見上げて言った。

「それだけ？」

「東京でも閣議の動きが活発というのか、隠れてごそごそというのか、総理官邸に缶詰状態です。報道関係は完全にシャットアウト。表向きはG８に関する予備会議ということになっていますが、あれだけ報道関係に気を使うというのは、何かありますよ」

「それだけ？」

結子は繰り返した。

「それだけって……。最高に苦労したんですよ。神谷市と政府内部の協力者に電話をかけまくって、新聞社やテレビ局にも下げたくもない頭を下げて、言いたくもないお世辞を言って、やっとこれだけ調べたんです。たしかに、五時間前と同じです。具体的なことは何も分かっていません。でもそれは、僕が悪いんじゃありません。電話一本、コンピュータ一台で調べるとしたら、この程度じゃありませんか」

江口は怒ったように言った。

「五時間じゃなくて、一〇時間前と同じじゃない。はっきりしたことは何一つ分かっていない」

結子はイライラした声で言った。

「僕だって、全力を尽くしてますよ」

「だったら、何か分かってもいいんじゃない。発生から一五時間以上も経ってるのよ。地球の裏側で起こっていることじゃないの。狭い狭い狭い日本、それも神谷市の竜神崎っていう、爪楊枝《つまようじ》の頭程度の所で起こっていることなの」

自分でも神経が昂ぶっているのが分かる。

「おっしゃる通り、たしかに変です。でも、仁川さんの言うように大事故か重大な何かだったら、とっくに政府が発表しているんじゃないですか。ずるい政府だが、ガキの集まりじゃない」

「落ち着けよ。江口君も、よくやってる」

小松原が湯気の立つコーヒーカップを持ってきて、結子に差し出した。結子はカップを受け取り、大きく息を吸った。コーヒーの濃い香りが身体中に広がる。

「ごめんなさい。悪かったわ。疲れているのよ」

結子は江口の肩に手を置いた。

「いいですよ。でも、そんなにすごいことが起こっているという根拠はあるんですか」

江口は再び、もとの幼さを残す顔に戻った。

「原発前の道路は完全封鎖。警察、市役所、電力会社、どこに連絡を取っても、要領を得ない。発電所の電話回線は不通になっているし、神谷市内では携帯電話が通じないの。いままで、こんなことはなかった」

「単なる事故隠しじゃないのかなあ。事故といったって、燃料棒も入れてないのだから、大した事故も起こりようがないけど」

近くで聞いていた学生ふうの男が言った。結子の知らない男だった。結子は彼の言葉を無視して、江口の横から腕を伸ばし、パソコンのキーを叩いてデータベースを呼び出した。〈竜神崎第五原子力発電所〉にカーソルを合わせて、キーを押した。

『最大出力五七〇万キロワット。完全コンピュータ制御された世界最大の加圧水型軽水炉。着工――』

見なれたデータが現われた。結子は乱暴にキーを押して、それを消去した。

「落ち着けよ。新しいことが起こっていれば、連絡が入るはずだ」

小松原が言った。

「あの警備状況を見てないから、そんなことが言えるのよ。ただごとじゃなかったわ」

「ピリピリしてるだけだよ。なんせ、世界最大の次世代原子力発電所が稼動前から放射能漏れじゃあ、かっこうがつかないだろう。もし事実なら、日本の、というより世界の原子力発電は、また五〇年はストップする。政府も会社側も慎重にならざるを得ない」

「そんなんじゃないわよ。動きだしてもいないのに放射能漏れもないでしょ。絶対に何かある」

結子は再びキーを叩いた。ディスプレイの画面が替わり、地図が現われた。

「これは？」

「アメリカのGH支部から送られてきた、偵察衛星ラクロスによる写真です。グーグルアースなんて比じゃないですよ。アメリカ国防総省の友達に、竜神崎原発付近の衛星写真が手に入れば、送ってくれるように頼んでいたんです。ちょっと手に入らない写真ですよ。自衛隊でも手に入るか入らないかという代物です。解像度もメートル単位です。僕にできるのは、せいぜいこのくらいですから」

江口は皮肉っぽく言った。

結子は江口の言葉に答えず、顔を近づけて写真を覗きこんだ。

「ここの部分、拡大して」

江口は黙ってマウスを動かした。囲まれた枠が二、三度瞬いて、画面が替わった。竜神崎原発の敷地が、ディスプレイいっぱいに現われた。周辺の地勢も映っている。

「これ」

結子は画面の一部を指した。

「車ですね。大型のバンかトラックというところです。乗用車もあります。原発正門から、約五〇〇メートル。待ってください。同じような車両が、原発を取り囲んでいますよ。五〇台はある」

江口が声を上げた。ディスプレイのまわりに人が集まってきた。

「やっぱりね。原発の内部で何か起きている。機動隊は道路の封鎖だけじゃなくて、原発を包囲しているのよ」

結子と江口は一瞬言葉を切り、顔を見合わせた。

「核ジャック」

二人は同時に声を上げた。

「そう、原発ジャック」

結子は繰り返した。事務所のなかに緊張が流れた。全員が動きを止めて、二人のほうを見ている。

結子は受話器を取った。神谷市のグリンホルダーを呼び出し、しばらく頷きながら話していた。

「どうかしたのか」

受話器を置いた結子に、小松原が聞いた。

「竹内さん、まだ帰っていないんですって」

「携帯はまだ通じないのか」

結子は頷いた。

「新聞社にも連絡を取っているが、何か摑んでいるようには思えなかった」

結子は苛立《いらだ》つ神経を抑えようと、目を閉じた。こんなとき瀧沢がいてくれれば――。壁の時計は五時七分を指している。突然、高津の顔が浮かんだ。彼も神谷市にいる。彼なら何か摑んでいるかもしれない。しかしすぐにそれを振り払った。高津とは、二度と会うことはない。

「ほら、仁川さんの恋人。大学の先生がいるでしょう。竜神崎の原発を設計した人。あの人なら分かるんじゃないですか」

江口が遠慮がちに言った。

「そうだ、聞いてみろよ」

声が上がり、部屋中の視線が集まる。結子の心に動揺が生まれた。瀧沢の地位を利用する気はなかった。いままでも意識してそれを避けてきた。

「もう一度、県と会社と文部科学省に公式にお伺いを立ててみよう。衛星写真をそれとなく匂わせてみる。すべてはそれからだ」

小松原が結子をかばうように言った。

「少し休んだほうがいい。ここは大丈夫だから、一度部屋に帰ってこいよ。神谷から直接来たんだろう。何か分かれば連絡するから」

小松原が結子の肩を叩いた。

「静かに！」

誰かが叫んだ。テレビの音が大きくなった。

〈臨時ニュースをお知らせします。今朝、午前〇時すぎ、竜神崎第五原子力発電所が、武装集団によって占拠されました。現在、富山県警機動隊が原発を包囲しています。いまのところ、犯人については分かっておりません。なお、犯人側の要求はまだ届いてはおらず、政府は臨時閣議を開き、対応を協議しています〉

画面には竜神崎第五原発が映っている。

部屋は静まりかえっている。アナウンサーの声だけが、甲高《かんだか》く響いていた。

〈市民、および国民のみなさんは平静を保ってください。原子力発電所は、まだ起動しておりません。燃料棒の装填も行なわれておらず、放射能漏れの危険はまったくありません。政府は今後も犯人側と粘り強く交渉を行なっていく方針です〉

他のチャンネルも、番組を中止して「原発占拠」のニュースを流していた。

「すぐにフランス本部に電話を入れろ。各国のＧＨにも連絡を取れ。手の空いているものは資料を作って、関係部署にメールで報告」

小松原の声が沈黙を破った。

午後六時

「武装集団による原子力発電所占拠」が発表されると同時に、都内にある『アルファ』の三つの拠点が、警視庁公安部によって強制捜査された。

鷲尾警部は、新宿にある本部の捜索に立ち合っていた。『アルファ』と看板のかかった道場と称する事務所は、小さなバーやスナックや風俗営業店が立ちならぶ裏通りの雑居ビルにあった。

部屋は雑然としていた。壁紙は黒い黴《かび》で変色し、押すと指がめりこみそうだった。三個あるスチールデスクの上には勧誘用のパンフレットとビラが散らばり、カップラーメンや弁当のひからびた空き箱が放り出されていた。壁ぎわには、色が抜け、スプリングの飛び出たソファがあった。横の机の上には、埃《ほこり》を被ったコピー機と印刷機がある。二台ともかなり古い型で、何か月も使った形跡はない。いや、何年も使っていないのではないか。

「こんなのを本当に信じていたんですかね」

井筒刑事がビラの一枚を手に取った。

教祖柳本が空中に浮かんでいる写真が載っている。

「中学のときテレビで見ましたよ。バカみたいだと思ってました。胡坐《あぐら》をかいた髭面《ひげづら》の汚いおっさんが顔をゆがめて飛び上がってるの」

鷲尾は机の上の一枚を手に取った。埃が舞い上がりあわてて払うと、さらに広がっていった。

「博物館的なところですね」

「おまえ、いくつだ」

「二八です」

錆《さび》で黒くなったスチール製の本棚に、マルクスやレーニンの著書が修行の手引書の束に混ざって入っている。その横に、『我が闘争』。ヒットラーだ。

井筒は一冊を無造作に抜き出し、パラパラとめくって元に戻した。

「こんなところに、何でこんなものがあるんです。共産主義と宗教はイヌとサルみたいなもんじゃないんですか」

「御伽噺《おとぎばなし》じゃ、桃太郎と一緒に鬼退治をしてる」

桃太郎はヒットラーか柳本か。それとも……。

「そうかもしれませんがね。この人たちは世界をだましたペテン師だって、テレビで言ってました。ペテンは歴史が暴《あば》いたって。かっこいい表現ですね」

鷲尾は、俺は多少は信じていた、という言葉を呑みこんだ。こんなことを言っても、誰も分かってはくれないだろう。鷲尾が大学に入学したのは、七〇年代の初めだった。学生運動の終わりの時期だったが、当時の学生は多かれ少なかれ、その影響を受けたはずだ。鷲尾の入学した都内の私立大学も例外ではなかった。入学の年の半分は、大学は封鎖され、構内はヘルメットと角材を持った学生たちに占拠されていた。

鷲尾が運動に積極的になれなかったのは、家が貧しかったからだ。無理を承知で東京の私立大学に入った。授業料と生活費の全額を自分で稼ぎだす覚悟だった。四年で卒業しなければならないのは自明のことだったし、就職に悪影響を及ぼす行為を自ら進んでやるなどということは考えられなかった。自分の境遇を重ね合わせ、彼らの論ずることにはむしろ共感できたが、実際には予備校の教師や家庭教師のアルバイトに駆けまわっていた。春や夏の長期休暇には肉体労働もやった。警視庁という職場を選んだのも、絶対に潰れないということと、当時の反動と言えないこともなかった。

「共通項は独裁者か」

鷲尾はつぶやくように言って、井筒から目を逸らせた。

二人は一時間ほど、部屋に散乱したパンフレットやビラやメモの類《たぐい》を調べた。めぼしいものは何も発見できなかった。日付はどれも数年前のものだ。一番新しいものは、去年二月の日付の入った馬券だった。

二人は事務所を出た。駅前のハンバーガーショップに入り、窓際のスツールに座った。

「やっと、現代に戻れたという感じですね」

井筒は、フィッシュバーガーを囓《かじ》りながら言った。

「しかし、見事に何もありませんでしたね。あるのは埃とゴミばかり。骨董《こっとう》的価値もないような本と資料」

「何もなかったということが、何かを物語るってこともあるんだ」

鷲尾は熱いコーヒーを、音を立ててすすった。身体中にゆっくりと熱が広がっていく。

何気なく言った自分の言葉を考えていた。

「よしてください、そんな禅問答みたいなこと。鷲尾さんには似合いませんよ」

鷲尾は通りに目を移した。クリスマスの近づいた新宿は、人があふれていた。店内にもクリスマスソングが流れている。通りではサンタクロースが子供たちにチラシを配り、若い男女が肩を寄せ合って歩いていく。

「思ったより市民の動揺は少ないですね」

「まだ〝武装集団による原発占拠〟としか発表されていないからな」

テロリスト集団によって原発が占拠されたニュースは、すでに全国民が知っているはずだ。しかし、街はそんなことにはおかまいなく動いている。鷲尾は不思議な力強さを感じると同時に、不気味な無責任さも覚えた。

「機動隊の死傷者が三〇〇名を超えるというのが隠されているせいです。でも『アルフア』やチェチェン解放戦線なんてのも、浮き世離れした話ですよ」

井筒は声を落として言った。

「それにやはり、放射能汚染といったって、実感が湧かないんです。見えないし、臭いもないんでしょ。すぐに死ぬってわけでもないらしいし。現代人は、現実感のないものに無関心なんです」

「癌になると言われたって、何年も先の話じゃピンとこないものな。煙草や酒と同じようなものか」

「東海村の事故だって、騒ぎすぎたんじゃありませんか」

「あれはあのくらいでいいんだ。日本初の臨界事故だ。ところで臨界ってなんだ」

井筒は呆《あき》れたという顔で鷲尾を見た。

「ウランに中性子が当たると、熱と一緒に中性子がいくつか出るんですよ。その中性子が次のウランに当たって次にまたという具合に、だんだん増えていくんです。その増えるか減るかの境界を指すんですよ」

「玉突きのようなものか」

「まあ……似てるのかな。でも、一部のインテリや金持ちは国際線のある空港に向かっているという話も聞きます。それに、九州や北海道へのＪＲや飛行機のキップは売り切れって噂です。単なる年末の帰省っていうのでもなさそうです」

「落ち着いてるのは、都会に住んでいる逃げ場のない者だけか」

「居直るしかない、哀れな連中です」

井筒は音楽に合わせて、身体を揺すりながら言った。

「アレ、調べたか」

鷲尾は指についたマヨネーズを舐《な》めながら聞いた。

「アレ……。ああ、アレですね」

井筒は内ポケットから手帳を出して繰った。

「スピカ。星の名前です。インターネットと百科事典で調べました。近くの図書館までわざわざ行ったんですよ。星の名前だってことが分かったんで、あとは星座の本を買いました」

鷲尾は、早く言えという合図を送った。

「乙女座の星。光度一・〇。二一ある一等星では一五位ですが、実際の光は太陽の一〇〇〇倍以上で、温度は二万度。地球からの距離は二五〇光年です。つまり、いま見ている光は、江戸時代の半ばに出た光ということになります。乙女座は春の星座で、五月から六月にかけて南の空に見えます。スピカは乙女の持つ麦の穂の先の星で、白色に輝いています」

井筒は顔を上げて鷲尾を見た。鷲尾が聞いているのを確かめてから、話し続けた。

「また、海の底に眠る真珠のような輝きをすることから、日本では真珠星と呼んでいる地方もあります。乙女座は、大地と穀物の女神デメテルが左手に麦の穂をたずさえた姿だとも言われています。デメテルは大神ゼウスの妹で、母なる神とも呼ばれています。ロシアでは復活と変革の女神として人気があるそうです。復讐、再生にもつながるそうですよ。シチリアでは——」

「もういい」

鷲尾は井筒の言葉をさえぎり、眉をしかめて不味《まず》そうにコーヒーを飲み干した。

「これからが面白いんですよ。スピカだけを調べようと、星座の本を買ったんですが、つい徹夜して一冊、読んでしまいました」

「復活と変革の女神。復讐、再生の女神でもあるか。要するに、お星様の名前というわけか」

鷲尾は、つぶやくように言った。

二人は店を出て、一時間ほど街を歩いて警視庁に戻った。

横浜と千葉にあった道場と称する事務所も新宿と同様、収穫はなかった。横浜の事務所は、浮浪者の寝ぐらになっていた。付近の住人も、ここ数年、浮浪者以外の出入りはなかったと言った。不思議とどの事務所も、家賃だけはとどこおることなく振り込まれていた。振り込み主が調べられたが、不明だった。都内の都市銀行のＡＴＭで振り込まれ、振り込み場所はまちまちだった。捜査会議の結果、『アルファ』に関係があると思われる人物をすべて洗い直すことに決まった。それしか、方法はなかったのだ。

鷲尾は憮然《ぶぜん》とした顔つきで井筒の横に座って、パソコンのディスプレイに現われる写真と資料を見ていた。

警視庁公安部のコンピュータには、二万八〇〇〇人におよぶ、いわゆる要注意人物のデータが保存されている。彼らの三分の二はなんらかの組織に属する、活動家と言われる者たちで、残りは一匹《いっぴき》狼《おおかみ》的テロリストだった。一九九〇年ごろまでは過激派と言われた元学生運動をやっていた者たちが多かったが、以後は『ひかり』と『アルファ』のメンバーが主になっている。

要注意人物のリストは五段階に分けられている。主要組織の幹部をAランクにして、組織のなかでの立場でB、Cランク、さらに重要度に合わせてD、Eランクとなる。

松岡昭一はAランクにあたるが、とりたてて重要人物ではなかった。『アルファ』自体が、ここ数年日本国内では特別な動きをしていない。事実上の消滅状態だった。しかし、『アルファ』が原発占拠に関係していれば、彼がメンバーにいるのは当然のことだ。

「次に行っていいですか」

井筒が面倒臭そうに聞いた。鷲尾は答えず、火のついていない煙草をくわえたまま顔写真から目を離さない。画面が替わって、同じような写真と経歴が現われた。

「こいつは下っぱです。木村仁《きむらひとし》、三六歳。学生時代、一年ばかり教団に入り浸ってました。現在は結婚して、ファミリーレストランの店長。二歳の女の子がいます。妻は妊娠中。八か月です。少年野球のコーチもしています。とても、今回の襲撃に関係があるとは思えません」

井筒は手許の資料と比べながら、うんざりした調子で読み上げた。『アルファ』が関係していると分かって、数時間で調べ上げた報告書だった。鷲尾は、松岡周辺にいる『アルファ』のメンバーを探り出そうとしていた。機動隊の報告では、原発を占拠しているテロリストは一〇〇人近くいる。そのうちチェチェン人とロシア人は四〇人。残りの約六〇人が『アルファ』のメンバーだと思われる。しかし、どう調べても『アルファ』関係者で、原発を襲撃するような筋金入りの信者は五人に満たない。それに加頭は殺されている。

この作業に入って、すでに二時間が経過していた。夜食のうどんをすすっている間も、井筒は鷲尾に付き合わされた。鷲尾はコンピュータがまったく使えない。細菌に汚染されてでもいるかのように、触ろうとしないのだ。

「実相寺源の資料はないか」

「ありますよ、と言いたいんですが、意外とないんです。旧財閥系の血を引く右翼の大物で、戦犯容疑もうまく逃れている。しかし、そのために表舞台に出られなかったんでしょうね。戦後の総理の大半が彼に操られていたという噂もあります」

「過去はいい。いまは」

「自宅は鎌倉《かまくら》。家にこもりっきりらしいです」

「裏はとったか」

「裏って……九七歳ですよ」

「つぎ」

鷲尾は抑揚のない声で言った。井筒は指先でキーボードを弾いた。

結子は事務所を出た。思わずコートの衿《えり》を合わせた。通りのネオンの半分が消え、人通りはほとんどない。竹内から借りた携帯電話を出したが、そのままポケットにしまった。近くの公衆電話ボックスを探して、受話器を取った。迷った末、水戸の番号を押した。

瀧沢の母親が出た。瀧沢に似て、落ち着いた話し方をする婦人《ひと》だった。その母親が心なしか、興奮しているように思えた。結子は今日訪問できなかったことを詫《わ》び、瀧沢と連絡を取りたいと言った。母親は、東京にいるはずだと言う。そしてちょっとためらった後、今朝、総理大臣秘書官から電話があって、ヘリコプターで東京に向かったと告げた。東京での連絡先を聞いたが、知らなかった。礼を言って、受話器を置いた。

公衆電話の横に立って、夜空を見上げた。ビルの隙間《すきま》に星のまたたきを含んだ冬の空が張りついている。そのなかを黒い雲が流れていく。小さく溜め息をついて、事務所に戻った。

「どうした？」

小松原が聞いた。

「やはり、休んでなんかいられない」

「動きはなし。犯人は依然、沈黙を守っている」

「何か、おかしいんだよな」

横で無線を聞いていた江口が、レシーバーを耳から取った。

「わけの分からない電波が乱れ飛んでいる」

「どういうこと？」

結子は江口からレシーバーを取って、耳に当てた。雑音とも電子音とも区別がつかない、妙に高い音が聞こえてくる。

「言葉に置き換えられない電波。つまり、暗号でしょうね。簡単に解読できると思いますがね。ちょっと時間さえあれば」

江口は、紙に書いた数字の列を見ながら言った。

「遊んでる場合じゃないだろう」

小松原が横から覗きこんだ。

「出ているのが竜神崎第五原子力発電所となると、遊びたくもなるでしょう」

「やはり何かある。政府は、何か重要なことを隠しているのよ」

「きみらは、そんなに自国の政府が信じられないのか」

「当たり前でしょう」

結子は笑おうとしたが、笑みにはならなかった。

「なんとかして調べなくちゃ」

結子はレシーバーを江口に返し、コートを脱いだ。

5

午後一〇時

高津研二は、新宿歌舞伎町を駅に向かって歩いていた。

酔い潰れた中年男が道路の端に寝ている。赤い服を着たキャバクラの呼び込みが、高津の腕をつかんだ。高津はそれを振り払って歩き続けた。数歩、歩いてから、赤い服はサンタクロースの扮装《ふんそう》だと気づいた。そうだ、明後日はクリスマス・イブだ。五時間も前から飲み続けていた。いくら飲んでも酔いがまわるのは身体だけで、頭の一部ははっきりしていた。

東日新聞の社長と一緒に警察庁まで行ったのはいいが、入口で待ち構えていた男が社長になにごとか耳打ちすると、社長は高津に社に帰るように言った。そして、自分は高津の写真とフラッシュメモリを持ったまま、待っていた車に乗って行ってしまった。

社に帰っても、なんの指示もなかった。報道部長は手のひらを返したように、冷淡になっていた。他の記者たちも、申し合わせたように高津を無視した。

そして夕方になって、政府発表という形で竜神崎第五原子力発電所が何者かに占拠されたことが伝えられたのだ。機動隊に多数の死傷者が出たことと、『アルファ』とチェチェン解放戦線、というよりロシア軍の軍人が関係しているということは発表されず、夕刊の記事の内容も、政府の発表をそのまま載せたにすぎなかった。厳しい報道管制が敷かれているのだ。

しかし、まもなく管制が解かれたのだろう。数時間後に出された各社の号外やテレビ、ラジオの臨時ニュースでは、『アルファ』とチェチェン解放戦線の関与が報じられた。高津の写真から調べ上げたことだ。政府とマスコミの間で申し合わせがあったことは明らかだった。ただしどこにも高津の名前や写真はなかった。高津のスクープは完全に消え去っていた。

炎を上げて燃えさかる放水車、胸を撃ち抜かれて倒れる機動隊員、発電所前の通りに横たわる数十の死体。スクープ、しかもピュリッツァー賞もののスクープを会社と政府ぐるみで握り潰されたのだ。泣くに泣けない気分だった。一世一代のチャンスを潰された。怒りが高津のなかに沸き上がってくる。なぜだ。たしかに国民の目には触れさせたくないものだ。他国の軍隊らしきものに警察官が殺戮されたのだ。危機管理もクソもあったもんじゃない。しかしそれだけでは説明のつかない何かがある。フラッシュメモリは渡すんじゃなかった。あまりの出来事に興奮し、俺としたことが……。こんなことなら、あのとき銃弾に当たって怪我《けが》でもしていれば、事態は変わっていたかもしれない。

どこに行こう。高津は駅のホームに立って考えた。このままマンションに帰る気にはならない。結子のことが頭に浮かんだ。携帯電話を出したが、結子の電話番号を知らない。グリンホルダーにいたはずだ。GHの番号は――。酔った頭で考えようとしたとき、電車が入ってきた。押されるようにして電車に乗った。

渋谷《しぶや》でJRを降り、道玄坂《どうげんざか》を西へ歩いた。行きつけのクラブに入った。ホステスが女子大生であることを売り物にした店だった。

店はすいていた。一〇近くあるボックス席の三つが埋まっているだけだった。カウンターには三、四人の男が座っている。高津のまわりには、四人の若いホステスが集まってきた。

「やっぱり、日本を逃げだしたほうがいいかしら」

ゆかりと呼ばれているホステスが、ミニスカートの裾《すそ》を気にしながら言った。

「どこへ行くって言うんだ」

高津はつがれたビールを一気に飲み干した。

「ハワイでもいいし、アメリカでもヨーロッパでもいいでしょう。オーストラリアもいいわね。去年行ったけど、最高だったわよ」

「そんな金、どこにあるんだよ」

「そのくらいあるわよねえ」

ゆかりはケラケラ笑いながら、まわりの女の子に同意を求めた。他の女の子も頷いている。そのとき、高津の頭を何かがよぎった。カバンから大型封筒を出した。

新聞社を出るとき、報道部長のデスクにあった事件の資料を封筒ごとカバンに入れてきたのだ。駅に歩きながら封筒のなかを見ると、『アルファ』のメンバーの写真と資料が入っていた。一枚、場違いな写真がある。派手な顔つきの女の写真だ。美人の部類に入る。それもかなり上だ。小野麻里恵《おのまりえ》、二一歳。職業……。写真の裏についていた簡単な説明を思い出したのだ。

「この人、銀座のクラブ『真貴《まき》』のホステス。さすが美人ね」

「『真貴』って言えば、高級クラブだろう。会員制の」

「知ってるの」

「俺だってフリーカメラマンだ。情報を売って食ってる」

「じゃあ、知ってるわよね。ただの高級クラブじゃなくて、超がつくってこと。高津さんなんて、覗くこともできないわよ」

ゆかりは笑いながら言った。

「高津さんの恋人？　まさかね」

高津は男の写真を出した。

「加頭優二。『アルファ』の元幹部だ」

新宿で撃ち殺されたという言葉は呑み込んだ。ホステスたちは顔を見合わせている。

「『アルファ』って、あの原発を占拠してる」

「この男の愛人だよ。分からんねえ。やってることの善悪は別にして、加頭は宗教家だ。落ち目とはいえ『アルファ』の元幹部だ。一応、神の国だとか理想国家の建設に命を張ってたんだ。その愛人が高級クラブのホステスだ。信じられるか」

「でも、そうなんでしょう」

ゆかりは口を尖《とが》らせた。

「加頭は四〇くらいの中年男だぜ。彼女は二一。しかも最高の美人だ。バランスが悪すぎる」

ホステスたちは顔を見合わせて笑いだした。

「純愛なんて、いまどき流行《はや》らないのよ」

「ハゲでも、お腹《なか》が出てても、八〇の爺《じい》さんでも、お金持ってりゃ、最高にいい男に見えちゃうのよ」

「そうよ。加頭ってお金持ちだったんでしょう」

「バカ、加頭は宗教家だぞ。ストイックで理想主義の男だ」

いや、宗教家は金持ちか。教祖の柳本だって逮捕されたときは札束抱えてたって言うし、リムジンも持っていた。共産党の代議士だって別荘持って、ベンツ乗りまわしてる時代だ。何でもありの時代だ。

「たしかに、おかしいわよね」

ゆかりはこめかみに指を当てて、考え込む仕草をした。

「おまえに、そんなこと分かるのか」

「私、経済学部なのよ。『資本論』だって買ったわよ。結婚して時間ができたら読むつもり。文学部なんかと一緒にしないでよ」

高津はビールを一息に飲んだ。

でもねえ、とゆかりは写真を見つめた。

「この娘《こ》、整形してる」

どこどこと、ホステスたちが覗きこんだ。

「目を二重にしてるわね。鼻も両側削ってる。私の友達がやったから分かるのよ。すごく腕のいい整形外科医。これ、ずいぶんお金かけてるわね。数百万。元はけっこうブスだと思うわ。整形向きの顔ってあるのよ。きっと身体もいじってるわ」

頭の奥に、なにかうごめくものがあった。原発ジャック、チェチェン解放戦線、『アルファ』、加頭、覚醒剤中毒、麻里恵、銀座の高級クラブ。ばらばらなものが高津の頭のなかで揺れていた。

「私には信じられないわ。いまどき、宗教で世界を変えようなんて本気で信じている人間が日本にいるなんて。なんだかインチキ臭い」

ゆかりが突然写真から顔を上げ、妙に深刻な顔をして言った。

高津の脳裏で揺れていたものが一瞬集合して、膨れ上がった。高津はグラスを置いて立ち上がった。

高津が店を出ると同時に、カウンターにいた二人の男が立ち上がった。

午後一一時

総理大臣官邸は騒然としていた。

午前一一時から断続的に続いている会議は、一二時間を超えようとしていた。しかし、進展は見られなかった。半日の間に、人だけは一〇倍に増えていた。警視庁、防衛省、新日本原子力発電に連絡が取られ、テロ、兵器、発電所の情報が集められた。さまざまな状況が想定され、検討された。テロリストは依然沈黙を続けていた。彼らの目的も意図も分からなかった。

二時間の休憩に入り、閣僚たちは自分の事務所に戻っていった。瀧沢や新日本原子力発電の関係者には、臨時の仮眠室が与えられた。瀧沢は二階にある一室に案内され、服のままベッドに横になったが、眠れそうになかった。今朝からのことを考えてみたが、夢を見ているようだった。

原発は考えられる限りの事故やテロを考慮して造られている。入室用の磁気カード、暗証番号、生体認証システム、発電所内部に取り付けられた五〇か所以上の監視カメラ、一トン爆弾や戦車砲にも十分耐えられる特殊コンクリート壁。上空の飛行状態を調査して、航空機が原子炉建屋に墜落する確率、地震や周辺工場の火災などの確率も計算している。さらに、周辺に生息する鳥や昆虫による影響も考慮に入れている。しかしそれらの大半は、世論を納得させるための設計の一工程として導入されているだけで、現実に起こるとは誰も思ってはいなかった。

こうして造られた原発は、一度その扉を閉ざしてしまうと、外部の敵は容易に入りこむことはできない。だが今回、敵はすでに発電所のなかだ。外部から攻めるのは、こちらなのだ。結局、テロには無力ということだったのか。

瀧沢は起き上がって、カバンから発電所の設計図を取り出し、テーブルの上に広げた。ながめていると、ますます気分が重くなった。原子炉建屋、制御室建屋、補助建屋に閉じこもると、外部から侵入することはほとんど不可能になる。巨大な要塞《ようさい》となって人を寄せつけない。しかし、まだ燃料棒も装塡していない原発を占拠して、彼らは何をするつもりなのか。

「お父さんの仕事って、地球を滅ぼすんでしょう」今朝、美来が言った言葉が頭に浮かんだ。瀧沢は天井を見上げて、溜め息をついた。窓の外に目を移すと、外には冬の夜が広がっている。東京の真ん中とは思えないほど静かだった。身体は疲れていたが、頭は妙に冴《さ》えていた。

テーブルの上に電話がある。水戸の実家のことを考えた。原発がテロリストによって占拠されたことは発表されたが、どれだけ真実が伝えられているか分からなかった。結子には、結局、連絡できなかった。水戸に行ったのだろうか。腕時計を見た。一一時二〇分。電話の横の時計に目を移すと三〇分を指している。進んでいた時計が遅れ始めている。

瀧沢は水戸の番号を押した。受話器はすぐに取られた。

「俊輔か。いま、どこにいる」

父親の心配そうな声が返ってくる。

「詳しいことは話せない」

「分かっている」

すべてを納得した響きがあった。

「みんなは？」

「母さんは寝てる。いままで起きてたんだが。美来は部屋だ」

「呼んでくれないかな」

父親が部屋を出ていく気配がした。瀧沢は受話器を耳に当てたまま待っていた。すぐに父親は戻ってきた。

「今夜は疲れてて、起きたくないそうだ」

父親はあきらめたように言った。

「そうか……」

睨みつけるような美来の目が浮かんだ。

「むつかしい年ごろだ」

「ピアノの発表会はどうだった」

一瞬、言葉を呑み込む気配がした。

「無事終わったよ。内輪の発表会だ」

「何かあったのなら、言ってくれよ」

瀧沢は聞いた。父は昔から、嘘のつけない性質《たち》だ。

「二、三度忘れてしまってな。一度は会場がざわめくくらい長い時間、弾けなかった。精神的に不安定だったんだな。母さん、すっかり取り乱して、泣きだす寸前だった」

「美来は？」

「気の強いところは、母親似だ。なんとか、最後まで弾き通したよ。目が真っ赤だった。涙を流さずに泣いていたんだ」

「可哀相《かわいそう》に……」

「あとで先生に聞かれたよ。うちで何かあったんですかってね。いつもの美来なら、立往生するような曲じゃないらしい」

瀧沢は何も言えなかった。聴衆のなかで、途方にくれている美来の姿が浮かんだ。

「仁川結子さんから、電話があったそうだ」

数秒沈黙が続いたあと、父親が言った。

「母さんが出た。緊急の用で来られなくなったと」

原発が占拠されたことと、関係があるのだろう。

「おまえと、連絡を取りたがっていたそうだ」

瀧沢は、今度電話があったら、こちらから連絡すると伝えるよう頼んだ。当分帰れそうにないが心配しないようにと言って、受話器を置いた。

しばらく迷ってから、再び受話器を取った。一瞬ためらった。盗聴されていないか、という考えが頭をよぎったのだ。自分はいま、想像もしなかった世界にいる。そこでは、テレビや映画の世界だけだと思っていたことが、現実に行なわれている。結子はグリンホルダーの職員だ。過激なグループではないが、反体制グループであることは間違いない。政府の方針に対しては、ことごとく反対している。

いまさらそんなことを考えてどうなる。自分は環境保護の活動家でもなければ、ましてやスパイでもない。一科学者だ。瀧沢は苦笑して、ボタンを押した。思った通り、結子はマンションにはいなかった。電話は留守番電話になっている。連絡が遅れたことを詫びて、緊急の用で東京に出てきていることと、しばらく連絡できない旨《むね》のメッセージを入れた。

グリンホルダー東京本部を呼び出して、仁川の名前を言った。若い女性が出て、たったいま出かけましたと言った。何時ごろ帰るか聞くと、名前を聞かれたので、また電話すると言って切った。竜神崎原発の異変を知って、飛びまわっているのだろう。武装テロ集団による原発占拠。グリンホルダーにとっては、最高の話題ではないか。彼らが主張し、警告していることが的中したのだ。瀧沢は再度、発電所の地図の前に座った。

6

実相寺源は目を覚ました。

目を開けると、光が見える。明かりは二四時間つけさせている。闇が恐い。一度迷い込むと二度と抜けられない、そんな気がする。昔は、闇を好んだのが嘘のようだ。暗闇のなかで一人、その闇を見つめていることが好きだったのだ。闇はすべての望まないものを覆い隠してくれる。自分の醜ささえも……。

いずれ自衛隊が動き出すだろう。しかし、彼らに何ができる。銃一つ撃つにも、国会をあげて大騒ぎをしなければならない集団だ。腰抜け政治家どもの玩具の兵隊にすぎない。

「一時間以内に、政府に要求が届くはずです」

実相寺が目覚めたのに気づいて、男が耳に口をつけるようにしてしゃべった。

「羽戸崎はどうでるか……ロシアはいくら説得しても、ダーとは言わんだろう……」

ダー、イエスは戦後、日本が言い続けてきた言葉だ。そろそろ、その言葉を聞く側に回るべきだ。

「広島、長崎、そしてシベリア……日本の犠牲は大きすぎた……羽戸崎もそれくらい……分かりそうなものを……今度は日本が……」

実相寺の言葉が乱れ、喉《のど》の奥から笛を吹くような音が聞こえ始めた。医者があわてて酸素吸入のマスクで口を覆った。実相寺は首を振って、マスクをしりぞけた。

「これで……日本がどう変わるか……」

実相寺は寝返りを打って明かりのほうに目を向けた。

視野が真っ赤に染まった。

この風景は前にも見たことがある。もう、六〇年以上前だ。シベリアの雪原に沈んでいった太陽。あの太陽も血を流したような色をしていた。何人の日本人たちが凍《い》てついた地に埋められたことか。俺はそれに手を貸してきたのだ。だが、それがどうした。小さなことだ。死んでいったのは、皆どうでもいいやつらばかりだ。重要なのは、俺が生き延びたということだ。

「ロシアには……報《しら》せたか」

「はい。政府内部の賛同者も増えていると聞いております」

「……どうでもいいことだ……」

実相寺は混濁する意識で考えていた。彼らには、彼らの思うところがある。なにも彼らと全面的に手を組んだわけではない。目的とするところは違う。むしろ、敵だ。

「政治家は保身のことしか考えておらん……信用できん人種の筆頭だ……しかし、ロシア人はさらに信用できん……ロシア人の政治家など……」

実相寺は瞬《まばた》きした。赤い光が消え、闇が広がる。

「……政府の馬鹿どもの混乱ぶりが目に浮かぶ……国の危機など、考えたことのないやつらだ……日本の国体が何であるか……国民の機嫌ばかり取りおって……いまのこの日本の、腐った……」

「しかし、今回は政府の反応も早いようで」

「羽戸崎のせいじゃろう……あの男以外は皆腰抜けだ。あいつは唯一、俺の思うようには……」

実相寺は苦しそうに息をついた。

「もう、話されないほうがいいかと」

脈を取っていた医者が言った。老人は目を閉じた。

第三章 擬　装

二日目――一二月二三日（木）

1

午前〇時

新日本原子力発電東京本社のメインコンピュータは、全国に一七ある原子力発電所とオンラインで結ばれている。そのコンピュータに、竜神崎第五原子力発電所からメッセージが入った。総理大臣執務室に、通信衛星インテルサットを経由して竜神崎原子力発電所と直通電話回線につないだコンピュータを設置して、連絡を待てというものだった。さらに彼らは、総理大臣との直通回線を要求した。連絡はただちに総理官邸に伝えられた。

第一会議室が作戦本部に改装された。自衛隊の通信、情報関係の専門家が呼ばれ、メーカーと協力して一二台のコンピュータと通信機器が運び込まれた。コンピュータはテロリストの要求通り、衛星回線を通して直接発電所と結ばれた。

午前一時、政府は回線が結ばれたことを示す信号を送った。

一〇分後、テロリストからの第一報が入った。コンピュータディスプレイには、原子炉『銀河』の運転状況を表わす表示が映し出された。コンピュータは、『銀河』と接続されている。

瀧沢は、次々に画面に現われる数字を目で追った。ウラン反応率五二パーセント、中性子発生量三六・二パーセント、原子炉温度と圧力、一次冷却水温度と圧力、蒸気発生器――。出口圧力五八気圧、温度二二五度、二次系システムは――。制御棒位置は――半数が引き抜かれている。残りの半数も位置を上げている。ディスプレイの表示は見ている間も替わっていく。

「原子炉が稼動している」

瀧沢は低い声で言った。部屋中の視線が集中した。

「それは確かですか」

横から覗《のぞ》き込んでいた、首相の羽戸崎が聞いた。

「データ上からは、原子炉は動いています。あと十数時間で臨界に達します」

「燃料棒はまだ入れられてなかったのでは」

「そうです。しかしコンピュータは、すでに燃料棒が挿入され、原子炉が稼動していることを表示しています」

「可能ですか、そういうことは」

「不可能です。二四時間で、八万七〇〇〇本の燃料棒を挿入して、稼動させることは」

瀧沢はキーボードを叩《たた》いた。ディスプレイは目まぐるしく替わっていく。

「やはり、原子炉は起動しています」

「データでは、一次冷却水の温度は二〇〇度を超えています」

別のディスプレイを見ていた新日本原子力発電の赤西《あかにし》が、瀧沢の横に来て言った。彼は新日本原子力発電の若手エンジニアのナンバーワンで、瀧沢の大学の研究室にも出入りしている。ここには、会社と竜神崎第五原発との連絡係として派遣されている。

「まずいな」

瀧沢はつぶやいた。

なにが、という顔を羽戸崎が向ける。

「出力上昇が早すぎます。これでは異常事態に対応できません」

「こんな運転は、プログラムに組み込まれていない」

赤西はキーボードを叩きながら言った。

「不可能じゃない。ただし、かなりの手抜きをやればの話だが」

「手抜き、というと？」

羽戸崎は瀧沢を見た。

「安全管理面です。燃料棒装塡《そうてん》、原子炉起動には、すべて細かいマニュアルが決められています。各工程ごとに、チェック事項も決めてあります。それらをすべて省けばということです。しかしプログラムにはロックがかかっていて、変更はできないはずです」

「そうなんですが――」

赤西が言いにくそうに言った。

「抜け道はあるんです」

赤西は、これは本来規則違反なんですが、と前置きして続けた。

「日程が遅れて、急ぐときはやるんです。瀧沢先生がおっしゃった通り、チェック項目を減らしてパスさせるんです。試験には関係ない項目も含まれていますから。そのためのバイパス回路は、比較的簡単に組めます。簡単といっても、よほどプログラムを知っていなければできませんが」

もちろんテスト運転のときだけですと、赤西は付け加えた。

『ソクラテス』のプログラムの概略は公開になっている。所定の手続きさえ取れば誰《だれ》でも入手できる。議論のあったところだが、いかに原子炉が防護されているかを示すアピールになると押し切られたのだ。日本の原子力基本政策、「自主、民主、公開」に基づくものだが、将来、『銀河』型原子炉を世界に売り出すための地盤固めの意味がなくもない。もちろん要《かなめ》の箇所はブラックボックスになっている。

「彼らが『ソクラテス』のプログラムを変えたと言うのか」

「分かりません。彼らがどれだけの人数で、どれだけの技術力を持っているか不明ですから。しかしコンピュータ回線を改造して、連絡を取ってきた彼らの技術から考えれば、十分可能とも思われます。だから——」

「稼動中の原子炉を攻撃したらどうなりますか」

羽戸崎が赤西の言葉をさえぎって、瀧沢に聞いた。一瞬、部屋中が息を呑《の》んだ後、かすかなざわめきが起こった。

「攻撃というと？」

「爆撃とか砲撃とか、テロリストを殲滅《せんめつ》できるぐらいの規模です」

瀧沢は言葉につまった。考えてもみなかったことだ。

「原子炉が破壊されれば、当然、核燃料も破壊されます。発電所には予備燃料棒も含めて、一〇万本の原子炉燃料が貯蔵されています。そのプルトニウム六トンと濃縮ウラン三二〇トン。さらに二・一トンのプルトニウムがキャスクに入って、原子炉補助建屋《たてや》の地下に貯蔵されています。これらが大気中に飛び散ります。被害は膨大なものになるでしょう」

瀧沢は、一度深く息を吸った。

「以前、プルトニウム空輸の問題を議論した折り、五〇〇キロのプルトニウムを積んだ航空機が日本上空で爆発した場合のシミュレーションをしたことがあります。日本全土三八万平方キロメートルにプルトニウムが均一に振りまかれたとすると、毒性の強い238、239、240の三つのアルファ放射体だけで、一平方メートルあたり約八八〇ベクレル、ベータ放射体の241で約八〇万ベクレルになります」

「どういうことですか」

「とても人間の住める濃度ではありません。年間摂取限度の四〇兆倍です。実際には、その十数倍のプルトニウムがあるわけですから、日本列島は完全に壊滅します。たとえ、原子炉自体が破壊されなくても、制御装置の一部でも破壊されれば、原子炉が暴走を始める恐れがあります。原子炉溶融、メルトダウンが起こります。そうなれば、手の打ちようがありません。スリーマイル島や、チェルノブイリの何千倍何万倍、いや、日本の地理的状況を考えると、それ以上の被害を世界中にもたらします」

「終わりだな、そうなれば」

羽戸崎がつぶやいた。

「なんとしても防がなくては。いや、防いでみせる」

椅子《いす》に戻りながら、自分を鼓舞するように言った。

しばらくの間、コンピュータディスプレイは、原子炉パラメータを映し出していた。画像が原子炉建屋の内部に替わった。グリーンを帯びた水をたたえる水槽のなかに、原子炉が沈んでいる。『銀河』だ。

見守る人たちのなかに、どよめきが広がった。画面はクローズアップになって、原子炉の各部を映し始めた。燃料棒は、すでに挿入されている。制御棒も半数以上が引き抜かれていた。

「原子炉の稼動は確実だと思われます」

赤西が同意を求めるように瀧沢を見た。瀧沢は頷《うなず》いた。

「何が望みなんだ」

羽戸崎がつぶやくように言って、瀧沢に視線を向けた。

「通信はできますか」

「信号を送るだけなら」

「原子炉の稼動を確認した旨《むね》を伝えてください」

瀧沢はキーボードを叩いた。やがて、ディスプレイに文字が現われた。広い部屋に緊張がみなぎった。

『『アルファ』およびチェチェン解放戦線は、日本政府に対して、次の事項を要求する。

一、ロシア連邦政府によるチェチェン共和国の完全独立の承認。
二、アリク・ズカーエフ師、同志ムラート・ギネーエフ、同じく同志ピョートル・ミラシーノフ、ドミートリィ・ヴァルジーモフ、その他不当逮捕、監禁されているチェチェン人同志の釈放。
三、日本政府に不当逮捕されている『ひかり』教祖柳本明雄師、教団幹部の即時釈放。氏名は追って指示する。
四、日本円で一〇〇〇億円、アメリカドル一〇億ドルを用意すること。
日本政府は以上のことに対して、すみやかに対処すること。四六時間以内に、実行されない場合は、一二月二五日の午前六時を期して、放射能汚染ガスを放出する』

誰からともなく、溜《た》め息がもれた。

「返答を求めています」

「要求文受信の信号を打ってください」

羽戸崎の言葉にしたがって瀧沢が信号を打ち込むと、画面は消えた。

「やつらは、どうしようと言うのだ」

閣僚の一人が言った。

「要求通りでしょう。チェチェンの独立、政治犯の釈放。『ひかり』教団の幹部の釈放。

そして一〇〇〇億円と一〇億ドル」

羽戸崎が自分の椅子に座りながら言った。

「そんな要求を呑むと思っているのか」

外務大臣の今岡が、吐き捨てるように言った。

瀧沢はテロリストが送ってきた『銀河』の映像を、再度モニター画面に映し出した。

「呑まざるを得ないんじゃないですか」

原子炉の画像を見て言った。部屋中の視線が再び瀧沢に集まった。

「配管を見てください。図面にはないものです」

瀧沢は画像のなかの何本かのパイプを指した。

「一次冷却水の循環パイプから出ています。このバルブを通して、パイプは換気口まで延びています」

一次冷却水系の配管の一部、加圧器逃がし弁の接続部に新しいバルブが設置され、別の新しいパイプが引き出されている。そのパイプは、建屋の天井近くにある換気空調系ダクトに導かれている。その他にも蒸気発生器から出る逆U字形配管、蓄圧タンク、主蒸気管の接続部にも新しいボックスが付けられ、パイプが出ている。

ディスプレイはしばらく原子炉全景を映してから、そのパイプを大映しにしている。

最初見たときには気がつかなかったが、テロリストは明らかに、そのパイプを強調している。瀧沢の身体《からだ》に震えに似たものが走った。原子炉が改造されている。

「なんですか、それは」

羽戸崎が瀧沢に聞いた。

「おそらく――」

「はっきり言ってください」

羽戸崎が強い調子で言った。

「私の推測にすぎないのですが――」

瀧沢は一度言葉を切ってから、話し始めた。

「このバルブを調節することによって、一次冷却水を、換気口を通して大気中に放出することができます。つまり、放射能で汚染された水蒸気を放出することができます。彼らの言う〝汚染ガス放出〟というのは、このことではないでしょうか。汚染濃度は低いが現実的です」

部屋中にざわめきが起こった。

「彼らの言葉は真実だと言うのかね」

防衛大臣が言った。

「分かりません。ただ、この配管システムからは可能であるということです。さらに燃料棒の二パーセントは、プルトニウム２３９です。意図的に燃料棒を溶融させせれば、汚染濃度は飛躍的に高まります。そうなると、被害は計り知れません」

「可能ですか、そういうことは」

羽戸崎が瀧沢に問いかけた。

「通常運転では緊急炉心冷却装置《ECCS》が働いて原子炉は緊急停止します。しかし――」

「続けてください」

言い淀《よど》む瀧沢を羽戸崎が促した。

「運転プログラムを変えれば可能です」

「自衛隊を出動させましょう」

防衛大臣が羽戸崎のほうに向き直った。部屋は沈黙に包まれている。

「この状態で自衛隊が出動して、何ができますか」

「それは――待機させ、機会を待ちます」

「分かりました。自衛隊の派遣を許可します」

羽戸崎がきっぱりとした口調で言った。

「それでは野党が――」

羽戸崎が声のほうを睨《にら》んだ。

「発電所周辺に待機させるだけです。その後の行動については、会議で決めます。自衛隊の行動には、くれぐれも慎重を期してください」

羽戸崎は閣僚たちのほうに向き直った。

「全責任は、自衛隊最高司令官としての私が負います」

羽戸崎が立ち上がり、ゆっくりと居並ぶ閣僚たちを見渡した。その姿は、テレビや新聞で見る自信に満ちた内閣総理大臣としての風格を漂わせていた。

「外務省を通じて、ただちにロシアと連絡を取ってください。ロシアに拘束されているチェチェン独立派の釈放は問題ないでしょう。かえってやっかい払いができて喜ぶかもしれません。おまけに、わが国に大きな貸しを作ることになる。経済援助を絡めた話し合いになると思います。『ひかり』の教祖、教団幹部についてもただちに拘置所に連絡して、指示を待つように伝えてください。要求されている金は準備を始めてください。すべては私が責任を取ります。しかし、問題は最初のものです。チェチェン共和国の完全独立の承認は難しいでしょう。おそらく、ロシアは受け入れない。自治の拡大を認める程度でしょう。そのときは、アメリカの力を借りることになりますが、アメリカの原則はテロリストとは一切の交渉をしないということです。その国が果たして力を貸してくれるかどうか」

羽戸崎は一気にしゃべると、深い溜め息をついた。そして目を閉じた。閣僚と役人たちは部屋を出ていった。

「先生、これから私たちのすべきことは何でしょうか」

三分の一の人数に減った部屋で、羽戸崎が瀧沢に語りかけた。その顔からは、先ほどの自信は消えている。

「私の推測が絶対に正しいとは言い切れません。しかしまず、住民にパニックを起こさせないことです。すみやかに避難を開始してください。第一次避難として、半径二〇キロ以内の住人を避難させましょう。原発周辺と周辺の町の放射能計測を、厳重に行なうよう指示してください。富山県西岸の気象状況の調査も必要です」

「分かりました。ただちに手配します」

羽戸崎は静かに頷いた。

午前二時

竜神崎第五原子力発電所。

松岡とタラーソフは中央制御室にいた。発電所を占拠してから、二六時間が経過していた。すでに排気ダクトの取り付けは終わっていた。燃料棒も、ほぼ三分の一の二万七〇〇〇本が挿入されている。

計画は順調に進んでいた。日本政府からの返答も予想していた通りだった。この国の政府は、脅しには必ず屈伏する。過去に日本赤軍が起こしたいくつかのハイジャック事件のときもそうだった。日本政府は多額の金と拘留中の彼らの仲間の引き渡し要求に

「超法規」的に、あるいは唯々諾々《いいだくだく》と応じている。その金が何に使われ、逃亡犯が何をしでかすかなどおかまいなしだ。当面の国民感情さえ納得させればいい。しかし、松岡はなぜか落ち着かなかった。

「急がせろ」

松岡は正面のディスプレイを見ながら怒鳴った。

ディスプレイには、原子炉建屋が映し出されている。原子炉建屋では、徹夜で懸命の作業が行なわれていた。作業を進めている技術者たちが、原子炉にむらがる蟻《あり》のように見える。

「技術者たちは打ち合わせ通りやっているのか」

松岡が連絡に来た『アルファ』の兵士に聞いた。

「仕事はやっています」

「三〇時間で燃料棒の挿入を完了しろ」

それ以上かかれば必ず何かが起こる。これは予感だった。

「敵がいくら来ても殲滅してみせる」

タラーソフが言った。

「こんど出てくるのは、完全武装した軍隊だ。戦車や装甲車も投入される。全滅するのは、こちらかもしれん」

「自衛隊か。実戦経験のない玩具《おもちゃ》の兵隊だ」

「だが、装備はロシアを上回る」

デスクの無線が鳴った。タラーソフがレシーバーを取る。

「新しい軍隊が到着した」

制御室に緊張が走った。モニターテレビに目を向けると、正門と西門の動きがあわただしい。コントロールパネル前の技術者たちが、手を止めて松岡たちを見ている。

松岡は部下を連れて、正門に向かった。

警備員詰所はひっそりとしていた。原発道路両側からのライトの光で、昼間のように明るい。

正門正面には、放水車の残骸《ざんがい》が焼け焦げた破片となって散らばっている。敵の攻撃の際、遮蔽物《しゃへいぶつ》になるということでタラーソフが爆破させたのだ。

松岡は赤外線望遠鏡を覗いた。三〇〇メートルほどの距離に、戦車が三両並んでいる。その左右の道路と林のなかに多数の車両があり、まわりを人が歩きまわっているのが見える。小銃を持った数えきれないほどの兵士たちだ。いよいよ自衛隊の到着だ。

「完全に包囲されている」

『アルファ』の兵士が、つぶやくように言った。

「いまのところ、攻撃をしかけてくる様子はない」

ヘリのローター音が聞こえているが、機体は見えなかった。

「原子炉稼動の情報を流しているから、攻撃してくるような馬鹿《ばか》なまねはしないと思うが」

松岡の脳裏を不安がかすめた。

「来ても問題はない。二、三時間もあれば全滅させてみせる」

タラーソフが、松岡から望遠鏡を取りながら言った。

「甘く見るな。彼らも機動隊の惨劇は知っている」

銃声が響き、戦車の横にいた自衛隊員が倒れた。

「時々、狙撃《そげき》練習をするよう命令してある」

タラーソフが無表情に言った。

戦車が後退していく。松岡の不安は強くなった。タラーソフを盗み見た。こいつは戦争をたのしんでいる。人殺しをたのしんでいる。俺《おれ》はこいつとは違う。殺しあいが好きなだけの野蛮人とは違う。この作戦は何としても成功させる。そうすることが、自分の生きた証《あかし》となる。

再び道路に目を向けた。戦車の砲塔が動いているのが見えた。しかし撃ってはこなかった。

発電所を取り囲んで、陸上自衛隊東部方面隊第一二師団、五〇〇〇人の自衛隊員がいた。

普通科連隊を中心に、戦車、通信、後方支援連隊が派遣されていた。直接攻撃に加わるのは普通科連隊の小銃小隊と迫撃砲小隊である。戦車の援護を受け、攻撃する。後方には、核洗浄部隊が待機している。汚染ガスが放出された場合、隊員の緊急手当て、車両の洗浄を行なう部隊だ。原発正門前の道路から海側にそれた松林のなかに、プレハブの現地対策本部が置かれていた。そのまわりを取り囲むように、通信装置とコンピュータを積んだ大型車が配置された。

現地作戦司令部の司令官、成瀬《なるせ》一等陸佐は、デスクの上に広げた発電所の図面と周辺地図を見ていた。海風に混じって、オイルとプラスティックの燃える臭《にお》いが漂ってくる。機動隊四〇〇人が一〇分で壊滅した事実は、隊員に徹底させていた。

顔を上げると、道路の正面に、ライトに照らされた発電所が巨大な城のように見える。現在の兵力で、攻撃はたやすいように思えた。戦車を先頭に立て、背後から歩兵が前進すればいい。

不安材料といえば、敵の兵力、兵器が正確に分かっていないことだ。一〇分前にも、原発から三〇〇メートルの距離にいた隊員が狙撃された。急遽《きゅうきょ》、二〇〇メートル後退させた。

生き残った機動隊員らの情報から考えると、敵の数はたかだか一〇〇か二〇〇。武器も機関銃とロケット砲程度だ。機動隊には通用しても、我々には通用しない。このまま攻撃しても問題ない。だが彼らの背後に控えているのは、核なのだ。これだけは未知数の事態だった。成瀬は図面に目を落とした。

「隊員の配置を完了しました」

三等陸尉の襟章をつけた隊員が報告した。

「そのまま待機しろ」

成瀬は図面から目を離さずに答えた。

「正門前に戦車三両、二個中隊。西門に戦車一両と装甲車二両、一個中隊を配備しております。南側の丘陵地帯には、三個中隊が待機しています」

「敵の人数、装備はまだ分からんのか」

「自動小銃、高性能狙撃銃、重機関銃、ロケット砲を使用しているということだけです。夜間にもかかわらず正確な銃撃があるので、赤外線暗視装置も持っていると思われます。人数については不明です」

「せいぜい、一〇〇名ということじゃないですか。二時間で制圧してみせます」

副司令官の二等陸佐が言った。

「相手はただのテロリストではない。彼らの背後では、原子炉が動いている。つまり我々は、核兵器を所有するテロリストと戦おうとしている」

成瀬は図面から顔を上げて言った。

　隊員の士気は上がっていた。ここで目覚ましい働きを見せれば、国民が自衛隊を見る目が違ってくる。まして、機動隊では歯が立たなかったのだ。

「毒ガス戦の訓練は受けています」

「毒ガスよりもたちが悪い。汚染ガスが放出された場合の注意を徹底するように」

核に対する防御訓練はしてある。しかし、実戦でそれがどれだけ役立つか。成瀬の脳裏に不安がよぎった。放射能と同じように、姿の見えない敵に対する、漠然とした不安だった。

「待機して命令を待て」

彼は徐々に湧《わ》き上がってくる不安を吹き消すように言って、再び図面に目を移した。

午前三時

テロリストからの要求は、外務省を通じて政府の要請という形でロシア連邦政府に伝えられた。同時に、コンピュータから得られた原子炉稼動の情報と、改造された原子炉の状態も伝えられた。

ロシアからはただちに、アリク・ズカーエフ師に加えてテロリストの指名した五三名の釈放を認める連絡が寄せられた。しかしチェチェン独立に関する回答は否定的だった。チェチェンの地下には豊富な石油資源が眠り、バクー油田からのパイプラインも通っている。シリアやイランにも近い要害の地だ。また、テロ行為が頻発する国で全面的にテロリストの要求に屈すれば、次なるテロ行為を誘発する。

「人道的見地から、重ねてお願いしたい。もしテロリストたちが汚染ガスを流すような事態が生ずれば、中国、ロシア連邦はもとより、東ヨーロッパ諸国にまで、その影響が及ぶものと考えられます。しかもわが国の専門家によると、この汚染は今後数十年にわたって拡大を続け、地球の半分にも広がる模様であります」

羽戸崎総理は、ロシア大統領とともに、アメリカ大統領にも説得を依頼する電話をした。しかし、答は同じだった。

各国の対応は、ただちに安全保障会議に報告された。同時に、瀧沢の指導で汚染ガスが放出された場合の汚染地図がコンピュータによってシミュレーションされた。秒速二メートルの平均的な風の場合、中部山脈の影響を入れても、三六時間後には東京に達する。さらに、原子炉内にある一〇パーセントの核燃料が放出したとすると、推定二億ベクレルの放射性物質がばらまかれたことになる。これは、広島型原爆八〇〇個分の放射性物質の量である。

真夜中の一時まで続いた会議も終わり、閣僚や役人、そして日本原子力発電の主だった者も、事務所や自宅に帰ったり、官邸内の臨時の仮眠室に引き上げていた。

瀧沢は会議室を遅れて出た。三時間以上もディスプレイを見続けていた。頭の奥に鈍い痛みが溜まっている。

階段を上りかけた足を止めた。総理大臣執務室のドアがわずかに開いている。瀧沢は部屋の前に行って、そっとドアを押した。室内は薄暗かった。庭の外灯の光がわずかに差し込むだけだ。正面の執務机の向こうに人影が見える。その影がゆっくりとこちらを振り返った。

「瀧沢先生ですか」

羽戸崎の声がした。

「ドアが開いていたものですから」

「かまいません。お入りください」

瀧沢はそっとドアを閉め、部屋に入った。

羽戸崎は瀧沢に椅子をすすめてから言った。

「ロシアが、最終的に要求を拒否してきました。チェチェンの独立は認められないと」

「彼らは、事の重大さをまだ認識していないのでしょうか」

「そうではありません。十分認識しているからこそ、慎重な態度を取っているのです」

「どういうことです？」

「世界に原発は何基あるか、ご存じですか」

「四三二基です。建設中のものも含めると、四八四基になります」

「そうでした。原発については、あなたのほうが私より詳しい。だったら、お分かりでしょう」

「世界の原発すべてがテロの対象になるとでも」

「ロシアが恐れているのは、まさにそれです。誰もが核を保有することができる。原発所有国は、すべてがテロの対象になる。アメリカも同様の意見です」

「ばかげた考えだ」

「政治家というのは、悲しい職業でしてね。人間を見ると、まず敵か味方かを考える。次に考えるのは、どう利用できるかです。原発も同じことです。このテロが成功すれば、原発の新しい利用法が発見されたということです。最高に有効な利用法が」

「しかし……」

瀧沢は言葉が続かなかった。自分たちが生涯をかけて作り上げようとしているのは、何なんだという思いが湧き上がった。

「私はあなたを信頼しています。なぜだか分かりますか」

羽戸崎が瀧沢を見つめている。瀧沢は黙っていた。

「あなたが、政治とは無縁な人間だからです。私のまわりを見てください。副総理、幹事長、官房長官、各大臣たち。彼らがいま最も願っているのは――」

羽戸崎は大きく息を吸って、吐いた。

「私のミスです。つまり私の失脚です。私がミスをおかせば、私は弾《はじ》き出され、彼らのポジションは確実に一つ上がる。国家や国民のことなど、二の次です。政治家というものは野心の塊《かたまり》です。だからこそ政治をやろうとする。彼らを非難しているわけではありません。私だって同じでした」

「私には、そうは思えません」

瀧沢は目を凝らした。薄い闇《やみ》のなかに羽戸崎の姿が鮮明に浮かび上がった。疲れ果てた老人の姿だ。瀧沢は、この悩める老人に親近感を覚え始めているのに気づいた。

「いや、そうなのです。私はこの椅子を得るために、七二年の生涯を生きてきた。ただ、この椅子に座るためだけに。戦後、日本には巨大な闇の力が蠢《うごめ》いてきました。その力が戦後日本の政治を動かしてきたと言っていい。松川事件、昭和電工、ロッキード。さらには大韓航空機撃墜事件。すべてが闇の力の演出にすぎないとも言われています。彼らの野望の一端だとも――。私もひょっとして、彼らの駒《こま》の一つにすぎないのかと思うこともあります」

羽戸崎は言葉を止めて闇のほうを見た。

「もちろん国民はなにも知らない。知っているのは一部の政治家だけです。天使と悪魔はけっして、別のものではない。彼らは同居している。私たちの心にも、あなたが造り上げた装置にも」

老人は言葉を切った。あたりは急激に光を失い、闇が老人を呑み込むように濃くなっていった。瀧沢は何も言えなかった。自分には考えられない世界だった。

「さて、本題に戻りましょう」

羽戸崎はいままでの言葉を振り払うかのように、首をわずかに振った。

「ソ連崩壊とともに、世界はなんとか冷戦を脱しました。しかし、地域紛争、民族紛争は絶えない。彼らは例外なく核爆弾を欲しがっている。それが世界中に、身近にあると立証されれば、何が起こるか想像できるでしょう。核を持たない国も、核保有国並みに危険な国となる。そして核ジャックが頻繁に起こるようになり、いずれ、本当に汚染ガスが流されるかもしれない。メルトダウンが起こるかもしれない。そうなれば——あなたのほうがよくご存じでしょう」

羽戸崎は薄暗い光のなかで瀧沢の目を見つめ、確信を込めた声で言った。

「どうなさるおつもりですか」

「私は神を信じてはいません。しかしこういうとき、神に祈りたくなる」

そう言って、羽戸崎は静かに目を閉じた。

「とりあえず、アメリカ大統領を通して、再度ロシアと交渉を続けるつもりです」

羽戸崎は目を開けて、もう一度瀧沢を見つめた。

瀧沢は執務室を出て、自分の部屋に戻った。

部屋に設置されたパソコンのスイッチを入れた。このパソコンは瀧沢が要請してセットしたものだ。作戦本部のコンピュータとつながっている。ディスプレイは瞬《また》きして、『銀河』の姿を浮かび上がらせた。

瀧沢はディスプレイの前に座り、『銀河』のデータを眺めた。『銀河』は静かに、しかし確実に臨界に向けて原子の火を燃やし続けている。〈天使と悪魔は別のものではない。彼らは同居している〉総理の言葉が甦《よみがえ》ってくる。『銀河』はいま、天使から悪魔に変身しようとしているのか。しばらく眺めてから、スイッチを切った。

テーブルの受話器を取って、ボタンを押した。一度目の呼び出し音が終わるか終わらないうちに、受話器は取られた。

グリンホルダー東京事務所は、深夜にもかかわらず喧騒《けんそう》に満ちていた。東京は夜でも、世界の半分は昼間だ。

仁川結子は、バッグから壊れた携帯電話を取り出し、叩きつけるように、デスクの上においた。部屋中の目が集中する。

五時間前、グリンホルダーにかかってきた電話では、名前さえ言わなかった。対応した者の話からすると、瀧沢に間違いないと思う。留守番電話に入っていた伝言にも、ただ心配しないように、とあるだけだった。しかし、およその見当はついた。瀧沢の経歴と立場を考えると、おのずと居場所は限定された。政府と関係のある場所に違いない。瀧沢の東京のマンションの留守番電話にメッセージを入れたが、聞いたかどうかも分からない。

「どうする。もう一度、竜神崎に飛ぶか？」

結子の落ち着かない様子を見て、小松原が聞いた。

「もう少し待ってください。いま私が竜神崎に行っても、竹内さんより多くの仕事ができるとは思えません。それより東京にいて、もっと本質的なことを調べたいんです」

「どういうことだ」

「カンです。なんだか分かりませんが、この事件には、もっと別な何かがあるような気がするんです」

「女のカンってやつか。たしかに、科学的データより正確な場合もあるな」

「それに……」

と、言いかけて止《や》めた。瀧沢と連絡が取れれば、公表されている以上のことが分かると言いたかったのだ。しかし、何かがそれを押し止《とど》めた。いまの結子には、それとは別な瀧沢に対する気持ちがあった。

電話が鳴った。小松原が受話器を取って、無言で結子に差し出した。瀧沢だった。彼は疲れた声で、連絡が取れなかったことを詫《わ》びた。

「会いたいわ」

結子は小松原に背を向け、受話器を隠すようにして言った。

「いまは無理だ」

「どうして？」

どうしてかは、分かっていた。しかし、言わずにはおれなかった。

「私を信じてくれ」

「いつも信じてるわ」

「時間がない」

二人は黙り込んだ。そして、電話は切れた。結子はしばらく、聞こえるはずのない声を待って、受話器を耳に当てていた。横の電話が鳴り始めた。結子は受話器を置いた。

電話は小松原が取った。グリンホルダー神谷事務所の竹内からの連絡だった。

「竜神崎の動きが変わった。自衛隊が出動して、住民の避難地区が広がった」

小松原が部屋中に聞こえるように言った。ざわめきが消えた。

「派遣された自衛隊の規模は？」

「一〇両以上の戦車と、ヘリも出ている。核防御の装備をした部隊だ」

部屋のなかにどよめきが起こった。

「現地では完全な報道管制が敷かれていて、なかなか情報が入ってこないそうだ。報道関係も一〇キロ以内、立入禁止だ」

「孤立状態ですね」

江口が溜め息混じりに言った。

「すぐアメリカに連絡を取って。何か分かるかもしれないわ」

結子が電話のボタンを叩きつけるように押しながら、江口に向かって言った。

2

午前五時

外はまだ、闇に包まれていた。総理官邸に設置された作戦本部には、あかあかと明かりが点《とも》り、廊下を歩くSPの靴音が、かすかに聞こえてくる。その静寂のなかで時折キーボードを叩く音が響き、低い唸《うな》るような電子音が聞こえた。

瀧沢は一度部屋に引き上げてから、再び作戦本部に設置されたコンピュータの前に戻っていた。

釈然としないものがある。それが何かは分からなかった。七年前の設計段階から参加していた。基礎実験を繰り返し、いままでに何度も模擬運転を行ない、いよいよ燃料棒を挿入し本格的に運転を行なう段階になって、すべてを覆されたのだ。しかし、『銀河』も『ソクラテス』も、簡単にテロリストの言いなりにはならないはずだ。どちらにも多重防護が施され、すでに指定された命令以外は受けつけない。たとえ原子炉が稼動を始めていても、危険はない。危険を感じれば、人間の手を離れたところで自動停止する。だが、『銀河』も『ソクラテス』も、しょせん人間の作り上げたものだという思いもあった。もし、それを作った人間より、さらに優れた知能を持つ人間の手にかかれば――。創造者を裏切り、支配され、命じられるままに動くかもしれない。

瀧沢が部屋に来て、すでに二時間が経《た》とうとしていた。画面には相変わらず、巨大な原子炉が不気味な姿をさらしている。一次冷却水パイプから延びた新しい配管は、配管の束とともに補助建屋に続いている。瀧沢はキーを叩いた。そのたびに画面が替わり、細かい数字の列が現われた。その数字の列が、『銀河』の内部で燃えさかる原子の炎を表現しているのだ。

「何か分かりましたか」

背後で声がした。振り向くと赤西が立っている。

「こんな状態で眠れるなんて、よほどのバカか大物です。僕はどっちでもありません」

椅子を引き寄せて、瀧沢の隣に座った。

「原子炉建屋の画像と、データパラメータを見てくれ」

瀧沢は二つのディスプレイに、画像と数値を呼び出した。

「炉心温度八〇〇度、中性子束五二パーセント、一次冷却水温度、高温側二八五度、低温側一九七度、圧力五二気圧、流速、流量、復水器流量、流速、すべて完璧《かんぺき》な運転ですね。文句のつけようがありません」

赤西はディィスプレイを覗き込んで言った。

「そう、完璧だ。プログラムどおりだ。『ソクラテス』は教科書どおりに『銀河』を導いている。あと一二時間で臨界に達する」

瀧沢は次々に画面を替えながら言った。

「それにしても、敵は『銀河』と『ソクラテス』を知り尽くしていますね。信じられないくらいだ。まさか、北山主任が協力して――」

赤西は言いかけた言葉を呑み込んだ。

「すみません。冗談でも言うことではありませんでした」

「いや、そうかもしれん。これだけ完全に『銀河』と『ソクラテス』を知り尽くしているからには、相手が我々の想像以上にすごい能力の持ち主か、北山さんが協力しているとしか思えない」

赤西は意外そうな顔で瀧沢を見た。

「そんなこと、あり得ません。北山主任が彼らの言うことをきくはずがありません。原子炉の恐ろしさを十分承知している人です」

赤西は強い口調で言った。

北山が放射能に対して敏感なのは、社内でも有名だった。わずかでも放射能漏れが起こりそうな箇所には、細心の注意と時間をかけた。作業員に対しても、被曝《ひばく》状況は神経質なほど厳密に報告させている。瀧沢は、北山が広島の被爆二世であるという話を聞いたことがある。そのときはなにげなく聞き流していたが、いまとなってはその言葉がずっしりと心に響いた。

「しかし、銃で脅されたら分からんよ」

「北山さんは、殺されたって協力しませんよ」

赤西は怒ったような口調で言った。

「私もそう思う。彼はたとえ殺されても協力はしない。彼こそ『銀河』を含めて、原子力の恐ろしさを知り尽くしている人だ」

「そうです」

赤西は、ほっとしたように頷いた。

「じゃあ、相手が我々以上に有能だということか」

「本気でそう信じますか」

瀧沢は首を横に振った。

「そうすると最後に考えられるのは、この画面とデータの信頼性だ」

「信頼性？」

赤西は怪訝《けげん》そうな顔で繰り返した。

「こちらからコンピュータに指示を打ち込むことはできないか。画像処理をしたい」

「どういうことです」

「『ソクラテス』に入り込んで、操作したい」

「無理ですよ、こちらからは。原子炉操作プログラムは完全クローズになっています。特に『ソクラテス』は、多重防御がほどこされていますから。いや、待ってください」

赤西はしばらく考えていた。両手を二、三度握り締めると、キーボードを叩き始めた。ディスプレイに、コンピュータシステムの図面が現われた。

「『ソクラテス』には多重防御がかかっているし、クローズのシステムになっているので、こちらから入り込んだり、操作することはできません。でも受信操作は可能です。会社には内緒なんですが、僕が本社から『ソクラテス』のパラメータチェックとプログラムチェックをするときのために、バイパス回路をつけたんです。発電所内のコンピュータと結んであります。本当は違反なんですが、こちらから呼び出して、必要なデータは取り出せます。プログラムをいじったり変更したりすることはできないので、許されるかと思ったんです。ちょっとしたチェックのたびに竜神崎に出かけるのは、時間と金の無駄だと思ったんですよ。すべて、会社のためです」

赤西は、言い訳のように言った。

「やってみてくれ」

「まず、発電所の中央制御室の一般コンピュータを呼び出します」

赤西はキーを叩いた。暗証番号を打ち込んでいく。画面が替わった。

「これで、発電所の一般コンピュータを呼び出しました。これからが本番です」

そう言って、赤西はキーを叩き続けた。何度か画面が替わって、原子炉建屋の画像が現われた。

「これが『ソクラテス』から直接取り出した原子炉建屋の画像です。『ソクラテス』本体のプログラムに侵入はできませんが、一般コンピュータに移したプログラムは、見ることができます」

隣のディスプレイにデータを呼び出した。しばらくディスプレイを見つめ、首をかしげた。

「おかしいですよ。画面が動きません。パラメータにも変化がない」

ディスプレイを見つめたまま言った。

「『銀河』は、まだ動いていない――」

赤西が瀧沢を見て言った。瀧沢はゆっくり頷いた。

瀧沢は腕時計を見た。秒針の動きがおかしい。止まったり動いたりしている。

「何時だ」

「五時三〇分です」

「総理に連絡しよう」


羽戸崎はただちに降りてきた。スーツのままだった。不精髭《ぶしょうひげ》が目立ち、目のまわりがたるんでいる。

「まだお休みでは――」

「地球の裏側では、いまが昼間ですからね」

アメリカかロシアか――関係諸国の首脳と連絡を取っていたのだろう。

「これを見てください」

瀧沢はキーを押した。ディスプレイの画面がチラチラと動いて、炉心の部分が消えた。炉心のあった部分には、ぽっかりと巨大な穴が開いている。

「どういうことです」

羽戸崎が顔を上げて瀧沢を見た。

「合成映像です」

「というと？」

「コンピュータ上で組み合わせたものです。実際には、炉心はまだ水槽に沈められていません。つまり、稼動していないということです」

「しかし、原子炉は稼動中の値を示していると……」

「敵のトリックに引っかかっていました。コンピュータのデータ値はすべて、前もって設定したものです。装置には、その装置固有の特性というべきものがあります。それは、ほぼすべての機械で理論値とわずかに外れています。そのずれを含めて、正常に機能しているというものなのです。ところがこのコンピュータの値には、そのずれがありません」

瀧沢は、キーボードをいくつか叩いた。最後のキーを叩くと、画面は一瞬消えたが、再び元の数字の並びに変わった。

「異常信号を入れてみました。原子炉の反応はありません。コンピュータは、原子炉とは直接接続されていません」

「私には分からない。しかし、原子炉は動いていないということですね」

羽戸崎が確認するように瀧沢を見つめた。

「そうです」

「ということは、いまのうちに制御室を破壊すれば、原子炉の稼動は止められますか」

「そうです。ただし、動きだしてから制御室が破壊されれば、原子炉は暴走を始める恐れがあります」

羽戸崎はしばらく考え込んでいた。

「すぐに会議を開きます」


ただちに安全保障会議のメンバーが集められた。

赤西を含めて、発電所の技術者も出席した。

自衛隊の制服組も多数招集され、陸、海、空の幕僚長が列席した。瀧沢は彼らの前で、もう一度、原子炉が稼動前であることを説明した。

「原子炉が稼動していないと、一〇〇パーセント言い切れるかね」

防衛大臣が念を押すように言った。

「コンピュータ映像とデータから判断すると、原子炉は稼動していないということです。送られてくる映像は、現在の原子炉の状態とは別のものだと考えられます」

自分の推論に間違いはない。テロリストがなんらかの擬装を回線に施していなければ、という前提つきだ。しかし、技術に一〇〇パーセントなどという言葉はない。一〇〇パーセントに近づけるだけだ。

「燃料棒装塡の時間を考えると、やはりまだ稼動は無理です」

赤西が瀧沢を助けるように言った。

「『ソクラテス』さえ破壊すれば、原子炉稼動は防げるのですね」

羽戸崎が再度確認した。

「『銀河』の稼動は手動ではできません」

「ただちに攻撃を開始すべきです」

防衛大臣が立ち上がった。

「このままロシアとアメリカの説得を続けてもらちがあかない。時間切れに突入するだけだ」

経済産業大臣が防衛大臣を支持した。

「ただちに攻撃に入るべきです。時期を逸すれば、取り返しがつきません」

陸上自衛隊幕僚長が、羽戸崎と防衛大臣を交互に見た。

「私は反対です。危険が大きすぎます。発電所は核爆弾を保有する要塞《ようさい》です。失敗した場合を考えてください」

「私もロシアとの交渉を続けるべきだと考えます」

外相と副総理が、羽戸崎に訴えるように言った。

「いずれにしても、自衛隊に攻撃命令を出すためには、内閣の承認が必要です。それには少なくとも――」

「静かに」

羽戸崎は外相の言葉を制した。そしてもう一度確かめるように、視線を瀧沢に移した。瀧沢にもどうすべきか分からなかった。しかし、原子炉が稼動していないということには自信がある。瀧沢は頷いた。頷きながら、ふっと不安が脳裏をかすめた。その思いはゆっくりと精神《こころ》の奥に広がっていく。『銀河』の動きを知り得る者――そして、その動きを支配できる者――。精神《こころ》を空白にして、その思いを消し去ろうとした。

「私は生涯で、最も重要な決定を迫られています」

羽戸崎は目を閉じて考えている。

「この期を逸すれば生涯悔やむことになるでしょう。攻撃に対する犠牲も大きいと思います。だが、我々はやらねばならない。ただちに攻撃を始めてください」

羽戸崎が断固とした口調で言った。会議室に緊張がみなぎった。

「これがどういう結果をもたらすかご存じですか。あなたは、内閣を無視しようとしている」

「すべての責任は私がとります」

統幕議長、陸、海、空、それぞれの幕僚長は立ち上がり、直立の姿勢をとった。羽戸崎は肩を落として、静かに息を吐いた。

「最初の攻撃で制御室を破壊すること。私たちに二度目はありません」

「原子炉建屋は絶対に避けてください。少々の砲撃には耐える設計ですが、なかには核燃料があります。加工されてはいますが、プルトニウムとウランを含んでいます。微量でも漏れれば大変なことになります」

瀧沢は言った。

「全力を尽くしてください」

羽戸崎が統幕議長に向かって言った。

「ただちに、攻撃準備に入ります」

統幕議長と各幕僚長は敬礼して、出ていった。


竜神崎第五原子力発電所中央制御室では、パブロフがコンピュータを見つめていた。

「彼らは原子炉建屋の画像を解析している」

パブロフはディスプレイから目を外さず言った。制御室に緊張が走った。

「やつらは感づいたのか」

松岡がパブロフの横に来た。

「そうらしい。トリックに気づくのは時間の問題だと思っていたが、予想より早く気づかれてしまった。彼らにも、優秀なスタッフが揃《そろ》っているようだ」

パブロフは瀧沢を思い浮かべた。日本側には瀧沢がいる。『銀河』を育て上げ、『ソクラテス』を生み出した科学者だ。彼は、自分を信頼して多くの資料を送ってくれた。公開されていた資料とはいえ、ロシアでは容易に手に入らないものだ。その信頼を自分は……。パブロフは、痛み始めた胸を拳《こぶし》で押さえた。

「まもなく、日本側の攻撃が始まる」

松岡はタラーソフに言った。タラーソフは不敵な笑いを浮かべている。

「今度は本格的な攻撃だ。自衛隊が出動してくる。戦車や装甲車も投入される。防御態勢を強化しろ」

松岡は怒鳴るような声を出した。

「行け。日本の軍隊を皆殺しにしろ」

タラーソフは振り返って、部下に命令した。

松岡はモニターテレビに目を向けた。原子炉建屋で働くエンジニアたちが蟻のように見える。

「原子炉の起動を急げ」

松岡はマイクに向かって怒鳴った。

「燃料棒は、何本残っている」

〈二万五〇〇〇本です〉

マイクから声が返ってくる。

「急がせろ。各部署の防衛隊に攻撃が近いことを連絡しろ」

松岡は銃でテーブルを叩いた。

午前七時

竜神崎の東の山々が赤く染まっている。陽《ひ》が昇り始めた。日本海の荒々しい姿が見えてくる。

攻撃命令は、ただちに竜神崎の自衛隊現地作戦司令部に伝えられた。攻撃準備は五時間前からできている。アメリカ国防総省から提供された衛星写真をもとに、一五門の迫撃砲が発電所内の正門と各建物の屋上に配置されたテロリストの戦闘陣地に照準を合わせていた。距離は五〇〇メートル。着弾点は、上空七〇〇メートルに滞空しているヘリコプターから連絡する。

正門前の原発道路には三両のＭＢＴ九〇式戦車とともに、二個中隊四〇〇名の陸上自衛隊東部方面隊隊員が攻撃準備を整えていた。南の丘陵地帯には三個中隊六〇〇名の部隊が、一キロにわたって取り囲んでいる。西門には戦車が一両に装甲車二両、一個中隊二〇〇名の自衛隊員が待機していた。海岸からは一〇〇名の上陸部隊が攻撃する。その他、後方に三個中隊の小銃部隊が待機していた。隊員たちは、攻撃命令を固唾《かたず》を呑んで待っていた。

午前七時。第一次攻撃は開始された。発電所の構内で、いっせいに爆発音が轟《とどろ》いた。迫撃砲が発射されたのだ。朝の光のなかに、くっきりとカーブを描く弾道と、爆発の火柱が上がった。建物の屋上が、明るくなり始めた空に赤っぽく浮かび上がる。白煙が流れていくなかを人影が走る。銃声が響いた。砲撃は二〇分間続いた。

第一次攻撃は、迫撃砲で発電所正面を防御しているトーチカと、事務棟屋上の敵をつぶす。その後、第二次攻撃として、三両の戦車を先頭に四〇〇名の攻撃部隊で発電所正門を突破して、原子炉建屋と制御室建屋付近に散開している敵を叩く。最後の第三次攻撃で、総力を挙げて、制御室建屋を攻撃する。これが、攻撃部隊のシナリオだった。

攻撃部隊司令官、成瀬一等陸佐は、無言で発電所を見つめていた。背後には、四〇〇人の隊員が攻撃命令を待っている。全身に彼らの緊張が伝わってくる。

「第二次攻撃を開始する」

成瀬は無線機に向かって命令した。

第二次攻撃が開始された。戦車の一二〇ミリ滑空砲が火を噴いた。轟音《ごうおん》が轟き、白煙が上がる。数十発の砲弾が、道路正面の第一事務棟に向けて撃ち込まれる。砲弾の風を切る音が響く。砕けたコンクリートが煙のように舞い上がる。戦車が正門に向かって、ゆっくりと動き始めた。

第一事務棟屋上の貯水槽が、金属のきしみを上げて吹き飛んだ。水が雨のように降り注ぎ、流れていく。

カディロフ軍曹とウマールは身を屈《かが》めて、屋上出入口の背後に走り込んだ。二〇発ほどの迫撃砲弾が屋上を直撃した。砕かれたコンクリート片が降ってくる。建物の端のコンクリートが吹き飛んだ。舞い上がる砂埃《すなぼこり》のなかに、えぐられて崖《がけ》のようになっているのが見えた。

突然、砲声が止んだ。カディロフは屋上出入口の背後から這《は》い出し、建物の端に這って行った。まわりの建物の屋上からも白と黒の煙が、幾筋も上がっている。重いエンジン音が聞こえる。慎重に建物の端から顔を出した。原発道路を三両の戦車が轟音を響かせて近づいてくる。背後には兵員輸送車が数台続いている。戦車をなかに入れてはならない。なんとしても阻止しなければ。

「距離、四〇〇メートル。ロケット砲を用意しろ」

軍曹は叫んだ。この角度だとはずれる確率が高い。正門前のトーチカから狙《ねら》うのが一番だ。しかし、いまの砲撃でやられたかもしれない。これほどの攻撃があるとは予想していなかった。玩具の軍隊だと言ったのは、どこのバカだ。ハンドトーキーのスイッチを入れて、正門前のトーチカを呼んだが反応はなかった。軍曹はあきらめて後退した。

地上からの死角に入ったのを確認して、立ち上がった。

「こんな話は聞いてなかった。これじゃあ、やられるのはこっちだ」

ウマールがわめきながら、ロケット砲を探して瓦礫《がれき》をひっくりかえしている。二人でコンクリート片と貯水槽の残骸の間から、ロケット弾の箱を引っ張りだした。箱が壊れてないのは、奇跡的だった。

軍曹はロケット砲を持って、建物の端に這って行った。崩れたコンクリートの間から見ると、戦車は一〇〇メートル先に迫っている。

ロケット砲を構えた。ランチャーから炎が噴き出す。ロケット弾は戦車の砲塔をかすめ、背後の道路に当たって爆発した。戦車はなにごともなかったように進んでくる。戦車が通った後には、爆風で飛ばされた四、五人の自衛隊員が倒れていた。戦車が停《と》まった。砲身がゆっくり回転して、第一事務棟の屋上に向いた。

軍曹とウマールはロケット弾の入った箱を引きずって、反対側に走った。二人を追うように、爆風がその背を叩いた。屋上の一角が吹き飛んで、鉄骨が剝《む》き出しになった。コンクリートの塊が、砂塵《さじん》をあげながら降ってくる。

エレーナは正門横の警備室にいた。戦車の砲撃で、道路側の壁は三分の二が崩れていた。エレーナは崩れた壁から、戦車の背後に続く自衛隊員を狙撃していた。正門前の二つのトーチカのうち『アルファ』のいたトーチカは跡形もなく、クレーターのような穴があるだけだった。もう一つのトーチカは土嚢《どのう》が半分吹き飛び、残った土嚢の背後で、チェチェン解放戦線の兵士が狂ったように機関銃を撃っている。

空気を裂く音がした。エレーナが倒れたロッカーの後ろに身を隠すと同時に、建物が揺れる。撃ち込まれた迫撃弾が頭上で爆発して、天井を砕いた。コンクリート片が雨のように降ってくる。戦車が機関銃を撃ちながら近づいてきた。砲塔が回り、こちらを向いて止まった。

「逃げろ」

背後で声がして、エレーナの身体は強い力で押された。エレーナは警備員詰所を飛び出して、半分残っているトーチカに転がり込んだ。ロケットランチャーを抱えた宇津木が後に続く。土煙が舞い、振動が伝わる。警備員詰所があった場所には、コンクリートの基礎が残っているだけだ。戦車が迫ってくる。五〇メートル。宇津木がトーチカから身体を乗り出し、ロケットランチャーを構えた。ランチャーの後尾が火を噴く。

ロケット弾が戦車の右のキャタピラに命中した。戦車は右に急旋回する。その横腹に、ロケット弾の二発目が当たった。爆発音が響くが、戦車の厚い装甲はロケット弾を跳ね返した。戦車の滑空砲が旋回を始める。宇津木はロケット弾を装塡し、砲塔と車体の間を狙った。旋回が止まるのとランチャーが火を噴くのと同時だった。ロケット弾は砲塔に当たって爆発した。戦車は黒い煙を吐き始める。

宇津木の隣ではチェチェン解放戦線の兵士三人が、機関銃を撃っていた。自衛隊から撃ち込まれる迫撃弾が、背後で続けて爆発した。積み上げた土嚢が迫撃弾で砕かれ、土砂をまき散らす。機関銃弾が土嚢に当たり鈍い音を立て、頭上をかすめていく。宇津木は腕だけを出して、自動小銃を撃った。

再び重いエンジン音とキャタピラの音が近づく。顔を出すと、前輪を吹き飛ばされた兵員輸送車がゆっくりと横に押し出され、新たな戦車が姿を現わした。一両、二両……三両。三両の戦車が幅一〇メートルの道路にはみ出すように横に並んで近づいてくる。戦車からの機関銃掃射が激しくなった。解放戦線の兵士は、戦車に向けて機関銃を撃ち続けている。戦車に当たった一二ミリ弾が、鋭い金属音を立てて火花を散らした。戦車はなにごともないように進んでくる。その背後の自衛隊員の顔もはっきりと見える。宇津木も銃を撃った。気がつくと、砲身が角度を下げてトーチカのほうを向いている。

「退却だ！」

宇津木がロシア語で叫んだ。エレーナは宇津木に腕をつかまれて、トーチカを転がり出た。爆風が二人を呑み込んだ。トーチカが吹き飛び、土嚢の砂とアスファルトの欠片《かけら》が二人の上に降ってきた。エレーナは腕をつかまれたまま、第一事務棟に向かって走った。二人を追うように、迫撃弾が次々に爆発する。左腕に灼熱《しやくねつ》を感じた。宇津木の手が離れた。バランスがくずれ、芝生の上に頭から倒れた。宇津木が立ち止まり、かけ戻ってくる。エレーナの銃を自分の肩にかけ、脇《わき》の下に腕を入れて抱き起こした。

「一人で行って」

エレーナは叫んだ。耳のそばを銃弾がかすめる。宇津木は答えず、引きずるようにして走った。背後で戦車のキャタピラの音が聞こえた。足が自分のものではないようにもつれ、全身の力が抜けていく。エレーナは目を閉じた。

気がつくと、宇津木に抱き上げられている。何も考えることができなかった。ただ、生きていると感じた。そして、わずかに生きたいと感じた。二人が第一事務棟に飛び込んだと同時に、背後から戦車砲の炸裂《さくれつ》する振動が伝わる。ドアの横の壁が破壊され、外の通りが見えた。入口で声が聞こえる。日本語だ。エレーナは倒れたまま薄く目を開けた。宇津木が入口に向けて銃を撃っている。建物の前を戦車が通りすぎていく。戦車の背後から飛び出してきた自衛隊の隊員が数人、のけぞるように倒れるのが見えた。エレーナは、再び強い力で抱き起こされた。がっちりした背中に背負われ、建物の奥に向かっていった。

一五分前には平坦《へいたん》なコンクリートの広がりだった第一事務棟屋上は、掘り返された畑のようになっていた。平面はえぐれ、砕け散ったコンクリートの塊が散乱していた。そのなかに、砂埃で白くなった二つの死体が転がっている。カディロフ軍曹とウマールは、崩壊した屋上出入口の瓦礫の陰に隠れて、上空を見上げていた。軽快なローターの響きが近づいてくる。

「ヘリだ！」

軍曹は叫んだ。攻撃用ヘリコプターが機首を斜めに下げ、機体の先に昆虫の触角のように突き出した機関銃を掃射しながら、吸い込まれるように降りてきた。軍曹は思わず頭を下げた。その数十センチ横をコンクリートを砕きながら、機関銃弾が通りすぎる。

「逃げろ！」

軍曹は叫んで、給水塔の土台の陰に走り込んだ。ウマールが自動小銃をヘリに向けて撃っている。ヘリの底部に火花が上がるが、ヘリはそのまま発電所の南側に飛び去っていった。よほど装甲が厚いのだ。自動小銃では歯が立たない。

「ミサイルを使え」

軍曹の言葉に、ウマールが箱から赤外線追尾ミサイルを取り出した。軍曹はそれをひったくるように取った。カバーを外し、照準をチェックする。遠ざかったヘリの音が再び近づいてくる。

「戻ってきます。急いでください」

ウマールが悲鳴のような声を上げた。軍曹はミサイルを構えた。

「海側です」

ウマールが叫んだ。軍曹はあわてて海のほうに向き直った。轟音が急激に近くなった。機関銃弾が、がんがんという音を響かせながら、給水塔の鉄板に穴を開けていく。ウマールが腕から血を流しながら、背中を丸めてうずくまった。軍曹のランチャーから、ミサイルが火を噴きながらヘリに向かって吸い込まれていく。

「ビンゴ！」

ウマールの声が聞こえる。日本でのキャンプで覚えた英語だ。軍曹は深い息を吐いた。横に腕を押さえたウマールが空を見上げて立っている。ヘリは炎に包まれ、ゆっくりと旋回を続けながら松林のなかに落ちていった。爆発音とともに、火柱が上がった。


中央制御室に松岡が三人の『アルファ』兵士を連れて戻ってきた。

「皆殺しにしてやる」

肩で息をつきながら、吐き捨てるように言った。

メインパネルの前に立っていたパブロフは、振り返って松岡を見た。額と腕から血が流れている。

「原子炉起動はまだか」

松岡は額から流れる血を腕でぬぐいながら聞いた。

「あと七時間は必要だ」

「半分の時間でやれ。それ以上は待てない」

松岡はパブロフの横にいた技術者を突き飛ばし、銃を向けた。

「何をする」

パブロフは銃口をつかみ、松岡を睨んだ。松岡の目は赤く充血し、額から流れる血が、顔半分を赤く染めている。思わずパブロフの背筋を冷たいものが流れた。彼はもはや正気を失っている。

「やってみよう」

パブロフは銃口から手を放し、技術者を助け起こした。原子炉さえ稼動させれば、少なくとも現在行なわれている戦闘は終わらせることができる。パブロフは自分に言い聞かせた。

「制御室建屋の入口を封鎖しろ」

松岡が部下に命令した。

「しかし、まだ外には……」

「封鎖するんだ」

松岡は部下を殴りつけた。部下はマイクに向かって、松岡の言葉を繰り返した。

「原子炉起動を急げ」

松岡は、再びパブロフに向かって言った。

攻撃から一時間がすぎた。発電所の敷地内では、まだ激しい銃撃戦が続いていた。原子炉建屋と制御室建屋を除いたほとんどすべての建物は、自衛隊が制圧した。大半のテロリストは死体となって転がっているか、制御室建屋に逃げ込んでいた。残ったチェチェン解放戦線の兵士は、まだ独自の戦いを行なっていた。事務棟の窓や屋上、発電所に散らばるあらゆる施設の陰から突然現われ、銃を撃っては消えた。第一事務棟と第二事務棟の屋上には、まだ何人かのチェチェン解放戦線の兵士が残っていたが、孤立した状態だった。

自衛隊第三小隊の立松《たてまつ》二等陸尉の目前には、五人の自衛隊員が倒れていた。三人は胸、二人は額を撃ちぬかれていた。どこかに狙撃者がいる。銃声が響いた。路肩に乗り上げて停まっているジープの側面に銃弾が当たり、金属音を立てた。立松は身体を低くして、ヘルメットをかぶり直した。弾《たま》の飛んできたほうに自動小銃を撃ちながら、事務棟に向かって必死で走った。後ろを銃弾が追ってくる。建物の陰に頭から飛び込んだ。首筋に汗が滲《にじ》み、足は痙攣《けいれん》を起こしそうに震えている。

「戦車を先頭に立てろ」

事務棟の陰に身を潜めながら、無線に向かって怒鳴った。

戦車の轟音が横を通りすぎる。通りすぎるのを待って、その背後に身を隠した。銃弾が戦車の側面に当たって鋭い金属音を立てる。そのなかの一弾が腕をかすった。跳ね返った弾なのでさほどの威力はないが、右の上腕の肉をそぎ、焼けるような痛みが走った。戦車に背中をつけ、銃弾の飛んできたほうを見た。第二事務棟の屋上に、数人の人影が見える。

「第二事務棟の屋上だ」

撃ちながら怒鳴った。銃撃が屋上に集中した。戦車の砲身がゆっくりと上を向き、火を噴いた。振動が立松に伝わり、屋上のコンクリートが砕ける。瓦礫に混じって、ちぎれた人間の一部が降ってきた。戦車は再びゆっくりと前進を始めた。

前方に、原子炉建屋と中央制御室建屋がコンクリートの地肌を剝き出しにして、小山のようにそびえている。轟音が轟く。一二〇ミリ砲弾が原子炉建屋に当たって、コンクリートを削り取った。激しい衝撃とともに身体が宙を舞い、道路に叩きつけられた。耳の奥に唸りのような音が残り、脳が震えている。目の前に黒煙を上げる戦車があった。ロケット弾の直撃を受けたのだ。戦車のハッチが開き、炎の塊が飛び出してきた。立松は燃える自衛隊員の身体の上に覆いかぶさった。すさまじい異臭が鼻をついた。炎の消えた隊員から身体を離した。背中に衝撃を感じ、前のめりに倒れた。意識が急激に薄れていく。

自衛隊現地作戦司令部では、次々に入ってくる報告に色を失っていた。

攻撃開始から二時間近くが経っていたが、戦闘はまだ続いている。作戦では、自衛隊が空と陸と海から総攻撃をかければ一時間で制圧できることになっていた。だが、すでに戦車三両、兵員輸送車四台、ヘリ二機を失っている。司令部に届いた戦死者は三二名。負傷者は一〇〇名を超えていた。行方不明者も五〇に近い。

攻撃はすでに第三段階に移っていた。屋外にいた敵は、ほとんど制圧した。残りの大部分の兵士は、制御室建屋に逃げ込んだ。しかしゲリラ的な攻撃は続いている。制御室建屋には数十発のロケット弾と迫撃砲が撃ち込まれたが、さほどのダメージを与えたようには見えなかった。制御室建屋に近づく戦車には、ロケット砲が集中しているという報告がある。敵が何人いるのかも分からなかった。ただ一つ明らかなことは、彼らが統率され、高度な訓練を受け、すぐれた火器を持っていることだった。その上経験があり、勇敢だった。司令部には次第に焦りが見え始めた。

エレーナは半分気を失っていた。広く温かい背中に背負われている。顔にかかる髪がくすぐったい。自分の傷が重傷なのは分かっていたが、痛みはなかった。ここは制御室建屋に設けられている医療班だ。エレーナは途切れそうになる意識で考えていた。そうだ、入口が閉鎖される直前、宇津木に背負われてたどりついた。倉庫用の部屋には、兵士たちが横たわっていた。部屋に入りきれず、廊下にまで座っている。軍服は血にまみれ、呻《うめ》き声が満ちていた。チェチェン解放戦線の軍医と、二人のロシア人と日本人助手が、スチールデスク二つを並べた急ごしらえの手術台で手術をしていた。

エレーナは宇津木に抱えられ、片隅のベンチに横たわった。左腕の肘《ひじ》のあたりが、焼けるように熱い。痛みではなかった。痛みよりも、もっと重々しい感覚だった。額にひやりとした感触があった。いい気持ちだ。かすかに目を開けると、宇津木が覗きこんでいる。額にあるのは彼の手だ。何か言いたかったが、頭のなかは空白に近かった。「ウツギ……」と声に出してみたが、口のなかで消えていった。身体が重い。目が閉じていく。そのまま眠り続けたかった。砲撃の音が聞こえる。ずいぶん近づいている。ここが破られるのもそう遠くではない。

軍医がやってきた。モルヒネを打ってから、助手と話している。二人が何を話しているのか分からなかった。どうでもいいことだ。ひどく気分がよくなってきた。ああ、私は死ぬ。死ににきたのだから。だがもう少し、このままでいたい。

「ウツギ、急いで来てください。マツオカが呼んでいます」

ロシア語の声が聞こえる。閉じていた目を開けた。ドアから首だけ出して、チェチェン解放戦線の兵士が怒鳴っている。

宇津木の手がエレーナの頰《ほお》をなぞった。冷たくて気持ちがいい。しかしその手はエレーナの頰を離れ、横にあった銃を摑《つか》んだ。途切れそうになる意識で、宇津木が立ち上がり部屋を出ていくのを見ていた。

パブロフの目は中央制御室のモニターテレビに釘《くぎ》づけになっていた。

ほんの数十メートルを隔てて繰り広げられる銃撃戦が、現実のものとは思えなかった。画面には、黒煙を上げる戦車、破壊された車両や死体が映っている。厚さ一・五メートルの特殊コンクリートで隔てられ、音はまったく聞こえない。完全に外部と遮断され、空調された部屋にいると、モニターの光景がテレビドラマか映画のように思えた。

しかしそのモニターテレビもカメラの三分の二が破壊されて、画面が波打っているだけだ。

「燃料棒の挿入を中止」

パブロフは原子炉建屋に通じるマイクに向かって言った。

「ただちに起動準備にかかる」

中央制御室内の技術者たちの動きが止まった。全員がパブロフのほうを見ている。

〈まだ挿入が終了していません。残りは一万八〇〇〇本あります〉

マイクからロシア語が返ってくる。

「全員、建屋から退避しろ。原子炉の蓋《ふた》を閉じる準備にかかる」

彼は断固とした調子で言った。

パブロフはコンピュータの前に座った。次々に『ソクラテス』に指示を与えていく。

「どうした」

松岡がパブロフの背後に立った。

「原子炉を起動させる」

「燃料棒の装填は？」

「終わってはいない。しかし起動はできる。原子炉が稼動し始めれば、敵も攻撃をやめる」

パブロフは大型ディスプレイに目を移した。原子炉が起動準備を始めたサインの赤いランプが点滅しながら回っている。異常を告げる警告サイレンが二、三回断続して鳴って静かになった。パブロフがスイッチを切ったのだ。

原子炉建屋から作業員たちが退去を始めた。東側の出入口のドアが、開いたままになっている。本来なら、原子炉建屋の出入口が開いている場合は、原子炉はロックされ、稼動状態になることはない。しかしいまは、すべての安全装置が解除されている。

天井を走るポーラクレーンが、低い響きを立てて動き始めた。上蓋を吊《つ》り下げ、炉の真上に移動してくる。総重量一二〇トンのステンレスの塊だ。上蓋には、すでに制御棒駆動機構が取り付けられている。クレーンが止まった。原子炉の上に止まった蓋は、音もなく下り始める。

原子炉本体が上蓋に閉ざされた。五本のロボットの腕が伸び、上蓋と本体を総計二三〇本のボルトで締めつけていく。この様子は総理大臣官邸のテレビにも映っているはずだ。同時に、コンピュータに原子炉パラメータが送られている。瀧沢がそれを見ている。今度は、実際に原子炉が稼動を始めたのが分かるだろう。

パブロフは胸を押さえた。動悸《どうき》が激しくなっている。胸が締めつけられる。懸命に痛みに耐えた。倒れそうになる身体を制御パネルに手をついて支えた。

「状況を報告せよ」

タラーソフが無線で建屋の外にいる兵士に聞いている。

〈防衛隊の半数がやられました。残りの者は、ゲリラ戦を行なっています〉

「原子炉建屋の正面入口が、戦車の攻撃を受けそうだ。なんとしても阻止するんだ。迫撃砲を撃て。その間に、ロケット砲で戦車を破壊しろ」

〈分かりました〉

今度は松岡が、モニターテレビを見ながら叫んだ。

ハンドトーキーから命令を伝える声がする。

「屋外にいる者で、ロケット砲を持っている者を報告させろ」

〈ハッサンが持っています〉

「ただちに連絡を取れ」

パブロフは、松岡とタラーソフの声を半分無意識のうちに聞いていた。自分のやっていることは正しいのか。この行為は神に背いているのではないか。しかし私はやらなければならない。正しいと信ずる道だ。「神よ」思わずつぶやいて、十字を切った。


チェチェン解放戦線の兵士が、制御室建屋前の戦車に向けて迫撃砲を撃ち込んだ。戦車の後方に落ちて爆発し、数人の自衛隊員が爆風に飛ばされた。

〈五メートル北だ〉

無線に指示が入る。どこかの建屋の屋上から着弾点を確認しているのだ。

戦車がゆっくりと動き始める。再び迫撃弾が炸裂する。三発目の砲弾が戦車の側面に当たった。五二トンの巨体が大きく揺れた。しかし、側面の装甲はわずかに焼け焦げた痕《あと》を残しただけで、戦車は制御室建屋に向けて砲弾を発射した。砲弾は扉の横の壁に当たって、コンクリートをえぐり取った。

第一事務棟の屋上から炎が走った。ロケット弾だ。爆発音が響き、戦車が黒煙を上げる。ロケット弾は砲塔の付け根に命中した。戦車のハッチが開き、自衛隊員が転げるように出てきた。地面に降りたところに迫撃弾が炸裂して、自衛隊員は空中に舞った。戦車は燃え続けている。

午前九時

発電所の状況は、テレビ画面と電話で総理大臣官邸に報告されていた。

「まさに、難攻不落の要塞だな」

羽戸崎がつぶやくように言った。

「原子炉建屋と制御室建屋以外は、ほぼ制圧しました。外部に取り残された敵の、散発的な攻撃があるだけです。しかし、わがほうの損害も甚大です」

陸上幕僚長が報告した。

「攻撃を開始して、すでに二時間が経過している」

「原子炉はまだ稼動していないか」

「変化はありません」

赤西がコンピュータ画面を変化させた。原子炉建屋内の画像が現われる。

「待ってください」

声の調子が変わった。

「原子炉建屋から退去が始まっています。上蓋を吊ったクレーンが動いています。起動準備に入ったと思われます」

羽戸崎が瀧沢を見ると、瀧沢の目も画面に釘づけになっている。

「燃料棒の装塡を中止して、起動準備に入ったと思われます」

「時間的余裕は？」

「上蓋をボルト締めして測定器の結線が必要ですから、あと四時間というところです」

「時間がないな。残された手段は――」

羽戸崎は呻くような声を出した。

「制御室の爆撃しかありません。F15の編隊で、一挙に制御室建屋を爆撃します」

航空自衛隊幕僚長の言葉に、赤西がモニター画面から顔を上げた。

「無茶です。制御室は原子炉建屋に隣接しています。原子炉建屋には、プルトニウムと濃縮ウランの混合燃料が一〇万本あります。さらに、原子炉補助建屋には二トンのプルトニウムが保管されています」

「可能な限り目標に接近して、レーザー誘導型ミサイルを使います」

航空自衛隊幕僚長が説明した。

「換気口を狙ってください」

瀧沢が図面から顔を上げて言った。

「制御室建屋の屋上にある、換気口からミサイルを撃ち込めば、衝撃波によって、建屋内のコンピュータがすべてダウンします。『ソクラテス』がダウンすれば、『銀河』は起動できません」

「分かりました。攻撃機は一機とし、建屋屋上の換気口からミサイル攻撃を実施します。攻撃ミサイルはＪＭ２００が適当かと思われます」

「あれは開発中ではなかったのですか」

「試作品はすでに完成しています。現在のところＪＭ２００より命中精度の高いミサイルはありません」

「危険が大きすぎませんか」

「大丈夫です。ピンポイント爆撃で、中央制御室だけを破壊します。ＪＭ２００は五〇メートルの距離で発射して、数十センチの誤差で爆撃が可能です」

「問題はないですか、瀧沢先生」

羽戸崎が瀧沢に目を向けた。

「原子炉が稼動状態になければ大丈夫です。『ソクラテス』の破壊によって、原子炉は現状のまま機能を停止します。手動による起動はできません」

「動いていればどうなるかね」

「『ソクラテス』が破壊されると、制御が利かなくなります。通常は制御系に異常が起これればＥＣＣＳが働きますが、解除されていれば原子炉が暴走する恐れがあります。おそらく、あらゆる防護システムを解除して作業を続けているでしょう。彼らにとって一番重要なのは時間ですから」

「許可してください」

航空自衛隊幕僚長が再び言った。羽戸崎はしばらく考えていた。

「世界の将来がかかっている……」

羽戸崎はつぶやいた。

「爆撃を許可します」

羽戸崎総理は顔を上げ、強い意志を込めて言った。

航空自衛隊幕僚長は敬礼して、出ていった。


航空自衛隊府中《ふちゆう》航空総隊司令部では、ただちに作戦会議が開かれた。

Ｆ15を使って海側から進入。高度五〇メートルの超低空を飛行し、制御室建屋の北側に開いている換気口を狙って、最新鋭の国産ミサイルＪＭ２００を撃ち込むのである。

Ｆ15は石川県小松《こまつ》基地に配備されている。

「Ｆ15でのピンポイント爆撃ですか……」

津山《つやま》二等空佐は言葉を濁した。

「可能か」

幕僚長は津山を見た。

「難しい目標ではありません。しかし……」

「分かっている。これは失敗が許されん」

「果たして、その重圧に耐えられるパイロットが自衛隊員のなかにいるかどうかです」

「責任という点では私も同じだ」

「実戦の経験がないということは、こういう作戦には致命的なことなのです」

「経験は積み重ねていくものだ。誰だって最初は恐ろしい」

「この際、アメリカ空軍に頼んではどうでしょう」

黙って聞いていた防衛省の役人が言った。

「アフガン戦争やイラク空爆の参戦者も多くいます」

しばらく沈黙が続いた。

「我々としては屈辱的なことだが、それがベストな方法かもしれん」

津山二等空佐は唇を嚙《か》んだ。

3

午前一〇時

在日米軍の青森県三沢《みさわ》空軍基地には、Ｆ16戦闘機二個飛行隊、四八機が配備されている。

基地のパイロットには昨夜から緊急集合がかかり、基地内に待機していた。

日系三世、ジョージ・ヤスダ空軍大尉は司令官室に呼び出された。彼は一年半前から、この基地に勤務している。その前は空母ジョージ・ワシントンに乗り込んで、太平洋を航海していた。

明日から始まるクリスマス休暇には、カリフォルニアに帰る予定だった。この予定は、どんなことがあってもくつがえされることはないと信じていた。一〇日間のバケーションのあと、再び日本に帰って来るときには一人ではない。やはり日系三世のアレサが一緒だ。彼女は大学時代に二度日本に来ているから、日本についてよく知っている。日本語も自分よりうまい。いまも週二回、近くの日系人のための教会に通って日本語を習っている。日本での生活をたのしみにしているという手紙を、昨日もらったばかりだ。

竜神崎原子力発電所占拠のニュースは知っていた。チェチェンの軍人が関係していることも、彼らの要求にロシアとアメリカが拒否の態度を示していることも知らされていた。自分たちの待機命令も、その事件に関連があることは分かっていた。イラク空爆では、F16ファイティング・ファルコンに乗って七回出撃した。そのときの功績で大尉にも昇進したし、シルバースター勲章も手に入れることができた。あの戦争では出撃して、爆撃することに何の不安も感じなかった。イラク政府軍のレーダーは先発したステルス爆撃機によって破壊されていたし、制空権は完全にアメリカ軍にあった。よほどのミスをしない限り、撃墜される心配はなかった。そして、自分はミスはしたことがない。アメリカ空軍が現在起きている日本での核ジャックに直接関係するとは思えなかったが、自分たちの出番がまったくないという気もしなかった。

ヤスダは司令官室に入った。

基地司令官の大佐と、ヤスダの所属する航空隊隊長の少佐がいた。その横に初めて見る男がいた。自衛隊二等空佐の階級章をつけている。二等空佐といえば、中佐にあたる。ヤスダは三人に向かって敬礼した。

「極秘任務が与えられた」

少佐が、緊張した眼差《まなざ》しをヤスダに向けた。

「現在、原子力発電所が、チェチェン解放戦線と名乗るグループと『アルファ』のテロリストグループによって占拠されていることは知っていると思う」

マエダと名乗った自衛隊の二等空佐が上手な英語で言った。

「イエッサー」

ヤスダは不思議な気持ちで答えた。日本の軍隊ともいえる自衛官の前に立っている自分に、何の違和感も感じなかったのだ。むしろ親近感さえ覚える。

「発電所を空爆してもらいたい」

「日本との共同作戦ですか」

ヤスダは、マエダ二等空佐に向かって聞いた。

「きみに、自衛隊の隊員として飛んでもらいたい」

「どういうことですか」

「テロリストの占拠する中央制御室を爆撃することに決定した。そこにある原子炉を制御するコンピュータを破壊するのが目的だ。換気口を狙ってミサイルを撃ち込む」

「なぜ私が」

「攻撃には、正確さが要求される。数センチの誤差は許されるが、数メートルの誤差は許されない」

マエダの横に立つ少佐の顔から笑みがもれたように思った。

「制御室建屋の隣は原子炉建屋になっている。原子炉建屋を破壊するようなことになれば、三トン近いプルトニウムとウランが大気中にまかれることになる」

「きみは、イラクのP35目標の爆撃に成功したと聞いている」

大佐が言った。

P35目標はバグダッドにある通信施設だ。戦略上最重要地点の一つだったが、市街地の真ん中にあった。両隣を学校と病院に挟まれていた。ヤスダはレーザー誘導爆弾を使い、一発で破壊した。学校と病院は無傷だった。

「残念ながら現在、日本の自衛隊のなかに、きみほどの腕を持ったパイロットはいない」

二等空佐が言った。

「この作戦に私が選ばれたことを、名誉に思います」

「きみの身分だが、自衛隊のパイロットとして飛んでもらう。きみには不本意かもしれないが、了承してもらわなければならない。ただしこの問題については、まだ日米間の合意は得られていない」

この国の憲法と精神の問題だろう。たとえ自国の防衛のためとはいえ、アメリカ軍の兵士が国土を攻撃することは許されないのだ。構わない。どちらにせよ、自分のやることは同じだ。

「分かりました」

ヤスダは姿勢を正して敬礼した。


攻撃には航空自衛隊のF15イーグル戦闘機が使用されることに決まった。F15はF16より、ひとまわり大きい。双発エンジンを搭載し、空対空ミサイルはサイドワインダー四基、スパロー四基を搭載できる。さらに、爆弾搭載量はF16の倍の一〇トン以上ある。しかし、今度の任務に必要なのは、ミサイル一基だけだ。個人的には、小まわりのきく

Ｆ16を使いたかったが、許されなかった。不満はなかった。いま、自分は日本の兵士なのだ、祖父と同じ日本人なのだ。ヤスダの体内に熱いものが湧き上がり、不思議な感動を覚えた。

二〇分後、ヤスダはＦ16に乗って小松基地に向かった。小松基地には、飛行準備の完了したＦ15の巨大な姿があった。

午前一一時半。ヤスダの乗ったＦ15イーグルは、小松基地を発進した。両翼に日本が開発したレーザー誘導型ミサイルＪＭ２００二基が取り付けられていた。

ヤスダは複雑な気持ちだった。たとえテロリストを攻撃するためとはいえ、祖父の祖国を爆撃するのである。そこには、自分と同じ民族の血が流れる日本人もいる。

午前一一時

中央制御室の全員が、固唾を呑んでディスプレイを見つめていた。すでにロボットアームは、大半のボルトを締め終わっている。室内には、物音ひとつしない。パブロフは無限の時間が流れたように感じた。青いランプが点滅を始めた。上蓋の取り付けが完了したのだ。ロボットの腕が視野から消えていく。

「急げ！」

松岡が叫んだ。

新しいロボットの腕が伸び、各種測定器の結線を始める。熱伝対、圧力計端子、中性子束検出器。『ソクラテス』との結線はなされた。『銀河』と『ソクラテス』は、一体になったのだ。

〈制御室建屋に戦車砲が撃ち込まれています〉

無線からは怒鳴るような声が聞こえてくる。腹に響く、鈍い音が聞こえ始めた。振動まで伝わってきそうだ。

「原子炉を起動させろ！」

松岡が横にいた日本人技術者の襟首をつかんで怒鳴った。松岡の目は赤く充血し、顔に汗が吹き出ている。

「計測器の結線ができていません。まだ二時間ほどかかります」

技術者は息を詰まらせながら、怯《おび》えた声を出した。

「ただちに起動させろ」

「しかし……」

「やめろ」

パブロフが松岡の腕をつかんだ。松岡はパブロフを睨みつけ、その腕を振り払った。

パブロフの脳裏を戦慄《せんりつ》が走った。普通ではない。この男は完全に常軌を逸している。

「やるんだ。原子炉稼動をやつらに見せつけろ」

松岡は日本人技術者を突き放した。技術者は制御パネルの角に身体を打ちつけ、床に倒れた。まわりの技術者たちが固唾を呑んで見ている。

「分かった」

パブロフは覚悟を決めた。あとは、『ソクラテス』に任せるしかない。八割の燃料棒、計測器の不十分な結線という困難な状況であっても、『ソクラテス』は、『銀河』をうまく導いてくれるだろう。『ソクラテス』を作った人間を信頼するしかない。そして彼は、信頼に足る科学者だ。

画面から次々に、ロボットアームが消えていく。水面が上がってくる。『銀河』はその巨大な体を静かに水中に沈めていった。

制御棒がゆっくりと引き抜かれていく。それとともに、一次冷却水の温度が上がり始めた。巨大原子炉『銀河』は、その胎内で原子の火を、密《ひそ》やかに、しかし激しく燃やし始めた。『銀河』は『ソクラテス』に導かれ、ゆっくりと立ち上がり始めた。制御室にざわめきが広がった。

パブロフは無言でパネルを見上げていた。いま、この巨大原子炉は自分たちの命ずるままに動き始めた。これから、自らがやろうとすることも知らずに。全身に重苦しいものが溜まってくる。自分の行なった行為が、正しいかどうか分からなかった。ただ、信念にもとづいて行なっているだけだ。それが正しかったかどうかは、ソビエト連邦が歩んだ道と同様に、歴史が証明してくれる。しかしこれで少なくとも、現在この原発で行なわれている無意味な殺し合いは避けることができる。パブロフは何度も頭のなかで繰り返した。

正午

瀧沢はディスプレイから目を逸《そ》らせて、赤西技師を見た。赤西は黙って頷いた。ついに怖《おそ》れていたことが起こった。今度は間違いなかった。原子炉が稼動を始めたのだ。

「早すぎやしませんか」

赤西が、いま目の前で起こっていることを否定するように言った。

「『ソクラテス』との結線は」

瀧沢はコンピュータのキーを叩きながら、赤西に聞いた。

「されています」

「測定器は」

「確認できません」

「燃料棒の本数を減らしたまま出力を上げると、燃料棒に過重負荷がかかって溶融するおそれがある」

「そんな運転を『ソクラテス』が許すはずがありません」

『銀河』は現実に動いている。彼らはプログラムを変えた。それしか考えられない。おまけに、測定器の結線もすべてしたかどうか疑問だ。安全確認はすべてパスしている。彼らは『ソクラテス』のプログラムの多重防護を外している」

「そんなことができるはずがありません。我々が五年かかって開発した『ソクラテス』です。簡単に変えることなんて、できませんよ」

赤西は自分自身を納得させるように言った。瀧沢もそうであってほしいと念じた。しかし、『銀河』が稼動を始めたことは事実なのだ。

「テロリストのなかに、我々より勝る科学者か技術者がいるのかもしれない」

瀧沢の脳裏に一人の科学者の顔が浮かんだ。しかし彼は――その思いを振り払った。

「一次冷却水温度、三〇〇度。圧力、五〇気圧。原子炉は完全に稼動しています」

赤西が観念したように、ディスプレイの表示を読み上げた。

「いまや『銀河』は、裸の巨人というわけですか」

赤西はあきらめたように言って、コンピュータに向かい、懸命にキーを叩き始めた。

「燃料棒は六万九〇〇〇本。七番、八番――一五番までの熱伝対《ねつでんつい》は――結線されていません。ということは、炉心状態はまったくモニターには現われません。燃料棒の反応速度不明、制御棒状態不明、燃料棒温度不明。我々は完全に目が見えない状態です」

「我々には見えなくても、『ソクラテス』には見えている。『ソクラテス』の計測器とモニターの計測器は別系統だ。『ソクラテス』は結線されている。彼だけが『銀河』の状態を知っている」

「攻撃を続けるとどうなります」

それまで黙っていた羽戸崎が、ゆっくりと立ち上がった。

「制御室が爆破されると、原子炉が暴走を始める恐れがあります。結線が不完全な状態で運転が行なわれると、我々には炉心で何が起こっているか見当もつきません。そうなると、『銀河』を誘導できるのは、『ソクラテス』だけです。その『ソクラテス』が破壊されると、原子炉破壊につながります。メルトダウン。原子炉溶融です」

瀧沢は一気に言った。

羽戸崎は無言で頷いた。デスクの前に行って受話器を取った。室内を重い沈黙が包んだ。羽戸崎は自分の決心を確認するように目を閉じて、低い声で何かを言った。全員が立ち上がり、その姿を見つめている。防衛大臣がわずかに視線を落とした。

「攻撃中止命令を出しました」

羽戸崎は受話器を置くと、静かな声で言った。

デスクに向かって歩き、椅子に座って窓側に回転させた。

小松基地を飛び発《た》ったF15戦闘機は、富山県西海岸上空、高度二〇〇〇メートルを飛行していた。速度はマッハ一・七。ヤスダは海岸線を見下ろした。白い線がゆったりとカーブを描きながら続いている。

神谷市上空に入った。高度を一五〇〇メートルに下げた。視界は良好だった。海岸線が複雑な出入りを繰り返しながら、くっきりと続いている。竜神崎だ。その先に、白い建物群が見える。竜神崎第五原子力発電所だ。

一五〇〇メートルの高度を保ったまま、ゆっくりと海に向かって曲がった。発電所は少なくとも、この高度から見るかぎり平静だった。イラク空爆と比べて、格段に楽だった。敵のジェット機や対空砲火に気を使うことはない。

高度を八〇〇メートルに下げた。敵は通常型ミサイルを持っているという情報があった。それでヘリが二機やられている。不用意に近づきすぎたのだ。実戦に慣れていれば、絶対におかさないミスだ。まさか地対空ミサイルまでは持っていないだろう。いずれにせよ、自分には振り切る自信がある。海側から高度を保ちながら、発電所の上空を横切った。なにごとも起こらなかった。再び引き返した。

高度五〇〇メートル。建物の形がはっきり見分けられる。発電所の数箇所から、いく筋かの黒煙が上がっている。灰色の砲弾形をした原子炉建屋の横に、箱形の建物がある。さらに高度を下げる。三〇〇、二〇〇……。ミサイルの照準スイッチを入れた。

幅一五〇メートル、長さ三〇〇メートルの巨大なコンクリートの箱だ。あれが制御室建屋だ。その屋上、中央よりやや北よりにわずかな突起が並んでいるのが見える。換気口だ。縦横二メートル。原子炉建屋から三番目の換気口が、制御室につながっている。この換気口にミサイルを命中させれば、その衝撃波で建屋内のコンピュータは制御不能になる。慎重に照準を合わせた。四角いボックスが照準に入る。レーザー照射オン。

「ターゲット、捕捉《ほそく》」

カバーを押し上げ、発射ボタンに指をかけた。

無線が鳴り始めた。発射ボタンに置いた指が凍りついた。

〈爆撃中止。ただちに帰還せよ〉

無線は繰り返した。一瞬、耳を疑った。八年間の空軍生活で、こんなことは初めてだった。全力で操縦桿《そうじゅうかん》を引いた。高度が上がる。

〈原子炉が稼動を始めた。爆撃を中止して、ただちに帰還せよ〉

無線は執拗《しつよう》に繰り返した。発電所の上空を通りすぎて日本海に出た。発射ボタンから指を外した。指先が緊張で強張《こわば》っている。帰還のため、機首を東に向けた。

警報が鳴り始めた。ミサイルレーダーにロックオンされた。あたりを見まわしたが、敵機は見えない。発電所の第一事務棟の屋上から、一筋の白煙が走っている。操縦桿を力の限り引いた。

機体は急上昇を始める。全身に重力を感じる。急げ！　ＧＯ！　ＧＯ！　ＧＯ！

「マイ・ゴッド！」

ヤスダは心のなかで叫んだ。身体全体に大きな衝撃を受けた。一瞬、上下の感覚がなくなり、空と海とが一体になった。身体が急激に軽くなる。視界が青く変わり、それから赤く染まった。

重力から解放され、力が抜けていく。その後のことは分からなかった。Ｆ15イーグル戦闘爆撃機は無数の炎の塊となって、日本海に消えていった。


グリンホルダー東京事務所では、全員が江口の動きを見守っていた。

「原子炉が動きだしました」

江口が無線機から顔を上げて言った。レシーバーを頭から外すと、雑音のような音が漏れている。

「仁川さんは、そっちをお願いします」

江口は結子にもう一台の無線のレシーバーを指差し、ダイヤルを合わせた。結子がレシーバーを耳にあてると英語が聞こえる。航空自衛隊と在日アメリカ軍の交信だった。

「アメリカのパイロットが撃墜されたわ」

部屋中の視線が集まる。

「なんでアメリカが――」

「待って！」

結子は指を口に当て、江口の言葉を制止した。

「本日、午後〇時五分。日本海竜神崎沖で、ジョージ・ヤスダ、アメリカ空軍大尉が原発攻撃中、敵の赤外線追尾ミサイルによって撃墜された。パイロットの脱出は見られず」

結子は棒読みのように通訳した。

「彼は自衛官として攻撃に参加していたらしいわ。攻撃直前に原子炉稼動が確認されて、帰還途中に撃墜されたそうよ」

結子はレシーバーを外した。

「自衛隊は？」

小松原が聞いた。

「原子炉稼動を確認と同時に撤退を始めています」

江口が答えた。

「どうなるんですか」

結子が小松原に不安そうな目を向けた。

「分からない……」

小松原はつぶやくように言った。

午後二時

原子炉が稼動を始めて、二時間がすぎた。竜神崎第五原子力発電所は、再び静寂に包まれていた。銃撃の音も砲撃の響きも、嘘《うそ》のように消えていた。発電所内の大部分を制圧していた自衛隊は、戦死者と負傷者を収容して退却した。

中央制御室のモニターカメラの視野からは、自衛隊は完全に消えていた。戦車と装甲車の残骸が黒煙を上げ続けている。所内に動いているものは見えなかった。

パブロフは中央制御室を出た。制御室建屋内の通路を歩き、原子炉建屋の反対側にある南出口から建屋の外に出た。外は晴れていた。明るい光がパブロフを包み、思わず目を細めた。明るすぎる光だ。発電所を占拠してから初めて出る屋外だった。コンクリート壁のなかにいると、あらゆる人間性が固められ、機械的になる。機械的に考え、機械的に判断し、機械的に殺す。肌を刺す寒気が、パブロフを包んだ。寒さは気にならなかった。ロシアでは春の大気だ。重く身体のなかに溜まっていた塊が流れ出て、わずかに気持ちが軽くなるのを感じた。

側道を通り、発電所を横切る中央道路に歩み出た。制御室建屋の横に沿って歩き、中央広場が見える場所に出たところで立ち尽くした。あの美しい風景はなかった。整然と並んでいた立ち木の大部分が倒れ、焼け焦げている。まだ黒い煙を上げているものもある。噴水の真ん中にあった、原子をかたどった彫刻は消えていた。噴水の囲いの一部が崩れ、水が流れ出ている。噴水の横には、キャタピラを破壊され、砲身をもがれた戦車が鋼鉄の塊となっている。

鼻を押さえた。オイル、ゴム、プラスティックの焼ける臭いが広がっている。パブロフは、路上に無数に転がるアスファルトやコンクリートの塊、砲弾であいた穴をよけながら歩いた。

鼻の粘膜を刺激する強い臭いが襲い、思わず顔をそむけた。足許にあるのは、くすぶりながらまだ煙を上げている人間の形をした黒い塊だった。横にAK突撃銃がある。チェチェン解放戦線の兵士だ。戦闘服も焼けてしまい、半分炭化していた。全身から力が抜け、頭が空白になっていく。

パブロフは何も考えず歩き続けた。逃げだしたかった。ここは地獄だ。何度もコンクリートの塊や木の枝につまずいた。海岸に出るまでに、敵か味方か、形さえもはっきりしない無数の死体を見た。突然、得体の知れない恐怖が全身を締めつけた。パブロフは走った。静かな所に行きたかった。誰もいない場所、死者も生者もいない、空気と大地だけの場所に行きたかった。

発電所の西側の海岸に出た。潮の香が匂《にお》い、波の音が聞こえる。砂の小高い丘を駆け上がった。潮風が吹きつけてくる。茫然《ぼうぜん》と立ち尽くした。約二〇〇メートルにわたる砂浜に、数十の死体が流木のように横たわっている。

呼吸が苦しくなった。吸い込む空気が石ころのように固まり、気管を音をたてながら通っていく。胸が収縮する。あわててポケットから薬を出して、口に含んだ。発作はすぐに治まった。自分が閉ざされた空間にいる間に、殺戮《さつりく》と呼べるものがあったのだ。求めていた正義はどこにある。自分は何を求めてここまできた。これからやろうとしていることは——。苦いものが喉《のど》にせり上がってくる。パブロフは腰を曲げて吐いた。吐き続け、やがて胃液も出なくなった。その場に崩れるように座り込んだ。

どれだけ時間がすぎたのか分からなかった。無意識のうちに立ち上がり、海に向かって一歩踏みだした。自分はこれ以上生きているべきではない。

「博士、動かないで」

背後で声がした。我に返って振り向くと、銃を肩にかけた宇津木が走ってくる。

「動くな！」

再び海に向かって歩きだそうとするパブロフの腕を摑んだ。

「ここから先は地雷原になっています」

白い砂浜にクレーターのような穴があき、死体はそのまわりに転がっている。

「敵です。上陸しようとして、地雷を踏んだ自衛隊員です。彼らは実戦にはまったくの素人でした。地雷原に踏み込んで自滅しました」

「戦争のプロというのが、自慢できることなのか」

パブロフは声を震わせて言った。

「少なくとも、生き延びることができます」

「私はこうまでして、生き延びたくはない」

「これは戦争です、博士」

「埋めてやらないのかね。きみの同胞だろう。日本人だ」

「一緒に戦っているのが同胞です」

パブロフは答えず、海岸を眺めた。体内に沸き上がる怒りを懸命に抑えようとしていた。いや、これは怒りではなく絶望だ。自分自身に対する絶望にほかならない。自分の無力さに対する後悔と憤りだ。

「私がなんのためにこの計画に参加したか、知っているかね」

パブロフは静かな声で言った。

「科学者としての名誉復活のためでしょう」

「ソ連共産党が犯した罪を世界に暴露するためだ。五〇年にわたって共産党が世界に隠し続けてきた犯罪を世界に突きつける。その後継者を名乗る者が再び犯そうとしている犯罪を世界に暴露する。そして、それを清算する」

宇津木はパブロフを見つめた。

「どういうことです」

「世界に、今後自分たちが歩む道を選択させる」

「分からない。あなたはどうかしている」

「自分が理解できないもの、自分たちを否定するものはすべて間違っている、反動的だと決めつけ、抹殺するか隔離してきた。おかしいのはきみたちのほうだ」

「あなたは少なくとも、タラーソフや松岡の前でそんなことを言うべきじゃない」

パブロフは再び砂浜に目を向けた。その光景を目に焼き付けるかのように、黙ってじっと見つめていた。

「帰りましょう」

宇津木はパブロフの腕をとった。二人は海岸に背を向けて、発電所の内部に戻り始めた。

第三事務棟を曲がったとき、数発の銃声がした。悲鳴に似た短い声が聞こえた。再び銃声が響く。宇津木は肩にかけていた銃を持ち直して走りだした。パブロフは宇津木の後を追った。

第二事務棟の壁の前には、五人の自衛隊員が倒れていた。五人とも後ろ手に縛られ、目隠しされている。そのまわりを、松岡の親衛隊と呼ばれる『アルファ』の兵士とチェチェン解放戦線の兵士が取り囲んでいた。倒れていた自衛隊員の一人が、低い呻き声を上げた。『アルファ』兵士の一人がその自衛隊員に向かって、自動小銃を連射した。

「やめろ」

宇津木が叫んで、銃の台座で兵士から銃を叩き落とした。

「何をしているんです」

宇津木は松岡に視線を移した。松岡は薄笑いを浮かべて、宇津木を見ている。

「処刑だ」

松岡に代わって、タラーソフが言った。

「何のための処刑だ」

「みせしめだ。日本政府は我々の忠告を無視して、攻撃をしかけてきた。やつらの愚かしさを分からせてやる」

タラーソフの合図で、壁の前には新しい五人の捕虜が連れてこられた。全員、頭や腕から血を流している。なかの一人は不自然に曲がった腕をかばっていた。負傷して動けないところを捕われたのだ。

一人の自衛隊員が両腕を『アルファ』の兵士に摑《つか》まれて引き出された。二十代前半の若者だった。顔にはまだ幼さを残している。丸刈りの頭から流れた血が頰に固まり、肩にも血が滲んでいた。顔は恐怖で引きつっている。声を出したが、後ろにいた兵士に背中を銃の台座で殴られ頭を垂れた。タラーソフの拳銃《けんじゅう》が、青年の頭につけられた。青年は強く目を閉じた。

「やめろ。やめさせてくれ」

宇津木は松岡にすがるような視線を向けた。

「戦闘での指揮官はタラーソフだ。まだ戦闘は続いている」

宇津木はタラーソフの拳銃の銃身を握った。首筋に強い衝撃を感じて、前のめりに倒れた。二人の解放戦線の兵士が両側から腕を摑んで引き起こした。

「やめろ。俺たちは人殺しじゃない」

宇津木は朦朧《もうろう》とした頭で、呻くように言った。

「我々は殺人者じゃない。解放戦線の兵士だ。そして、処刑は独立戦争につきものだ」

松岡の声が聞こえた。

銃声とともに血が背後の壁に飛び散る。若者は頭を激しく後方にのけぞらせ、倒れた。アスファルトが赤く染まっていく。

「やめろ！　人殺しをやめるんだ！」

宇津木は兵士の腕を振りはらい、大声を上げながらその場にうずくまった。意識が薄れていく。

銃声のたびに、捕虜が倒れていった。パブロフは逃げだしそうになるのを必死で耐えていた。目の前で次々に奪われていく命を凝視し続けた。

パブロフは中央制御室に戻った。技術者の視線がいっせいに注がれた。彼らもまた、モニター画面で第二事務棟前で行なわれている殺戮を見ていたのだ。彼らの怯えた視線を受けながら、パブロフはメインコンピュータの前に座った。ここ数日間のことと、チェルノブイリがだぶって見えた。私はいったい何をやっているのだ。突然、激しい疑問が湧き上がった。十分に考えた末のことではなかったのか。信念に基づく行為ではなかったのか。

パブロフはコンピュータのキーを叩いた。ディスプレイに『ソクラテス』が現われた。あの悲劇を繰り返してはならない。パブロフはキーを叩き続けた。数字とアルファベットが踊るように現われては消えていく。自分の心に防波堤を作るとともに、『ソクラテス』にも防波堤を作った。それは、パブロフしか越えることのできない防波堤なのだ。

制御室建屋の医療室には、廊下にまで負傷者が横たわっていた。

エレーナは入口近くのベッドに横になっていた。痛みは感じない。モルヒネが効いているのだ。その代わり、意識は自分のものではないようにぼんやりしている。そのとらえどころのない意識を、必死で摑もうとした。しばらく繰り返して、あきらめて天井を見つめた。滲んだような光が目のなかで揺れている。身体から魂が抜け出たようだ。ときどき理由のない恐怖が全身を襲い、身体が震えた。

震えのなかに一人の顔が浮かんでいる。その男は黙って腕を伸ばし、手のひらをエレーナの頰に当てた。冷え切った心を、優しく包み込む感触が甦った。恐怖の感触が薄らいでいく。こんな感情は初めてだった。いや、以前幸せだったころ感じたことがある。永らく忘れていた、そしてもう感じることはないと思っていた感情だ。エレーナは全身の力を抜いて、その感情のなかに溶け込もうとした。

宇津木はチェチェン解放戦線の兵士に支えられて、救護班に連れてこられた。空いているベッドの端に腰を下ろした。シーツにはどす黒い染みがついている。頭が割れるように痛んだ。後頭部に手を触れると髪が血で固まっている。血はまだ出ているらしく、軍医が止血の指示を出していた。

「ウツギ……」

隣のベッドから声がした。視線を移すと、エレーナが宇津木を見ている。

「大丈夫？」

宇津木は答えなかった。エレーナは不自由そうに首をまわした。

「まだ敵がいるの？」

「まわり中、敵だらけだ。外にもなかにも――」

宇津木は低い声で言った。沸き上がってくる怒りを、どこにぶつけていいか分からなかった。エレーナが起き上がろうとして、呻いてベッドに倒れた。

「処刑ね……」

エレーナがつぶやいた。自衛隊員処刑の話は、ここまで伝わってきていた。

「チェチェン解放の一過程よ」

「あれが解放なら俺は否定する」

宇津木が震える声で言った。顔は蒼白《そうはく》になっている。

エレーナは黙って横を向いた。そのとき、毛布からエレーナの肩が見えた。左腕の包帯に血が滲み、毛布が不自然にへこんでいる。宇津木は立ち上がり、エレーナのベッドに行き、毛布を取った。エレーナは顔をそむけた。左腕が肩から一〇センチあまりのところから消えている。宇津木は震える手を伸ばし、その肩に触れようとした。しかし触れることはできなかった。

「悪かった……」

それ以上言葉が続かなかった。エレーナが宇津木のほうを向いた。

「分かってる」

エレーナが右手を伸ばして、そっと宇津木の手を握った。宇津木はその手を握り返した。堅く冷たい手だった。

グリンホルダー東京事務所では、全員がコンピュータの画面に釘づけになっていた。江口が衛星回線からの通信を拾いだして、ディスプレイに映し出していた。

「何が起こっているの」

結子は思わず叫んだ。音のない画面では、自衛隊の隊員が次々に射殺されている。

「どこから放映されている」

小松原がいつもの彼には似合わず、興奮した声で言った。

「竜神崎第五原発です」

江口は答えた。

「竜神崎原発から通信衛星を経て、全世界の主要ネットワークに送られています」

「これで、報道管制も完全に解かれますね」

「代わりにパニックだ」

映像は、約一時間、送られてきた。録画された映像は、協議の末、GHネットワークを通して全世界のグリンホルダー事務所に送られた。

4

午後三時

高津は四谷にあるビジネスホテルに帰った。昨夜は、知り合いの新聞記者や雑誌記者の所をまわってから、このホテルに泊まった。

尾行に気づいたのは渋谷のクラブを出て、一時間ほど経ってからだった。黒の地味なコートを着た、二人連れの男が見え隠れしながらついてくる。数年前、暴力団抗争を取材したとき、チンピラに狙われたことはあったが、尾行されるのは初めてだった。

暴力団とは違っていた。身体を張ったギラギラしたものはない。むしろひっそりとしていて、それだけ不気味なものを漂わせている。高津が不審に思ったのは、彼らが尾行していることを、あえて隠そうとしていないことだった。むしろ尾行を高津に悟らせ、行動を制限させているという感じだった。そのことがかえって、高津に不安をいだかせた。

三時をまわっていた。ロビーの自動販売機の前にある椅子に、倒れるように座った。全身に疲れがたまっている。半日、歩き通しだった。松岡昭一と小野麻里恵について、調べられることは調べた。それなりの収穫はあったが、それがどこに行き着くのか、まったく分からなかった。小野麻里恵の足取りは、二か月前から消えている。一人では荷が重すぎる。たとえ何か摑んでも、原発正門前の銃撃戦の写真と同じように、新聞社と政府に握り潰《つぶ》されてしまう。

通りを隔てた不動産屋の前に、車が停まっている。乗っているのは警察、それも公安の人間だろう。何かが動き始めている。巨大な力が自分を取り囲んで動いている。いままで、この何倍もの危険のなかに身をおいてきた。飛びかう銃弾、炸裂する砲弾、地雷……恐怖を感じたことはあるが、それを上まわる興奮が高津の行動を駆りたてていた。しかし、いまは……。高津は、これまで味わったことのない孤独と恐怖を感じていた。

ロビーの隅にある公衆電話に行った。携帯電話や部屋の電話だと、盗聴される恐れがある。グリンホルダー東京事務所の電話番号を押した。話し中だった。三回目にやっとつながった。若い男が出た。仁川結子と話したいと言った。受話器からは、事務所のざわめきが聞こえてくる。高津は耳をすませた。ゲンパツ、リュウジンザキ、ジエイタイ、オセンガス……すべて、高津がいま追っているものだ。

「はい、仁川です」

結子の声が返ってきた。

「俺だよ」

受話器はしばらく沈黙を続けた。

「声まで忘れたわけじゃないだろう」

「お互いに干渉しないって約束したでしょ」

結子の低い声が返ってきた。

「それは、プライベートな関係においてだろう」

「すべてにおいてよ」

「女は偏狭だから困る。もっと大らかな気持ちは持てないのか」

「昔は持ってたわよ」

「男ができたからか」

一瞬言葉を切った後で、高津は言った。

「酔ってるの？　いま忙しいのよ」

「俺だって最高に忙しい」

「だったら、お互いに無駄話はしないで仕事に戻りましょ」

結子が電話を切ろうとした。

「待てよ。お互い、追ってるものは同じはずだ」

「何を言ってるの？」

「竜神崎第五原発だよ」

結子の声が消えた。

「事務所の声が聞こえてるよ。調べてるんだろう」

「自衛隊員が殺されたわ。攻撃は失敗したのよ。原子炉が動き始めたの。彼らは本気よ。あと数時間で日本中、いえ世界中でパニックが起こるわよ」

結子が話題を逸らそうとした。高津が何か摑んだと感じたのかもしれない。あるいは、本気で関《かか》わりたくないと思っているのか。おそらく後者だろう。

「俺は見たんだ」

「あなたは世界中で、何でも見てる」

「いまは言えないが重大なことだ。会ってから話す」

高津は、自分が必死で結子の気を引こうとしているのに気づいた。返事はない。

「きみもジャーナリストだろう。このチャンスを逃すことはない」

「いいわ、どこにする」

しばらく間があってから、返事が返ってきた。

「一時間後。新宿歌舞伎町」

高津は喫茶店の名前を言った。

「まだあるの、あの店」

「ときどき行って、おまえを思い出している」

「やめてよ。そういうことを言うのなら行かないわ」

「分かったよ。ただし、俺には尾行がついている」

「ヤクザにでも追われてるの」

「警察。たぶん公安だ」

受話器から伝わってくる空気が変わった。

「まくのに時間がかかるかもしれないが必ず行く。待っててくれ。分かったな」

高津は念を押して電話を切った。


受話器を置いてからも、結子はしばらくぼんやりしていた。いくつもの思いが流れ、重なった。

押しつけるような言い方は、昔と少しも変わっていない。高津と会うのは五年ぶりだ。いや、二日前に神谷のホテルのパーティー会場で会っている。昔のような思いはなかった。時が、多くの複雑な、そして辛《つら》い思いを押し流してくれている。彼と別れた五年間に、さまざまなことがあった。瀧沢との出会いも、その一つだ。しかしもし瀧沢がいなかったら。結子は頭を振って、感傷を振り捨てた。いまはもっと大事なことがある。

小松原に出かけてくることを告げた。小松原は眉《まゆ》をしかめたが、結子の真剣な顔を見て黙って肩を叩いた。

結子はコートを摑んで、事務所を出た。地下鉄の駅に歩きながら、高津の言葉を考えていた。尾行がついていると言った。それも、公安らしいと。かなり重要なことを掴んでいるのかもしれない。駅に近づくにつれて、気持ちが昂《たか》ぶってくるのが分かった。足が自然に速くなっている。これは、高津に会うためではない。もう一度、自分の気持ちを確認した。

二〇分ほどで新宿に着いた。新宿は相変わらず人であふれていた。まるで日本の片隅で起こっていることなど、関係ないといわんばかりだった。大多数の人々にとって、生活とは自分たちの目に見える範囲のものなのだ。それ以外は他人の問題。クリスマス・イブを控えてか、カップルの姿が目立った。自分にもああいったときがあった。結子はわずかに感傷的な気分になって歩き始めた。

店の前で、一瞬立ち止まった。古い記憶のなかに吸い込まれそうな気がしたのだ。その記憶を振り払うように一度大きく深呼吸して、ドアを開けた。暖かい空気と濃いコーヒーの香りが結子を包んだ。店は五年前と同じ内装だった。まわりの店の様子が変わった分だけ、古い造りと内装は店の重みを増していた。何度か心に浮かぶことはあったが、ここ一年はすっかり忘れていた。これはやはり、瀧沢が現われたからだ。

三分の一ほどのテーブルが埋まっていた。慎重にあたりを見まわしたが、高津はいない。店の前で感じた、感傷にも似た感情は消えていた。結子は窓際の席に座って、コーヒーを頼んだ。クリスマスソングを妙に重々しくアレンジした音楽が流れている。そのことが結子をほっとさせた。結子が高津と会っていたころは、ジャズしか流していなかった。

高津は二〇分遅れて来た。結子が思わず見直すほど、疲れきった顔をしている。不精髭が伸び、細めの顔がますます細く見え、目ばかりがぎょろついていた。顔色も驚くほど悪い。わずか二日で、これほど変わるものなのか。高津は結子の前の椅子に、崩れるように座った。

「大丈夫なの？」

結子は怒りを忘れて思わず聞いた。

「心配してくれるのか」

高津はテーブルに肘をついて、結子を見つめた。ウエイトレスが面倒臭そうな顔で立っている。

「きみは前より若々しくなった」

高津はコーヒーを注文してから、あらためて結子を見た。

「相変わらず口がうまいわね。二日前に会ったばかりよ」

「そうだったな。まるで一〇年も昔のような気がする」

高津はお絞りを取って顔を拭《ふ》いた。わずかに生気を取り戻したように見えた。

「今度のネタはピュリッツァー賞ものだ」

「昔もそう言ってたわね。何度も、何度も、何度も。でも何も得られず、何も残らなかった。残ったのは疲れと絶望だけ」

結子はコーヒーカップに手を伸ばしかけてやめた。指先が震えている。自分は高津といる間に余りに多くの死と破壊を見てきた。そこから得られたものは、人生と人間に対する絶望だけではなかったか。そして、最後には自ら死を作り出した。

「皮肉か」

「私はあなたについていったわ。アフガン、イラク、ガザ、アフリカ……世界中にね。地べたに寝て泥水を飲んで、何日も何週間も歩きまわった。何度も殺されそうになった。そんなことは何でもなかった。我慢できたわ。でも、あなたのように、夢だけを追って生きてはいけなかった。あなたが追っていたのは、現実じゃない。自分を有名にする夢なのよ。世界に押し出す夢。もう、あなたの夢に振りまわされるのに疲れたの」

「GHは夢じゃないのか」

「現実だわ。現実に起こっていることと戦うのよ。新しい世界を作るの。建設的なね」

「それこそ夢だ。きみたちの望んでいる世界は、夢にすぎない。現実はもっと厳しく残酷だ」

「そんなことが言いたくて私を呼んだの。帰るわ」

「俺は、ひと言謝りたかった」

「もう、すんだことよ」

結子はバッグを持って立ち上がった。高津がその腕を摑んだ。

「竜神崎の原発で、何かが起こっているのは知っているだろう」

「世界中の人が知ってるわ」

「ただの原発占拠ではない。ロシア軍と『アルファ』が関係している。いや、チェチェン解放軍か。いずれにしても、元ＫＧＢの将校と特殊部隊の混成軍だ」

「すべて、テレビと新聞で発表ずみ」

瀧沢の姿が浮かんだ。彼はそのテロリストと戦っているのだろうか。

「俺は現場にいた」

結子は高津を見たが、すぐに視線を外した。高津の目のなかに輝きを見たのだ。イラクやアフリカにいたときの、何かに憑《つ》かれたような輝きだ。

「用はなんなの」

結子は再び椅子に座って高津を見つめた。

「調べたいことがある。手を貸してほしい」

高津は、加頭の女、小野麻里恵について話した。

「どうもバランスがよくない。何かあると思わないか」

「男と女よ。常識じゃ判断できないこともあるわ。私よりあなたのほうがよく知ってるでしょ」

「皮肉か」

「真実よ」

「手を貸してくれるのか、くれないのか」

「いいわ。でも、純粋に仕事としてやるだけよ」

「言われなくても、分かっている」

高津は口許に笑いを浮かべ、すぐにまた真剣な顔になった。

「私は何をすればいいの」

「GHで摑んでいる情報を教えてほしい。竜神崎原発の様子。汚染ガスが放出された場合のシミュレーション。政府が発表しているのではなく、そっちでやっているやつだ。もちろん、やってるよな。リアルタイムで提供してほしい」

「それだけ？　誰でも手に入るものよ」

「小野麻里恵の居場所を調べてほしい。俺の調べたことと違ってることがある」

「無理だわ。GHは興信所じゃない。プライベートな調査はできない。そんな情報網も持ってないし」

「叔父《おじ》さんに聞けばいい」

高津は結子の目を見つめた。結子はその視線から逃れるように下を向いた。

「やってみるわ」

高津は手を伸ばして、結子の手の上に置いた。結子は黙って手を引いた。

「あとで連絡する」

「携帯は使うな」

結子は肩をすくめて立ち上がった。


グリンホルダー東京事務所には、なんとか平静が戻っていた。

大学や研究施設から放射能関係の専門家が駆けつけ、大学のスーパーコンピュータを使用した放射能ガス放出のシミュレーションが行なわれていた。神谷市からも、絶えず情報が送られてきている。

「やはり、なんだかおかしいです」

無線に聞き入っていた江口が、結子のほうに椅子を回転させた。

「何がおかしいの」

結子は我に返った。事務所に帰ってから、高津の言葉を考えていた。彼の仕事に対するカンは信頼に足るものだ。

「うまく言えないんですが、回線が普通じゃないんです。現在は発電所と総理官邸とは衛星経由の直通電話回線で結ばれているんですが、その他に別の衛星を中継した電波が出ています」

　江口は頭からレシーバーを取って首をかしげた。

「どういうこと」

「要するに、第三者が発電所側と官邸側とに接触しているということです。警察に報《しら》せたほうがいいですかね」

「もう知ってるんじゃないの」

　結子は鷲尾警部の姿を思い浮かべた。

「それに、原発からはおかしな電波も出てるんです」

「おかしなって？」

「ス…ピ…カ…。なんだろうな。このスピカって言葉が入ると、通信がでたらめになるんです。暗号化されるのだと思うんですがね」

　江口は横の紙に鉛筆でスピカと書いた。

「スピカか。星の名前でそういうのがあるわ。乙女座の星」

「関係あるんですか」

「知らない。とにかく、もう少し様子をみてみましょ」

　結子は江口の肩を叩いた。江口は頷いて、再びコンピュータと無線機に向きなおった。

　結子は事務所を出た。事務所から鷲尾に電話をするのはためらわれたのだ。一番近い公衆電話のボックスに入った。鷲尾に電話をして、すぐに会いたいと言った。警視庁ちかくの喫茶店で会う約束をした。一瞬迷った後、高津に電話する。マンションに高津はいなかった。打ち合わせ通り、留守番電話にグリンホルダーに連絡するよう伝言を入れ、駅に向かった。

午後五時

総理大臣官邸は異様な雰囲気に包まれていた。

テロリストから送られてきた自衛隊員処刑の映像は、政府に大きな衝撃を与えていた。彼らの意志が生半可なものでないことを思い知ったのだ。殺人を公表するということは、命を懸《か》けているということだ。彼らは実際に汚染ガスを大気中に放出するかもしれない。いや、要求が受け入れられない場合、必ず放出する。いままで誰もが心の奥に抱いていた、何十万、何百万人……それ以上の命を奪うことなどできるはずはないという思い込みは打ち砕かれた。

「やつらは人間じゃない」

外務大臣が吐き捨てるように言った。

「テロリストですよ」

羽戸崎が落ち着いた声で言って、続けた。

「全体主義がまかり通るところには、必ず殺戮が生まれる。ヒットラーしかり、スターリンしかりです。ヒットラーは四〇〇万人のユダヤ人を殺し、スターリンは一〇〇〇万人の同胞を殺した。そしていま、彼らは数千万、数億の人間を殺そうとしている。それが、この日本で行なわれるとは――」

「なんとかして、ロシアを説得しましょう」

自衛隊員の戦死者は、確認できただけでも五〇名に達していた。海側から上陸をはかった隊員は、一二〇名のうち、四〇名が地雷と機関銃掃射で死亡している。遺体さえも収容されていない。負傷者はその数倍はいるはずだった。正門の攻撃部隊四〇〇名は、三〇名近くがまだ行方不明のままである。

敵もかなりの損害をこうむっていることは確かだった。連絡によれば、最初の一時間は互角かそれ以上に戦っていた。制御室建屋の砲撃もやった。突入まであと一歩だった。しかし原子炉が動きだしたいまとなっては、打つ手はなかった。

「報道管制は引き続き行なっています。あの映像は、民間テレビ局には流れていません」

内閣官房長官が言った。

「いずれにしても時間がありません。とりあえず、金の用意ができたことを彼らに伝えてください。なんらかの連絡があるでしょう。そのとき、なんとかして通信ラインを確保するよう説得してください」

羽戸崎の顔は苦渋に満ちていた。


結子が喫茶店に入ると、鷲尾警部はすでに来ていた。

「ごめんなさい。呼び出したりして。いま、忙しいんでしょ」

結子は無理に笑顔を作った。

「どうせ薄汚い男の面《つら》をながめているだけだ。若い美人を見ると、ほっとする」

「若いっていうのは、嫌味に聞こえる歳《とし》になったわ」

結子は鷲尾を見て、目を吊り上げて見せた。

「どうした。急に電話なんかしてきて」

鷲尾は首を左右に傾けて、ポキポキと鳴らした。かなり疲れているように見えた。日本中、皆が疲れている。

「叔母《おば》さんは元気？」

結子は質問に答えず聞いた。

「結子ちゃんに会いたがってるよ。最近、顔を見せないところをみると、いい人ができたんじゃないかって心配してたぞ」

鷲尾の妻の朋子《ともこ》は結子の父の妹にあたる。結子が二歳のとき、母親が半年あまり入院した。その間朋子が神谷に帰り、子供たちの世話をした。朋子に一番なついたのが結子だった。鷲尾も休みごとに神谷へ来た。鷲尾は結子のおしめを替えたことがあると、いまも冷やかす。その後も鷲尾夫婦は、折りを見つけては会いにきた。結子が東京の大学を選んだのも、鷲尾夫婦がいるという安心感からだったかもしれない。大学時代は鷲尾の家から大学に通った。

「嘘よ。叔母さんなら、喜んでくれるもの。それに二日前、電話で話したばかり。神谷の家から」

「そうか」

と言って、鷲尾は下を向いた。そして顔を上げて、結子を見た。

「やはりうちで引き取るべきだったって、いまも言ってる」

小学校に入る前に結子を子供のない鷲尾夫婦の養女にする話があったと、何年か前に叔母自身の口から聞かされた。そのときは、父親が相手にしなかったそうだ。

結子はウエイトレスにコーヒーを頼んだ。

「ところで、用は何だ。結子ちゃんが俺を呼び出すなんて。顔が見たくなったわけじゃないだろう」

鷲尾はあらたまった様子で聞いた。

「叔父さんは、『アルファ』の捜査をしているんでしょ」

座り直して声を低くした。

「それは企業秘密ってところだな」

「日本中がこれだけ大騒ぎしてるのよ。秘密も何もないでしょ」

「そういうことにしておこう」

「加頭優二っていう幹部について聞きたいの」

「GH広報部副部長がそれを知って、どうしようというんだい」

鷲尾は姪《めい》の顔を覗き込むように見ている。

「ただで聞こうっていうんじゃないわ。取引よ」

結子も鷲尾を見返した。疲れて滲んだような目のなかに、光が走るのを読み取ることができた。それは、まぎれもなく刑事の目だった。

「それじゃあ、品物によっては買わせていただきましょうかな」

鷲尾は笑いながら言ったが、目は笑っていない。

「小野麻里恵の居所を教えてほしいの。誰だか、知らないはずはないわよね。できれば写真や資料も」

「その女性がどうかしたのかな」

「わけは聞かないでほしいの。でも、いずれ時がきたら叔父さんの助けが必要になるかもしれない」

「そちらの品物は？」

「うちの科学班が妙な電波を受信したの」

「科学班ねえ。最近の環境保護団体は、スパイまがいのことまでやってるのか。通信については電波法とかなんとかがあって、いろいろ難しい規制があるのをご存じですかな」

鷲尾は冗談っぽく言った。

「ハイテク機器を活用していたら、偶然耳に入ったのよ。そう思ってちょうだい。うちのスタッフは、すごい人が多いのよ」

「まあ、いろいろユニークな人物が多いとは聞いているよ、結子ちゃんを含めて。とりあえず、入手経路は追及しないこととして、問題は内容だな」

「スピカって知ってる？」

鷲尾の目が一瞬光った。結子はそれを見逃さなかった。

「知ってるのね」

「まあ、知ってるとしよう。乙女座の星の名前。日本では真珠星とも呼ばれている。春、南の空に見える一等星だ。ロシアでは、復活、再生の女神としてありがたがられている。しかし、復讐《ふくしゅう》の女神でもあるんだ」

「へえっ、詳しいわね。なぜ叔父さんが星の名前なんて知ってるの。やっぱり普通じゃないんだ。何なの？」

結子は大げさに驚いたふりをした。やはりこの名前には何かある。武骨な叔父が、何もなければ星座の名前など知るはずがない。

「それを教えてくれるんじゃないのかな。情報と言うからには」

「それもそうね」

結子は首をかしげて、考え込む仕草をした。

「沖縄と竜神崎との間の交信らしいの。ただし、間に人工衛星という中継点が入ってるけどね。だから、普通のやり方じゃ分からないのよ。そのほかに、暗号化された信号が飛び交ってる。沖縄、総理大臣官邸、そして竜神崎第五原子力発電所。スピカって文字が入ると、暗号に変わるんだって。通信の種類も教えてくれたけど、私には分からなかったわ、複雑すぎて」

鷲尾はしばらく考えていた。鷲尾の頭には、結子の姿はもはやないように思えた。結子は初めて、叔父の素顔を見たような気がした。結子の知っている鷲尾は、物心ついたときから、膝《ひざ》に乗せて遊んでくれた陽気で優しい叔父さんだった。

「そっちの情報は、現在のところ評価のつけようがないね。小野麻里恵については、ファックスで送るよ。連絡先を教えてくれ」

鷲尾は顔を上げて言った。

結子はハンドバッグから名刺を出して、鷲尾に渡した。鷲尾はしばらく名刺を眺めてから、ポケットにしまった。

「付き合っている男がいるんだって？」

鷲尾は冷めたコーヒーを一口飲んで聞いた。その顔は再び、叔父の顔に戻っていた。

「その話は、この事件が解決してから」

結子は鷲尾の顔を見ながら、自分にも納得させるように言って立ち上がった。

「私が払っておくわ。わざわざ呼び出したりしたから。それに、この取引は公平じゃなかったみたいだから」

レシートを取ろうと手を伸ばしたが、鷲尾が素早く押さえた。

「可愛《かわい》い姪にコーヒー代を払わせたりしちゃあ、かみさんに追い出される」

笑いながら言った。

「じゃ、遠慮なく。事件が解決したら、彼に会ってね」

言ってから、結子は顔がほてるのを感じた。


ドアを出ていく結子に手を振りながら、鷲尾は別のことを考えていた。十分公平な取引だった。

心のなかでつぶやいた。

「スピカ……、復活と再生。それに、復讐」

何度も口のなかで繰り返した。

結子が事務所に帰ってくると、小松原が大声で呼んだ。

「ファックスが入っている」

結子はファックス用紙を受け取った。写真に簡単な資料が付いている。

〈小野麻里恵。平成元年八月二三日生まれ。二一歳。岩手県盛岡市出身、県立岩盛商業高校卒業後、東京のデザイン専門学校に入学。一年で中退して、新宿、池袋《いけぶくろ》、渋谷のスナック、バー、クラブに勤めた後、平成二〇年から銀座のクラブ『真貴』のホステス。現在住所不明〉

余白に手書きの住所が書いてあった。鷲尾が書いたのだろう。おそらく現在はそこに住んでいるのだ。

「誰ですか、その美人」

江口が覗き込みながら聞いた。

「銀座のクラブのホステスさん。あなたには霧の彼方《かなた》の人」

結子は受話器を取った。高津のマンションの留守番電話に、「新しい本が入ったから、至急、電話をください。ユウコです」と入れた。彼は一時間ごとにマンションの留守番電話を聞く。そして、公衆電話からグリンホルダーに電話してくる。グリンホルダーの電話には、江口が暇にあかせて開発した盗聴防止装置が付いている。

一〇分もしないうちに、結子の前の電話が鳴った。高津からだった。

午後七時

二人は代々木《よよぎ》駅で会った。小野麻里恵の住所は、代々木のマンションになっていた。

「すごいマンションね。家賃、ウン十万円」

結子はヨーロッパ風の瀟洒《しょうしゃ》なマンションを見上げて言った。

オートロックになっている。麻里恵の番号を押したが、返事はなかった。

ホテルのロビーのような一階で管理人に会った。高津は『国際フォトジャーナリスト協会』の名刺を出した。初めは胡散臭《うさんくさ》そうな顔をしていた管理人の態度が変わった。結子は高津が名刺の裏に一万円札を添えているのを知っている。

高津は加頭と麻里恵の写真を見せた。

「女性は小野さんですね。男性のほうは——何度か来ましたね。麻里恵に会わせろって。もちろん追い返しました。一度なんか、ずいぶん暴れて。警察を呼ぼうとしたら、逃げていきました」

「こっちはどうです」

高津は松岡の写真を出した。管理人は首をかしげている。わざとらしさが却《かえ》って目立った。

「うちの駐車場はリモコン式の扉で、エレベーターを使えば私らの目には触れませんし、キーがあれば、いちいちチェックはしませんしね」

管理人はしばらく高津と結子を交互に見ていた。高津はもう一枚の札を握らせた。

「小野さん、入院してるんですよ。実は今朝、病院から電話がありましてね。住所の確認と親戚《しんせき》についてです。緊急連絡先と保証人はいますが、教えていいものか。本社に問い合わせるつもりです」

管理人は病院の名を言って、これは秘密ですよと付け加えた。

マンションの前でタクシーを拾って、病院に行った。

受付で小野麻里恵の名前を告げると、女性事務員は怪訝そうな顔で二人を見上げた。

主治医の部屋に通された。若い主治医は、二人と麻里恵の関係を聞いた。高津は、横浜に住んでいる親戚だと答えた。

「岩手にいる両親に頼まれて、様子を見にきました」

医者の態度が、わずかに和《やわ》らいだ。

「明日にでも警察に届けようと思っていました。昨日腹痛で来院されましたが、そのまま緊急入院です。正直、扱いに困っていたところです」

医者は、ほっとした様子で言った。

「病名は何でしょうか」

医者は二人を交互に見た。

「ご存じないのですか」

二人は頷いた。

「妊娠、五か月です」

二人は顔を見合わせた。

「流産でも……」

結子が聞いた。医者は立ち上がり、ついてくるよう言った。

小野麻里恵は、廊下の突き当たりの個室にいた。医者はドアの小窓から見るよう言った。ベッドに横たわった麻里恵は、ゆっくりと蛇のように身体をくねらせている。

「入ってみますか」

医者は二人に聞いた。高津は頷いた。二人は医者の後について病室に入った。

ベッドの横に立つと、異様な臭いが鼻をついた。腰のあたりを見ると、失禁したあとがある。結子は思わず顔をそむけた。麻里恵の顔は紫色に膨れあがり、目は赤く充血していた。よだれが糸を引いて、顔中濡《ぬ》れたように光っている。

「どうしたんです」

高津が聞いた。

「覚醒剤《かくせいざい》の禁断症状です。顔のほうは、整形が崩れています。これも薬の影響と思われます」

二人は顔を見合わせた。

「赤ちゃんは？」

結子は思わず聞いた。医者は顔を曇らせ、あいまいに首を振った。

診察室に戻ってから、医者はテレビモニターのスイッチを入れた。胎児の超音波映像が映っている。チラチラする画面に、人間らしい形が蠢《うごめ》いている。

「見てください」

医者は画面の一部を指した。

「この部分が頭です」

たしかに続くのは手であり、身体であり、足だった。しかし、その部分は不自然にへこんでいる。

「無脳症です」

結子は思わず画面から目を逸らせた。身体から血の気が引いていった。おそらく顔は青くなっている。高津が腕を摑んで身体を支えた。結子はその腕を払った。

「ここまで胎児がもったのが不思議なくらいです。今後の処置について、親戚の方とも相談しなければと思っていたところです」

医者は肩の荷が下りたといった顔で二人を見た。

二人はあらためて連絡すると言って病院を出た。医者は二人の名前と住所を知りたがったが、結子は鷲尾が送ってきた本籍地と両親の名前を教えた。

病院を出て、二人は駅に向かって歩いた。

「麻里恵は加頭の女だった。覚醒剤がからんでいたんだろうがね。ところが松岡が彼女に金を与え、整形手術を受けさせた。麻里恵は思わぬ美人になった。もともと整形で変わる顔つきだったんだ。そして、松岡の女になった。俺の想像だがね」

高津が独り言のように言った。結子は答えない。

「どうする」

駅が見え始めたとき、高津が聞いた。

「帰るわ」

二人は電車に乗り、四谷で別れた。別れるとき、高津は結子の手を握った。

「何か分かれば連絡する」

結子はその手をそっと放しながら言った。

高津は何か言いたそうに口を開きかけた。しかし、結子の突っぱねるような目に、一瞬たじろいだ。しばらく結子の顔を見ていた。結子は表情を変えず、階段を下りていった。

あれはトルコだった。

薄暗い路地の突き当たりにある病院だった。結子はベッドに横たわっていた。消毒薬の臭いに混じって、下水道の臭いが漂っていた。産婦人科だった。

結子は四か月の子供を流産した。医者は過労のせいだと言った。二日前まで、結子は高津とイラクの砂漠にいた。昼は灼熱の太陽にさらされ、夜は寒さに震えていたのだ。涙は流れなかった。産むか産まないか、迷う必要がなくなったことに、半分ほっとしていた。高津に聞けば、答は決まっていた。半月入院した。高津は一度見舞いに来た後、ヨルダンに行ってしまった。

退院のとき、診察室に呼ばれた。そのときの言葉は、いまも鮮明に覚えている。「残念ですが、あなたはもう……」子供の産めない身体になっていた。

午後一〇時

竜神崎第五原子力発電所構内の外灯はほとんどが壊されていた。

陽が沈んでからは、闇のなかに自衛隊の数十のライトで照らされた巨大な建物群が浮かんでいた。発電所内は昼間の惨劇が嘘のように静まりかえっている。

正門前は見る影もなかった。警備室があったあたりは、黒く焼け焦げたコンクリートの基礎をわずかに残すだけで、崩れ落ちた建物の残骸や破壊された重機関銃や迫撃砲が散らばっていた。門や塀やあたりの植え込みは、二、三〇メートルにわたってなぎ倒され、無残な姿をさらしていた。

原発前の道路を二台の大型トラックとジープが走ってきた。トラックの荷台には、大型収納庫がついている。三台の車はまだ黒煙を上げている戦車や兵員輸送車をよけながら進み、正門の前で停まった。二台のトラックから自衛隊の制服を着た二人の男が降りた。二人がジープに乗り込むと、トラックを置きざりにして、ジープはもとの闇のなかに走り去って行った。

中央制御室では、松岡とタラーソフがモニターテレビを見ていた。画面には、正門前に停まった二台のトラックが映っている。

「罠《わな》はなさそうだ」

タラーソフが松岡に言った。

「昼間の処刑がきいた」

松岡は兵士に目くばせした。兵士は二名の部下を連れて、制御室を出ていった。

二台のトラックは制御室建屋の前に運ばれた。

松岡とタラーソフが出てくると、兵士がトラックの収納庫の扉を開けた。ジュラルミン製の箱がぎっしり積まれている。松岡は兵士に命じて、そのなかの一つを抜き出した。銃で鍵《かぎ》を撃ちぬき、蓋をあけた。一〇〇ドル札の束が詰まっている。

「一ケース五〇〇万ドル。二〇〇ケースある。残りは日本円で一〇〇〇億」

松岡は無造作に一束の札を摑んでめくった。

箱を元に戻し、運転席に合図を送った。トラックはゆっくりと動きだした。

5

実相寺は画面に見入っていた。銃撃のたびに自衛隊員が倒れていく。

「あいつらは罰を受けておる……。わしは忠告した。その忠告を笑い飛ばした政府の無能なやつらのせいで……罰を受けておる」

「しかし、彼らは――」

ベッドの横の男が画面から目をそらせた。

「しっかり見ておくのじゃ。危機管理もできていない、平和ボケした……国家の兵士の末路じゃ。国民と政府は……戦う意志も能力もない軍隊の末路を思い知るべきじゃ。まやかしの憲法などどうでもよい。これが現実じゃ。現実の戦争じゃ。やつらも……現実を思い知るじゃろう」

すべての明かりがつけられ、部屋は昼間よりも明るかった。しかし実相寺にとって、その明かりも心もとない光にすぎなかった。もはや瞳《ひとみ》は、千分の一の光も感じることができない。

「ロシアからは……連絡……」

実相寺はかすれた声を出した。

「すべて予定通りです」

実相寺は、かすかに頷いて目を閉じた。

一年前、男から電話があったときは、半信半疑だった。男はアレクセイ・ブーリンと名乗った。実相寺はすぐにその男を思い出した。一時も忘れたことのない名前と顔だった。

敗戦の年のシベリア。初め、あの男は自分を痛めつけた。使えると分かってからは徹底的に利用した。まあいい。自分もあの男を利用したのだ。そのおかげで、あの地獄を生き延びることができた。当時、自分は三二歳。あの男は三一歳、少佐になったところだった。残酷な男だった。彼のために何人の日本人が死んでいったか。おそらく数百を下らないだろう。

戦後、彼がソ連国内保安軍の少将になり、軍に多大の影響力を持っていたことは知っている。フルシチョフの側近として、アメリカとやりあった。しかし、ソ連崩壊後は行方をくらませていたはずだ。

「もう一度、俺たちの世界をつくらないか」

彼は言った。その言葉を信じたわけではない。いや、やはり信じたのだ。俺たちの世界、なんと心地よい響きだ。

実相寺は軽く息を吐いて目を閉じた。画面のなかの映像は、目蓋《まぶた》の裏でも繰り返されている。

第四章　臨　界

三日目——一二月二四日（金）クリスマス・イブ

1

午前〇時

瀧沢は仮眠室のベッドに横になっていた。茨城の実家から電話で呼び出されて以来、ほとんど寝ていない。会議の合間に何度か仮眠をとっただけだが、眠れそうにはなかった。ノックの音がした。答えると、総理の秘書が入ってきた。

「これを総理が」

大型封筒を差し出した。

「今回の原発ジャックに加わっているロシア科学者の資料です」

犯人に興味はなかった。頭は発電所で行なわれている殺戮《さつりく》と、これから行なわれようとしている放射能汚染ガス放出で占められていた。汚染ガスの放出は、なんとしても阻止しなければならない。しかしテロリストが『ソクラテス』を操作し、『銀河』を稼動させることは考えてもみなかったことであり、衝撃だった。彼らは『ソクラテス』を知り尽くしている。公開されているプログラムとはいえ、基本システムの他に何千というサブプログラムが組み込まれている。あれを自由に扱える科学者は少ないはずだ。『ソクラテス』の多重防御を解除して、『銀河』を稼動させるプログラムに組み替えることは、コンピュータだけの知識ではできない。幅広い科学的知識、最先端の核物理の知識が必要だ。瀧沢の頭に黒い影がよぎった。この事件を知ったときから感じていた、漠然とした不安だ。

瀧沢は立ち上がり、テーブルの封筒を開けた。なかには十数枚の写真と、経歴を書いた書類が入っていた。写真はファックスで送られてきたらしく、粒子が粗く滲《にじ》んでいた。最初の写真を見て、思わず目を閉じた。指先が震えている。まさかという思いと、やはりという思いが交錯した。

アレクサンドル・パブロフ博士——。間違いない。何度も記憶を呼び覚まし、写真を見なおした。柔らかな白髪、鋭いが優しさに満ちた眼差《まなざ》し、意志の強さを象徴する薄く引き締まった唇。聡明《そうめい》さのなかに優しさを秘めた風貌《ふうぼう》。まぎれもなくパブロフだった。

瀧沢は写真を持ったままベッドに腰を下ろした。

パブロフとは三度会った。

最初は一九年前、パリで開かれた核物理の学会だった。瀧沢は二六歳。学生時代にテキストとして学んだパブロフの著書に、サインをもらった。あのころ、パブロフは瀧沢にとって憧《あこが》れの人物だった。

二度目は一三年前のモスクワの学会だった。発表の後、瀧沢は肩を叩《たた》かれた。振り向くとパブロフがいた。彼は瀧沢を覚えていた。瀧沢は教授になったばかりだった。三二歳、異例の早さだった。パブロフは瀧沢の発表した論文のすべてを読んでいた。プルトニウムと中性子の衝突による位相変換の論文には興味を持ち、好意的な意見を述べて、いくつかのアドバイスをくれた。

食事に招かれ、結婚と子供の誕生を話した。パブロフはお祝いの用意がないことを残念がり、腕時計を外してくれたのだ。「ロシアには友情の証《あかし》として、自分の大切なものを与える習慣があります」そのとき、瀧沢も自分の時計を贈った。大学入学祝いに父が買ってくれた自動巻の腕時計だった。〈モスクワ工科大学、首席記念〉時計の裏の刻印に気づいたのは、帰りの飛行機のなかだった。それ以後、手紙の交換を続けている。その結びつきは、時を経るごとに親密になった。

最後に会ったのは、七年前のモスクワだった。瀧沢は原子力関連施設の視察の後、モスクワ郊外のパブロフの家に招かれた。パブロフは七歳になる孫娘を抱いて、瀧沢を迎えてくれた。名前はナターシャ。抜けるような白い肌をした少女だった。チェルノブイリ原発事故で夫を亡くした娘親子と住んでいると言った。瀧沢は数年前、妻を交通事故で亡くしていた。パブロフはそのことを知って、深い哀悼の意を示した。それ以後は手紙のやりとりしかしていない。

パブロフの娘と孫娘の死を知ったのは、三年前だった。その一通の手紙の後、パブロフの消息は途絶えていた。出した手紙は宛先《あてさき》不明で送り返されてきた。

一年前に『銀河』と『ソクラテス』の資料を依頼する手紙が届いた。なかには、モスクワでパブロフ一家と撮った写真が入っていた。そのときは、やっと研究に復帰する気になったのかと喜んだものだ。父親ほどの年の差だったが、恩師、科学者、友人、仲間、パブロフはすべてを含んでいた。「学問に国籍、性別、年代、垣根はありません。あるのは、真実のみです。そしてその真実は、人間の幸福のために生かされなければなりません」パブロフは口癖のように言っていた。

さらに、「地球は神から与えられた、かけがえのないものです。しかしそれは、人間のみに与えられたものではありません。私たちは、この美しい地球を守り、慈しんでいかなければなりません。それが人類の義務であり、使命です」と、科学と科学者の在り方を説いたのもパブロフだ。

会ったのは三度にすぎなかったが、誰《だれ》よりも信頼をおき、尊敬できる人物だった。写真を横に置いて、深い溜《た》め息をついた。モスクワの静かな郊外を二人で歩いた思い出が胸にあふれていた。

ベッドに横になった。何度か起きだして、ファイルの写真を取り出した。脳裏には、パブロフの人の心の奥を覗《のぞ》き込むような、それでいて優しさにあふれた眼差しが浮かんでいた。テーブルの上の腕時計を手に取った。秒針が止まっている。耳に当てても時を刻む音はない。

眠れそうになかった。服を着て部屋を出た。もう一度、コンピュータをチェックしてみるつもりだった。新しいことが分かるかもしれない。

「眠れませんか？」

背後の声に振り返ると、羽戸崎が立っていた。髭《ひげ》が伸び、見なれている顔とはずいぶん趣《おもむき》が違っている。

「総理は？」

「不眠には慣れています」

羽戸崎は四時間前、会議の後、別れたときと同じ服装だった。

「アメリカ大統領と話していました」

ワシントンは、いま午前一〇時だ。

「寄っていきませんかな。私はどうせ眠れないでしょうから。あと三時間ほどしたら、また電話をかけねばなりません」

時計を見て言った。

瀧沢は羽戸崎について、羽戸崎のプライベートルームに行った。ベランダの横にサンルームがある。

二人はサンルームに入った。一二月の冷えた大気が全身を包んだ。瀧沢は思わず身体《からだ》を震わせた。

羽戸崎はかすかに笑って、隅にあるストーブのスイッチを入れた。

「特別に作らせた部屋です」

見上げると、深い冬の空が見える。

「お座りください」

羽戸崎は椅子《いす》を引き寄せた。

「こうして星を眺めるのが、私の最大のたのしみでしてね」

テーブルの横に天体望遠鏡が置いてある。

「私は天文学者になりたかった。中学二年まではそのつもりでした。天体望遠鏡もいくつか作りました。星を見るために空気の澄んだ場所を探して、旅行もしました。いまと違って、日本中いたるところきれいなものでしたが――。北海道の山中で、一晩中星を眺めていたこともあります。あとでそのあたりには熊《くま》が出ると聞いて、青くなったこともあります」

懐かしそうに言って笑った。

「ところが中学二年のときに、父の跡を継ぐはずだった兄が不慮の事故で亡くなりましてね。私にその役がまわってきました。政治家は、家業と似たところがあるんですよ。それも、思いきりヤクザな家業です。多少とも姻戚《いんせき》関係にある者は、その影響を受けている。地元の有力者というのも、利害関係の塊《かたまり》です。どうしても、一家から後継者を出さざるを得ないんです」

羽戸崎は椅子に深々と腰かけて、空を見上げている。

「あれがシリウスです。大犬座の胸のところです。冬の星座の代表、全天で一番明るい恒星です。春になるとシリウスに代わり、スピカが輝きます。白光の美しい星です」

羽戸崎はうっとりとした目で、夜空を見上げている。

「右上がオリオン座、左上が小犬座。ベテルギウスとプロキオンとシリウスで、冬の大三角を作っています」

二人は、黙って冬の空を見上げていた。

「パブロフ博士について、お悩みですかな」

瀧沢は羽戸崎を見た。彼も瀧沢を見ている。

「失礼とは思いましたが、調べさせてもらいました。あなたのことすべてです。あなたとパブロフ博士は面識がおありになる。尊敬しておられるようだ。だから写真を届けさせました」

「彼は私の恩師です。私を導いてくれました。学問についても、人生についても……」

瀧沢は言った。その気持ちは、いまも変わらない。

「私の理想だった――」

言葉が途切れた。

「理想は往々にして崩れるものです」

羽戸崎は瀧沢を慰めるように言った。

「しかし私には……やはり信じられません」

「時として、時代は人間を狂気に走らせる。共産主義の崩壊。ソ連邦の解体と混乱。経済の崩壊にともなう道徳の崩壊。それが彼らをテロリストにしたのです。五〇年の信仰が、一夜にして崩れ去った。時代が変わるように、人間も変わります」

「彼にはそれを受け入れる心の広さがありました。彼は政治や思想よりも、人間を信じ愛していたはずです。そして、科学についても――」

瀧沢はしゃべりながら、言い知れぬ熱いものが込み上げてくるのを感じた。

「人間ほど見かけや言葉で判断できないものはない。信ずるべきは、歴史です。真実です。彼らはその歴史を変えようと、愚かな行動に走った」

「私には政治は理解できそうにありません」

瀧沢は空を見上げた。全天に星がまたたいている。東京にもこのような夜空があったのだ。

「政治的人間もまた愚かで弱いものなのです。私とてそうだ」

「総理は強いお方だ」

羽戸崎は視線を外の闇《やみ》に向けて、何かを考えていた。

「私は恐ろしい」

突然、羽戸崎は瀧沢を見つめた。声は震え、目は恐怖に怯《おび》えている。

「どうしました」

「彼らは――」

羽戸崎は言葉を呑《の》み込んで、大きく息を吐いた。

「犯人は――もう一つ要求をしてきているのです。原子炉が稼動を始めてすぐに、私との専用回線を利用して連絡してきました。彼らの真の狙《ねら》いは、こちらにあるのです。金や『ひかり』の復活、チェチェンの独立や政治犯釈放は、カモフラージュにすぎないのです」

羽戸崎はゆっくりと顔を上げて、瀧沢を見た。

「ウクライナにある三〇基の中距離核弾道ミサイルを、原子力潜水艦に積んでイランに輸送することです」

「イランに？」

「イランにです。アメリカが許すはずがありません。ドイツもイギリスもフランスも、世界が許すはずがありません。新たな核保有国が現われることによって、やっと築かれつつある平和が大きく崩れるでしょう」

「愚かなことだ」

「新たな冷戦が始まる。しかし、核の存在を既成の事実として突きつけられれば、どうしようもありません。キューバ危機の折り、アメリカのミサイル基地発見が二四時間遅れたら、その後の世界情勢は大きく変わっていたでしょう。ミサイルがキューバに運び込まれたあとならば、ケネディも強気に出ることはできなかった。そして、アメリカは喉許《のどもと》に匕首《あいくち》を突きつけられたまま、ソ連との外交を行なわなければならなかった。歴史は変わっていたでしょう。崩壊したのは、東側諸国ではなく、西側だったかもしれない。また、世界が消え去っていたかもしれない」

「しかし、なぜイランなのです。核を欲しがっている国は他にもあります」

「私も考えました。本当のところは分かりませんが、北朝鮮は、しょせん一人の不可解な男の支配する国家です。彼にさらなる核を与えることは、世界が望んでいない。テロリストも、そうした国を亡命先にするのは不安だったのでしょう。イラン、イラク、シリア、リビアとアラブ諸国は長年核を求めてきました。特にイランはここ数年、自国で開発しようと必死だが、国際社会の非難を浴び、また技術的にも足踏み状態です。ならば出来合いを手に入れようと考えてもおかしくはない。それに距離的にも近く、大国に脅かされているチェチェンに共感しているとも言われています」

羽戸崎は瀧沢から目を逸《そ》らせて、再び夜空を見上げた。

「イランは彼らの亡命を認めました。もちろん、イランに運ばれる三〇基のミサイルが、その他の国に持ち込まれないという保証はどこにもありません」

羽戸崎は軽く溜め息をついた。

「彼らは特殊回線を使って、私とロシア大統領だけに直接要求してきました。私はロシア大統領と話し合いました。そして、彼らに核弾道ミサイルを渡すことを決めたのです。表向きは金と政治犯の釈放です。しかし彼らの真の目的は、核を使ったパワーゲームの勝者となることなのです」

「ロシアが認めたのですか」

「わが国が北方領土の四島のうち二島を正式にロシアに譲渡するという条件で」

「私には信じられない」

「信じられないこと、それが政治です。ロシアもこの悲劇を最大限に利用しています。

彼らには核ミサイルはいらないが、資源は必要です。イランの石油はロシアにとって十分魅力的だ。裏でどういう話し合いがあったのか、私には分からない。しかし、ロシアにとっては、武器商人に売り渡しているのと変わらないのです。悪い取引じゃない。核で滅びようと、経済で滅びようと同じことなのですから。しかしこうなると、このテロ騒ぎはロシアが仕組んだのかと勘ぐりたくもなります」

羽戸崎は力なく笑った。

「政治家はあらゆるものを利用して、自国の利益をはかろうとする。私がロシアの指導者であったとしても、そうするでしょう」

羽戸崎はしばらく沈黙した。夜空を仰いで、なにごとか考えていた。

「すでにロシアでは、ロシア連邦軍から運ばれた核ミサイル三〇基の運搬が始まっています。カムチャッカ半島南東部のペトロパブロフスク・カムチャッキーには、ロシア海軍太平洋艦隊の原潜基地があります。核ミサイルは、そこに待機している潜水艦に運ばれます。もちろん、原子力潜水艦ではなく通常型の潜水艦です。それも旧式のやつです。核ミサイルを積んだ潜水艦は、ただちにイランに向けて出航する手筈《てはず》になっています」

「アメリカはこのことを――」

「知れば、なんとしても阻止するでしょう」

「では……」

「数日中に、ロシアの旧式潜水艦がイランに亡命を企て、認められるでしょう。その潜水艦は核ミサイルを積んでいる」

「馬鹿《ばか》げている」

瀧沢は思わずつぶやいた。

「しかし事実なのです。以後の世界情勢は、アラブに核ありきで考えなければなりません。そしてその核は、世界にばらまかれる可能性がある。愚かにも、核を欲しがっている国は限りがない。それらの国を背景に、彼らは新しい勢力を形成しようとしている」

羽戸崎は深い溜め息をついた。

「狂気としか言いようがない」

「その狂気の集団の一人に、パブロフがいるのです。中心人物の一人として。それも、事実なのです」

瀧沢は言葉が出なかった。

「しゃべりすぎたようだ」

消耗しきった顔からは、閣僚たちやテレビの前で見せる威厳も誇りもなかった。その姿はまぎれもなく、一人の疲れた老人の姿だった。

「分かってほしいのです。私は耐えられなかった。私一人の責任で、世界を変えることの恐ろしさに——」

羽戸崎は立ち上がって瀧沢を見つめ、力なく言った。

「私を理解してほしい。私の決断には、全世界の数千万、数億という人々の命と、地球の将来がかかっています」

羽戸崎は瀧沢に近寄り、手を握った。細く骨張った、いまにも崩れそうな老人の手だった。

二五日午前六時——汚染ガス放出の指定時間までに三〇時間しか残されていない。

ロシアは、チェチェンゲリラ五四名の身柄をモスクワ空港に待機させていた。日本政府の申し出があり次第、イランに向けて特別機が飛び発《た》つ手筈になっている。

チェチェン独立については依然、申し出を拒否していた。後に続く出来事を考えると、拒否せざるを得なかったのだろう。日本政府は表面上は辛抱強く説得に当たる一方、アメリカとの交渉を続けていた。

2

午前三時

〈ドクター瀧沢……〉

〈パブロフ博士。あなたか？〉

〈私はいま、日本にいる〉

〈知っています。なぜ、あなたが……〉

〈私は自分でも信じられないことをしようとしている。これは、神に背くことかもしれない。しかし、あなたには私の意図を千万分の一でも分かってほしい〉

〈無理な話です。あなたは誰よりも科学を愛し、信じていたはずだ〉

〈歴史が変わるように、人は変わるものです。私は昔の私ではない〉

〈あなたに何が起こったのです〉

〈私には、何も残されていない〉

〈愛する娘と孫が——そして、あなたには科学が——〉

目が覚めた。頭のなかには、重苦しいものが漂っている。

ベッドに起き上がり、窓を見た。やつれた男の顔が映っている。その向こうには闇が広がる。羽戸崎の話を思い浮かべた。ペトロパブロフスク・カムチャッキーに向けて運ばれている三〇基の核ミサイル。瀧沢はきつく目を閉じた。頭のなかのすべてのものを消し去ってしまいたい。自分には、自分のやらなければならないことがある。

テーブルの上に発電所の図面を広げた。送られてきた発電所内の映像によると、事務棟の崩壊はひどく、残っている建物の壁にも無数の弾痕《だんこん》が見られた。胸を突かれた。五年の歳月、基礎研究期間を含めれば一〇年以上も前から関《かか》わってきた発電所が、無残に破壊されようとしている。それ以上に胸を痛めたのは、テロリストにパブロフが関係しているという事実と、自分が信じ、生涯をかけてきた原子力発電所が、世界を脅かす凶器に変わりつつあるということだった。それだけは、なんとしても防がなければならない。

原子炉補助建屋《たてや》から延びている一〇本の線が、瀧沢の目に入った。原子炉補助建屋から海岸まで延び、中間地点で折れ曲がって海へと続いている。二次冷却水の冷却海水取入口だ。直径三メートルの管が日本海沖、一〇〇メートルの地点に口を開けている。そこから取り入れられた海水は、タービンなどが設置されている原子炉補助建屋に送られる。そこでタンクに貯められた後、熱交換器に送られ、タービンを回す高温高圧蒸気となった二次冷却水を冷やすのに使用される。取水、排水量はフル稼動時で毎秒四七〇トン、一日に使用する海水は四〇〇〇万トンを超える。この管をたどれば、原子炉補助建屋に行き着くことができる。しかし、それからは……。

タンクを焼き切れば、気づかれずに原子炉補助建屋に入り込むことができる。そこから原子炉建屋へは、地下の通路で結ばれている。原子炉建屋に入って『銀河』と『ソクラテス』との接続を切り、手動に切り替えれば原子炉を緊急自動停止させることができる。瀧沢は自分の考えに戸惑いを覚えた。あまりにも常識を外れた考えだ。給水管には、海水を吸い上げるための巨大なファンが付いている。そこを通過できても、壁を焼き切ってタンクの外に出られるだろうか。出たところに、テロリストの一味が待ち構えているかもしれない。

瀧沢は会議室に行った。赤西を含めた発電所の技術者が三人、コンピュータとモニターテレビの前にいた。瀧沢はさらに詳しい図面を見せるよう頼んだ。赤西はコンピュータから、発電所の全体図を呼び出した。冷却海水の取入口に、カーソルを合わせる。画面は発電所から延びる線を映しだした。

「約一〇〇メートル沖です。一辺五メートルの正方形の取入口が、水深一五メートルの位置に一〇本設置されています。五本ずつで、取水、排水を行なっています。五本のうち一本は予備です」

「フィルターは？」

「二重になっていますが、開閉は難しくはありません。定期的に貝などの除去作業を行なっていますから、業者に聞けば詳しいことが分かると思います」

そこまで言って、赤西は瀧沢を見た。

「本気で潜ろうなんて考えているんじゃないでしょうね。フィルターはいいとして、ファンはどうなるんです。全長一メートルのファンが五枚。毎秒二〇回転で回っているんです。巻き込まれたら挽《ひ》き肉ですよ」

「これは？」

瀧沢は赤西には答えず、ファンの横の細い線を指した。

「バイパスです。ファンの修理用に作りました。径一メートルの円筒管です。ファンの駆動装置は発電所側にあります。だから海から入って、バイパスを通って発電所側に出て、駆動装置を点検したり修理します。もちろん、装置を完全に止めてからです」

「潜っている者もいるということか……」

瀧沢は考え込んだ。現在、原子炉は通常運転に比べて、二〇パーセントの出力しか出していない。といっても一〇〇万キロワットの出力は、通常原発の最高出力運転に相当する。

「予備パイプは夜中の三時から六時まで、一時間ごとに二〇分間、ファンを止めます。給水をストップして冷却装置の点検をするのですが、この間なら潜れないこともありません。どうせ、点検なんてしてないでしょうから。補助建屋への侵入が問題ですが、毎分六〇〇〇トン程度であれば、かなり断面積があるので水圧も大したことはないでしょう。しかし本気で潜るつもりですか」

話しながらも、赤西は信じられないという顔で瀧沢を見ている。

「では、きみのお薦めは？」

瀧沢はさらに図面を詳細にチェックしながら言った。赤西は首を横に振って、眉《まゆ》を吊っり上げた。瀧沢は詰所にいるＳＰに、羽戸崎に連絡を取るように頼んだ。

羽戸崎はすぐに下りてきた。羽戸崎の目は赤く腫《は》れている。瀧沢は数時間前の羽戸崎の話を思い出した。アメリカ大統領との折衝を続けていたのだ。その他に、ロシアの大統領とも話していたに違いない。事件発生後は一睡もしていないのだ。羽戸崎は何も言わず、瀧沢の話を聞いていた。

「成功の確率は？」

「一〇〇パーセントではありません。しかしゼロでもない」

「私はギャンブルは好きではない」

「私もギャンブルはやりません」

「プロの意見を聞く必要がある」

羽戸崎は立ち上がり、秘書を呼んで会議の招集を命じた。

一時間後には、再び安全保障会議が招集された。瀧沢はもう一度、冷却水取入口からの侵入について説明した。

「補助建屋から原子炉建屋までは、地下に通路が通じています。そこから一階に上がり、西の入口から原子炉建屋内に侵入します。まず『ソクラテス』と『銀河』との接続を切り、あとは手動に切り替え、緊急停止装置を作動させて原子炉を停止させます」

「原子炉さえ止めてしまえば一挙に攻撃できます」

陸上自衛隊幕僚長は立ち上がった。

「しかし、補助建屋から原子炉建屋まで、気づかれずに行けますか。これだけの計画を実行するからには、警備も万全でしょう」

「補助建屋と地下の通路には、見張りは置いてないと思います。二〇〇メートルのほぼ直線の通路です。問題は原子炉建屋に入る西側の出入口ですが、制御室側の出入口とは正反対の位置にあります。見張りがいたとしてもわずかでしょう。少しの騒ぎがあっても、気づかれる前に原子炉建屋に入ることができます」

瀧沢はディスプレイの図面を指しながら説明した。

「不可能な作戦ではありません。一〇名程度の特殊部隊を編成して潜入します。海水取入口のフィルターとファンは、水中切断器で処理が可能です。バイパス通路を使って発電所側に出て、ファンの駆動装置を破壊してもいい。ぜひ、許可してください」

陸上自衛隊幕僚長が言った。

「しかし、たとえ原子炉建屋に入ったとしても、誰が『銀河』と『ソクラテス』を切り離し、手動装置に切り替え、緊急冷却装置を作動させるのです。迅速な行動が要求されます」

「私も行きます」

瀧沢が答えた。

「それだけは許可できません。危険すぎる。あなたにもしものことがあれば家族に申し訳が立たないと同時に、我が国にとっても大きな損失となります」

羽戸崎は断固とした調子で言った。

「特殊部隊は全員破壊活動のプロです。それなりの訓練は受けています。説明を受ければ、その程度のことはできる。カメラを持ち込んで指示を受けることも可能です」

幕僚長は主張した。

「私が現地まで行きます。発電所内に同行できなくても、そこで指示を与えることができます」

「しかしあなたは――」

「『銀河』は私の子供です。子供を救うのは親の義務です」

言ってから苦い思いがあふれた。救うのではなく、破壊しようとしているのかもしれない。

「わかりました。やってみましょう」

羽戸崎は頷《うなず》いた。

「詳細はもう少し煮詰める必要があります。とりあえず、特殊部隊の編成を急いでください」

「攻撃要員に加えて、ロシア語が分かる者も必要です」

「必要な人員を、一時間後にここに集めてください」

羽戸崎は立ち上がって、瀧沢の前に来た。しばらく黙って、瀧沢を見つめていた。そしてわずかに頷くと、部屋を出ていった。

午前五時

陸上自衛隊の将官とともに入ってきた自衛官が、瀧沢に向かって敬礼した。瀧沢は思わず顔を見なおした。二日前、水戸からヘリに同乗した男だ。

「私のカンは当たると言ったでしょう」

長谷川は笑みを消して背筋を伸ばした。瀧沢の背後に将官がきたのだ。

「知り合いですか」

将官は瀧沢と長谷川を代わるがわる見た。

「水戸からのヘリに同乗させてもらいました」

長谷川は姿勢を正したまま言った。

「陸上自衛隊幕僚監部調査部の長谷川一等陸尉です。今回の作戦の指揮をとります。極東地域の調査が担当ですが、特殊部隊の訓練も受けています。ロシアについてはエキスパートですし、ロシア語にも堪能《たんのう》です」

将官が長谷川を紹介した。

「ロシア語ができるのですか」

「大学でロシア文学を専攻しました。その程度です」

「瀧沢教授には、長谷川一等陸尉の指揮下に入っていただきます」

将官は言った。

「それでは、ただちに準備に入ってください」

長谷川は将官に向かって敬礼した。

新日本原子力発電の本社から資料が集められた。建設会社の配管の担当者を交えて、さらに詳細な計画を立てた。時折り長谷川が質問した。コンクリートブロックの厚さ、フィルター用の鉄柵《てっさく》の形状、バイパス通路の状態、ファンの材質や出力などを細かく聞いてメモを取っていた。

「原子炉緊急停止装置の位置は？」

「二階以上の各階にあります。地下通路から一階に出て、原子炉建屋に入ります」

「地下から直接入れないのですか」

「出入口は二か所しかない。内部圧力の調整と建屋の強化のため出入口は減らしてある」

長谷川は図面を見ながら頷いた。

「これから市ケ谷に戻って、装備を整えます。先生もご同行ください。装備が整いしだいヘリで現地に直行します」

「私も準備がいるのですか」

「目的地は戦闘地域です。先生もそれなりの装備は必要です」

「分かりました」

「昼前に竜神崎に到着。偵察とミーティングを行ないます。決行は二五日。時間は現地で決定します」

長谷川は歩きながら言った。

瀧沢は荷物を取りに部屋に戻った。迷ったが、グリンホルダーに電話をした。若い男の声から、結子に変わった。心配そうな声で、これからどうなるのか聞いた。瀧沢は市ケ谷の自衛隊本部に行くと答えた。それ以上は言えない。グリンホルダー東京事務所からさほど遠くない場所だ。結子が会うことができないか聞いた。瀧沢は無理だと答えた。時間はなかった。

総理大臣官邸から、黒のセダンで市ケ谷に向かった。市ケ谷橋を渡り、左に曲がった。陸上自衛隊東部方面隊総監部の正門前でスピードを落とした。

瀧沢はぼんやりと通りを見ていた。まだ明けきらない街は、霞《かすみ》がかかったようにぼやけていた。人の姿は見えない。信号機の横に女が立っている。薄いブルーのコートを着て、車を目で追っている。瀧沢の視線は女に釘《くぎ》づけになった。結子だ。信号機の横に結子が立っている。

「どうしました？」

長谷川が窓の外に目を奪われている瀧沢に聞いた。

「なんでもありません」

瀧沢はあわてて視線を戻した。車はそのまま門を入り、正面の建物の前で停《と》まった。

「ついてきてください」

長谷川は瀧沢を東門に連れて行った。

「出発は三時間後です。装備の準備ができるまで、自由行動を認めます。九時までに隊に戻ってきてください。当直の歩哨《ほしょう》には話を通しておきます。問題があれば長谷川一等陸尉を呼べと言ってください」

長谷川は踵《かかと》を鳴らして敬礼した。そして、わずかに微笑《ほほえ》んだ。ヘリのなかで初めて見たときのような笑顔だった。

午前六時

瀧沢は正門の前に走った。結子はまだその場所に立っていた。

二人は人通りのない、まだ十分に明けきらない冬の街を歩いた。新聞配達のバイクが、エンジン音を響かせて通りすぎて行った。東京の一日が始まろうとしていた。開いていた喫茶店に入った。濃いコーヒーの香りが、店中に立ちこめている。初老の店主がにこやかな笑顔で迎えた。

「顔色が悪いわ」

椅子に座るなり、結子が言った。不精髭がのび、目は深く落ちくぼんでいる。疲れが全身から滲み出ていた。

「私は大丈夫だ」

結子は視線を通りに移して、軽い溜め息をついた。

「何が起こっているの」

「発表された通りだ」

「そうじゃないでしょう。他にも何かあるはず」

結子は瀧沢の目を覗き込んだ。瀧沢は運ばれてきたコーヒーを一口飲んだ。濃い香りが身体中にしみ込んでいく。いくぶん生気を取り戻した気分になった。

「三時間後に富山に出発する」

「何かが起こるのね」

「そうだ。しかし、いまは言えない」

「あなたの子供を救いに行くのね」

「救えるかどうか分からないが、全力を尽くす」

「あんな発電所なんて消えてしまえばいいと思っていたのに……。でもいまは、なんとかして救ってほしいと思ってる」

結子はテーブル上の瀧沢の手に自分の手を重ねた。瀧沢はその手を握りしめた。熱く柔らかな手だった。

「テロリストグループに、パブロフ博士がいる」

「パブロフ……。あなたがいつも言っているロシアの科学者ね。尊敬すべき科学者だって。目標にすべき人間だとも」

「彼こそ、もっとも原子力の恐ろしさを知り、その平和利用を願っていた人のはずだ」

「人は変わるものよ」

「精神《こころ》は変わらない」

瀧沢は顔を上げて結子を見た。しばらく二人とも黙って見つめ合っていた。

カウンターのテレビが七時のニュースを始めた。アナウンサーは、原発占拠のニュースを繰り返していた。残された時間はあまりなかった。瀧沢の心に、突然熱い思いが湧《わ》き上がった。

「きみを抱きたい」

結子は瀧沢を見つめている。やがて、何も言わず立ち上がった。

公園を出て、外濠《そとぼり》に沿って歩いた。通りをへだてて、ホテル・グランドヒルのネオンが見える。

「きみのすべてを心に刻みたい」

瀧沢は結子を見つめて言った。言ってから、自分の口から出た言葉とは信じられなかった。結子は黙って立ち上がり、カーテンの開けられた窓の前に立った。朝の光が差し込んでいる。結子はコートを脱いで、椅子の背にかけた。

光のなかに白い裸身が浮かんでいた。柔らかな肩と乳房、そして腰。陰影の濃い曲線が光を受けて眩《まぶ》しく輝いている。瀧沢は美しいと思った。離したくない。結子をベッドに押し倒し、下半身に顔を埋めた。乱暴に両足を開いた。結子はわずかに身体を硬くしたが、すぐに力は抜けていった。結子のなかに入っていった。柔らかく熱い肉体が瀧沢を包む。結子が溜め息のような息を吐いた。瀧沢にまわした腕に力が入った。瀧沢はいつになく狂暴な気持ちになっていた。

「離れたくない」

結子が消えるような声を出した。ベッドの横のデジタル時計が、ひっそりと時を刻んでいる。

「きみたちを守ってみせる」

瀧沢は独り言のように言った。

「必ず生きて帰ってきて……」

結子の低い声が聞こえた。

結子は事務所に戻った。

全身にまだ瀧沢の感触が残っている。デスクに腰かけて、しばらくぼんやりしていた。瀧沢の疲れ切った表情が頭から離れなかった。パブロフのことを話した瀧沢は、いままでに見たこともないほど憔悴《しょうすい》していた。小松原が怪訝《けげん》そうな顔で結子を見ていたが、何も言わなかった。

〈まだ、続いている。いや、始まったばかりなんだ。やらなければならないことは、山ほどある〉

結子は自分に気合いを入れるように頰《ほお》を叩いて、立ち上がった。

3

午前九時
松岡は中央制御室を出た。
天候は急激に悪化していた。見上げると、空一面をおおっていた黒い雲がすさまじい勢いで流れていく。風が強くなってきた。荒涼とした発電所内とあいまって、世界の終焉《しゅうえん》を思わせる光景だった。

第三事務棟に向かった。自衛隊の攻撃は、予想以上に激しかった。屋上を防御していた『アルファ』の兵士はほぼ半数が死亡していた。いまや残された兵力はチェチェン解放戦線一九名、『アルファ』三七名。発電所を占拠したときの半数に減っていた。残った兵士たちも、なんらかの負傷をしている。

第三事務棟の半分破壊されたドアを入り、屋上に出た。一〇か所以上に迫撃砲弾の落ちたあとがあり、大小のコンクリート片が散らばっていた。松岡はコンクリート片を避けながら、貯水タンクに歩いた。支柱の一本に砲弾が当たり、大きく傾いている。まわりの建物に人が見えないのを確認して、貯水タンクの背後にまわった。そこはどの建物からも死角になっている。

タンクの支柱下のコンクリートの隙間《すきま》に手を入れ、小型トランクほどの大きさのジュラルミンの箱を取り出した。箱を開けると、組み立て式のパラボラアンテナと通信機とパソコンが入っている。松岡は手早くアンテナを組み立て、パソコンを接続した。アンテナと通信機を調節して、キーボードを叩いた。

〈スピカ〉

キーボードに打ち込む。

〈シリウス〉

ディスプレイに文字が現われた。発電所を占拠してから三度目の通信だった。

〈計画通り進行中〉

松岡は打ち込んだ。

〈一二時間で予定地点に到着〉

ディスプレイに文字が現われる。

〈原子炉出力を一時下げる。このまま出力上昇を続けると、暴走する恐れあり〉

松岡は日本政府はすべての要求を受け入れ、金はすでに受け取ったこと、拘置中だった『ひかり』の教祖と教団幹部たちは羽田に待機させていることを打ち込んだ。ロシアも、拘束中のチェチェン独立派の幹部たちを空港に輸送中であることを告げた。しかし、チェチェンの完全独立については、いまだ交渉中であることを報告した。しかし彼は、この情報はすでに知っているだろう。日本政府にもロシアの内部にも深く食い込んでいる。

〈出力上昇を維持せよ〉

ディスプレイの文字は変わらない。

〈通信を切る〉

通信は一方的に切れた。松岡はパソコンのスイッチを切った。彼は何を考えている。

何が目的なのだ。金か――いや、金なら十分持っている。そして、いまさら彼にとって金が何になる。では、彼の目的は――。考えるのはやめよう。そう決めて、松岡は立ち上がった。

突然、身体中に震えが走った。思わず通信機を落としそうになった。平衡感覚が失われ、吐き気が込み上げる。支柱をつかんで倒れそうになる身体を辛うじて支えた。震える手でアンテナを分解して、アンテナと通信機とパソコンをジュラルミンの箱にしまうと、給水タンクの下に隠して立ち上がった。喉《のど》が渇く。冷や汗が滲むように出てくる。呼吸が細く、浅い。悪寒《おかん》が襲った。身体中が細かく震えている。薬は……。ポケットを探った。金属製の箱に触れる。わずかに心が軽くなった。急がなければ。よろめきながら立ち上がった。

粉雪の混じった風が頬を打った。いつの間にか雪が降り始めている。寒さは感じなかった。全身を覆い尽くしているのは、身体中に押し寄せる嘔吐《おうと》感と恐怖だ。その恐怖は全身を締めつけ、歩みを遅らせる。立ち止まって吐いた。黄色い液体が唇をつたわる。

壁につかまりながら再び歩き始めた。一階まで下りたが、もう一歩も歩けなかった。這《は》うようにして階段の横の部屋に入った。ドアは完全になく、ドアのあった場所に倍ほどの穴が開いている。崩れた壁のコンクリートの間から人間の腕らしいものが覗いていた。

震える手でアンプルを割り、注射器に吸い込む。半分近く液をこぼしながらも、静脈に透明な液体を流し込んだ。心臓の鼓動に合わせて、全身に薬がまわるのを感じた。呼吸が楽になった。大きく息をついて、床の上に身体を横たえた。徐々に体温が戻ってくる。拡散していた意識が、急激に一点に集中される。しばらく目を閉じて、解放感を味わった。腰の無線機が鳴っている。スイッチを切った。横になったままで、何度も深呼吸を繰り返した。

人の心を支配するために使っていたものに、いつの間にか自分が支配されている。何度か断つ機会はあったが、いまでは意識的に自分を傷つけているような気さえする。すべて消えてなくなればいい。この地球上のすべてのものが——。

三〇分ほどして、中央制御室に戻った。

技術者たちは、緊張した顔つきでメインパネルを見上げている。原子炉は急速に出力を上げていた。あと三時間で臨界に達する。

「一〇時間以内に最高出力にしろ」

松岡は命令した。

「危険です」

イーゴリが振り向いて答えた。いまはパブロフに代わって、彼がロシアの技術者の指揮を取っている。

『『銀河』の通常運転では、一二時間で一〇パーセントの出力上昇モードが、『ソクラテス』に組み込まれている。出力を上げながら、冷却系、配管系、電源系のチェックを行ない、全体の系としてバランスを保ちながら運転が行なわれるように設計されている。『銀河』のような精密巨大システムでは、一見関係ないような細部のトラブルがメインシステムに波及し、大事故につながるおそれがある」

「やれ！」

松岡は怒鳴った。

「無茶だ」

コントロールパネルを離れようとしたイーゴリを松岡の部下が押し返した。

「急げ！」

松岡の声に、イーゴリは再びコントロールパネルに向き直った。原子炉は出力を急速に上げていった。

グリンホルダー東京事務所の空気は張り詰めていた。

全国から送られてくる情報とデータで、パソコンはパンクしそうだった。データが多すぎて処理ができない。神谷の竹内からは一時間ごとに、問い合わせの返事を催促する電話がある。小松原は江口の判断を採用した。原発からの通信傍受を最優先する。

緊急措置がとられた。受ける情報処理は、一五台あるパソコンのうち五台に限った。三台は無線機につなぎ、発電所から出ている信号をキャッチするために待機していた。キャッチした信号は、残りのパソコンで数値解析専門の大学教授が解読の準備を進めていた。

「犯人側に動きがあったようです」

江口が声を上げた。事務所の視線がいっせいに江口に注がれる。

「詳細は？」

「発電所のテログループが連絡しているのは沖縄です。それから——日本海からも電波が出ています」

「そのままホールドしろ」

教授はパソコンのキーを叩き続けた。

「解読できそうですか」

横から小松原がディスプレイを覗き込んで聞いた。

「世の中に解読不可能な暗号なんてないと信じてる。問題は道具と時間だけなんだ。そして、道具は十分とは言えないが、とりあえずある」

教授はディスプレイに目を向けたまま答えた。

「時間が問題なのよね」

結子は口のなかでつぶやいた。

瀧沢は陸上自衛隊、市ケ谷駐屯地に戻った。

正門の衛兵に告げると、戦闘服を着た長谷川が迎えにきた。長谷川は瀧沢を駐屯地のなかにともなった。

二人は中央の広場に入った。コの字形の建物に囲まれ、残り一辺は三メートルの塀になっている。塀を越えると、警視庁第四方面本部がある。

建物から重装備の特別攻撃部隊の隊員が出てきた。一〇名の隊員は長谷川の前に整列した。全員迷彩の入った戦闘服を着て、ヘルメットをかぶっている。自動小銃を担ぎ、大型のバッグを持っていた。腰には拳銃《けんじゅう》のホルスターと大型ナイフをつけている。

隊員に命令する長谷川は、別人のように見えた。精悍《せいかん》な兵士だ。特別攻撃部隊は長谷川を入れて、一一名の隊員で構成されていた。副官は二等陸尉。吉田《よしだ》というがっちりした男だった。長谷川のほかは全員二十代の若者だった。

長谷川は胸の無線機を取って準備ができたことを告げた。かすかなローター音が聞こえていたが、それはすぐに全身を震わす重いローター音に変わった。上空を巨大な影が覆った。長谷川が何か言ったが、声は風に飛ばされて聞こえない。瀧沢は激しい風圧に押されてよろめいた。その身体を長谷川が支えた。

大型輸送ヘリは砂塵《さじん》を舞い上げながら着陸した。瀧沢は長谷川の後についてヘリに乗り込んだ。ドームのような機内には、両側にベンチがついている。中央には一〇近い木箱が積み上げられ、ロープで固定されていた。瀧沢は長谷川の指示で一番奥に座った。長谷川は大声を上げて、隊員に指示を与えている。全員が乗り込むと、ヘリはただちに離陸した。長谷川は瀧沢の横に腰を下ろした。

「着替えてもらわなければなりません」

長谷川は瀧沢に顔を寄せ怒鳴るように言うと、バッグから迷彩の入った新しい戦闘服を出した。

「現在、原発周辺二〇キロは、戦闘地区に指定されています。民間人は、立入禁止地区になっています」

ためらっている瀧沢の膝《ひざ》に置いた。

「荷物の陰でどうぞ」

長谷川はコクピットの後ろに積まれている、木箱を指差した。

瀧沢は木箱の後ろに行って、渡された戦闘服を着た。服はゆったりとして、機能的にできていた。防寒性も十分にある。結子のことが頭に浮かんだ。彼女がこういう服を着て、カメラを構えている写真を見たことがある。あれは中東だったか。横で自動小銃を持った一二、三歳の少年が笑っていた。結子の部屋で、本の間に挟んであったのを偶然見つけたのだ。結子はあわててそれを隠した。瀧沢が聞くと、昔の写真だと答えた。瀧沢はそれ以上聞かなかった。結子のなかに淋《さび》しさを読み取ったからだ。

「お教えしておきます」

長谷川は自動小銃を瀧沢の膝の上に置いた。瀧沢はそれを押し返した。

「いいよ。私は後方支援だ。敵に会うことはない」

長谷川は少し考えた後、バッグから拳銃を出した。瀧沢は首を横に振った。アメリカ時代に何度か射撃の機会はあったが、いつも断ってきた。スポーツだと言われたが、自分からは一番遠いものだと思っていた。

先生、と言って長谷川は瀧沢を見た。

「先生はいま、私の指揮下に入っています。これはゲームや遊びじゃない。戦争です。テロリストは日本だけじゃなくて世界を相手に戦争をしている。彼らは殺すつもりで撃ってくる。いつどこで、どういう事態が起こるか分かりません。先生は生きなければなりません。先生の働きで、数億人の人命が救われる」

そして地球も、と付け加えた。長谷川の言い方に誇張はない。

長谷川は瀧沢の目を見つめている。その目からは、瀧沢がいままで感じていた穏やかさは消えていた。完全に兵士のものだ。瀧沢は頷いて、拳銃を受け取った。

「自衛隊制式九ミリ自動拳銃です。スイスのSIG社のライセンスを受け、長野県のミネベア社が製造しています。全長二〇六ミリ、重量八三〇グラム。使用弾薬は九ミリパラベラム弾。装弾数九発。薬室に一発入りますから、注意してください。有効射程は約三〇から五〇メートル。現在、弾《たま》は入っていません。マガジンは握りの部分に挿入します」

長谷川は拳銃を瀧沢に渡すと、自分の拳銃を取り出してマガジンを外して実弾を抜き取った。マガジンを再び入れて、上部をスライドさせた。

「あとは安全装置を外して、引き金を引くだけです」

やってみてください、と瀧沢に言った。瀧沢は言われるままに空《から》のマガジンを拳銃に装着して、引き金を引いた。高い音がして撃鉄がおりた。思ったより引き金は軽い。

「使うことのないことを祈ります」

妙な気分だった。自衛隊の戦闘服を着てヘルメットをかぶっている。銃まで持ってその使い方を習っている。ほんの数時間前まで想像したこともなかった。結子が見れば何と言うだろうか。何も言わずに笑いだすかもしれない。睨《にら》みつけて涙ぐむかもしれない。しかしこれは遊びではない。戦争なんだ。地球を救う戦いなんだ。瀧沢は長谷川の言葉を心のなかで繰り返した。

ヘリコプターは竜神崎に到着した。

「発電所上空を避けて飛行してください。敵は地対空ミサイルを持っています。繰り返します——敵は地対空ミサイルを——」

無線がくどいほど繰り返した。すでにヘリが二機撃墜されている。F15戦闘機が、昨日撃墜されたことは瀧沢も知っていた。敵は、最新鋭のジェット機を撃墜する武器を所有していることを意味している。ヘリコプターは大きく海側に旋回した。遙《はる》か南に発電所がくっきりと見える。発電所からは、黒い煙がいく筋も上がっていた。

長谷川が瀧沢に双眼鏡を差し出した。発電所の正門前に戦車と兵員輸送車両が数台、燃えているのが見えた。他の隊員も身を乗り出して見ている。道路を含めてまわりに散乱している黒い点は死体だ。敵か味方かは分からなかった。敵は昼夜を問わず、正確な狙撃《そげき》をしていると聞いている。五〇〇メートル以上離れている自衛隊員を狙撃して、殺したり重傷を負わせている。

全員無言だった。長谷川は自動小銃を抱えるように胸に抱いて正面を見つめている。戦闘は初めてなのだ。彼だけではなく、日本の自衛隊にとって初めての経験なのだ。海外派兵もあったが、しょせんは後方支援だ。正面の自衛隊員の銃を持つ手がかすかに震えている。瀧沢は目を閉じた。

ヘリコプターは発電所から二キロの国道に着陸した。待っていたジープで現地作戦司令部に向かった。松林のなかに待機している自衛隊員は疲れ切った顔をしていた。急ごしらえの医療テントも満員で、数台の救急車が市内の病院にピストン輸送を行なっていた。それでも収容しきれない負傷者が、砂の上に横たわっている。

隊員の士気は落ちていた。自衛隊が創設されて以来初めての実戦と、劣勢に立たされた焦りで、消耗しきっているのだ。敵の予想以上の勇敢さと実戦で鍛えぬかれた戦術、また火力の大きさも脅威を与えていた。そしてなにより、敵の背後で動き始めた原子炉が目に見えない威圧感を与えていた。

作戦司令部には、巨大なパラボラアンテナをつけた大型バンが三台停まっていた。自衛隊の通信車だ。その前にテントが張られ、自衛隊員があわただしく出入りしている。

作戦司令部に着くとすぐに、三等陸佐が瀧沢を呼びにきた。

「東京本部から連絡が入っています」

瀧沢はその三等陸佐に連れられて、通信機器の置かれている車に入った。大型バスを改良したような車で、通信機器とコンピュータが並んでいる。車のなかとは思えなかった。瀧沢が戸惑っていると、「こちらです」と、奥の無線機の前に案内された。

瀧沢は自衛官に渡されたレシーバーを耳に当てた。無線には赤西が出て、『銀河』が臨界に向けて急速に出力を上げ始めたことを伝えた。

〈本気で汚染ガスを流すつもりらしいです〉

赤西は声をひそめるようにして言った。

瀧沢の頭にパブロフが浮かんだ。パブロフがそんなことをするとは絶対にありえない。彼は科学を愛し、誇りをもっていた。原子力を信じ、夢を託していた。孫を抱き上げ、白い頬に自分の頬をすりつけて微笑んでいた、あのパブロフが……。

「『ソクラテス』のデータに異常はないか」

〈出力の大幅アップのほかはすべて正常です。新しいものはありません〉

「オペレーションソフトは取り出せるか」

〈可能です。入力はできませんが、呼び出しならできます〉

「送ってくれ」

通信車のディスプレイに、プログラムが現われた。瀧沢はキーを押して、数百行おきに移動させた。

「これか……」

思わず声を出した。いくつかの新しいサブプログラムが入っている。瀧沢は目で追った。

「フルパワー運転に達したら、第五と第六制御棒が抜かれる」

〈無茶ですよ。第二五ブロックの燃料棒が溶融します。一次冷却水が完全に汚染される。下手《へた》をすると、周辺ブロックまで溶融が広がります。メルトダウンだ〉

赤西の興奮した声が返ってくる。

『ソクラテス』の第五プログラムを調べてくれ。必ずどこかをいじっているはずだ」

キーを打ち込む音がした。第五プログラムは一次冷却水に関するプログラムだ。核反応を起こし、膨大な熱を出し続ける燃料棒の間を通った高温の冷却水は蒸気発生器で二次冷却水を加熱し、再び原子炉本体に戻ってくる。その過程をすべてコントロールするプログラムだ。

〈サブプログラムが入っています〉

「第二五ブロックの燃料棒溶融による熱を吸収するために、一次冷却水の流量を増やさなければならない。その圧力調整をサブプログラムがやるんだ。一次冷却水は新しく取り付けた電磁弁と連動して、高濃度放射能汚染ガスとして放出される」

〈つまり異常熱吸収で増えた冷却水圧力を下げるため、新しく取り付けた弁を開き、蒸気を大気中に放出するということですね〉

「そうだ」

しかし、と瀧沢は続けた。

「この二つのプログラムにはロックがかかっている」

〈どういうことです〉

「このままでは、演算上パスされて何の影響も及ぼさない」

瀧沢はパブロフを思い浮かべた。このロックは彼がつけたに違いない。ドクター・パブロフ、あなたは何を考えている。

〈ガス放出前に解除するつもりでしょう。そうなれば終わりです。排除できないんですか〉

赤西の声が聞こえる。

「無理だ。外部からはプログラムの変更は一切できない」

しばらく沈黙が続いた。

「臨界までの時間は？」

〈一時間です〉

赤西のかすれたような声が返ってくる。瀧沢はレシーバーを外して、デスクの上に置いた。

正午

竜神崎第五原発、中央制御室の緊張はピークに達していた。

壁の時計は一二時を指している。原子炉はまもなく臨界に達する。その後、一八時間で最高出力運転に移行する。五七〇〇万キロワットの電力を生み出すのだ。それまでにロシアの返事を含め、要求がすべて受け入れられなければ汚染ガスは放出される。

宇津木は中央のディスプレイを見上げていた。ディスプレイの向こうにある原子の世界と、その外で繰り広げられている人間臭い世界が、つながらなかった。宇津木の頭に、漠然とした不安が広がった。どこかが違っている。自分が描いてきたものとは微妙なずれができ、そのずれは徐々に深く大きくなっている。

宇津木は我に返った。部屋の隅にエレーナが立っている。壁にもたれ、右手に銃を持ち、それで身体を支えている。白磁のような顔が透明感を増して、唇の赤さが目立った。軍服の左手が不自然に垂れている。宇津木はエレーナのほうに歩き始めた足を止めた。寝ていなければ駄目だ。そう言おうと思ったのだ。しかしいまの彼女には、何を言っても無駄だろう。彼女の気持ちが手に取るように分かった。

技術者の間にざわめきが起こった。

「原子炉が臨界に達しました」

イーゴリの声が響いた。今後、原子炉は自ら中性子を出しながら反応を増殖していく。

「諸君、おめでとう。諸君は『銀河』を立ち上げることに成功した。これから、最高出力運転まで最善を尽くしてくれたまえ」

松岡がゆっくりと手を叩きながら言った。

「さあ、パブロフ博士、ガス放出プログラムのデータを打ち込んでもらおうか」

メインコンピュータを操作していたパブロフが振り返った。

タラーソフは一瞬顔を上げたが、再びテーブルの上に目を移した。テーブルには海図が拡《ひろ》げられている。

「汚染ガスを流すというのは本気ですか」

宇津木は松岡に聞いた。

「日本政府の努力しだいだ」

「彼らは要求を呑みました。ロシアにも働きかけている。ガス放出は中止すべきです」

松岡は視線を宇津木に留めた。

「いつから、やつらの仲間になった」

感情のない、死人のような目をしている。

「おまえのような卑怯者《ひきょうもの》が、やつらが我々を抑圧し、消し去ろうとするのを許してきたのだ」

「甘いところを見せれば必ず何か仕掛けてくる。時間厳守だ」

タラーソフが顔を上げ、青い目を向けた。


「約束が違う」

パブロフが叫んだ。

「汚染ガスは流さないという約束ではなかったのか。脅しに使うだけだと。だから私は協力した」

パブロフはメインパネルの前から立ち上がって、松岡とタラーソフの前に歩いた。

「私は原子力発電所の恐ろしさを世界に示し、現在もチェルノブイリの二の舞を繰り返そうとするロシア政府の方針を変えさせるために、この計画に参加した。きみらの目的も、不当逮捕され、拘束されている同志を救出することではなかったのか」

「町の警報器をほんの少し鳴らす程度だ。それだけで、やつらは震え上がる。人体に影響を及ぼすほどじゃない。そのための量は計算したんじゃなかったのかね。あなたは放出プログラムを作り、組み込んでくれた。あとはデータを打ち込むだけで、あなたの役割は終わりだ」

「きみたちは放射能の本当の恐ろしさを知らない。私の妻も娘も孫娘も、チェルノブイリの事故から二〇年のうちに死んでいった。髪が抜け、歯茎《はぐき》からの出血が止まらなくなって、瘦《や》せ衰え、苦しみながらだ。いまも何百、何千という子供たちが死んでいる。なんの罪もない子供たちだ。この悲劇はこれから何年も何十年も続く」

「新しい世界を作るためだ。犠牲はしかたがない」

松岡は落ち着いた声で言った。

パブロフの脳裏に、焦げたオイルと鉄の臭《にお》いが流れた。事務棟の壁の前で次々に頭を撃ちぬかれて死んでいく自衛隊員の姿が浮かんだ。その瓦礫《がれき》の連なる光景と血にまみれた人間の姿は、チェルノブイリ原発事故の後、周辺に立ちこめていた黒く深い霧のような空気と仮設救護所に収容された救護隊員を含めた被曝者《ひばくしゃ》の姿へとつながっていった。

「そんなに殺戮が望みか」

パブロフは松岡とタラーソフを睨んでいた。

「必要とあれば」

松岡は冷たい視線をパブロフに向けた。

「私は許さない」

パブロフが震える声で言った。

「おまえだけが科学者ではない」

松岡はパブロフから目を離して、他の技術者のほうに向きなおった。

「あなたは疲れている。休んだほうがいい」

宇津木がパブロフのそばにきて腕をとった。パブロフはその腕を振り払った。

「人類を滅ぼそうと言うのか」

パブロフは松岡とタラーソフに向かって叫んだ。

「我々は新しい世界秩序を作る。そのための犠牲者はやむをえない」

タラーソフが立ち上がった。二人はしばらく睨みあっていた。

突然、パブロフはテーブルの上にある自動小銃をつかんだ。松岡の手がそれを叩き落とした。

パブロフの顔が歪《ゆが》む。胸を押さえて、その場に座り込んだ。発作が起きたのだ。技術者たちの間にざわめきが上がった。

宇津木がパブロフを抱き起こし、ポケットから薬を出して口に含ませた。イーゴリが足を引きずりながらかけより、水の入ったコップを差し出した。発作はまもなく治まった。

松岡が背後の『アルファ』兵士に目で合図を送った。二人の兵士が、両側からパブロフの腕をつかんで立ち上がらせた。宇津木は兵士の腕を払いのけ、パブロフの腕を肩にまわして支えた。

「パブロフ博士を二号倉庫に監禁しろ」

松岡は宇津木に冷ややかな目を向けて命令した。

エレーナは制御室の片隅の椅子に座って彼らの様子を見ていた。思わず歯を食いしばって痛みに耐えた。あるはずのない左腕がちぎれるように痛い。モルヒネが切れかかっている。エレーナは痛みに挑むように腕に力を入れた。

腕を失ったことは後悔していない。しかしそれによって仲間から取り残され、自分が厄介者になることが恐ろしかった。〈私はチェチェン解放戦線の兵士だ。私の存在は同志とともにある。同志のためなら喜んで死ねる。死は恐《こわ》くない〉心の中で繰り返した。

しかし、と彼女は思った。いま、目の前でくりひろげられているのは……、数時間前、事務棟前で行なわれていた事実は……。この計画に加わるときには考えてもみなかったことだ。心臓の鼓動を感じた。その鼓動に合わせて、傷が激しく痛んだ。エレーナは痛みを受け入れようとした。その痛みによって、絶望にも似た虚脱感から気力を奮い立たせようとした。

「約束の時間まで、あと一八時間だ。準備はできている。配管の組み替えも終わった。すでに『ソクラテス』には、燃料棒溶融と汚染ガス放出プログラムも組み込まれている」

松岡はゆっくりと、技術者たちを見まわした。

「プログラムにデータをインプットして、操作する者が必要だ」

技術者たちは無言で立っている。

彼らを見つめる松岡の目は、感情のない死人の目だった。あの処刑を行なっている男の目だった。

松岡の命令によって、北山技術主任を含め五人の日本人技術者が連れてこられた。松岡は日本人とロシア人の技術者の前をゆっくりと歩いた。北山の前で止まった。

「この発電所のシステムについて、一番詳しいのは北山さん、あんたなのだが」

松岡は北山を見つめて言った。

「運転プログラムを変えてもらいたい。プログラムにデータをインプットして、ある操作をしてくれるだけでいい」

「不可能だ。原子炉のプログラムは、多重防御システムになっている。異常パラメータやプログラムは、ただちに排除される」

「その点は大丈夫だ。必要なプログラムはすでに組み込んである。パブロフ博士が作った完璧《かんぺき》なプログラムだ。あなたは手順に従うだけでいい」

「断る」

北山は断固とした口調で言った。

松岡は北山を見つめた。北山が顔を上げて、見返してくる。北山の目のなかに何かが見えた。恐怖ではない。もっと強い意志を持ったものだ。松岡はこの種の男を多く知っていた。彼らは勇気と信念を持っていた。そして、例外なく死んでいった。

「無理だ。彼は絶対にやらない」

戻ってきた宇津木が松岡に低い声で言った。松岡は不敵な笑いを浮かべた。

「どんな手段を使ってもやってもらう。お互い、嫌な思いをしないほうが賢明だと思うがね」

松岡は落ち着いた口調で言った。松岡は日本人技術者の顔を一人ひとり見ながら歩いた。

「私たちは殺されても、そんなことはできない」

技術者の一人が震えるような声で言った。

「そうかね」

松岡は銃口を技術者の胸に向けた。技術者はきつく目を閉じた。

「我々は原発の恐ろしさを知っている。おまえたちのやろうとしていることは大量虐殺だ。そんなことに手は貸せない」

北山が叫んで技術者の前に立った。座って見ていたタラーソフが銃を持って立ち上がった。

銃声とともに、北山が倒れた。胸から流れる血は床に広がっていく。身体が細かく痙《けい》攣《れん》している。松岡はその頭に向かって、もう一発、発射した。不気味な沈黙が中央制御室を覆っていた。松岡だけが不敵な笑いを漂わせ、技術者たちを見まわした。

「私がやろう」

イーゴリが足を引きずりながら松岡のほうに進み出た。

「おまえにできるのか」

松岡が聞いた。

「プログラムについては知っている。時間はかかるが、できないことはない」

松岡は頷いた。タラーソフは表情を変えず、再び椅子に座った。

「条件がある」

イーゴリは松岡を睨みつけるように見た。

「我々全員の安全を保証し、パブロフ博士を自由にしてくれ」

「最初から、おまえたちに危害を加える意図はない。同じ目的のために、命を懸《か》けている同志だと思っている。パブロフは安全のために隔離してあるだけだ」

イーゴリは覚悟を決めたように頷いた。

イーゴリはメインコンピュータの前に座った。キーボードの前で十字を切り、祈りを捧《ささ》げた。

「神よ、許したまえ……」

自分が入力したプログラムで、放射能に汚染されたガスが大気中に放出される。ガスは気流に乗って二日もすれば日本中に広がり、一週間で世界の半分が汚染される。今後、何十年にもわたって、何万、何十万、その何十倍もの人間が死んでいく。イーゴリの指は震えていた。何度も打ち間違えながら、『ソクラテス』を呼び出した。プログラムの変更を指令し、新しいデータを打ち込み始めた。

4

午後三時

グリンホルダー東京事務所は、なんとか平静を保っていた。その平静さも、切り立った崖《がけ》の間に張られたロープをよろめきながら渡っていく危うさを含んでいる。

結子は昨夜会った小野麻里恵のことを考えていた。若く美しい女性。それは男にとって、世界を破滅させるに足るものなのか。しかし数時間前に見た麻里恵は――。顔は醜く腫れ上がり、赤黒く変色していた。髪を振り乱し、よだれを垂らし、失禁して禁断症状に苦しむ姿は、見るに堪《た》えないものだった。その胎内にいる命も覚醒剤《かくせいざい》に蝕《むしば》まれ、生まれてくることさえ考えられない状態にあるのだ。加頭は、松岡は、その姿を知っているのか。

結子は迷った末、高津のマンションに電話を入れてみた。高津はいなかった。留守番電話に伝言を入れた。高津の何かに憑《つ》かれたような目を思い浮かべた。瀧沢、高津、鷲尾、そして自分にとって、この事件は、いままでになく大きな意味をもって関《かか》わってきている。

一時間後、高津から電話があった。グリンホルダーの事務所から歩いて五分の喫茶店にいるという。結子は急いで喫茶店に行った。

「スクープだ」

結子が椅子に座るなり、高津が言った。興奮した顔と声だった。

「やはり麻里恵は松岡の女だった。加頭から奪ったんだ。金を与え整形手術を受けさせた。ついでに覚醒剤まで与えた。そして、『アルファ』まで乗っ取ったというわけだ。加頭の幼なじみの線から洗ってみた。横浜で小さな運送会社をやっている男だ。彼は加頭とときどき会っていたらしい。加頭の唯一の友人だ」

もう一つと、結子に顔を寄せた。

「松岡は実相寺に育てられている」

「実相寺？」

「実相寺源。右翼の大物だ。戦後日本の疑獄といわれる事件には、たいてい関わっている。政界、経済界、彼の息のかかっていないところはないと言われていた。別名、影の総理」

「それがどうしたの」

「実相寺は戦後日本の体制を作り上げてきた男だ。松岡はそいつに育てられ、大学まで出してもらっている。卒業後は、しばらく秘書のような役をやっていた」

「でも、松岡は『アルファ』の幹部として――」

「宗教は心の問題だ。心変わりは人の常だ。信じようと信じまいとね」

結子は答えなかった。

「実相寺の名は、日本の政財界から組織暴力団まで、あらゆるところに出てくる」

「でも、戦後の大物じゃ、いまいくつなの。もう何かできる歳《とし》じゃないでしょ」

高津は考え込んだ。

「いま、その人は？」

「鎌倉の別荘だ。ここ一年、誰とも会っていない。もう死んだとも言われている」

それから、と言って身体を乗り出した。

「松岡もシャブ中らしい」

「加頭ばかりじゃなく、松岡も？」

結子は麻里恵の姿を思い出した。

「シャブ中の影の総理の秘書。シャブ中の『アルファ』幹部。シャブ中の宗教家。シャブ中のテロリスト。すべてが正気じゃないね。とにかく、松岡は加頭を利用して『アルファ』に入り込み、乗っ取った。だが、そこからがどうもはっきりしない」

「叔父《おじ》さんに報《しら》せたほうがいいんじゃない」

「もっと調べてからだ。また途中でストップをくらったんじゃ、たまらんからな」

「危険よ」

「アフガニスタンや中東はもっと危険だった」

高津は不敵な笑いを浮かべた。

「これからどうするの」

「証拠がいる。この原発占拠の背後には、何か別の薄汚い力が働いているような気がする。それもかなり巨大な」

「誰も信じないわ」

「きみは？」

高津は結子を見つめた。結子は黙っている。

「とりあえず大成会《たいせいかい》のボス、大岩剣造《おおいわけんぞう》に当たりをつけてみる。松岡に覚醒剤を流していた張本人らしい」

「やっぱり危ないわ。警察にまかせましょ」

「いまの俺《おれ》に何が残っている」

結子には何も言えなかった。

高津はこれから確かめたいことがあると言った。二時間後にこの喫茶店でもう一度会う約束をして出ていった。

結子はしばらく椅子に座っていた。頭のなかでバラバラに絡み合った事実を組み立てようとした。しかしそれは、永久におさまることのない、形の違うパズルのようなものだった。喫茶店を出て、近くの公衆電話ボックスに入った。鷲尾に電話をして、すぐに会いたい、と言った。昨日会った喫茶店で会う約束をした。

結子が喫茶店に入ったとき、鷲尾はすでに来ていた。奥の席で手を振っている。

結子は小野麻里恵のことを話した。松岡の覚醒剤中毒と大成会が関係しているらしいことについても言った。高津のことは黙っていた。鷲尾は考え込んでいる。

「どうかしたんですか」

「いや失礼。これは俺のような一刑事には、荷が重すぎる事件かもしれん」

低い声でつぶやくように言った。

「とにかく、貴重な情報ありがとう」

鷲尾は立ち上がった。

「何が起こっているんです。教えてください」

次の言葉を呑み込んだ。私にも知る権利がある、と言おうとしたのだ。結子の脳裏には、疲れ切った顔で竜神崎に向かって行った瀧沢の姿が浮かんでいた。

「これは警察の仕事だ」

鷲尾は結子の肩に優しく手を置いて顔を見つめた。その目は、もうこれ以上深入りするなと言っている。結子を見下ろしている鷲尾の顔は、まぎれもなく刑事の顔だった。

鷲尾と別れて、近くの公衆電話で高津の携帯に電話を入れた。手を引くよう説得するつもりだった。しかし高津の携帯電話は切られていた。

警視庁に戻る鷲尾の足は、自然に速くなった。ばらばらに散らばっていた点が、一つに収束しそうだった。竜神海岸に打ち上げられたロシア人の水死体。新宿でトカレフを乱射した元『アルファ』教祖代理の加頭優二。そして、実質ナンバーワンにのし上がった松岡昭一。その背後には、黒い霧が立ちこめている。そのなかに隠れているものは何か。

車のクラクションに思わず立ち止まった。顔を上げると、信号は赤だ。クソッとつぶやいて振り返ると、結子が公衆電話ボックスに入るのが見えた。暗い影が鷲尾の脳裏をよぎった。思わず戻ろうとしたとき、人が歩きだした。鷲尾は人波に流されるように、そのまま交差点を渡って行った。

午後五時

陽《ひ》は日本海に沈み始めていた。西の空が赤く染まっている。竜神崎がその照り返しを受けて、血を流したように染まっていた。

長谷川と一〇人の特別攻撃隊は、瀧沢を交じえて現地作戦司令部で現在の状況説明を受けた後、ただちに準備に入った。最初の情報と同様に、海岸側は未完成の防波堤の端に二基の機関銃座があるだけだった。海岸近くにばらまいた小型機雷と砂浜に埋めた地雷で、防御は万全としているのだ。銃座からは、一〇〇メートル沖の冷却水取入口は見えない。

特別攻撃隊は、黒のセーターの上に特殊ラバーのボディースーツを着ていた。

「北極や南極の海での作戦用に開発されたものです。手袋をはめてマスクをかぶると海水は入りません。そのまま陸上でも行動できます」

長谷川が瀧沢に説明した。他の隊員は、潜水用具と、バーナーや金網の切断器のチェックをしていた。他に自動小銃と各自一二個のマガジン、拳銃、五個の手榴弾《しゅりゅうだん》、爆薬等を防水バッグのなかに入れた。

瀧沢はカメラとモニターのチェックをした。長谷川たちが付けたカメラからの映像を受信して、瀧沢が細かい指示を与える予定だ。

作戦開始は二五日午前三時に決定した。ガス放出の三時間前だ。午前四時に予備冷却水取入口の給水が二〇分間止まる。その間にファンまでたどりつき、駆動装置を破壊する。

「私たちの出発は九時間後です。それまで休んでください」

テントのなかの簡易ベッドに腰かけている瀧沢の前に長谷川が来て言った。

「眠れそうにない」

滝沢は、すでに軽いいびきをかき始めている他の隊員を見ながら言った。

「二二日の朝にヘリでお会いしたときから、ほとんど眠っていないんじゃないですか」

「徹夜には慣れている。きみこそ、寝てくれ」

長谷川は黙って頷き、自分のベッドに行った。

午後七時

結子は高津と待ち合わせた喫茶店にいた。

約束の時間はすでに三〇分以上すぎている。帰ろうかと思い始めたとき、ドアが勢いよく開き高津が入ってきた。

高津は結子の前にきて、ニヤリと笑った。自信にあふれる笑いだった。滝沢とは正反対の人間だ。この笑いが結子をこの男に惹《ひ》きつけていたのかもしれない。

「事件の背景が分かりかけた」

高津はあらたまった顔で言った。

「ついてきてくれ」

有無を言わせない言い方だった。結子は黙って立ち上がった。

高津は喫茶店前に停めてある車に歩いた。ワイパーには駐車違反の紙がはさんであった。高津はその紙を破り、風に流した。

三〇分ばかり南に走った。品川《しながわ》を通って大田《おおた》区に入った。一〇分も走れば羽田空港が見えてくる場所で車のスピードが落ちた。港近くの、小さな工場とビルが交じりあった地域だった。高津は国道からわずかにそれた道路に車を停めた。

「松岡の正体の一部だ」

高津は前方の建物を目で指した。壁面に『アジア・トレイディング』の社名が入った八階建てのビルがある。

「流星会《りゆうせいかい》の隠れ蓑《みの》だ」

「流星会？」

「実相寺源が裏にいる右翼団体だ。正統派右翼とは違うが、統制が取れていることではナンバーワンだ」

「暴力団なの？」

「とも違う。似たようなことはやってるかもしれんが」

「松岡とどういう関係があるの」

「松岡の私兵みたいなものらしい。ということは、実相寺の私兵でもある」

高津はビルに目を向けたまま言った。

「『アルファ』は看板にすぎん。松岡はその看板を使ってロシアに近づき、ロシア軍から武器を手に入れた。その武器で流星会を武装し、残りを大成会の大岩に売っていた。

代わりに覚醒剤を仕入れてね。松岡は、覚醒剤で『アルファ』の幹部を薬漬けにして、思うように動かしていたんだ」

「それが竜神崎原発の原発ジャックとどういう関係があるの」

「組んだのがチェチェンゲリラだ。新興宗教と右翼と民族独立運動派。あまりに節操がない組み合わせではあるがね。とにかく、松岡が『アルファ』のトップになり、チェチェン解放戦線のメンバーを日本に招き入れた。チェチェン解放戦線も目的達成のためには、『アルファ』と手を組まざるを得なかったんだろう。ところが『アルファ』の中身は、流星会の構成員、右翼の構成員というわけだ。呆《あき》れた話だ」

高津は冗談っぽく言ったが、かなりの自信をもっている様子だ。

「『アルファ』はロシアとのルートを持っていた。だから松岡はそのトップになったということね」

「単純にそれだけとは言いきれないだろうが、まあ、大筋は当たっていると思う」

しかし、と言って高津は言葉を切った。

「実際に動いているのは彼らだが、どうも納得がいかない」

「テロリストの集団でしょう。何でもやるわよ」

「やってることが大きすぎる。国家相手の大博打《ばくち》だ。それも大国だ。ただのテロ集団にはできんことだ」

消した。

結子は言葉が続かなかった。たしかにそうだ。高津は、それにしても呆れた話だと繰り返して、取り出した煙草《たばこ》に火を点《つ》けた。四、五回深く吸い込んで、灰皿を開けてもみ消した。

「ここからは俺一人で行く。きみは帰って、叔父さんに連絡を取ってくれ」

高津はビルに目を向けた。

「やめて。もう十分よ。あとは警察にまかせたほうがいい」

「こんな話、誰が信じる。証拠がいる」

「じゃ、私も行く」

結子は断固とした調子で言った。高津は結子を見た。結子は何も言わず前を向いた。

「後悔するぞ」

高津はエンジンをかけた。二、三度、アクセルを踏み込んだ。静まりかえった街に重苦しいエンジン音が響いた。

二〇分ほど走って、国道から片道三車線の港に向かう道路に入った。平和島《へいわじま》に出て大和《やまと》大橋を渡った。埋め立てられた広大な土地に、コンテナ置場が続いている。車は東京貨物ターミナル駅の前を通って、東電大井発電所のほうに進んだ。道路に沿って積み上げられたコンテナが並んでいる。

「でも——」

「流星会が武器を隠している倉庫をつきとめた」

高津は前方に目を向けたまま言った。

「ロシアから運び込んだ武器ね」

「証拠写真を撮る」

第三埠頭《ふとう》公園の前に車を停めた。車を降りると、潮の匂《にお》いと港特有の重く湿った材木と土の匂いが鼻をついた。高津は二台のカメラを首にかけた。一つには三〇〇ミリの望遠レンズがついている。

二人は突堤に向かって歩いた。街灯が広い道路をぼんやりと照らしている。建ち並ぶ倉庫の間から暗い海が見えた。海から吹きつける風が二人の体温を奪っていく。高津は結子を抱くように腕を回し身体を寄せた。

倉庫は突堤の突き当たりにあった。倉庫の前に車が六、七台停めてある。そのうち二台は大型バン、二台は黒いベンツだった。二人は並んだコンテナの陰から倉庫の様子を窺《うかが》っていた。高津はカメラを構えてシャッターを押し続けた。モータードライブの音が夜の港に響いた。

「危険だわ。かなりの人数よ」

さらに倉庫に近づこうとする高津の腕を結子がつかんだ。高津はポケットから黒いものを取り出した。街灯の光に鈍く光っている。拳銃だった。

「なかの写真を撮ってくる。きみはここで待っていてくれ」

高津は腰を屈《かが》めてコンテナの陰から走り出た。結子が何か言ったが高津には聞こえなかった。

道路わきの小さな植え込みや車の陰に身を潜めながら、倉庫に近づいた。

「NO－5」と書かれた倉庫の前に、三人の男が暇そうに立っている。肩にかけているのは、カラシニコフAK47突撃銃だ。倉庫の間の路地に走り込んだ。なかが見えそうな所を探したが、倉庫には窓一つない。倉庫のまわりを半分ほど歩いたが、ブロック塀で行き止まりになっている。しかたなく、もとの場所に引き返した。

倉庫の扉が開いた。一〇人近い男が出てくる。最後に出てきたのは、ベージュのコートを着た小柄な男だった。

「角田俊雄《かくたとしお》」

思わずつぶやいた。流星会の会長。間違いなかった。写真で頭に叩き込んだ顔だ。高津は身体を乗り出した。真ん中の男。見たことがある。懸命に記憶の糸をたどった。男の顔が高津のほうを向いた。あれは――。高津は連続してシャッターを切った。男はベンツに乗り込み、走り去っていった。

角田は倉庫の入口で立ち止まった。倉庫の前に大型バンが横づけされた。後部ドアが開けられ、倉庫から運びだされた木箱が次々に積まれていく。高津はカメラを構えた。モータードライブの音が響く。

結子は高津の姿を追っていた。しかし、その姿もすぐに闇に埋もれた。結子は倉庫の陰から身を乗り出した。見張りの男の一人が結子のほうを見た。横の男に何か言って、歩いてくる。コンテナに沿って後ろに下がり、その端にしゃがんだ。男の声と靴音が近づく。思わず腰を浮かしかけたとき、背後から強い力で口をふさがれた。上げようとした声を呑み込む。高津だった。

結子は高津にコンテナの側面に押しつけられた。抱き締められた身体が細かく震えている。こんなことは初めてだった。銃撃、爆撃、砲撃……。東南アジアでも中東でも東欧でも、何度も経験したはずだ。しかし、いまは……。彼らは自分たちを狙っている。これほど戦争を身近に感じたことはなかった。恐怖が身体の芯《しん》から湧き上がってくる。

放尿の音が聞こえる。そして、立ち去る気配がした。結子の全身から力が抜けていく。高津が結子の横へわずかに身体をずらした。そのとき、二台のカメラが触れあう小さな音がした。突然、男が立ち止まった。銃を構えている。結子の口を高津の手がふさいだ。

銃弾が目の前のアスファルトを撃ち砕いていく。頭上のコンテナに当たって、高い金属音を響かせた。高津の胸に強い衝撃があった。金属とガラスの砕ける音がした。音のない銃弾。消音器をつけている。二人はコンテナの陰にうずくまった。駆けてくる複数の足音が聞こえた。まわれ！　後ろの通りだ。逃がすな。怒鳴り声も聞こえる。

「見つかったわ」

震える声が洩《も》れた。

「きみはここにいるんだ。動くな」

高津が腕をつかんで、結子を見つめた。

「どうするのよ」

高津は無言で携帯電話を結子の耳許に押しつけた。

〈パトカーが向かっています。聞こえていますか。こちら警視庁。応答願います。そちらは――〉

女性の声が聞こえる。

「場所と状況は言っておいた。きみの叔父さんに挨拶《あいさつ》ができればいいんだが」

前の通りに足音が聞こえ、止まった。何か言い合う声が聞こえる。

「そうも言ってられないな」

首から二台のカメラを外して、結子の首にかけた。一台はレンズが砕かれ、ボディーが半分しか残っていない。クソッとつぶやいて捨てようとしたが、思いなおしたように結子の首に戻した。

「これを叔父さんに渡せ。日本中がひっくり返る人物が写っている」

ポケットからフラッシュメモリを出して結子の手に握らせた。

「ベンツで先に行った男は、実相寺の秘書だ」

「背後に実相寺がいるというの」

「あとは叔父さんの領域だ」

「あなたは――」

結子の言葉は続かなかった。凍りついたように身体が硬くなった。足音と話し声はますます近づいてくる。数台前のコンテナの角から、人影が現われた。銃を持っている。

「楽しかったよ」

高津は手を伸ばし、そっと結子の頰に触れた。ポケットから拳銃を出した。わずかに微笑むと、コンテナの陰から飛び出して行った。男たちが怒鳴り合い、銃声が響く。銃撃が高津に集中する。遠くに、パトカーのサイレンの音が聞こえていた。

結子はコンテナの陰に隠れて目を閉じていた。

身体が硬直して息をするのさえ苦しかった。首にかけた二台のカメラが触れ合って鈍い音を立てた。抱き締められた肩にまだ高津の体温が残っている。

聞こえていた男たちの声も靴音も、いつの間にか消えていた。遠くでトラックの重いエンジン音が聞こえていた。海のなかに、いくつか明かりが見えている。どのくらいの時間がすぎたか分からなかった。ほんの数分のようにも思えたし、数時間の隔たりがあるようにも思えた。目を開けると、コンテナの前にパトカーの赤いランプが回っているのが見えた。

一〇台以上のパトカーが停まり、制服の警官が歩きまわっていた。

無線機が雑音の混じった聞き取りにくい音を上げている。パトカーのライトと投光器の光で、まわりは昼間のように明るかった。結子はパトカーの屋根の赤いランプが回るのを、ぼんやりと見ていた。四人の警察官によって、高津の遺体が運ばれてきた。

「見ないほうがいい」

高津にかけられたコートを取ろうとする結子の手を、鷲尾が押さえた。結子は何も言わず、その手に逆らってコートを取った。青白い顔のなかで、口から耳にかけて皮膚が剝《は》がれたように赤黒くなっている。上着は胸の部分がちぎれ、赤く染まっていた。

「至近距離から自動小銃の連射を受けたんだ」

鷲尾の声がうつろに響いた。結子の頭は一瞬空白になった。いままでにも無数の死を見てきた。それは死というより、呼吸の止まった人間、自分とは関わりのない、被写体としての死だった。その人間たちに死をもたらしたものに対して、怒りや憤りや憎しみを感じても、淋しさや悲しみはなかった。しかし、いま目の前に紛れもない一つの死があった。確かに死と呼べるものが横たわっている。結子の身体のなかに耐えがたい悲しさ、淋しさ、いとおしさが湧き上がってきた。

結子は身体中の悲しみを込めて、叫び声を上げた。警官たちがいっせいに結子のほうを見た。鷲尾はあわてて結子の肩を抱いた。深く、暗く、悲しく、結子の叫びは、夜の港にこだましていった。

鷲尾が結子の手からコートを取って、高津の身体にかけた。結子の肩を抱いてパトカーのほうに連れていった。結子は魂を抜かれた人形のように従った。高津の遺体を乗せた警察のライトバンが走り去るのを見送って、結子はいくらか落ち着きを取り戻した。

「驚いたよ。倉庫のなかには武器が山積みだ。AK自動小銃、トカレフ、手榴弾、ロケット砲、地雷、なんでもこいだ。迫撃砲やミサイルまである。これだけの武器が街に流れたら、大ごとだった。戦争でも始められる」

「彼のスクープよね」

結子はつぶやくように言った。

「そうだ。彼のスクープだ」

「このなかに日本中がひっくりかえる人が写っているそうよ。彼が命を懸けたもの」

高津から託されたフラッシュメモリとカメラから抜き出したフラッシュメモリを鷲尾

に渡した。鷲尾は受け取って、ポケットに入れた。

「今日は帰って寝なさい。明日にでも詳しい話を聞くことになるだろうけど」

鷲尾は心配そうに結子の顔を覗き込んだ。思わず目を見張るほど結子の顔は青白かった。

「パトカーで送らせよう」

鷲尾は結子の肩に手を置いた。結子はその手を無視して歩きだした。

一〇分ほど歩いて国道に出た。時折り大型トラックが空気を揺るがしながら通りすぎて行く。結子はしばらく道路の端に立って、通りすぎるトラックを見ていた。


鷲尾は井筒刑事の肩を叩いて、目で結子を指した。

「悪いが——見つからんように」

井筒は頷いて、結子の後を追って行った。

鷲尾はパトカーに戻り、運転席に座った。アタッシェケースを膝に置いて眺めた。倉庫のなかに、散乱した武器と一緒にあったものだ。高津を撃った者たちは、パトカーのサイレンを聞いて、よほどあわてて逃げだしたに違いない。開けようとしたが鍵《かぎ》がかかっている。振ってみたが手応《てごた》えはなかった。

しばらく考えてから、アタッシェケースを持ったまま車を降りた。車のトランクを開けて、大型の釘抜《くぎぬ》きを出した。踏み込みのとき、ドアや窓をこじ開けるために使っているやつだ。アタッシェケースの蓋《ふた》の間にこじ入れ、強引にねじった。ガリッという音を立てて簡単に開いた。なかには一通の封筒がバンドで留められているだけだった。封筒の中身を見て、鷲尾の顔色が変わった。『スピカ』。書類の一ページ目に、書かれていた。

午後一〇時

街は静まり返っていた。タクシーは滑るように走っていく。いつの間にか降り始めた霧のような雨がフロントガラスを濡《ぬ》らしている。結子はぼんやりと夜の街を眺めていた。窓ガラスにつけた頰に冬の冷気が伝わる。

ほんの一時間前の出来事が夢のように思えた。高津の胸に広がっていた赤い染みが結子の目蓋《まぶた》に焼きついていた。高津の身体が飛び上がり、スローモーションのように倒れていく。結子は膝の上の二台のカメラにそっと触れた。涙が頰をつたった。運転席のラジオからジングルベルの曲が低く流れてくる。今日はクリスマス・イブだ。すっかり忘れていた。

マンションの一〇〇メートルほど手前で車を降りた。結子の身体はたちまち霧のような雨に包まれた。ゆっくりとマンションに向かって歩いた。きりきりと刺すような冷気が、辛うじて結子に精神の平衡を保たせていた。

階段を上がると、ドアの前に人影が見えた。ドアにもたれて倒れそうに立っている。小柄な少女だった。肩までの髪、引き締まった唇。人形のように白い顔。ひと目でその少女が瀧沢の娘であることが分かった。

「美来ちゃんでしょう」

少女は顔を上げて結子を見た。

「美来ちゃんね」

結子がもう一度聞くと、少女は頷いた。コートが濡れ、髪から雫《しずく》をたらしている。細い身体を細かく震わせていた。

急いでドアを開け、入るように言った。しかし美来は動こうとしない。

「父は……どこですか……」

結子を見上げて震える声で言った。

思わず視線を逸らせた。少女の疲れ切った目のなかに、自分を非難するもの、敵意にも似たものを感じた。結子は美来の背中を押した。美来は動こうとしない。

「父に会いたいんです」

美来は繰り返した。

「風邪《かぜ》をひくわ。とにかくなかに入りましょう。お願い。私も寒くて凍えそう」

結子が震えて見せると、やっと部屋に入った。結子の青ざめた顔に、何か普通と違うものを感じ取ったのだろう。結子は明かりをつけ、ストーブのスイッチを入れた。部屋に入ってからは張りつめていた気持ちがゆるんだのか、結子の言葉に従った。バスルームに連れていき、シャワーを浴びるように言った。シャワーの音を聞きながら着替えを用意した。

美来は結子のジャージを着て出てきた。リビングのソファに座らせて濡れた頭を拭《ふ》いてやった。その間、美来は何も言わず、震え続けていた。熱いココアを飲ませると、やっと震えは止まった。

「いつからここにいたの？」

結子は美来の目を見つめて聞いた。挑みかかるような視線は薄らいでいたが、まだ挑戦的な輝きが残っていた。大きめの澄んだ瞳《ひとみ》。瀧沢の目とは違う。母親に似ているのだろうか。

「五時――」

消え入るような声で答えた。五時間以上も雨のなかに立っていたことになる。

「無茶をするのね」

結子は美来の肩に自分のセーターをかけた。美来は首を振って結子に返した。

「お父さんはどこですか？」

美来は、探るように部屋のなかを見まわした。お父さん――いくぶん肩の力は抜けたようだ。

「お仕事よ。すぐに帰ってくるわ」

結子にはそれしか言えなかった。

「お祖母《ばあ》ちゃんやお祖父《じい》ちゃんもそう言いました。私はもう子供じゃありません。お父さんが東京に出かけた朝、喧嘩《けんか》したことを謝っておきたいだけです。ひどいことを言ったから」

美来はそう言って、うつむいた。涙が頬をつたっている。結子の心に、なぜか高津の姿が浮かんだ。銃声と胸に広がる赤い染み。その姿が瀧沢と重なる。思わず美来の手を握り締めた。美来が不思議そうな目を向けた。たまらなく瀧沢に会いたいと思った。瀧沢の胸のなかで思いきり泣きたい。そしてもし可能ならば、昔愛した人の死を話したい。

「お父さんに会いたい……」

美来が低い声で言った。

結子は美来を抱き締めてやりたい衝動にかられた。自分と感情を共有する者がいるということがたまらなく心強く、それが瀧沢の娘であるということがたまらなくいとおしかった。

「お父さんも分かってるわよ」

結子は美来の肩に手を置いた。

「そうだといいんだけど――」

美来は首をかしげた。

「お祖母ちゃんやお祖父ちゃんは知ってるの。あなたがここにいるってこと」

美来は首を横に振った。

「すぐ連絡しなきゃ、心配してるわよ」

結子は急いで受話器を取った。ベルが鳴り始めると同時に受話器は取られた。聞き覚えのある婦人の声がした。心なしか動揺した声だった。美来が来ていることを話すと、ほっとした声に変わった。二時間ほど前に、警察に行ってきたところだと言った。一晩自分のところに泊めていいか聞いた。婦人は一瞬ためらった後、お願いしますと答えた。

美来を促して、受話器を持たせた。美来は頷きながら話していた。

なにも食べてないと言う美来のために、スパゲティを作った。

「私はお父さんの仕事が嫌いです」

食事の間に、美来はポツリと言った。

「どうして？」

「原子力なんて、必要ありません。放射能は危険だし、事故が起これば世界中が滅びます」

「誰が言ったの」

「本にも新聞にも書いてあるし、テレビでも言ってます。それに……」

美来は言葉を切った。

「どうしたの」

「学校の先生も言ってました」

「なんて？」

「原子力発電所はなくすべきだって。原子力は原爆と同じで、人類を滅亡させるものだって。それに関わっている人は非人間的だって」

「それは短絡すぎる意見。原子力全部が悪いわけじゃないのよ。現に原子力発電所の電気は何千万という家に送られているし、放射線はレントゲンや癌《がん》の治療に使われているの。野菜や草花の品種改良にも使われているしね。すべてが悪いってのは大間違いよ。ましてそれに関わっている人間が非人間的だなんていうのは大嘘《おおうそ》。腹の立つ先生ねえ」

話すにつれて結子は妙な気持ちになった。瀧沢を弁護しながら、いつの間にか原子力を弁護している。

「お父さんは立派な人よ。信念を持って仕事をしている。誇りに思うべきよ」

しゃべりながら涙が出そうになった。いまごろ瀧沢は竜神崎に着いて、命を懸けてテロリストと戦っているのだ。

「私は――」

と言って、美来が結子の顔を見た。

「あなたのことが嫌いでした。憎んでいました。会ったこともないのに。なぜだか分かりません。でも、会ってみたい気もしていました。お父さんに一番近い人だから」

「で、どうだった」

「分かりません。でも、友達になれそうな気がしないでもありません」

「ずいぶん消極的な言い方ね」

結子は美来を見て微笑んだ。窓の外に目を移すと、いつの間にか雨が雪に変わっている。白い粒が舞うように落ちてくる。

「ホワイトクリスマス……」

結子はつぶやいた。急に心細くなった。美来を見ると、不安そうに視線を窓の外に漂わせている。いまにも崩れそうな、弱々しい小動物のように思えた。無性にいとおしいと思った。こんな気持ちは初めてだった。母になるとは、こういう気持ちなのかもしれない。

結子の脳裏に高津の姿が浮かんだ。彼もこの女の子のように、誰かの愛を求めていたのかもしれない。この女の子のように繊細で弱く、いまにも崩れそうな存在だったのかもしれない。結子の頬に涙がつたった。

「どうかしたんですか」

美来が不思議そうに結子を見た。

「むかし私の好きだった人が、今日死んだの」

結子は、すべてを話してしまいたい衝動に駆られた。すべてを話せば、少しは心が軽くなるかもしれない。

「聞きたい？」

結子は美来を見つめて聞いた。

「聞きたいです」

美来は頷いた。結子はそっと美来を引き寄せて、その細い身体を抱き締めた。

午後一一時

日本海沖の海上には濃い霧が立ちこめていた。闇と霧のために、五〇センチ先も見えなかったが、海面は穏やかだった。現在この海域には、一隻の船舶も航行していない。政府の通告で、すべての船舶は神谷市を中心に半径一〇〇キロの海域から避難している。

わずかにうねりをもった波間に一隻の貨物船が浮かんでいた。二〇〇〇トンクラスの古い船だった。錆《さび》の浮かんだ船体に、「早乙女丸《さおとめまる》」の船名が読み取れた。キャビンは後部にあり、荷を積み込むためのクレーンが付いている。船尾には衛星通信用のお碗《わん》形のアンテナを搭載していた。古びた船体にもかかわらず、操舵室《そうだしつ》には最新の設備が設けられていた。レーダー、通信装置、GPS、パソコンも三台置かれていた。パソコンの一つには、総理大臣官邸のディスプレイと同じ画面が映し出されている。もう一台のパソコンは気象衛星「ひまわり」の電波を受け、最新の気象情報を画面に現わしていた。この情報から、原子炉から放射能汚染ガスが放出された場合の汚染地図がシミュレーションされる。

西風三メートル。大陸にシベリア寒気団がどっしりと腰を下ろした典型的な西高東低の冬型の気圧配置だ。現在の気象状況からは、汚染ガスは冬の季節風、西風に乗って中部山脈を越え、関東一円に広がる。一時間後には富山県を覆い、六時間後には東に向かって半径一〇〇キロにわたり扇形に汚染は拡大する。二四時間後には、東京から仙台、大阪方面にまで達する。この気象状況は、今後五日間は大きな変化はないと予想されている。

船は一二時間前からこの海域に停泊していた。明朝六時、竜神崎第五原子力発電所が汚染ガスを流すと同時に、松岡とタラーソフが生き残りの部下を連れて、プルトニウムのキャスク五個と一〇〇〇億円と一〇億ドルを積んだ漁船でこの近海に現われる。汚染ガス放出で日本中がパニックになっている間に、船は沖縄に向かう。沖縄には実相寺が待っている。

沖縄にしばらく滞在した後、アルゼンチンに行く予定だった。途中、ロシアの潜水艦と合流して、タラーソフをはじめチェチェン解放戦線の兵士と、プルトニウムのキャスクを降ろすことになっていた。

5

遠くで空気を震わせる音が聞こえる。あれはアメリカ空軍の輸送機だ。F16のエンジン音も混じっている。ここは日本ではないのか。この日本の地に約五万の米兵が大きな顔をしてのさばっている。他国の軍隊の駐留を許している国が、独立国といえるのか。自分は何度も憲法改正を主張してきた。戦後六〇年以上、日本はアメリカの属国として甘んじてきた。日本は自衛隊を軍隊として認めなければならない。そして、核を保有すれば世界と対等に渡り合える。それを腰抜けの政治家どもは、世論を恐れ逃げてばかりいる。日本人としての誇りはどうした。民族としての自立は捨て去ったのか。

「一九六二年の屈辱をいまこそ晴らす」とアレクセイ・ブーリンは言った。フルシチョフの側近として、キューバにミサイルを持ち込もうとした男だ。ケネディに阻まれ、望みを果たすことができなかった。あのときブーリンは、徹底抗戦を主張した。アメリカは必ず屈伏すると――。しかしフルシチョフはケネディに屈した。あの生意気な若造に手玉に取られ、世界の笑い者になった。そのため、ブーリンは失脚した。「やっといま、アメリカを心底怯えさすことができる。たった一つ、やり残したことだ」とブーリンは語った。その後のことは——。

実相寺は混濁した頭で考えていた。俺はまだ生き足りない。俺にはもっと別の人生があったはずだ。これでは、死んでも死にきれない。俺は裏からではなく、表に立って日本を動かしてみたかった。そうすれば、アメリカに魂を売り渡した国にすることはなかった。アメリカは俺からすべてを奪い取った。家族、将来、誇り……希望さえも奪った。かならず復讐《ふくしゅう》してやる。

いまごろ、ロシアを出航した核ミサイルを積んだ潜水艦が太平洋を南下し、イランに向かっているはずだ。あの男の言ったことは正しい。これから新しい世界秩序が始まる。

第五章　新　生

最終日――一二月二五日（土）クリスマス

1

午前〇時

遠くで電話が鳴っている。結子は薄く目を開けた。雪はまだ降り続いていた。結子はぼんやりと闇《やみ》のなかに舞う雪を見ていた。自分がどこにいるのか分からなかった。暗く重苦しいものが全身を包んでいる。動く気配を感じて横を見ると、女の子が眠っている。美来だ。話しているうちに眠ってしまったようだ。一瞬に記憶がよみがえった。瀧沢との別れ、高津の死、そして美来との出会い。どれもが結子の心を押しつぶし、動揺を与えるに十分なものだった。

再び電話が鳴り始めた。そっとソファから起き上がり、キッチンに行って受話器を取った。小松原だった。

〈生きてたか。死んでるのかと思ったよ〉

「ごめん。明日は——もうクリスマスになっているのね。今日は、午後から出ることになると思う」

声を潜めて答えた。

〈なんて声を出してんだよ。男でも連れ込んでるのか〉

「そんなところよ」

後ろで動く気配がした。美来がソファに起き上がり、こちらを見ている。

「お昼すぎには行けると思う」

小松原の返事を待たず、受話器を置いた。

結子が紅茶を淹《い》れていると、美来がカバンからインクの滲《にじ》んだ厚手の封筒を取り出した。

「どうしたの」

結子はレモンを切る手を止めた。

「お父さんに来ていた手紙です。これを渡しに来たことにして謝ろうと思ってました」

封筒のなかに時計が入っていた。旧式の自動巻時計だ。結子は時計をテーブルに置き、手紙の差出人を見た。アレクサンドル・パブロフのサインがある。

「ドクター・パブロフ。ロシアの偉い科学者です。お父さんの先生兼友達で、一番尊敬している人。私より二歳年下のお孫さんがいるって聞いています。昔、ロシアのお人形を送ってくれました。いつか、会いに連れて行ってくれる約束でした」

「いつ来たの」

「昨日。大切な手紙ですか」

美来は結子の真剣な顔に、戸惑ったふうに聞いた。結子は一瞬迷ったが封を切った。昨日会ったときの、瀧沢の苦しそうな顔を思い出したのだ。美来は黙って見ている。手紙は英語だった。

「出かけましょう」

結子は手紙を封筒にしまいながら立ち上がった。美来は黙って従った。


結子は美来を連れて、グリンホルダーの事務所に行った。

事務所中の視線が二人に集中した。美来の手をにぎった手のひらが、じっとりと汗ばんでいる。

「竜神崎の自衛隊の司令部を呼び出して」

結子は江口の横に行き、息を弾ませながら言った。江口は、えっという顔で結子を見ている。

「攻撃部隊の司令部よ」

「本気ですか？」

「コンタクトできるんでしょ」

結子は激しい口調で言った。

江口は結子の後ろに立っている小松原に視線を移した。小松原は何も言わず頷《うなず》いた。

江口は無線に向きなおった。

「瀧沢教授の娘さんよ」

二人を見つめている事務所にいる全員に向かって言った。

美来は強張《こわば》った表情で頭を下げた。

「GHの人たち。地球を守る緑の戦士たち、と言えば聞こえはいいけど、みんな社会からの落ちこぼれ。もてあまし者の集まりよ」

しゃべっている間に、いくぶん落ち着きを取り戻した。

「出ましたよ」

江口がレシーバーを結子に差し出した。結子は受け取らず、スピーカーのスイッチを入れた。

〈姓名を名乗ってください〉

スピーカーから鮮明な声が流れた。部屋中に緊張が走った。

〈この通信は特別回線でつながっています。応答を願います〉

声は繰り返した。若い声だった。

「東都大学理学部の瀧沢俊輔教授を出してください。いないとは言わせませんよ」

結子はマイクに向かって言った。

〈至急名乗ってください〉

「私は仁川結子。瀧沢教授の娘さんの美来さんもいます」

〈民間からの通信は――〉

「急いでよ。ゴタゴタ言ってると、あなたたちがやってることを世間に公表するわよ。この通信を世界中に流すことだってできるのよ」

突然大声を出した。

〈待ってください。上官を呼びますから〉

あわてた声が聞こえ、席を立つ気配がする。

〈私は攻撃部隊の副司令官、中山《なかやま》二等陸佐だ〉

すぐに、落ち着いた声が返ってきた。

「偉い人なのね」

〈偉いかどうか分からないが、そちらの用件を聞こう〉

「瀧沢教授がそっちに行ってるでしょう。話がしたいのよ。怪しい者じゃないわ。娘さんが来てるの」

無線の向こうで、しばらく沈黙が続いた。

「お願い。大切な用があるのよ」

結子はたまらず、声を上げた。

〈少し待ってくれ〉

「こっちの場所を調べようとしてるんですよ」

横から江口が口をはさんだ。

「いいじゃない。悪いことはしていないんだから」

「電波法に違反してるんです」

「罰金なら払うわよ」

〈瀧沢だが――〉

瀧沢の声が聞こえた。

「美来ちゃんが来てるわ」

結子はマイクを美来に渡した。

「お父さん……」

美来の声が途絶えた。結子が美来に何か話すように促した。

「ごめんなさい。この間のこと」

〈謝ることはない。帰ってから、ゆっくり話したい〉

「お父さんに手紙が来てる。ドクター・パブロフ。お父さんがいつも話していた人でしょう」

〈読んでくれ〉

美来は結子に手紙を渡した。結子は読み始めた。

『私の友人であり、最も尊敬する科学者のひとり、瀧沢俊輔博士。

私はこれを日本で書いています。ここがどこだか知りません。日本列島中部の山中です。おそらく、中央より日本海に近いところだと思います。私はここが気に入っていま す。昼間は仲間たちの訓練の物音で騒々しく、私も他の科学者や技術者との討論や日本の原子力発電所の学習に忙しく、落ち着いて考える時間はありません。しかし夜は、信じられないくらい静かです。物音一つ聞こえません。私の部屋からは湖が見えます。さほど大きくはありませんが、深く透明な水をたたえています。そのまわりを歩いていると、ロシアの私の生まれた村、ラワーニアを思い出します。空気は澄んでいて冷たい。空は深く暗い。星が降るように輝いています。私の人生の、おそらく最後のひとときをこのような場所ですごせたことを幸せに思います。

さて、本題に入りましょう。この手紙をあなたが読むころには、すでにあなたは私のなしたことを知っているでしょう。あなたは私に失望し、私を蔑《さげす》むでしょう。私にとって、誰《だれ》に軽蔑《けいべつ》の言葉を投げかけられるより悲しむべきことです。しかしそれは、当然のこととして受け入れるしかありません。

私はどうしても、ここにあなたあての手紙を書いておかなければなりません。これから私がなそうとしていることは、あなたの愛する祖国で、あなたの創造したものを冒瀆《ぼうとく》することに他ならないからです。私はあなたのこの美しい祖国と同胞たちを、未曾有《みぞう》の危険にさらすことになるのですから。さらに私は、あなたとの友情を裏切るのですから。しかし私は、やらなければならないと決心しました。いまやらねば、近い将来、もっと大きなかたちで人類はその代価を支払うことになるからです。

科学は万能ではありません。それは万人《ばんにん》の知るところです。両刃《もろは》の剣。そうです。有史以来、科学は人類を繁栄に導き、多くの命を救い、地球の生物の長とならしめました。しかし反面、多くの命を奪い、たぐいまれなる人類の危機も生み出してきました。そして現在、その危機は頂点に達していると言わざるを得ません。二酸化炭素などの温暖化ガスによる地球温暖化、フロンによるオゾンホール、砂漠化や酸性雨の広がり、地球規模の破壊は進んでいます。さらに、スリーマイル島、チェルノブイリ原発事故と、危機は現実の形となって現われました。あなたの国、東海村の臨界事故もその一つでしょう。

現在、ロシアには、二七基の原子力発電所があります。そのうち一二基は、いつまた大規模な事故が起こってもおかしくない状態です。IAEA査察団によって廃炉勧告を受けているにもかかわらず、なお稼動を続けているものも多数あります。チェルノブイリ以降、私たち旧ソ連の科学者も、危険性のある原発の廃炉を政府に訴え続けてきました。しかし、それが聞き入れられたことはありません。

そして事故後、私たちはチェルノブイリ型原子炉の重大な欠陥を発見したのです。この型の原子炉は、燃料効率を優先するあまり、反応を抑えるはずの制御棒に一部黒鉛が使用されています。そのため、制御棒を挿入することによって、逆に反応を高める結果になってしまうのです。政府はこの事実を隠すため、すべての責任を運転違反をした運転員に押しつけてきました。そして、こうした事実にもかかわらず、いまなお同型の原子炉が一二基稼動しているのです。

さらに私たちは政府の新しい計画を知ったのです。核兵器から取り出したプルトニウムを使用した、新型炉の建設です。この新型炉は軍事用プルトニウム製造炉をそのまま産業炉に転換しようというもので、技術的にはまったく確立されていない未開発の装置といっていいものです。その新型炉を今後ロシアを含め旧ソビエト連邦諸国に、一二基建設しようとしているのです。もちろん私たちはこの計画の無謀性を訴え続けてきました。しかし、政府は私たちの勧告をことごとく無視し続けてきたのです。それどころか、この無謀ともいえる原子力政策をさらに拡大して、推し進めようとしているのです。

原子力は本来危険なもの。それを扱う者は、科学に対する誇りとともに謙虚な精神こそ大切なものです。私は原子力の恐ろしさを世界に再認識させたい。政治家を含め、世界中の人々にも知ってもらいたい。核の扱いは、けっして急いではならない。十分な技術の確立と、人類の良心の確立がなされてから、初めて許されるものなのです。私は生涯を科学に捧《ささ》げてきました。それについては悔いはありません。これから私がなそうとしていることは、正しいことか、また人類を破滅に導くものなのかは分かりません。しかし、これは人類がいつかは越えなければならない宿命だと理解しました。人類は必ずそれを賢明な手段で乗り越えていくことと信じます。

木々の間から星の輝きが見えます。宇宙の永遠を眺めるとき、この地球の人類の蠢《うごめ》きなど無いに等しく思えてきます。私は神を信じてはいませんが、ここ数日の間は神を感じることができます。神と呼ぶべきは地球を含めた宇宙そのものであると。

東の空が赤らんできました。やがて夜が明けるでしょう。この夜明けは人類が滅んだ後も、なんの変わりもなく続くことでしょう。いや、むしろ滅んだ後のほうが、さらに美しく、荘厳に輝き続けるのかもしれません。それこそ、神の意思かと思えることもあります。私は神の意思を果たすつもりです。もう時間がありません。私は行かなければならない。

私はこの手紙をキャンプのコックに託すつもりです。彼は素朴な老人です。必ずや、あなたの手に届くことを信じます。

私はあなたと交換した時計をこの老人に残します。私には持っている資格はありません。人類に対して、深くお詫《わ》びします。

ドクター・アレクサンドル・パブロフ』

結子は手紙を置いた。年老いた科学者の深い息づかいが伝わってくるようだった。

〈ありがとう〉

瀧沢の静かな声が聞こえた。

「必ず生きて帰ってください」

結子は無線機に向かって言って、スイッチを切った。

ひっそりとした部屋に、鷲尾は一人座っていた。目の前には四つ切りサイズの数十枚の写真があった。

「分かりましたよ」

井筒が飛び込んできた。

「鷲尾さんのカン、ピタリでしたよ。政治部の記者が知ってました」

鷲尾は写真のなかの一枚を取った。井筒が持っているのと同じ人物が写っている。ベンツに乗り込もうとしている男。横には角田が立っている。

「三木隆史《みきたかし》。実相寺の秘書でした。大番頭です。並みの代議士よりはるかに力があるそうです」

「で、実相寺は?」

「ひと月前から沖縄です」

「沖縄?」

「やっと調べたんです。実相寺の主治医がやはりひと月前から沖縄なんです。大学病院にときどき連絡が入るそうです。実相寺と思われる患者の薬の処方箋《しょほうせん》が届きます」

「病気か」

「そこまでは知りませんよ。まあ、薬を飲んでいることは確かでしょうね。心臓、肝臓、血圧、もろもろの薬だそうです。なんせ、歳《とし》だ」

鷲尾はむっつりした顔で聞いている。

「すぐに課長に報《しら》せましょう」

「よせ!」

鷲尾は鋭い声で言った。井筒は不思議そうに鷲尾を見た。

「相手は実相寺だ。分かってるだろう」

「分かりませんよ」

「政府のトップ連中のほとんどは、実相寺の息のかかった者だ。警察だって例外じゃない。結果は明白だ」

「どうしろって言うんです」

「おまえに借りを作る」

「借りって……」

「おまえ、これを撮った男の姿を覚えているか」

「はい……」

「高津研二、フリーカメラマンの名前でマスコミに流す」

井筒は何も言わず、写真を見ている。

「こっちは、俺《おれ》たちでもクソの役には立つだろう」

鷲尾は「スピカ」と書かれた書類を井筒の前においた。

午前一時

あたりは闇と静寂に包まれていた。

瀧沢はそっとテントを出て、海岸のほうに歩いた。波の音が闇に吸い込まれるように響いている。海岸に立つと、陽《ひ》が沈む前に見た発電所の光景が目に浮かんだ。火薬とオイルとプラスティックの焼けた臭《にお》いがまだ漂っている。防砂林の端に出れば、サーチライトの光のなかにまだ煙を上げている戦車やヘリの残骸《ざんがい》が見えた。

瀧沢はパブロフの手紙を思い出していた。心の奥にべったりと貼《は》りついたような黒いものがある。その影はますます大きさを増し、瀧沢を覆い尽くそうとする。パブロフは科学者である前に、父であり、祖父であり、人間だった。それゆえ、間違いを犯した。しかし――何かがおかしい。

パブロフはもっと真摯《しんし》に自分を受けとめていた。もっと謙虚に科学を信じ、愛していた。神の意思を果たすなどとは間違っても言わない人だ。人類は滅んだほうがいいなどとは……。

「瀧沢先生、どうかされましたか」

突然の声に振り返った。長谷川が立っている。

「あなたにお願いがある」

瀧沢は言った。

「私も同行したい」

「しかし、あなたは――」

「危険ということでは、あなたたちと同じだ」

「私たちは、そのための訓練を受けています。覚悟もできています」

「私は行かなければならない。あの発電所は、私たちが造り上げました。子供と同じようなものです。その子供が危機に曝《さら》されています。あなた方にとって国と国民を守ることが義務であるように、私には発電所を守ることが義務だと信じています」

瀧沢は長谷川を見つめた。長谷川は瀧沢から目を逸《そ》らせて海のほうを向いた。

「アクアラングの経験はおありですか」

「一〇年以上前ですが」

カリフォルニア工科大学に留学していたころ、クルーザーを持っている教授に誘われて海に出た。そのとき、何度か潜ったことがある。

「あなたは私の指揮下にある。私の判断で許可します。出発まで二時間です」

長谷川は時計を見て言った。

瀧沢は長谷川と別れ、砂浜に降りた。足許《あしもと》の砂がもろく崩れていく。四日前の『銀河』の完成式の後、結子と一緒に歩いた砂浜だった。そのときは、海は燃えるように輝いていた。

肌を刺す風が吹き抜けていった。突然、結子の肌のぬくもりを感じた。瀧沢の全身に、結子の顔と声と、身体《からだ》が鮮明に甦《よみがえ》ってきた。迷うのはよそう。生きて帰れたら、迷わず結子を受け入れよう。振り返ると、岬の先にサーチライトの光を浴びた発電所が、砂漠に浮かぶ古城のように見えている。

テントに戻って、簡易ベッドに横になった。長谷川も部下も寝息一つ立てていない。二時三〇分。長谷川は起き上がった。他の隊員たちも無言で起き上がり、装備をつけ始めた。

夜の日本海は驚くほど静かだった。昼間の荒涼とした風景は闇のなかに沈み、ただ精神《こころ》にしみ込むような澄んだ波の音だけが響いている。

三艘《そう》のゴムボートが砂浜に引き出され、海に浮かべられた。すでに隊員の手によって装備は積んである。瀧沢は長谷川に導かれて、先頭のボートに乗った。

一〇名の隊員はボートに分乗して、発電所から一キロメートル離れた海岸から冬の海に乗り出した。三艘のボートはロープでつながれている。ボートは低いエンジン音を立てて、ゆっくりと進んだ。瀧沢はボートから腕を出して海面に触れた。海水は刺すように冷たい。そのまま海水につけていると、すぐに感覚がなくなる。水から出して、潜水用のゴム手袋をはめた。

気がつくと、白いものが舞い始めている。雪は暗い海に吸い込まれるように消えていく。

三〇分で発電所の西側についた。二〇分前からボートのエンジンを切り、オールを使って進んでいる。完全な闇だった。後ろに続いているはずのボートすら見えなかった。

長谷川は赤外線暗視ゴーグルをつけ、舵《かじ》を取っている隊員に指示を与えた。

海水取入口はすぐに見つかった。引き潮のため、その上部のコンクリートが海面に突き出している。長谷川はボートをコンクリートから出た鉄製の支柱にくくりつけるように命令した。

長谷川は海中に入った。水深一〇メートル。五メートルほど離れた所に海水取入口はある。その取入口に向かって強い潮の流れを感じた。あと一五分で、その流れは止まる。ライトの光が水中をぼんやり照らしている。隊員たちは、光に向かって装備の入った防水バッグを降ろし始めた。水中バーナー、アセチレンガスのボンベ、金網切断用の大型カッター、爆薬が入っている。最後に武器の入ったバッグを降ろした。ロープで縛ったバッグを取入口のまわりに集める。ウエットスーツを着ていても、寒気は身体の芯《しん》まででしみ込んでくる。しかし、しばらくすると感じなくなった。緊張と、身体を動かしているためだろう。

長谷川は海面に浮き上がって、瀧沢を探した。瀧沢は首だけ出してボートのロープに摑《つか》まっている。彼だけはなんとしても無事帰還させたい。衝動のような思いが湧《わ》き上がった。

「原発の冷却水の取入口。やばいことはないでしょうね」

隊員の一人が冗談のように瀧沢に聞いている。

「理論的にはね。しかし、彼らが何をやったか分からないし、ひどい突貫工事で原子炉を動かしている。何が起こってるか分からんよ」

瀧沢の声は寒さのために震えている。

「自分はまだ独身ですから――。子供は大丈夫ですかね」

「そういうことは、生還してから心配しろ」

長谷川はそう言うと、親指を立ててゴーサインを送った。

波の音が闇に響いている。瀧沢は、手を滑らせれば永遠にボートに帰りつくことができないような気がした。

水中ライトの光で、数メートルの範囲が白っぽく浮かび上がった。海底に巨大な通路が口を開けている。その口に向かって、強い流れがある。この取入口が完成したのは二年前だ。その間にコンクリートはびっしりと貝におおわれ、海藻をつけていた。入口は金網のフィルターで保護されている。降ろされたバッグを集め、ファンの止まるのを待った。

突然、バッグが一つ動き出した。隊員の一人が摑もうとしたが、バッグは流れに巻き込まれ、金網に吸いつけられる。気がつくと、瀧沢が取入口に向かって流されていく。長谷川は瀧沢の腕を摑み、もう一方の手で、コンクリートから出た鋲《びょう》を握った。無限の時間が流れたような気がした。鋲を握った手が痺《しび》れる。胸が押されて、空気がうまく吸い込めない。マウスピースが口から滑り出た。あわててくわえ直すとき、したたかに海水を飲んだ。限界を感じ始めたとき、給水は止まった。嘘《うそ》のように身体が楽になった。身体は重力を失ったように漂い始めた。渦が徐々に消えていった。ライトの光のなかに瀧沢の顔がぼんやり見える。長谷川は瀧沢の腕を放した。ファンは二〇分間止まっている。その間に、ファンを破壊しなければならない。

隊員の一人が切断器で金網を切り始めた。金網はまるで紙のように切断されていく。数分で直径三メートルのパイプの半分の金網が切断された。バッグをパイプのなかに押し込んだ。まわりが急に明るくなった。隊員が強力なライトで、パイプの前方を照らしている。長谷川は振り向いて、前進の合図を送った。隊員たちは瀧沢を中央において、一列になって進んだ。

七分ほどで一二〇度の曲がりについた。ここは、原子炉補助建屋《たてや》から五〇メートルの位置になる。前を行く隊員の動きが止まった。長谷川は隊員の肩ごしに、巨大なファンを見た。海水を吸い込むためのファンだ。ファンの手前に金網のフィルターがある。図面ではファンと一体に描かれていて気がつかなかったのだ。バイパス通路は向こう側にある。

二人がかりで金網の半分を切り取った。すでに一〇分がすぎていた。最後尾の隊員が、ボンベとバーナーを押し出す。フィルターは簡単に切り外すことができた。

隊員の一人がバイパス通路に入った。直径一メートルの管は、一人が進むのがやっとだ。向こう側は金網ではなく、鉄棒の柵《さく》になっている。別の隊員が、ボンベなどの切断用具を送り込む。一枚のファンは長さが一メートル。九分後にはこの五枚のファンが、毎秒二〇回転で回転を始める。ファンの反対側にある駆動装置を壊さなければ、回り始めたファンに巻き込まれて切り裂かれる。

長谷川は時計を見た。残り八分。長谷川は瀧沢の腕を摑んで、バイパス通路のなかに引き入れた。水中に鋭い光が走った。鉄の融点の一五〇〇度を超える、一八〇〇度の酸素切断トーチの青白い光だ。急げ！　長谷川は時計を指差しながら、カッターでバイパス通路を叩《たた》いて合図を送った。

心臓が凍りつくような時間が流れていく。鉄柵の三分の二が焼き切られた。あと五分。長谷川は右手を広げて隊員に知らせた。バーナーを持った隊員は振り向きもせずに作業を続けている。あと三分。長谷川は指を三本立てた。水中で不気味な音を響かせながら鉄柵は外れた。

長谷川は爆破装置を持って、隊員の横をすり抜けていく。瀧沢の背後の隊員が瀧沢の身体にかぶさり、壁に押しつけた。衝撃が海中を伝わる。瀧沢は激しく通路に叩きつけられた。長谷川がファンの駆動部を爆破したのだ。

隊員たちは次々にバイパス通路の外に出た。あと五〇メートル。その先が補助建屋だ。

総理大臣官邸では、安全保障会議に集まった全員が、固唾《かたず》を呑《の》んでディスプレイを見守っていた。

ディスプレイには次々に数値が現われ、変わっていく。羽戸崎は執務机の椅子《いす》に座り、庭を見ていた。外灯の光のなかに葉を落とした木々がひっそりと立っている。

「原子炉の出力が急速に上がっています」

赤西が叫んだ。

「一次冷却水、高温側三五〇度、炉心温度は一〇〇〇度を超えています。その他のパラメータは測定器が接続されていないので、モニターできません。炉心温度は、依然上昇中。異常な上がり方です。このままだと、暴走を始める危険があります」

「彼らは事態を把握しているのか」

防衛大臣が叫んだ。

「おそらく――」

「連絡を取る手立てはないのか」

「回線が切られています。我々には手の下しようがありません」

「竜神崎の攻撃部隊に連絡を取って、状況を確認しなさい」

ゆっくりと椅子を回した羽戸崎が言った。

そのときドアが勢いよく開いた。ＳＰに導かれて警視総監が入ってきた。羽戸崎に近づき、耳許で囁《ささや》いた。

「彼らの作戦の全貌《ぜんぼう》が明らかになりました」

羽戸崎は立ち上がり、部屋中を見まわしながら言った。

2

午前四時

パブロフはベッドに横たわり、ナターシャのことを考えていた。

この名前はパブロフがつけた。ロシアのありふれた少女の名前だ。この名の通り、平凡でも幸せな娘になってくれればいいと願ってつけた名だ。三年前、ナターシャはまだ元気だった。一一歳になったばかりで、長い金髪を風になびかせロシアの森を駆けまわっていた。あの柔らかな肌の感触や甘い息、優しい眼差《まなざ》しは、いまもパブロフの心に強く焼きついている。

部屋の外があわただしくなった。通路を行き交う足音から、ただならぬ気配が伝わってくる。立ち上がって、ドアの側《そば》まで歩いた。足許はふらついたが、意識はしっかりしていた。胸の奥が強く痛んだ。しかしその痛みは、精神《こころ》の痛みに比べれば無視できるものだ。

「誰かいないか」

パブロフはドアを叩いた。

「静かにしてください、博士」

女の声がした。

「エレーナか」

「そうです」

「何が起こっている」

「二時間で原子炉を最高出力運転にもっていきます」

パブロフの脳裏に黒煙を上げるチェルノブイリ原発の姿が浮かんだ。爆発で崩壊し、醜い残骸をさらしていた原子炉が『銀河』に重なった。しかし『銀河』が暴走を始めれば、チェルノブイリ原発事故の比ではない。

「やめろ。危険だ」

無意識のうちに激しくドアを叩いていた。

「マツオカを呼んでくれ」

パブロフは大声を上げた。返事はなかった。

「タラーソフはいないのか」

パブロフはドアを叩き続けた。

「無駄よ。あの男はおかしくなってる」

再びエレーナの声がした。

「原子炉を止めろ。止めさせるんだ」

「もう遅い。誰も止めることはできない」

「ウツギは？　彼なら分かる」

パブロフは懸命に平静を取り戻そうとした。

「彼でもだめ。最高出力になれば、少量の汚染ガスが流れて町の警報を鳴らすだけ。大したことは起こらないわ。ロシアの技術者が言ってた」

エレーナが慰めるように言った。

「やめろ。ロシアの原子炉とは違う。何十倍も複雑な装置が組み合わさっている。コンピュータには、そんな急激な運転はプログラムされていない。コンピュータの安全プログラムは解除してある。急激な出力上昇は危険だ」

パブロフは仲間の科学者と技術者のことを考えた。果たして彼らは、どこまで自分を理解しているだろうか。自分の真意を。イーゴリはどうか。彼なら分かってくれるだろう。しかし、松岡たちに脅されれば……。

「エレーナ、きみには分かっているはずだ。彼らがどんなに危険なことをしているか。

私をここから出してほしい」

「博士、私には博士を救《たす》けることはできません」

「きみは賢明で、勇気ある女性だ」

「私はチェチェン解放戦線の兵士です」

「いま、きみらのやろうとしているのは、まさに世界を滅ぼすことなんだ。この地球から人類を抹殺し、地球を死の惑星にしようとしている。私は——許すことができない」

パブロフは必死で呼びかけた。

「チェチェン解放を叫んで世界を滅亡に導くことは、きみの祖国の人たちも家族も許さないだろう」

しばらく沈黙が続いた。パブロフは耳をすました。かすかにすすり泣く声が聞こえる。

「どうした」

「家族は全員死にました。祖国の多くの者たちも」

「私は——」

一瞬、言葉が途切れた。

「人はときに、自己の信じるものを護《まも》るために真実を見誤ることがある。きみもそうなってはならない」

パブロフの身体が揺れた。バランスを崩し、ドアに身体をぶつけた。建屋が揺れている。かなりの振動がどこかで起きている。

「何が起こってるの」

「補助建屋だ。急激な出力上昇のため、タービンが異常振動を起こしている」

パブロフは壁にもたれ、身体を支えながら言った。

異常を報せるサイレンが鳴り響いている。しかしそれは、すぐにやんだ。振動が止まったからではなく、誰かが解除スイッチを押したのだ。振動は数十秒続いて止まった。

「お願いだ。急いでくれ。また起こる。原子炉の安全装置は解除されている。この振動が原子炉まで広がれば、手遅れになる。チェルノブイリの悲劇がここでも起こる。その何万倍もの惨劇だ」

パブロフは必死で叫んだ。エレーナの返事はなかった。


中央制御室には異常な緊張が漂っていた。数十の視線はすべてメインパネルに集中していた。ディスプレイには、出力を上げ続ける『銀河』が映っている。原子炉出力はすでに八〇パーセントを超えている。『銀河』は最高出力運転に達しようとしていた。原子の火は燃えさかり、その本来の使命を果たそうとしている。再び振動が起こった。

「原子炉を停止しましょう」

宇津木が松岡を見て言った。松岡の顔は白っぽく変わり、どこか病的な雰囲気を漂わせている。宇津木の背筋に冷たいものが流れた。

「このまま出力を上げる」

松岡は感情のない声で言った。

「何が起こるか分かりません」

「振動は原子炉建屋ではない」

「しかし……」

タラーソフが肩にかけていた銃を下ろした。それにならって、背後のチェチェン解放戦線の兵士たちも銃を構えた。

技術者たちの間にざわめきが起こった。『銀河』が最高出力運転に達したのだ。五七〇万キロワット。しかし、『銀河』はそのパワーを止める気配はなかった。出力を上げ続ける。

ざわめきが消えた。原子炉の異常を告げるサイレンが鳴り始めた。メインディスプレイの上にある赤いランプが点滅している。原子炉の異常を報せるランプだ。コントロールパネルの大部分のランプが赤く変わっている。

午前五時

瀧沢、長谷川と一〇人の特別攻撃隊は、原子炉補助建屋にある冷却水貯蔵タンクから出た。タンクを焼き切るのに、二〇分かかっている。タンクからはまだ海水があふれ出している。

五時七分。放射能汚染ガス放出までに残り一時間もない。瀧沢はあたりを見まわした。広い建物のなかにタービンが六基、唸《うな》りを上げている。天井には大小さまざまの数千本のパイプが走り、細かな振動を伝えている。

瀧沢は遮蔽《しゃへい》スイッチを押した。タンク内の遮断壁が下りて、あふれ出る海水が止まった。隊員たちが次々に這《は》いだしてきた。装備の入ったバッグを押し出す。

防水バッグを開け、装備を取り出した。ウエットスーツの上から迷彩服を着て拳銃《けんじゅう》とマガジンのベルトをつけた。隊員は銃を構えて、あたりを警戒している。タービンの重い響きが満ち、あらゆる物音を覆いかくしていた。人の気配はなかった。

低い、腹に響く音が建屋に満ちた。細かな振動が伝わってくる。タービンの一つが振動を起こしているのだ。壁の赤いランプが点滅している。

「原子炉が異常出力を出している」

瀧沢はつぶやくように言った。揺れは数秒でおさまった。

「急ぎましょう」

長谷川が瀧沢の肩を叩いた。

瀧沢は地下に通じる階段を下りていった。隊員たちが瀧沢に従う。

窓一つない通路が続いている。遮蔽物はなにもない。真新しい壁に明るすぎる蛍光灯が反射している。長谷川は不安を感じた。

「敵に会っても防御のしようがありません」

長谷川の言葉を無視して、瀧沢は進んでいく。長谷川が銃を構えて並んだ。

原子炉建屋の手前で、通路は左右に分かれている。各々《おのおの》が東と西の入口につながっている。瀧沢は西側の入口に向かって進んだ。五分ほどで原子炉建屋に着いた。この先に圧力調整室がある。敵の姿はまったく見えなかった。原子炉補助建屋から響いてくるタービンの重い唸りのほかは、物音すら聞こえない。

「ロックは解除されている」

瀧沢は開いたままの二重ドアを見て言った。

最高出力に近づいている原子炉建屋のドアが開けられたままとは、信じられないことだった。これでは、すべての安全装置が解除されていると考えていい。安全装置の解除は、よほどのことがない限りできないシステムになっている。何重にも施された防御システムをすり抜けなければならない。それが多重防御の利点でもあるのだ。パブロフの姿が頭に浮かんだ。彼は原子力発電所のシステムを知り尽くしている。おそらく原子炉にも、大幅に手が加えられている。

「システムがかなり変更されている」

瀧沢は圧力室を通りながら言った。

巨大な空間が広がった。空調された空間だが、瀧沢の身体は汗ばんでいた。原子炉から放出された熱が空気分子の一つひとつに熱を与えているように感じる。

長谷川と隊員たちが呆《ほう》けたような顔でドームを見上げている。その巨大な吹き抜けの円筒の壁面に、七階までの回廊が取り巻いている。原子炉のまわりに並ぶ各種配管系、ポンプ系、加圧器、制御棒機構、八基ある蒸気発生器などを保守するために取り付けられたものだ。その中央に原子炉『銀河』がある。内部制御装置は二階回廊の反対側だ。瀧沢は回廊に出て、二階に向かう階段を上り始めた。そのとき、地鳴りのような振動が全身を包んだ。


「急げ！」

中央制御室に松岡の声が響いた。その前で、チェチェン解放戦線の兵士に銃を向けられたロシアと日本の技術者たちが、茫然《ぼうぜん》と松岡とタラーソフを見ていた。兵士たち全員が、顔全体を覆う防護マスクを首部に付けたロシア軍核装備の戦闘服を着ている。

「やはり私にはできない」

イーゴリの声と同時に、ロシア人の技術者の一人が松岡に額を撃ち抜かれて倒れた。

「次は誰だ」

イーゴリはコンピュータに向き直った。指が思うように動かない。背後で再度、銃声が聞こえた。イーゴリの身体がピクリと動いた。『銀河』はすでに、最高出力を超え、一二〇パーセント運転に達している。

「神よ……」

イーゴリはつぶやいて目を閉じた。

ディスプレイが瞬《またた》きして、ガス放出プログラムのロック解除を報せるランプがついた。松岡が汚染ガス放出のボタンに手を伸ばした。イーゴリがその腕を摑んだ。松岡の拳銃がイーゴリに向けられる。イーゴリの頭は激しく後方に弾《はじ》かれ、床に倒れた。頭から流れる血が床に広がっていく。

松岡はボタンを押した。可動しない。押し続けたがランプは青のままだ。拳《こぶし》をボタンに叩きつけた。

「パブロフを連れてこい！」

松岡は振り返って、怒鳴った。

原子炉建屋にもかすかに銃声が響いてきた。

瀧沢が二階の回廊に続く階段を上がろうとしたとき、中央制御室に通じる東の圧力室から男が出てきた。瀧沢は長谷川に突き飛ばされるようにして、計器ボックスの後ろに隠れた。隊員が銃を向ける。

　三人の『アルファ』兵士が立っている。瀧沢たちを見て、いっせいに銃を撃ち始めた。手摺《てす》りや回廊の金属に銃弾が当たり、火花を散らし鋭い音を立てた。ガラスの砕ける音が響く。二階の回廊にある監視ルームのガラスを銃弾が砕いていく。瀧沢の頭にガラスのかけらが降り注いだ。銃弾が瀧沢の耳許をかすめた。長谷川と隊員たちが反撃を始めている。

「原子炉の動きが変です。振動しています」

　長谷川が『銀河』を見ながら叫んだ。かすかな振動が伝わってくる。今度は原子炉が振動を始めた。

「制御棒の引き抜きが早すぎる。このままでは暴走する。もう始めているかもしれない」

「緊急冷却装置は？」

「ここまで出力が上がると、手動装置では制御不能だ」

「制御棒の駆動装置を破壊しましょう」

「危険すぎる。核反応は止められない」

「しかしこのままでは――」

「中央制御室だ。コンピュータ制御ができる。『ソクラテス』との配線は切れていない」

「制御室は？」

「二階の回廊から行ける」

「あとは我々が引きつけておきます」

駆けつけた隊員が言った。二人の隊員が自動小銃を撃ち始めた。敵は一瞬ひるんだが、すぐに銃弾が二人に集中した。

「先生。急いでください」

長谷川が銃を出口に向けながら瀧沢を促した。瀧沢は走った。

「援護しろ」

長谷川が叫んで、瀧沢のいるタラップの下に走る。『アルファ』兵士の一人が叫び声を上げ、回廊の手摺りを越えて落下してくる。

「散開しろ」

長谷川の声とともに、隊員たちは装置の背後に身を隠しながら散っていく。『アルファ』兵士が投げた手榴弾《しゅりゅうだん》が爆発する。隊員の一人が腹から血を流しながら、冷却水貯蔵タンクの陰から転がり出た。続いて、二発目、三発目の手榴弾が爆発する。

「やめろ！　原子炉に当たる」

瀧沢がタラップに足をかけて叫んだ。壁に当たった銃弾が配線を切断し、激しい火花とともにショートの音を響かせている。長谷川の横で手榴弾が炸裂《さくれつ》した。左頰《ひだりほお》に血がついている。長谷川はその血を手の甲で拭《ぬぐ》った。
長谷川は補助蒸気発生器の背後に身を隠した。瀧沢がタラップの下にうずくまってい
る。
「先生。こっちです」
長谷川は叫んだ。瀧沢は立ち上がり数歩踏み出したが、そのまま崩れるように倒れた。
長谷川は瀧沢のもとに走った。右足の太ももに血が滲んでいる。
「かすっただけです」
長谷川は瀧沢の腕を摑んで、冷却水貯蔵タンクの陰に引き入れた。鋭い音がして、壁
から火花が飛ぶ。長谷川が瀧沢をかばうようにタンクの壁に身体を押しつけた。
長谷川は瀧沢を支えて奥に走り、壁に沿って移動を始めた。壁のコンクリートが銃弾
に削られ飛び散る。長谷川は瀧沢の肩に手をまわし、その場に伏せた。前方にエレベー
ターが見える。
「タラップは無理です。ついてきてください」
長谷川はエレベーターまで走り、スイッチを押した。低いモーター音が響き、エレベ
ーターが降りてくる。
「二人ついてこい」
長谷川の言葉に二人の隊員が立ち上がり、残りは四人を援護して撃ち始める。長谷川

は瀧沢の腕を摑んで、エレベーターに飛び込む。四人が乗り込むと同時にエレベーターは動き始めた。

エレベーターは二階に止まった。長谷川は回廊に敵がいないことを確かめ、エレベーターを出た。瀧沢が後に続く。


鍵《かぎ》の鳴る音がした。

パブロフはベッドから立ち上がってドアのほうに歩いた。ドアが開き、二人の『アルファ』の兵士が銃を持って立っている。パブロフは思わず後ずさった。

彼らはパブロフの両腕を摑んで歩きだした。原子炉建屋のほうから銃撃の音が聞こえる。途中、核装備のついた戦闘服に着替えたタラーソフとチェチェン解放戦線の兵士たちとすれ違ったが、彼らは見向きもしないで原子炉建屋に向かって走っていった。

中央制御室に入った。メインディスプレイには、原子炉建屋で繰り広げられている銃撃戦が映し出されている。パブロフの目は、その前の床に横たわっている男たちに釘《くぎ》づけになった。彼らの横に駆け寄り、ひざまずいた。一人ひとりを目で追っていった。

「イーゴリ……」

パブロフは呻《うめ》くような声を上げた。

「なぜだ……」

「ガス放出プログラムを実行させる能力がなかっただけだ」

「私が放出プログラムを変更しておいた」

松岡は無造作にエンジニアの一人を撃った。パブロフの身体が硬直する。

「時間がない。急いでくれ」

「私はガスを流すために、この計画に参加したのではない」

もう一人のエンジニアが倒れた。


銃声が響いた。天井のモルタルとコンクリート片が降り注いでくる。

「銃を捨てて！」

ロシア語の声がした。入口にエレーナが立っている。右手に自動小銃を構えて、ドアの横の壁に寄りかかっている。再び銃を発射した。今度は天井ではなく床だ。

「エレーナ、おまえは……裏切るのか」

松岡と『アルファ』兵士は銃を床に置いた。エレーナはその銃を壁のほうに蹴《け》るよう言った。銃口を振って、パブロフに来るように示した。

「急いで。タラーソフたちが戻ってくるわ」

「私にはまだやることがある」

ドアが開いた。兵士を連れたタラーソフが部屋に入ってきた。

銃弾がプリンターの一つに当たって、激しい火花を上げる。配線のショートする音とプラスティックの焼ける臭いが広がる。

「逃げて！」

エレーナが叫んだ。額に汗がながれ、顔が苦痛で歪《ゆが》んだ。左肩に血が滲んでいる。エレーナの銃弾に、パブロフの前にいた二人の兵士が倒れた。

「撃つな。コンピュータに当たる」

「逃げて！　早く！」

エレーナが大型プリンターの間から立ち上がって、銃を松岡とタラーソフに向けた。二人は立ち止まる。エレーナの身体が後退した。パブロフは一度エレーナを見たが、そのまま原子炉建屋に続く通路に駆けこんだ。銃声と短い叫び声が響いた。

パブロフは原子炉建屋に向かって走った。胸に針を刺すような痛みを感じるが、パブロフはかまわず走り続けた。

「撃つな！」

瀧沢は叫んで、長谷川の腕を振りほどいた。走ってきた男が立ち止まった。

「パブロフ博士――」

パブロフはこちらを見ている。

「ドクター・タキザワ……」

パブロフが呻くような声を出した。背後で銃声がした。同時に原子炉建屋から複数の足音が聞こえる。

「こちらへ」

瀧沢が叫んだ。

「私はあなたの……」

パブロフの声が銃声で途絶えた。低い、腹に響く音がした。補助建屋からだ。瀧沢とパブロフは壁に身体をつけて倒れるのをふせいだ。長谷川も二人の隊員も壁に身体を寄せている。これまでにない大きな振動だ。振動は三〇秒近く続いた。

「原子炉出力が一五〇パーセント近くに上がっている」

パブロフが言った。

「危険です。安全率はとってありますが」

瀧沢はパブロフの身体を支えるようにして、中央制御室に向かった。その前を長谷川と隊員が先導する。


中央制御室のドアの横に銃を構えた女が立っている。女の左腕は不自然に垂れている。その前に、放射能防護服を着た松岡とタラーソフと兵士たちがいた。

「やめろ。『ソクラテス』に当たる」

女に銃を向けた長谷川に瀧沢が叫んだ。女の身体が揺らいだ。

「エレーナ！」

パブロフが長谷川を押し退けるようにして前に出て女を支えた。

その瞬間、松岡たちは、床の自動小銃を拾うと中央制御室を飛び出して行った。

腹に響く振動音が聞こえた。エンジニアたちの間に緊張が走る。パネルの表示に目が行く。出力一五〇パーセント。一次冷却水の冷却能力にはまだゆとりがある。しかし危険運転の領域に入っていることは確かだ。

瀧沢は立ち尽くすロシアのエンジニアを押し退け、メインパネルの前に座った。懸命にキーボードを叩いた。複数の足音とロシア語で命令を与える声が聞こえる。

「やつらが戻ってきました」

「ドアをロックしてくれ」

瀧沢はキーボードを叩き続けながら言った。長谷川たちはドアを閉め、その前に遮蔽物を置いた。

「爆破しろ。プラスティック爆弾だ」

松岡の声が聞こえる。ドアの向こうが静かになった。

「ドアの強度は？」

長谷川は大型プリンターの背後に身を隠しながら聞いた。

「爆弾に対する強度は未知数だ」

激しい爆風が室内を襲った。ドアが砕け、穴が開いている。

『アルファ』の兵士がなだれ込んできた。長谷川たちとエレーナが応戦を始めた。エレーナは片腕で銃を構え、撃っている。『銀河』の出力は一六〇パーセントに上がっている。振動がさらに激しくなった。瀧沢の頭の上を銃弾がかすめる。コンピュータの末端装置に当たり、激しい火花を散らした。

瀧沢はキーを叩き続けた。数百あるオペレーションプログラムのうち生きている回路を探して、緊急冷却装置を作動させるプログラムをつないでいく。長谷川は大型プリンターの背後から、銃を頭上にかかげるように出して撃っている。

「先生、急いでください。そろそろ限界だ」

長谷川がマガジンを替えながら、怒鳴るような声を出した。

新たな『アルファ』の兵士が入ってくる。エレーナが銃を捨てて立ち上がった。右手に手榴弾を持っている。

「チェチェン共和国に栄光あれ！」

エレーナの高い声が制御室に響いた。銃弾が集中する。エレーナは銃弾を浴びながら、兵士たちに近づいていった。

「エレーナ！」

飛び込んできた男が叫んだ。宇津木だった。

轟音《ごうおん》が轟《とどろ》く。宇津木は爆風に飛ばされ、壁ぎわに並んだコンピュータに頭をぶつけた。腹と胸に焼けるような熱を感じる。エレーナのいたあたりに兵士が折り重なって倒れていた。

パネルの数値が次々に変わり、引き抜かれていた制御棒が差し込まれていく。反応速度八〇パーセント、一次冷却水温度三〇〇度、デジタル数字が止まった。その数字は下がり始めた。タービンの回転が徐々に落ちていった。数秒おきに起きていた振動が小さくなり、間隔が広がっていく。

「原子炉が停止するぞ！」

エンジニアの一人が叫んだ。ロシア語の声も聞こえる。兵士たちは浮き足立っていた。松岡が動揺する兵士の頬を銃で殴りつける。松岡とタラーソフの怒鳴り声が聞こえた。その声もすぐに聞こえなくなった。

原子炉建屋地下の銃撃戦はまだ続いていた。『アルファ』とチェチェン解放戦線の兵士の死体が散乱している。自衛隊特別攻撃隊の犠牲者は三人だった。二人は銃撃で死亡し、一人は手榴弾の破片を胸に受けた。

チェチェン解放戦線の兵士が自動小銃を撃ちながら、階段に向かって走っていく。特別攻撃隊の銃撃が集中する。

銃声が止《や》んだ。建屋には、制御棒を差し込むモーター音だけが響いている。原子炉建屋にいるすべての者が、銃を撃つ手を止めて『銀河』を見ている。低い唸りのような音が徐々に消えていった。

「死守しろ！」

ロシア語の声が聞こえ、再び銃撃が始まった。数人の特別攻撃隊隊員が銃を撃ちながら一階に上ってきた。やがて、銃声が途絶えた。

長谷川は部下二名を中央制御室に残して、三名に原子炉建屋に戻るよう命令した。停止した原子炉と燃料棒を破壊活動から守るためだ。残り二名には、原子炉補助建屋地下のプルトニウム貯蔵室にあるプルトニウム・キャスクを点検に行かせた。

長谷川は無線機で作戦終了の暗号を攻撃司令部に送った。連絡を受けた司令部は、ただちに安全保障会議に原子炉停止を報告した。それを聞いた羽戸崎によって、再度攻撃命令が出された。

自衛隊の攻撃が始まった。比較的防御の薄い発電所南側の壁に、戦車三両を並べて前進した。コンクリートの壁は砂塵《さじん》を上げながら崩壊した。三〇〇人の自衛隊員が後に続く。一二〇ミリ滑空砲が火を噴き、事務棟の壁が崩れ落ちる。

不意をつかれたチェチェン解放戦線の兵士は動揺した。しかしすぐ態勢を立て直し、反撃を始めた。正門前を守っていた主力の半分が駆けつけ、応戦した。事務棟の屋上と建屋の陰から一二ミリ重機関銃による銃撃を浴びせたが、戦車の装甲は一二ミリ弾を跳ね返した。

前方の建物の陰から白煙が上がった。対戦車ロケット砲だ。ロケット弾は砲身横の装甲に当たり爆発した。戦車はなにごともなかったように進んでくる。砲身がゆっくりと回転する。ロケット砲が発射された方向に、砲弾を発射した。建物の一角が吹き飛び、崩れ落ちる。

正門前に待機していた自衛隊が前進を始めた。戦車が重いエンジン音を響かせて動き始める。自衛隊の反撃が始まったのだ。


チェチェン解放戦線の兵士は勇敢だった。しかし、日本上陸時に四〇人いた兵士の大半は戦死していた。残っているのは、第一事務棟のカディロフ軍曹とウマール、それに発電所裏の林に逃げ込んで反撃を続ける数人のグループだけだった。無線機で他のグループを呼んでも、雑音に似た音を出すだけだ。やがて、林からの通信も途絶え、発電所内の銃声も聞こえなくなった。

第一事務棟の屋上では、軍曹とウマールが倒れた給水塔の背後に身を伏せていた。軍曹は腕に、ウマールは足に銃弾を受けていた。他の二人の部下は、一人は迫撃砲の直撃、他の一人は戦車砲の破片を首に受け、死んだ。死体はすでに雪が覆っている。上空にはヘリコプターの轟音が迫っていた。

屋上出入口からは、次々に自衛隊員が飛び出してくる。軍曹とウマールは引き金を引き続けた。銃身が赤く焼けている。ロケット砲はすでに撃ち尽くしていた。機関銃の弾薬もつきている。

「武器を捨てろ。これ以上の戦闘は無意味だ。すでに発電所は、戦車が包囲している。原子炉は停止している。制御室建屋は制圧された」

頭上で日本語とロシア語の声が響いていた。二人は空を見上げた。わずかな光芒《こうぼう》のなかに、巨大な黒い影が浮かんでいる。ヘリコプターから呼びかけているのだ。ウマールがヘリコプターめがけて撃った。機体から火花が飛び散るが、巨大な影はゆうゆうと上空に浮いている。

「無駄だ。装甲が厚すぎる」

軍曹が声を出した。

銃撃が激しくなった。完全に取り囲まれている。ロケット砲でも撃ち込まれれば、ひとたまりもない。ウマールは軍曹を見た。油と血と煤《すす》で黒く汚れた顔が、泣いているように見える。ウマールは思わず笑った。軍曹も笑い返した。ウマールの顔も真っ黒だった。二人はしばらくの間声を出して笑い続けた。久しぶりに爽快《そうかい》な気分だった。

「どうします、軍曹」

ウマールは笑うのをやめて言った。

「俺たちに帰るところはない」

「分かりました、軍曹」

「カディロフと呼んでくれ。俺たちは友達だ」

「分かった、カディロフ」

二人は残ったマガジンを集めた。三個しかなかった。新しいマガジンに替えた。飛び出そうとしたウマールを、カディロフが止めた。懐に手を入れて小ビンを出した。蓋《ふた》を開け、一口飲んでウマールに差し出した。

「極上のウオッカだ。祝いのときにと取っておいた。いまがそのときだ」

ウマールは黙って受け取って喉《のど》に流しこんだ。全身に熱が戻ってくる。

カディロフはビンを受け取って一気に飲み干し、背後に投げた。陽が昇ってくる。いつの間にか雪が止んでいる。静かな夜明けだった。二人は顔を見合わせ、笑いあった。

そして立ち上がると銃の引き金を握り締め、押し寄せる自衛隊に突っ込んでいった。

発電所に静寂が訪れた。信じられないような静けさだった。その静けさのなかに、松岡とタラーソフの姿はなかった。

目の前に、数人の兵士の遺体が転がっている。

宇津木は空白に近い頭で見ていた。自分は……中央制御室の床に横たわっている。立ち上がろうとしたが、身体に力が入らない。痛みは……ない。エレーナ。呼ぼうとしたが、声にはならなかった。

ぼんやりした影が顔を覗《のぞ》き込んでいる。宇津木は虚《うつ》ろな視線をその影に向けた。見たことがある。遠い昔、自分がまだ青春と呼べる時代を生きていたころの顔。

「エレーナ……」

かすれた声が出た。

「あのロシア娘か」

男の声が聞こえた。宇津木の意識がわずかに戻った。同時に、手榴弾を持って歩み寄ってきたエレーナの姿が甦った。宇津木はしばらく男の顔を見つめていた。

「……長谷川か」

「覚えていたか」

「どうして、ここに……」

横に立っている瀧沢が意外そうな顔で二人を見ている。

「おまえたちを阻止するためだ」

「……自衛隊に……入っていたのか……」

「発電所内はすでに我々が制圧した」

「……遅すぎる。俺たちは……目的を達成した……いまごろは……」

宇津木は長谷川から視線を外した。全身から力が抜け、ひどく身体がだるい。長谷川と同じ迷彩服を着た男が脈をとり、瞳《ひとみ》を覗き込んだ。顔を上げて首を横に振った。

「……煙草《たばこ》をくれ……胸のポケット……」

長谷川は宇津木のポケットから煙草を出してくわえると、火を点《つ》けて宇津木の口にもっていった。

「……ロシアの味だ」

「変わった味だ」

宇津木は吸い込もうとしたが肺に力が入らない。腹と胸のあたりにわずかに熱を感じるほかは、感覚はなかった。

「俺は……正しいと思ったことをやった……」

「手段が間違っていたとは思わないか」

「……後悔はしていない。俺は……同じ……」

宇津木の声が途切れた。覗き込んでいる顔が赤く染まった。流れた血が目に入ったのだ。〈もう一度、人生をやり直せたら……〉ふと、そんな思いが頭をかすめた。エレーナの顔が浮かんだ。青い瞳が自分を見つめている。

「エレーナ……待っていてくれ」

心のなかでつぶやいた。意識が消えていく。口から煙草が落ちた。

長谷川は宇津木の目蓋《まぶた》を閉じた。ドアの前に横たわる血に塗《まみ》れた女の遺体を見た。この女は——我々を救ってくれたのか。胸の無線が鳴り始めた。〈——攻撃部隊本部発電所は制圧——〉雑音に混じって声が聞こえる。長谷川は何度か頷きながら聞いていた。無線を胸に戻して瀧沢のほうを見た。

「羽戸崎総理から先生に伝言です。まず、感謝の言葉を伝えてほしいと。敵の作戦計画書を手に入れたそうです。例の原潜は太平洋を南下中に、ロシア海軍の原子力潜水艦とアメリカの巡洋艦に浮上命令を受けているそうです。どういうことですか」

「政治には秘密が多いそうだ。私には理解しきれない世界だ」

「もう一つ。アレクセイ・ブーリンという爺《じい》さんが自宅で自殺したそうです」

「やはり、私には政治は謎《なぞ》だ」

原子炉補助建屋のプルトニウム・キャスクを点検に行った隊員が戻ってきた。

「キャスクが五個なくなっています」

隊員は長谷川に向かって言った。瀧沢が立ち上がった。顔が青ざめている。

「松岡とタラーソフだ」

長谷川が言った。

「プルトニウムを奪ってどうするつもりだ」

「一四〇キロのプルトニウムの入ったキャスク五個だ。核爆弾八〇個分のプルトニウムだ。世界の軍事地図を塗り替えることができる。プルトニウムを持っているかぎり、世界は彼らの言いなりになってしまう。闇に流れたら、もっと始末に悪い」

瀧沢は羽戸崎総理の言葉を思い出した。

「キャスクは砲撃しても大丈夫だと言ってましたね」

「多少の衝撃や熱にはなんともない。一〇〇〇メートルの水圧にも耐える」

「ここから脱出するには船しかありません。竜神崎周辺に、海上自衛隊と海上保安庁の艦船が向かいつつあります。いまごろ、レーダーがとらえているはずです。沈めてもらいます。このあたりの水深は、深くて五〇〇メートルです。あとで引き揚げればいい。彼らは汚染ガスをまいて、その混乱に乗じて逃亡するつもりだったのです」

長谷川は落ち着いた声で言った。

重い機械音が響いた。その響きは、立ち尽くす人々の一人ひとりにしみ込むように、静かに深く浸透していった。制御室のなかに緊張がみなぎった。

「『銀河』が動きだした——」

瀧沢はメインディスプレイを見上げたままつぶやくように言った。

原子炉から制御棒が次々に引き抜かれていく。一次系、二次系冷却水を示す温度も急速に上がっていく。

瀧沢は部屋のなかを見まわした。ドクター・パブロフ！　瀧沢は心のなかで叫んだ。

気がつくと中央制御室から飛び出し、原子炉建屋に向かって走っていた。

「先生！」

長谷川の叫ぶ声が背後に聞こえた。

3

午前六時

原子炉建屋には、制御棒を抜く低いモーター音が響いていた。

瀧沢は監視ルームに入った。モニターを見ると、最上階の監視ルームに人影が見える。

瀧沢はエレベーターに乗った。

監視ルームの入口に立った。眼下には遮蔽壁に守られた『銀河』の巨大な姿が見下ろせる。

「やはり来られましたか……」

パブロフはパソコンから顔を上げ、瀧沢を見て低い声を出した。

「どういうことです」

瀧沢はパブロフを見据えた。パブロフは瀧沢の視線を避けるように目をパソコンに戻した。

「私は科学というものが分からなくなった」

パブロフはキーを叩きながら言った。

「このパソコンは『ソクラテス』に接続されています。この小さなコンピュータで、あの巨大な原子炉を動かすことができる」

手を止めて、原子炉のほうを見た。その心臓部では『銀河』が膨大な熱を出し続けている。

「あなたは……」

瀧沢は一歩前に踏み出した。

「動かないでください」

パブロフの身体が瀧沢のほうに回った。その右手には自動小銃が握られている。そして、左手でマイクを取った。

「私はアレクサンドル・パブロフだ。私は『銀河』を支配した。二分後に、この建屋のすべての出入口をロックし、ドアの開閉装置を破壊する。残っている者は、二度とここから出ることはできない」

静かな声がドームに響いた。

モニターに、東西二つの出口から数人の兵士が逃げ出していくのが見えた。

「私はこのときを待っていました。いま、私は世界で最も巨大な力を持っています。アメリカ合衆国大統領よりもロシア大統領よりもです」

パブロフは瀧沢を見つめて言った。

「その力は人類のためのものです」

瀧沢はその視線を跳ね返すように見据えた。

パブロフはマイクを置き、キーを押した。かすかな響きを立てて、圧力室の二重ドアが閉じていく。

「あなたには、ここに来てほしくなかった。私はさらにあなたを裏切ることになる」

腕が動き、銃口が瀧沢の胸から逸れた。

「四年前、私は妻を失った。三年前には娘を失った。三八歳だった。その半年前には孫が死んだ。彼女は一一歳だった」

瀧沢はその少女を思い浮かべた。透き通った肌をした、青い瞳の少女だった。パブロフの膝《ひざ》に座り、時折り瀧沢に視線を向けながら、頬ずりをするようにパブロフに話しかけていた。

「三人とも急性白血病でした。チェルノブイリの事故のとき、妻と娘は三キロ離れたトニカの町にいたのです。孫娘は生まれてすらいなかった。みんな最後は白樺《しらかば》のように瘦《や》せ衰え、髪が抜け――」

言葉が途切れた。感情の昂《たか》ぶりを抑えるように、しばらく黙っていた。

「娘の夫であり孫の父である男は、チェルノブイリ原発のエンジニアでした。彼は事故のとき、原発にいました。婿となってすぐ、彼は亡くなった。私が六〇年間信じ続けてきたものが、私の最愛の者たちをすべて奪い去った。私が生涯を捧げて開発してきたものが彼らの命を奪ったのです」

深い息を吐いた。

「私は絶望した。そして、気づきました。私のなかで彼女たちがどれほど大きな存在であったかに。それらを失い、私のこれまでの人生は何だったのか。すべての生きる望みを失いました。人は何のために生きるか。あなたはこの問いに答えることができますか」

パブロフは瀧沢を見た。瀧沢は開きかけた口を閉じた。自分には答えることはできない、答える資格がないと感じたのだ。

「私はそのとき感じました。人は、愛する者のために生きるのだと。私は愛する者をすべて失った。私にはもう生きる目的がない。たとえこの先、何年生きていようとも、私の生は私にとって何の価値もない」

「しかしあなたには——科学者として、生きる道がある」

自分はそうしてきた。妻を亡くした悲しさに耐えることができたのは、研究があったからだ。

科学者……とパブロフはつぶやいた。

「私はチェルノブイリの事故以来、自問し続けてきた。自分の存在は果たして何だったのか。私は——自己の存在を否定する」

パブロフの額にはじっとりと汗が滲んでいる。何度も胸のあたりを押さえ、深く息を吸っては吐いた。

「私は科学者の存在を否定する。世界に科学者という愚かな者たちがいなかったら、人類はもっと幸福になれたのではないか。進歩という名目で、科学者はその知的興味だけを追っていたのではないのか。権力者の求めるものを作り続けてきたのではないのか。そしていま、その科学が地球をも破壊しようとしている」

「それを救うのも科学だとは思いませんか。進歩は人類の証《あかし》です。それゆえ、人類は生き延びることができた」

「違う！」

鋭い声を上げた。瀧沢を見つめるその目には、怒りともいえる輝きがあった。

「進歩……それに何の価値がある。人類の証とは、幸福に生き続けることだ。生物の長として、愛する者とともに、この地球を守り続けることだ。しかし、私の妻は……娘は……孫は……」

パブロフの声は震え、唇を噛《か》みしめた。

「私は研究をやめ、すべての職を辞しました。妻や娘や孫とすごした別荘で思い出のみに浸り、静かに死を待とうと思っていました。私の身体もやはり病に冒されている。私は事故後、二日目にチェルノブイリに入った。……そんなとき、昔の仲間から一つの話が持ち込まれました」

「それがこの原発占拠ですか」

パブロフは静かに頷いた。

「初めは断りました。これ以上、人類を核の恐怖にさらすべきではない。しかし、ある事実を知りました。ロシアは新型炉と称して軍事用プルトニウム製造炉を利用した、技術的にはまったく確立されていない原発をさらに一二基計画していると。私はこの計画だけは許すことができない。人間とは愚かなものです。世界はすでに、あの悲劇をも忘れようとしている。私はもう一度、世界にあの惨劇を思い出させたい。私は彼らの計画に参加することに決めました」

「それで私に『銀河』の設計図と『ソクラテス』のプログラムを要求した――」

「私は最も信頼し、尊敬していた友人をも利用した。私の行なった行為は、科学者として、いや、人間として許されない裏切りです」

「あなたは……」

パブロフは瀧沢を見つめている。瀧沢の知る、穏やかな眼差しを向けている。

「私は世界に警告する。ロシアは新たなチェルノブイリの悲劇、いや、その何十倍、何百倍もの悲劇を生み出す可能性のある原発を建造しようとしている。世界はその危険性を知るべきだ。さらに、世界に勧告する。現在世界で稼動している原子炉をすべて停止せよ。全世界の原子炉の制御棒をすべて抜き、緊急停止装置を作動させよ。そうすれば原発は汚染され、封印される。私は私の妻と娘たちの命を奪った原子炉をすべて停止させることを要求する。すでに、世界の政府と原発にメールを送りました」

パブロフは一気に言って、激しく息を吐いた。胸を押さえ、何度も深呼吸を繰り返した。

「原発を暴走させ、世界中の原発をチェルノブイリと同じように石棺に閉じ込めようというのですか。愚かなことです。いったい誰がそんな要求を聞くというのです」

「おそらく――誰も――だから、私は『銀河』を暴走させる」

パブロフは静かな口調で言った。瀧沢はパブロフから視線を逸らせ、再び戻した。

「それが何になるというのです。あなたは、自分の妻や娘や孫娘たちの復讐《ふくしゅう》をしようとしているだけだ。あなたの手で人類に罰を与えようとしているだけだ」

「私は人類にチャンスを与える。選択は世界がすればいい」

「答は分かっている。世界中の原発を止めることなど不可能だ。四〇〇基以上ある」

「では、私のなすことは一つしかない」

「メルトダウン……」

瀧沢は低い声でつぶやいた。

「不可能だ。『ソクラテス』が許さない」

瀧沢は呻くような声を出した。『ソクラテス』には、あらゆる方法でメルトダウンを回避するプログラムを組み込んである。だが、パブロフなら——。

「そうです。不可能でした。あなたの『ソクラテス』と『銀河』はすばらしい。私の全能力をもってしても、最後のプログラムを変えることはできなかった。あなたは私を超えた。しかし……」

そう言ってパブロフは瀧沢を見据えた。その目は、挑戦的な輝きを含んでいる。

「その一歩前までは行きつくことができる」

目から挑戦的な輝きは消え、もとの静かな眼差しに戻っていた。

「私の計算では、原子炉建屋からの放射能漏れは起こらない。ドームは放射能を封印します」

「あなたの行為はさらなる悲劇を生み出すものです」

「暴走させ、緊急冷却装置を作動させます」

「しかし建屋は汚染され、二度と開けることはできない」

瀧沢はパブロフの言葉を続けた。

「その通りです。この世界最大の原発は、世界最大の核の墓場となる。この巨大な石棺を見て、世界は悟るがいい。自分たちの愚かさを」

「それこそ新たなる悲劇です」

「それも、人類の選択です」

断固とした口調で言った。

「やはりあなたは間違っている。私の敬愛するパブロフ博士は、どこにいったのです」

パブロフの視線はしばらく空をさまよっていた。

「このまま人類のなすがままにしておくと、地球は死の惑星になることを免れない。私は――私はこれ以上許すことができない。いまの人類には生き続ける資格などない。滅んでも当然だとは思いませんか」

「それは神が決めることだ」

パブロフはゆっくりと『銀河』に視線を向けた。

「この『銀河』と『ソクラテス』こそ、神だとは思いませんか。人類の作り出した、最高のもの。そうでなければ神をも支配しようとした、人間の傲《おご》りの象徴」

「ステンレスの塊《かたまり》にすぎません。それを動かすのは人間の意思です」

「いや、神の意思だ。私は神の意思を継ぐ」

パブロフの視線が瀧沢に留まった。

「あなたは、昔のあなたではない」

「私は狂っているに違いない。しかし、世界はさらに狂気の道を歩んでいる」

「封じられた放射能もいつかは漏れだす。そうなれば、地球は破滅だ。人類の終焉《しゅうえん》です」

「そうではない。地球は再生する。何千万年後、何億年か後に、人類よりももっと知恵のある新しい生物が生まれるかもしれない。おろかな人類の再生を私が助けるのです。『スピカ』私はこの作戦をそう名づけました。それは復讐であると同時に再生を意味します」

「地球は放射能に汚染され、生命など育たない」

「地球の誕生は四六億年前です。生命の誕生は三九億年前。しかし人類の誕生は二〇〇万年前にすぎない。この瞬《まばた》きにも似た瞬間で、いままで育《はぐく》まれてきた地球の運命は決定されようとしている。愚かなことだとは思いませんか」

パブロフの声が次第に高くなった。興奮で声は震え、顔には汗が滲んでいる。

「何日か前、私はある人に同じようなことを聞かれた。私は、人類はその愚かさを乗り越え、進歩しうる力を持っていると答えました。人間は愚かだった。しかし学びつつあるのも確かだ。人間の良心を信じることこそ、未来を創造していくことです」

「私はそうは思わない。人類はこのまま地球を蝕《むしば》みながら、ただ崩壊への道を歩んでいくだけです。しかしいま、この地球から我々が退場すれば、やがてまったく別の生命が生まれ、新しい地球を築いていくかもしれない。それは、放射能をも受け容《い》れる生物かもしれない。我々には想像できない世界だ。それもいいとは思いませんか」

瀧沢は黙って首を横に振った。パブロフは夢見るような眼差しを『銀河』に向けている。

「それがあなたの目的だったのですか」

「このために、私は彼らに協力した」

「あなたの手紙は私に何かを訴えていた。それが分からなかった。しかし、これでやっと分かりました。あなたの真に意味していたことが。新しい生命の創造――あなたは自ら神になろうとしているのだ」

パブロフは深く息を吸って、吐いた。

「あなたは最初からメルトダウンを起こすつもりだった」

パブロフは何も答えない。

瀧沢の精神《こころ》には絶望にも似た怒りが沸き上がってきた。瀧沢はゆっくりと腰の拳銃を抜いた。

パブロフは目でその動きを追っている。彼の銃は下を向いたままだ。

「もう議論はよそう。不毛な議論だ。私には時間がない。もう一度チャンスを与える。ここから出ていってくれ」

「『銀河』と『ソクラテス』は私の子供です。私には子供を守る義務がある」

瀧沢が一歩踏み出した。

「私はこの原子炉を破壊する」

「あなたは正常ではない。私の知る博士は、人間を愛していた。科学を愛し信じていた。『ソクラテス』はあなたの命令を拒否する」

「新しい世界――ナターシャがその扉を開いてくれる」

ナターシャ――と、パブロフは愛《いと》しそうに発音した。その目は焦点を失っている。瀧沢の知るパブロフとは思えなかった。

「そろそろ時間だ。私はなすべきことをしなければならない。このキーを押せば『銀河』は限りなく熱を出し続ける。もう誰も止めることはできない」

「私はあなたを阻止する」

「きみを撃ちたくない」

「あなたに私は撃てない」

パブロフは静かに腕を上げた。自動小銃は瀧沢の胸に向けられた。もう一方の手はキーの上に置かれている。引き金にかけられた指が動いた。

「お願いだ。止《や》めて――」

銃声が響いた。


瀧沢の手から拳銃が落ちた。拳銃は乾いた響きを立てて床に転がった。

パブロフは瀧沢を見つめていた。穏やかな青みを帯びた灰色の瞳。その瞳が一瞬、微《ほほ》笑《え》んだかのように見えた。

ゆっくりと立ち上がり、監視ルームを出て鉄柵の切れ目に向かって歩んだ。

「美しい地球……この惑星を、私は永遠に……」

パブロフの口から、つぶやきのような言葉が洩《も》れた。胸に赤い染みが広がっていく。

パブロフの身体が大きく揺れ、原子炉の真上に向かって落下していく。

「博士！　パブロフ博士」

瀧沢の叫びがドームにこだました。

瀧沢はデスクの前に行った。

〈先生、何が起こっているんです〉

モニター画面に長谷川の顔が映っている。

「全員を避難させてほしい。原発の敷地から出れば問題ない」

瀧沢はモニター画面の『銀河』を見ながら叫んだ。原子炉からは、ほぼすべての制御棒が引き抜かれている。瀧沢はパソコンに目を落とした。『ソクラテス』との接続が切られている。人類の絶滅、新しい生命……瀧沢の脳裏にパブロフの言葉が浮かんでは消えていった。

原子炉の異常を告げるサイレンが鳴り始めた。モニター上の赤いランプが点滅している。モニターに映っている中央制御室のコントロールパネルの大部分のランプが赤く変わっている。ディスプレイには、出力を上げつつある『銀河』が映し出されている。祈りながらキーを叩いた。画面が次々に替わる。オペレーションコードを呼び出した。大丈夫、生きている。制御棒を挿入し、緊急冷却装置を作動させればいい。『ソクラテス』だ、『ソクラテス』を呼び出せ。『銀河』を救うのは、彼しかいない。おかしい。いくらパスワードを打ち込んでも受けつけない。パスワードが変えられ、ロックがかかっている。冷や汗が流れ始めた。

頭が熱くなった。瀧沢は流れる汗を拭った。顔を上げてモニターを見た。『銀河』は何も話しかけてこない。沈黙したまま、静かにその出力を上げている。迷彩服の下のウエットスーツのファスナーを下げた。胸が開放され、身体の動きが楽になった。焦るな、まだ時間はある。瀧沢は自分に言い聞かせて、再びキーボードに向かった。パブロフの切れ切れの言葉が浮かんだ。『ソクラテス』をロックしたのは、パブロフだ。

〈大丈夫ですか〉

長谷川の声が聞こえる。

「きみも避難すべきだ」

〈付き合いますよ。先生とは相性がいいって言ったでしょう。それに、先生を信じています〉

「ロックがかかっている。プログラムを呼び出せない」

瀧沢は低い声で言った。原子炉出力は一七〇パーセントを超えている。

瀧沢の頭にパブロフの言葉が浮かんだ。〈新しい世界——ナターシャがその扉を開いてくれる〉どういう意味だ。瀧沢はキーボードを叩いた。〈NATASHA〉

プログラムは扉を開いた。

瀧沢はキーを叩き続けた。パブロフのプログラムを探し出し、解除していく。

〈先生、急いで〉

長谷川の声が聞こえる。『銀河』の出力は二〇〇パーセントを超えている。

瀧沢は最後のキーを押した。顔を上げて、正面のモニターを見た。引き抜かれていた制御棒が、次々に差し込まれていく。緊急停止装置が作動を始めたのだ。原子炉格納容器の天井に付けられたスプレーが現われる。スプレーから激しい勢いで、ホウ酸水が降り注ぎ、原子炉を水で満たしていく。原子炉出力は急激に下がり始めた。瀧沢は大きく息を吐いた。モニターの画面に炉心の壁面がまばゆく輝いている。

4

実相寺は薄く目を開けた。

明かりは煌々《こうこう》と輝いているはずなのに闇が続いている。そのなかに、かすかな点のような光が見える。その光すらも、見失いそうだ。

「何時だ――」

しわがれた声を出した。

「五時五六分です」

あと四分だ。四分で日本は地獄と化す。それは世界中に広がり、中国、韓国、ロシア……ヨーロッパをも汚染するだろう。イランに持ち込まれた核は、アメリカを震撼《しんかん》させ、いずれ本土に撃ち込まれることもあるだろう。

「まだか……」

胸が苦しい。呼吸ができない。医者の顔が近づいてきた。まわりが騒がしくなった。胸がはだけられ、心臓に針が差し込まれる。痛みは感じない。

電話が鳴っている。世界の終焉を告げる報せだ。

わずかに見えていた光が消え、闇が広がった。完全な闇だ。実相寺はその闇の向こうにあるものを見ようと、目をいっぱいに見開いた。それは——。

エピローグ

　一週間降り続いた雪がやんだ。

新しい年が始まっていた。日本は去年の出来事などすっかり忘れて、新年の華やかさに浸っていた。

松岡とタラーソフの乗った貨物船は、自衛隊の駆逐艦に砲撃を受け沈没した。生存者は七名。松岡とタラーソフの姿はなかった。

来週からプルトニウム・キャスクの引き揚げ作業が始まる。すでにソナーによって位置も確認されている。

瀧沢は結子と竜神崎の海岸を歩いていた。

　空には相変わらず濁った雲が流れていく。海から吹きつける風も強く冷たかった。前日の大晦日《おおみそか》から、美来といっしょに結子の実家に泊まっていた。美来が突然、発電所を見たいと言い出したのだ。

「きれい」

海のほうから戻ってきた美来が、結子の首に下がっている石を見て言った。革の紐《ひも》についている三センチほどの荒削りな石で、青みを帯びた透明な輝きがあった。

「アマゾンの光石っていうの」

結子は石を持って角度を変え、光を反射させた。

「ほしい？」

美来は頷《うなず》いた。結子は首から外して、美来の首にかけた。美来は手に持って、光を反射させていた。そしてまた、海のほうに駆けていった。

瀧沢と結子は並んで海岸を歩いた。

「まだ彼のことを考えているの」

「私は人の命を奪った。それも、私にとって大切な人だった」

「でもあなたは、世界を救った」

瀧沢は視線を海のほうに向けた。空と海の境がぼやけて続いている。

「パブロフ博士の銃には弾《たま》が入っていなかった。長谷川君が教えてくれた」

「じゃあ……」

「彼は自分を撃たせるつもりだったのだろうか。自分の行為を私に止めさせたかったのか――」

「いずれにしても、あなたは正しいことをしたのよ」

足許《あしもと》に、海藻にからまった五〇センチ近い魚の死骸《しがい》がある。腹が破れ、内臓がはみ出している。まわりに、小さな虫が蠢《うごめ》いている。汚染され、痛めつけられた地球そのものという感じがした。

結子は顔をそむけ、歩みを速めた。

「いま、こうして考えると、彼の言ったことも正しいのかもしれない」

「人類は一度滅びるべきだってこと？」

「新しい人類の創世――」

「もう始まってる」

結子は小さな声で言って、海岸のほうに目を向けた。瀧沢がその視線を追うと、波と遊ぶ美来の姿がある。

「なんとか救えないの」

結子が発電所のほうに目を移して低い声で聞いた。

「分からない」

瀧沢は答えた。実際、分からなかった。昨日まで発電所に入り、調査をしていたのだ。

周辺装置はほとんど、どこかが破壊されていた。ただ奇跡的に、『銀河』の心臓部、原子炉圧力容器は無傷だった。

しかし、なかには五万本以上の燃料棒、ウラン約八〇〇トン、プルトニウム三トンが挿入されたままだ。さらに、燃料棒と燃料チャンネルに使われているジルコニウムは二〇〇トンを超える。いまは安定した状態を保っているが、条件次第で爆発と火災を起こしかねない。そうなれば、原子炉は破壊され、地球規模の汚染は免れない。明日から再び調査が始まり、今後の扱いについて協議される。

「あなたが生み出したんでしょ。あなたの子供」

瀧沢は立ち止まり、結子を見た。瀧沢を見上げる目には涙があふれそうだった。

「なんとしても救いたい」

瀧沢は強い調子で言った。

結子は海のほうに視線を移した。そのとき突然、流れる雲が途切れ、陽《ひ》の光が広がった。赤い光が海と空を染めている。

「きれい……」

結子がつぶやいた。

「このまま時間が止まればいい」

美しい地球――瀧沢はふと思った。パブロフのつぶやいた言葉。

彼は時間を止めたかったのではないか。彼はこの地球が汚されていくのに耐えられなかった。『銀河』を暴走させることによって、自分が愛した地球と家族の想い出を、美しいまま自分のなかに永遠に止《とど》めようとしたのではないか……。

冷たい風が吹いてきた。結子が身体《からだ》を寄せ、瀧沢の腕を取った。

美来が二人を呼ぶ声が聞こえる。波打ちぎわで手を振っている。

背後に、湾を隔てて竜神崎がくっきりと浮かんでいる。その先端部に発電所が見える。

集英社文庫

原発《げんぱつ》クライシス

2010年3月25日　第1刷
2018年3月18日　第6刷

定価はカバーに表示してあります。

著　者　高嶋哲夫《たかしまてつお》

発行者　村田登志江

発行所　株式会社 集英社
東京都千代田区一ツ橋2-5-10　〒101-8050
電話　【編集部】03-3230-6095
【読者係】03-3230-6080
【販売部】03-3230-6393(書店専用)

印　刷　凸版印刷株式会社

製　本　加藤製本株式会社

フォーマットデザイン　アリヤマデザインストア　　マークデザイン　居山浩二

ISBN978-4-08-746549-5 C0193